Ullstein Krimi

Ullstein Krimi
Lektorat: Georg Schmidt
Ullstein Buch Nr. 10526
im Verlag Ullstein GmbH,
Frankfurt/M – Berlin
Titel der englischen
Originalausgabe:
The Envy of the Stranger

Deutsche Erstausgabe

Umschlaggestaltung:
Hansbernd Lindemann
Illustration: Mall Photodesign

Printed in Germany 1988
Gesamtherstellung:
Ebner Ulm
ISBN 3 548 10526 2

Mai 1988

CIP-Titelaufnahme
der Deutschen Bibliothek

Graham, Caroline:
Der Neid eines Fremden: Psycho-Thriller
/ Caroline Graham. Übers. von Doris
Janhsen. – Dt. Erstausg. – Frankfurt/M;
Berlin: Ullstein, 1988
(Ullstein-Buch; Nr. 10526:
Ullstein-Krimi)
Einheitssacht.: The envy of the stranger
<dt.>
ISBN 3-548-10526-2
NE: GT

Caroline Graham

Der Neid eines Fremden

Psycho-Thriller

Übersetzt von Doris Janhsen

Ullstein Krimi

Für meine Freundin
Shirley Gee

PROLOG

So hatte er sich das nicht vorgestellt. Natürlich hatte er daran gedacht, sie zu töten (seitdem sie in sein Leben getreten war, hatte er kaum an etwas anderes gedacht), doch in seiner Vorstellung und seinen dunklen Träumen war alles ganz anders abgelaufen.

Das Messer war dasselbe; das, welches er jetzt in der Hand hielt, mit dem er zustach, Schnitte zog, das er auf sie niedersausen ließ. Das er während seiner langen Proben benutzt hatte, wenn er im Auf- und Abgehen Pläne schmiedete, Strategien entwickelte und die tödlichen Stöße übte. Damals waren seine Bewegungen behende, war die Klinge hell und flink wie ein Silberfisch gewesen.

Zwangsläufig hatte er auch seine Emotionen eingeübt: wenn er seine Scheinangriffe führte oder einen Satz nach vorn machte, spürte er sie *in nuce*; wie ein Schauspieler auf dem Weg zum vollen Verständnis seiner Rolle, wenn Herz und Talent noch nicht vollends entfaltet sind.

Während dieser Scheinangriffe hatte er sich immer vollkommen unter Kontrolle. Natürlich war er erregt gewesen, natürlich voller Begierde und in gehobener Stimmung, doch nie hatte er das Gefühl gehabt, der Rolle des Scharfrichters nicht vollkommen gewachsen zu sein.

Aber jetzt war alles schrecklich schiefgelaufen. Plötzlich hatte es ihn überkommen, und zwar keineswegs so, wie er erwartet hatte. Zunächst war die Umgebung anders. Obwohl sein eigenes Zimmer Schauplatz seiner Vorübungen gewesen war, hatte er sich immer vorgestellt, daß der eigentliche Mord an einem anderen, nicht näher bestimmten, möglicherweise leicht ausgefallenen Ort stattfinden würde.

Zudem hatten sich seine Gefühle verändert. Ursprünglich waren wohl Lust, Erregung und Stolz im Spiel gewesen, doch war er nicht auf den überwältigenden Wandel seiner geistigen und körperlichen Empfindungen vorbereitet, der eintrat, nachdem er den ersten Schnitt gemacht hatte. Es war, als wäre tief in seinem Innern ein Licht angegangen, als wäre die Spannung rapide angestiegen. Die so entfesselte Energie war in nichts mit dem vergleichbar, das ihn durch seine Übungen und seine tägliche Routine gebracht hatte. Es war eine schwarze, kochende Flutwelle, die ihn mit sich fortriß, ihn zu immer größerer Raserei trieb, so daß er, als sie sich gelegt und ihn auf dem dunkelroten Bett zurückgelassen hatte, um sich sah und seinen Augen nicht trauen wollte.

Aber vor allem war sie anders. Die Tatsache, daß sie einfach aufgetaucht war. Sich ihm fast angeboten, seine Hand geführt hatte. Und ihr

Körper war anders. Er hatte darauf geachtet, daß das Messer immer so scharf geschliffen war wie eine glänzende Rasierklinge, und er hatte sich vorgestellt, daß es in ihren Körper eindringen würde, als wäre er aus Butter. Doch Scheinangriffe und Sprünge durch die Luft waren eine Sache, Fleisch und Blut eine ganz andere. Verschiedenes kam ihm in den Weg: Knorpel und Sehnen und harte weiße Knochen. Er wußte nicht, welcher Stoß sie getötet hatte. Es schienen so viele nötig zu sein.

Regungslos kauerte er über ihrem Körper. Seltsamerweise war es völlig still. Niemand klopfte gegen die Decke, um sich zu beschweren, niemand kam die Treppe herauf, um an der Tür zu rütteln. Zitternd stand er jetzt auf, wusch sich die Hände, stopfte einige Sachen in eine Tasche, zog sich die Jacke an. Mit der wirklichen Welt kehrte allmählich auch das Gefühl für die Richtigkeit seines Tuns zurück. Er hatte nur getan, was zu tun war. Und wenn das Glück auf seiner Seite war, konnte dies nur ein weiteres Zeichen dafür sein, daß er richtig gehandelt hatte. Er ging zur Tür, ohne sich umzuwenden. Das alles lag jetzt hinter ihm. Er öffnete die Tür und trat auf den Flur.

Bis zum nächsten Mal.

1

Er hatte lange gebraucht, bis er die Photos beisammen hatte. Anfangs war er überhaupt nicht wählerisch gewesen. Jedes einigermaßen bekannte Gesicht war ihm recht. Er hatte selbst solche Leute an die Wand geheftet, die allein dafür berühmt waren, berühmt zu sein. Leute wie Bianca Jagger. Aber schon bald hatte sich dieses Verfahren als äußerst unbefriedigend erwiesen. Zum einen waren sie so schwer zugänglich. Bianca Jagger bekam man nie zu sehen. Sie trat weder im Fernsehen noch im Kino auf. Und niemals im Radio. Gelegentlich gab es Photos von ihr, die sie in einer bestimmten Bar oder Disco im Kreise gänzlicher unbekannter Leute zeigten. Deshalb mußte Bianca fort.

Er fand ein gewisses Vergnügen daran, sie von der Wand zu nehmen. Diejenigen, die es nicht ganz geschafft hatten. Gewöhnlich riß er ihre Gesichter ganz langsam in zwei Hälften, manchmal verbrannte er sie in einer Untertasse, wobei er beobachtete, wie der Teil eines Lächelns oder eine Korkenzieherlocke zusammen mit einer glänzenden Pupille erst hellbraun, dann schwarz wurde und in graue Flocken zerfiel.

Manchmal dauerte es einige Zeit, bis die leere Stelle wieder gefüllt war. Er hatte keine Eile. Nach und nach gestaltete er die drei Wände genauso, wie er es sich vorgestellt hatte. Die vierte war bis auf einige Regale, auf denen er eine Sammlung äußerst ungewöhnlicher Bücher untergebracht hatte, von der Tür eingenommen. Auf gewisse Weise war die dem Fenster gegenüberliegende Wand die befriedigendste. Sicherlich die glanzvollste. Ein Odeon der Stars. Auf »Odeon« war er stolz. Er war in einer amerikanischen Zeitschrift darauf gestoßen, und es schien ihm das treffendste Wort für seine glitzernde Pracht zu sein. Jetzt benutzte er es ständig, ohne sich seiner Herkunft zu erinnern. Unbekannte Wörter übten eine starke Anziehung auf ihn aus, deshalb hatte er immer ein kleines Notizbuch für seine »Aufzeichnungen« bei sich. Viele der Photos waren signiert, einige sogar mit einer Widmung versehen. »Alles Gute, Burt Reynolds«. »Mit den besten Wünschen, Faye Dunaway«. Und sein Name war erwähnt. Sein wirklicher Name, auf den er getauft war. Als er das letzte Mal jemanden in sein Zimmer ließ, hatte sich die Besucherin das Photo von Robert Redford angeschaut (»Für Fenn – mit den besten Wünschen«) und behauptet, die Unterschrift sei lediglich aufgedruckt. Es hatte keinen Zweck, darüber zu streiten. Er wußte, daß es einem einfühlsamen Menschen wie Robert Redford, der für seine Bemühungen um aussterbende Tierarten bekannt war, nicht im Traum einfallen würde, so unaufrichtig zu sein. Das Mädchen hatte nie erfahren, wieso er es später zum Weinen gebracht hatte.

Die zweite Wand war eindeutig von minderer Qualität. Theater- und Fernsehschauspieler, die meisten von dieser Seite des großen Teiches. Ihre Ausstrahlung mußte zwangsläufig schwächer sein. Hollywood war nun einmal einzigartig. Da gab es Ian McKellan, dessen kantiges Gesicht und funkelnde dunkle Augen eine mühsam beherrschte, fiebrige Energie verrieten. Fenn bewunderte solche Menschen: er konnte ihre Gefühle nachvollziehen. Da gab es Schauspieler aus *Die Profis* und *The Sweeney*, und Dennis Waterman in *Minder*. Niemanden aus dem leichteren Genre. Er sah sich nie Komödien an. Hatte er es doch einmal versucht, dann hatte er in einem Zustand höchster Verwirrung das Fernsehen abgeschaltet. Sie schienen immer von Versagern zu handeln. Zwielichtige alte Männer, die sich mühsam durchschlugen, Pläne, die zu nichts führten. Ein junger Amerikaner (Herrgott, wenn er doch die Chancen eines Shelley gehabt hätte) ohne Arbeit. Dumme Frauen, die nicht einmal ein anständiges Essen kochen konnten und sich dann wunderten, wieso sie einsam waren.

Die dritte Wand war den Persönlichkeiten vorbehalten. Mit anderen Worten, Leuten ohne besondere Fähigkeiten oder Talente, die im Gegensatz zu ihm allerdings den Durchbruch geschafft hatten. Leute wie Esther Rantzen und Nicholas Parsons, Terry Wogan und Anna Ford. Genau in der Mitte der Wand war eine leere Stelle, ein Viereck von dreißig Zentimetern Durchmesser.

Einer der Vorteile, die das Leben in London mit sich brachte, war der, daß man die Berühmtheiten leibhaftig zu sehen bekam. Einmal, als er die St. James Street entlanggeschlendert war, hatte er Kenny Everett in einer Drogerie verschwinden sehen. Er war ihm sofort gefolgt, und sie hatten nebeneinander am Tresen gestanden. Als die Verkäuferin auf sie zukam, hatte er, ohne daß sie sich an ihn gewandt hätte, prompt gesagt: »Ich glaube, dieser Gentleman war vor mir dran«, als wisse er um alles in der Welt nicht, wer der Herr neben ihm war. Kenny hatte ihn angesehen, ein bißchen die Stirn gerunzelt, als frage er sich, ob er ihn von irgendwo kannte, und sich dann bedankt. Ein anderes Mal war er bei Harrods zusammen mit Janet Street Porter im Aufzug gewesen.

Mit den Filmstars war das natürlich eine ganz andere Sache. Sie lebten hinter hohen Mauern, die durch Alarmanlagen gesichert waren und von uniformierten Männern mit Dobbermännern patroulliert wurden. Sie verbrachten ihre Zeit damit, braungebrannt ihre Bahnen durch tiefblaues Wasser zu ziehen oder mit einem eisgekühlten Drink und einem Haufen ungelesener Manuskripte neben sich am Swimmingpool zu liegen. Abends kamen sie wie schillernde Paradiesvögel in Gruppen zusammen, tranken Champagner und sahen, wie die Götter in Walhalla durch ihren Ruhm und ihre Schönheit gefangen, durch riesige Panoramafenster auf die Landschaft von Beverly Hills. Und so mußte es auch sein. Er konnte es nicht ertragen, wenn in einem seiner Fanzeitschriften ein Artikel darüber erschien, wie gewöhnlich der eine oder der andere Star tatsächlich war. Wenn sie beim Glasieren eines Kuchens oder bei der Gartenarbeit gezeigt wurden. Danach konnte er ihr Bild nicht mehr an der Wand sehen. Nachdem sie sich erniedrigt hatten.

Das leere Quadrat an der dritten Wand war ihm selbst vorbehalten. Das Photo hatte er zwar bereits, aber er wollte es nicht anbringen, nicht einmal zur Probe an die Wand halten, bevor er es geschafft hätte. Das wäre nicht richtig, und zudem war er abergläubisch. Er war sich vollkommen sicher, daß ihm ein Platz am Sternenhimmel gebührte, doch hatte es keinen Zweck, das Schicksal auf die Probe zu stellen. Das Bild war von einem Kerl in der Great Portland Street gemacht worden, der sich auf Bühnenphotos spezialisiert hatte. Er war auf ziemlichen Umwegen an die Adresse gekommen.

Alles hatte damit begonnen, daß er beschloß, ein berühmter Schriftsteller zu werden. Im Radio hatte er gehört, daß viele gefeierte Autoren ihre Notizbücher jederzeit bei sich hätten, und da er bereits dasselbe tat, schien es ihm ein gutes Omen zu sein: eine Art Fingerzeig für die Zukunft. Doch trotz ernsthafter Prüfung gaben seine Notizen weder den Stoff für einen Roman noch für ein Filmskript her, und allmählich kam er zu dem Schluß, daß die bekannten Schriftsteller ganz anderen Menschen in sehr viel interessanteren Teilen der Welt zugehört und zugeschaut haben mußten.

Auch die Schauspielerei hatte ihn in eine Sackgasse geführt. Er hatte Unterlagen von den verschiedensten Schauspielschulen angefordert, beschlossen, daß lediglich das *Central* und die *Royal Academy of Dramatic Arts* die Mühe wert waren, und dann erfahren, daß seine Eltern nicht bereit waren, die Studiengebühren zu bezahlen. Sein Vater hatte seinen Plänen schon immer ablehnend gegenübergestanden, doch seiner Mutter war es gewöhnlich gelungen, den alten Geizkragen herumzukriegen. Diesmal hatten ihre Bemühungen nicht gefruchtet, und am nächsten Tag war er trotz ihres Gejammers und ihrer flehentlichen Bitten von zuhause weggegangen und nie wieder zurückgekehrt. Wie er erfuhr, vergaben beide Institutionen Stipendien – aber das Problem, ein geeignetes Stück für die Vorsprechprobe und das Geld für einen Lehrer zu finden, der ihn auf die Prüfung vorbereiten könnte, hatte sich als viel zu schwierig erwiesen. Zudem hatte er im Salisbury Square einen Schauspieler namens Brett getroffen, der an der *Royal Academy of Dramatic Arts* der Beste seines Jahrgangs gewesen war und jetzt bei Selfridges als Weihnachtsmann arbeitete, was er als »künstlerische Ruhepause« bezeichnete. Und fünf Jahre nach seinem Abschluß machte der Kerl noch immer jeden Morgen Sprechübungen und verwandte jeden Pfennig, den er erübrigen konnte, auf Theater- und Tanzkurse. Brett hatte ihm erzählt, daß mehr als die Hälfte seiner Kollegen jeden Tag damit rechnen müßten, arbeitslos zu werden, daß man nur als Mitglied der Schauspielergewerkschaft Arbeit finde und dort aufgenommen zu werden, unglaublich schwer sei. Dann hatte er Fenn vorgeschlagen, sich als Photomodell zu versuchen, und ihm die Adresse in der Portland Street gegeben.

Anfangs war der Photograph begeistert gewesen. Er hatte sein Modell sorgfältig vor dem schwarzen Samtvorhang plaziert und mit verschiedenen Lampen hantiert, wobei er immer wieder ausrief: »Diese Wangenknochen sind ein wahres Vergnügen, mein Lieber.« Doch je länger die Sitzung dauerte, desto mißvergnügter schien er zu werden. Er versuchte, Fenn davon abzubringen, direkt in die Kamera zu sehen, hatte seinen Kopf in diese und jene Richtung gewandt und dabei ständig geredet.

»Wir sind heute so ernst. Was ist denn los? Spielt deine Freundin die ewige Jungfrau? Kann ich mir nicht vorstellen. Wir sind doch göttlich wie Adonis. Vielleicht liegt's an der Atombombe – ich weiß doch, daß ihr jungen Leute euch deswegen ins Hemd macht . . . Nein? Dann liegt's wohl am Wetter. Oder sind wir heute mit links aufgestanden? Wenigstens auf einem dieser Bilder will ich ein Lächeln sehen. Modellagenturen und Theaterleute wollen alle Gesichtsausdrücke sehen, die der Künstler aufbringen kann, und je größer die Verwandlungsfähigkeit, desto wahrscheinlicher ist es, daß du einem von ihnen ins Auge fällst. Bis jetzt bist du ein bißchen langweilig gewesen, wenn du weißt, was ich meine. Ich sag' all meinen Kunden, daß sie an etwas Schönes denken sollen. Auf das Leuchten in den Augen kommt es an – viel mehr, als auf die Beleuchtung, die ich benutze. Denk' einfach an jemanden, der dir wirklich etwas bedeutet . . . komm schon, dir wird doch irgend jemand einfallen. Was ist mit deiner Familie . . .? Du liebe

Zeit, wie sich da der Blick verfinstert – entschuldige meine Worte. Wie steht's mit Freunden – bist du noch nicht auf die Richtige gestoßen?«

Er hockte sich hinter die Pentax und seufzte. Unempfindlich wie der Hintern eines Straßenarbeiters und doppelt so hartnäckig. Der Junge sagte: »Sie sind mir wärmstens empfohlen worden. Von einem bekannten Schauspieler.«

»Das glaub' ich dir, mein Lieber«, log der Photograph. Nachdenklich zog er an seinen Tiroler Hosenträgern. »In meiner Kabine hab' ich eine Menge bekannter Gesichter abgelichtet. Wir haben noch immer kein Lächeln im Kasten. Komm schon – tu's mir zuliebe. Hm – jetzt fletschst du die Zähne zu sehr. Wir sind hier noch nicht auf der Vorsprechprobe bei Hammer, weißt du.« Mein Gott, wenn er sich nicht irrte, würden jetzt ein weiteres Stirnrunzeln und ein beleidigter Schmollmund folgen. Nun ja, er hatte sein Bestes getan. Man konnte nicht hervorzaubern, was nicht vorhanden war. Dann sagte er etwas, das er jedesmal am Ende einer Sitzung anbrachte. Die Idee war ihm vor etlichen Jahren gekommen und schien schon längst keine Offenbarung mehr zu sein, doch er brachte sie trotzdem immer wieder an. »Natürlich sieht das Modell auf den guten, professionellen Photos immer so aus, als hätte es den Durchbruch schon geschafft.« Er sah auf und unterbrach seinen Redefluß. Der Junge war wie verwandelt. So hätte ein Flüchtling aussehen können, dem gerade das Visum für das gewünschte Land überreicht worden war. Und nur noch zwei Photos auf dem Film. Er machte sie schnell, mit Leichtigkeit. War es zuvor unmöglich gewesen, etwas Licht und Leben auf das Gesicht des Jungen zu zaubern, schien er sich jetzt nicht mehr beherrschen zu können. Seine Augen glitzerten, als stünden sie voller Tränen, das Blut pulsierte und hinterließ einen warmen roten Fleck auf seinem Gesicht, selbst sein erstaunlich rostbraunes Haar wirkte lebendiger. Es schien einen knisternden Strahlenkranz um seinen Kopf zu bilden. Jegliche Unsicherheit war aus seinem Lächeln verschwunden; ebenso jede Spur von Verletzlichkeit. Lawrence hatte das Lächeln Hunderter hoffnungsvoller junger Männer photographiert, sie beobachtet, während sie sich über den Probeabzügen den Kopf zermarterten, weil sie wußten, daß das eine, welches im Spotlight erscheinen würde, ihr Leben verändern könnte. Und immer hatte eine Spur von Zerbrechlichkeit um den Mund gelegen, wie großspurig oder hübsch das Gesicht sonst auch sein mochte. Hier war das nicht der Fall. Als Lawrence aufblickte, strahlte ihn der Junge immer noch an. Ihm wurde klar, daß er das Stirnrunzeln vorzog. »Das wär's«, sagte er.

Jetzt kniete Fenn in seinem Zimmer vor einem Stapel von Photos. Dieser schwule Photograph hatte versucht, ihn von seiner Entscheidung abzubringen. Von dem Photo, auf dem er direkt in die Kamera sah. Hatte gesagt, es würde ein wenig herausfordernd wirken. Zum Glück konnte Fenn sich vorstellen, was er im Sinn hatte. Solche Versager hatte er längst durchgeschaut. Neidische Kerle, die einen behinderten, wo sie nur konnten. Wie dieser Typ im Salisbury Square. Er mußte gewußt haben, daß dieser Lawrence Soundso ein kleiner Scheißer war. Vielleicht arbeiteten sie ja zusammen, und der Schauspieler bekam Prozente. Sei's drum – nächstes Jahr um diese Zeit wären es Bailey oder Litchfield. Er breitete die Photos aus. Obwohl er sich einer leichten Enttäuschung nicht erwehren konnte, ermutigte ihn die Vielfalt der Bilder, schien sie ihn in seinen Träumen zu bestätigen. Er nahm sie in die Hand, breitete sie fächerartig aus, schob sie dann wieder zusammen, bog sie leicht zurück und ließ sie wie bei einem Kartenspiel zurückschnellen. Das war schon viel besser. Die schnelle Abfolge der weißen, silbernen und schwarzen Bilder ließ sein Gesicht lebendig wie in einem Film erscheinen. Farbphotos hatte er nicht haben wollen, denn er ahnte, daß sie, so professionell sie auch gemacht sein mochten, immer banal und effekthascherisch wie Urlaubsphotos wirken würden. Und er hatte recht gehabt.

Er hörte Mr. Christoforou – seinen Vermieter und Besitzer des Oasis-Imbisses – von unten rufen: »Post.« Er wartete einen Moment, bevor er die Tür öffnete und nach unten ging. Beim Geruch des abgestandenen Fetts zog sich ihm der Magen zusammen. Auf der vierten Treppenstufe lag ein Brief, dessen rotes BBC-Zeichen in der oberen linken Ecke ihn anzuspringen schien. Das würde wohl die Einladung zu einem Bewerbungsgespräch beim Fernsehen sein.

Er hatte sich die Zeitschrift *Contacts* gekauft und sofort alle regionalen Anstalten und Privatsender durchgesehen. Er hatte keineswegs die Absicht, aus London fortzugehen oder sich von irgendeinem windigen Unternehmen ausnehmen zu lassen, um bekannt zu werden. Er beschloß, sich einen Tee zu kochen und den Brief nicht zu öffnen, bis er fertig war. Spüle, Kocher und Teekessel befanden sich hinter einer Trennwand in einer Ecke seines Zimmers. Dort hatte er auch ein Schränkchen mit ein wenig Küchengeschirr angebracht. Eine Tasse mit Untertasse, zwei Tumbler, einen Teller, einen Kochtopf, eine Bratpfanne. Er hatte zwei Tumbler, denn als er sich selbständig gemacht hatte, war ihm eingefallen, daß man einem Mädchen ein Glas Wein oder irgendeinen anderen Drink anbieten mußte. Teil des Vorspiels, wie seine Bücher es nannten. Aber es hatte nicht ganz geklappt. Entweder konnten sie es kaum abwarten, oder sie waren, egal wieviel man ihnen einflößte, zu nichts anderem in der Lage, als sich zu zieren und Gründe zu finden, wieso sie nicht konnten. »Wobei sich die Frage stellt«, wie er einer von ihnen auf, wie er fand, durchaus vernünftige Weise erwidert hatte, »wieso wir überhaupt hierhergekommen sind.«

Außer der Trennwand standen in seinem Zimmer ein schmales Bett mit einem altmodischen Kopfteil aus Eiche, ein Tisch, ein Holzstuhl, eine Kommode, an der zwei Griffe fehlten, und ein Schwarzweißfernseher. Alles war von peinlichster Sauberkeit. Das Licht kam von einer nackten Birne. Er hatte es mit einem Lampenschirm aus Papier versucht, doch das war nur ein weiterer Staubfänger. Er war mit dem Zimmer nicht unzufrieden. Es war ja nur übergangsweise. Ein Vorzimmer. Nur einen Schritt entfernt von dem Drama, das bald beginnen und seinem Leben einen neuen Sinn verleihen würde. Ähnlich dem Ankleideraum eines Schauspielers, dem Ort, an dem er sich seinen Text ins Gedächtnis ruft, sich schminkt und sein Kostüm anlegt, während er über den Lautsprecher den Fortgang des Stücks verfolgt.

Fenn wartete also und bereitete sich darauf vor, berühmt zu werden. Er wußte, wie wichtig es war. Die Zeitungen waren voll von Berichten über junge Leute – einige sogar jünger als er selbst –, die plötzlich im Rampenlicht standen und unfähig waren, mit dem Reichtum und der Bewunderung umzugehen, die darauf folgten. Berühmte Leute waren einer besonderen Luft ausgesetzt, deren Reinheit einen umwerfen konnte, wenn man nicht daran gewöhnt war. Es war, als stehe man auf einem hohen Gipfel, ohne den Aufstieg gemacht zu haben. Dann fing die Nase an zu bluten, und die Adern schwollen an. Ihm würde das nicht passieren. Er ließ sich nicht leicht beeinflussen. Abneigung oder Zuneigung anderer Menschen ließen ihn gleichermaßen kalt. Auf Angst reagierte er schon anders. In der Schule hatten sich einige Mitschüler vor ihm gefürchtet, und das hatte ihm gefallen. Sobald sie Angst hatten, taten die Leute alles, was man von ihnen verlangte.

Er schüttete das kochende Wasser in seine kleine braune Teekanne, legte den Deckel auf, setzte sich und starrte auf den Brief, wobei er sich fragte, wie viele Menschen ein solches Maß an Selbstkontrolle aufbrachten. Die meisten wären die Treppe hinuntergerannt, hätten den Brief an sich gerissen und ihn aufgemacht. Er hatte sich für keine bestimmte Position beworben, denn er war überzeugt, daß es, sobald er beim Fernsehen arbeitete, nur noch eine Frage der Zeit war, bis man auf ihn aufmerksam würde. Offensichtlich würde er eine Grundausbildung machen müssen; zweifelsohne würde man sich gewisse technische Tricks aneignen müssen, aber letzten Endes kam es doch auf die Persönlichkeit an. Auf Aussehen und Persönlichkeit. Er stellte sich vor, was er bei seinem Bewerbungsgespräch tragen würde. Eine hellbraune, engsitzende Trevirahose. Sein beiges Jackett mit den modischen Aufschlägen aus wunderbar weichem Mohairmaterial. Seine hellbraune, seidenglänzende Krawatte, in deren Schnörkelmuster sich die Farbe des Jacketts fortsetzte, und sein hellbraunes Hemd (Nylon) mit unifarbenen Streifen. (Bei Cecil's Gee hatte ein Verkäufer ihm gesagt, es gebe nichts Vornehmeres als mehrere Abstufungen ein und derselben Farbe.)

Er schenkte sich Tee ein, gab ein wenig Kondensmilch und einen halben Teelöffel Zucker hinzu und setzte sich mit dem Brief an den Tisch. Er öffnete den Umschlag, schlitzte ihn behutsam mit einem Messer auf. Zunächst zog er sein Photo heraus, dann einen Brief, der nicht sehr lang war. Es war die Rede von Ausbildung und Erfahrung; von Hintergrundwissen und akademischen Abschlüssen. Man lehnte sein Ersuchen um ein Bewerbungsgespräch ab. Er runzelte die Stirn und begann von vorn zu lesen, sehr langsam und aufmerksam, als habe er bei der ersten hastigen Durchsicht einen wichtigen Punkt übersehen. Er prüfte Namen und Adresse, denn er hoffte, daß der Brief für eine andere Person bestimmt und ihm aus Versehen zugeschickt worden war. Doch die Adresse stimmte. Und es war sein Photo. Er nahm es in die Hand und fühlte sich, als habe ihm jemand in den Magen getreten. Kalter Schweiß trat ihm aufs Gesicht. Er stieß einen langen, zittrigen Seufzer aus. Er hätte wissen müssen, daß der Laden die falsche Adresse war. Man mußte nur die richtigen Leute kennen, dann bekam man alles auf einem silbernen Tablett serviert. Er las den Brief noch einmal. Einen akademischen Abschluß, du liebe Güte. Einen akademischen Abschluß, um vor der Kamera zu sitzen und einen Haufen Scheiße zu erzählen oder die Top Ten vorzustellen. Einen Abschluß in was? Geographie? Englisch? Mathematik? Geschichte? Er ging jedes Fach durch, das er sich nur denken konnte, und bemerkte erstaunt, daß der Brief zu einem Haufen Papierfetzen zusammengeschrumpft war und das Messer in seiner Hand zitterte. Er kehrte die Papierfetzen ordentlich zusammen und ließ sie wie Schneeflocken in einen Plastikeimer unter der Spüle rieseln.

Danach fühlte er sich besser. War in der Lage, die Dinge in einem vernünftigeren Licht zu betrachten. Er erinnerte sich, im *Standard* gelesen zu haben, daß das Fernsehen Opium fürs Volk sei – da mußten sie ja Tausende von Briefen erhalten. Seiner war in dieser Menge einfach untergegangen. Er war den entscheidenden Leuten einfach nicht unter die Augen gekommen. Wahrscheinlich hatte irgend jemand am Fuße der Rangleiter, der Assistent eines Assistenten, die Antwort verfaßt. Jemand, der gerade von der Universität kam; der mit Ach und Krach einen Job beim Fernsehen bekommen hatte und jetzt dafür sorgte, daß kein anderer es schaffte. Wahrscheinlich war er übergewichtig und unattraktiv. Fenn erkannte jetzt, daß es ein Fehler gewesen war, das Photo beizulegen. Er bemerkte, daß er noch immer das Messer in der Hand hielt, und drückte den Verschluß. Die Klinge sprang zurück, und er schob das Messer in seine Tasche. Sein Tee war kalt geworden. Er goß ihn in den Abfluß, spülte die Tasse aus und kehrte zum Tisch zurück, um die nächsten Schritte zu planen.

Es hatte keinen Zweck, an die anderen Anstalten zu schreiben. Die Abteilungsleiter und die Leute an den Schaltstellen der Macht würden seinen Brief ohnehin nicht zu sehen bekommen. Das war ihm jetzt klar. Es würde immer einen Untergebenen geben, der sich ihm in den Weg stellte. Er würde zu anderen Methoden greifen müssen. Aber er würde behutsam vorgehen müssen. Es war wichtig, die Leute nicht zu verstimmen (natürlich nur die, auf die es ankam); auf der anderen Seite mußte er zu ausgefallenen Mitteln greifen, um ihre Aufmerksamkeit zu erlangen, wenn das auf dem üblichen Weg nicht möglich war. Nicht zum ersten Mal verfluchte er seine Eltern. Andere Leute, deren Aussehen und Stil nicht im mindesten an seine Qualitäten heranreichten, waren ganz oben, nur weil sie in die richtige Familie geboren waren. Berühmtheiten waren ein selbstverständlicher Teil ihrer Kindheit, lasen ihnen Gute-Nacht-Geschichten vor, wurden Schwiegereltern und ließen ihre Beziehungen spielen, wenn es soweit war. Und er erkannte niemanden. Doch, dieser Gedanke kam ihm langsam zu Bewußtsein, hatte er es jemals wirklich versucht? Nicht in den richtigen Kreisen aufgewachsen zu sein hieß noch lange nicht, daß es unmöglich war, sich mit anderen Mitteln Gehör zu verschaffen. Man mußte nur clever sein. Psychologisch vorgehen. Berühmte Leute hatten gewisse Bedürfnisse, oder? Sie wollten bewundert werden, wollten hören, daß sie jung waren und von Tausenden geliebt wurden, warum hätten sie sich sonst die Mühe gemacht, berühmt zu werden? Und all das konnte er tun. Zumindest solange es nötig wäre, sich einzuschmeicheln. Hätte er einmal den Fuß im Geschäft, wäre das alles kein Problem mehr.

Er stand auf und ging zu der Wand mit den Persönlichkeiten. Männlich oder weiblich? Auf beide Geschlechter wirkte er attraktiv.

Männer hatten ebensooft wie Mädchen versucht, ihn aufzureißen. Ein älterer Mann wäre vielleicht keine schlechte Wahl, doch dürfte er keinen Sohn haben, was Parkinson von vornherein ausschloß – er hatte drei. Andererseits konnte man beim Fernsehen nicht wissen, welche Leute schwul waren. Im Unterschied zu Malern und Schriftstellern ließen sie sich nichts anmerken. An die wirklichen Spitzenleute würde man wohl schwerlich herankommen; andererseits würden die kleineren Fische nicht nur weniger Einfluß haben, sondern selbst noch auf dem Weg nach oben sein. Es war wichtig, so wichtig, alles richtig zu machen.

Er ging zur anderen Seite des Zimmers. Aus dieser Perspektive schien die Frage der Auswahl überwältigend. Aus der Nähe betrachtet, erinnerte ihn jedes einzelne Viereck an seine eigene Erfolglosigkeit; schien ihn fast dafür tadeln zu wollen. Jetzt schienen sie ineinander zu verschwimmen, schien jedes Gesicht ebenso unwichtig wie das nächste. Er erkannte, daß es ihm unmöglich war, die richtige Wahl zu treffen. Keiner dieser Leute war ihm persönlich bekannt. Wie sollte er da einen gegen den anderen abwägen können? Ebensogut könnte er sich mit verbundenen Augen ein Bild herauspicken. Er erinnerte sich, daß seine Mutter allwöchentlich einen Lottoblock spielen durfte, und wie sie ihre Zahlenkombinationen jedesmal blind mit einer Stricknadel ermittelt hatte. Damals hatte er ihr Verhalten als unsinnig empfunden, doch jetzt erkannte er den Reiz der Sache: den Reiz darin, sich dem Schicksal auszuliefern. Und warum sollte es ihm nicht freundlich gesinnt sein? War er nicht endlich an der Reihe? Hatte er nicht lange genug gewartet? Und das Schönste daran war, daß er nicht verantwortlich wäre. Was immer auch geschehen mochte, niemand konnte mit dem Finger auf ihn zeigen und fragen: »Warum gerade ich?«

Er zog das Messer aus seiner Tasche und ließ es aufschnappen. Plötzlich schien seine Hand verlängert. Eine zusätzliche, silbern glänzende Klaue war hervorgesprungen, funkelte im Licht. Er liebte das Gefühl des Messers in seiner Hand. Es war so anschmiegsam, immer warm und weich. Er kannte das genaue Gewicht des Messers, hätte es auf dem kleinen Finger balancieren können. Er nahm den Arm zurück, verlagerte das Gewicht auf sein hinteres Bein und verharrte einen Moment in dieser Stellung. Dann schloß er die Augen und warf das Messer.

»Sehen wir uns heute die gefrorenen Teddies an? Bei Marks and Spencer's?«

»Nein. Heute mußt du zum Zahnarzt.«

»Dann morgen.«

»Am Samstag. Am Samstag gehen wir zu Marks and Spencer's.«

Kathy biß sich wütend auf die Unterlippe. Rosa beugte sich über das Durcheinander auf dem Frühstückstisch und berührte ihre Hand. »Bis dahin sind's nur noch drei Tage, mein Schatz.«

Sie versuchte sich daran zu erinnern, wie lang drei Tage sein konnten, wenn man sieben Jahre alt war.

Kathys Bruder unterbrach für einen Moment sein Frühstück. Bis jetzt hatte er bereits Würstchen, Tomaten, ein Ei, etliche Toasts mit Marmelade, zwei Mandarinen, etwas Müsli und einen halben Liter Orangensaft verschlungen.

»Kann ich etwas Kaffee haben, Mom?«

»Ich wüßte nicht, was dagegen sprechen sollte. Du hast von allem anderen auf dem Frühstückstisch gekostet.«

Er ging zur Kaffeemaschine. »Willst du noch eine Tasse?«

»Gern.«

Vorsichtig füllte er den Kaffee in große italienische Tonbecher. Durch das Kellerfenster fiel kaltes Sonnenlicht auf sein dichtes, blondes Haar. Für seine dreizehn Jahre war er ziemlich groß und dünn, und die Unmengen an Essen, die er verschlang, schienen irgendeinem unersättlichen Gott in seinen Eingeweiden zum Opfer zu fallen. Sie bemerkte die leichte Vertiefung in seinem Nacken, und noch ebenso weich und zart war wie in seiner Babyzeit, und fragte sich, wann sich das ändern würde. Und ob das dann ein Anzeichen dafür wäre, daß er tatsächlich erwachsen war.

»Möchtest du einen Kaffee, Dad?«

Die *Times*, Leos Schutzschild für den Frühstückstisch, raschelte ein wenig. Er gab einen unverbindlichen Laut zwischen einem Grunzen und einem Murmeln von sich.

»Was glaubst du, was er meint?«

»Ich glaube, er meint . . .« und Rosa ahmte den Laut perfekt nach. Sie und Guy prusteten los. Kathy lächelte ein wenig unsicher. Durch Beobachtung der anderen hatte sie gelernt, daß es in Ordnung war, sich über Dad lustig zu machen, aber sie hatte nicht den Mut, es ihnen gleichzutun. Die *Times* bewegte sich, war bereit zu sprechen. Guy flüsterte: »Ruf' das Orakel an.« Rosa schüttelte den Kopf. Beide wandten sich ihrem Kaffee zu.

Leo sagte: »Ich wünschte, du würdest ein Müsli finden, das nicht losspritzt, sobald man Flüssigkeit darübergießt.«

»Wir haben uns überall danach erkundigt, oh du Allmächtiger!« Pause. Keine Antwort. »Boots and Sainsbury's. Fine Fare und Tesco's. Selbst in dem kleinen griechischen Laden auf der –«

»Schon gut, Guy, schon gut. Iß dein Frühstück auf.«

»Ich hab' schon zu Ende gefrühstückt.«

»Schon? Normalerweise gibst du nicht so schnell auf. Du sitzt erst seit einer halben Stunde am Tisch. Ich hoffe, du bist nicht krank.« Leo senkte die Zeitung, und Rosa fragte sich zum hundertsten Mal, wie ein so freundlicher Mann dermaßen furchterregende Gesichtszüge haben konnte. Als sie sich zum ersten Mal begegnet waren, hatte sie an einen bösen Märchengeist denken müssen. Schwarze Brauen, die oberhalb des Nasenrückens fast zusammengewachsen waren, und dunkle, sehr dunkle Augen. Ein schön geformter Mund mit ein wenig herabgezogenen Mundwinkeln, die seinem Gesicht in Ruhepausen einen traurigen, fast säuerlichen Ausdruck verliehen. Doch jetzt lächelte er und wirkte sehr viel jünger als achtunddreißig.

»Mom, muß ich wirklich zum Zahnarzt?«

Guy sagte: »Mervyns Mutter hat ihm zum fünfzehnten Geburtstag ein Gebiß versprochen.«

»Unsinn.« Leo faltete die Zeitung zusammen. »Geh und hol deinen Mantel. Und iß dein Ei auf, Kathy.«

»Kann ich es nicht Madgewick geben?«

»Er wird es nicht fressen, mein Schatz. Du kennst ihn doch. Er hat gestern schon ein Ei gehabt.« Rosa versuchte sich einzureden, daß die Appetitlosigkeit ihrer Jüngsten nur eine Phase war und sie sich nicht von der Tatsache beirren lassen sollte, daß diese Phase bereits seit zwei Jahren andauerte.

»Im übrigen meint Madgewick, er hätte heute früh auf Huhn Appetit.«

»Stimmt nicht.« Guy war schonungslos offen. »Katzen haben ein äußerst beschränktes Vokabular. Du mußt lernen, deine Fantasie zu zügeln.«

»Warum haben Katzen kein falsches Gebiß? Sie putzen sich nie die Zähne. Warum müssen Katzen nicht zum Zahnarzt?« Kathy warf einen wütenden Blick auf Madgewicks Korb, der neben der Anrichte stand. Er öffnete ein Auge und blinzelte sie verschlafen und gleichgültig an.

Guy hatte ihn eher tot als lebendig, mit gebrochenem Bein und Schwanz, in einem erbärmlichen Zustand vor einer Boutique (Madgewick's Damen- und Herrenmoden) in einer Mülltonne gefunden. Gerettet, gereinigt, gepflegt und unter großen Mühen zusammengeflickt, hatte Madgewick es ihm weniger mit Dankbarkeit als mit einem erstaunlichen Maß an Herablassung und Erhabenheit vergolten. Er hatte einen Schildpattfleck über dem linken Auge, ein weißes Ohr, einen schwarzweißgefleckten Körper, rötlich-gelbe Pfoten und einen gestreiften Schwanz. Von Natur dazu geschaffen, den Narren zu spielen, mimte er mit absoluter Überzeugung den König und schien sich nicht daran zu stören, daß man ihm eher mit Respekt und Bewunderung als mit liebevoller Zuneigung begegnete.

Leo erhob sich. »Da du mit Kathy zum Zahnarzt gehst, nehme ich Guy mit.«

»Ach, Liebling, würdest du das tun?« Sie küßten sich flüchtig auf die Wange. Ein Tageskuß, dachte sie, und erinnerte sich an die intimen Küsse dieser Nacht. Fünfzehn Jahre kannte sie diese Küsse schon und immer noch verspürte sie Spuren dieser aufwühlenden Erregung, der sie ausgeliefert gewesen war, als sie vor dem Krankenhaus von Middlesex auf ihn gewartet hatte.

Als Medizinalassistent hatte er immer müde ausgesehen. Damals waren sie oft in die nächstgelegene Pizzeria gegangen, hatten sich das billigste Gericht bestellt und den Genuß so lange wie möglich hinausgezögert, ohne das Essen kalt werden zu lassen. Leo hatte häufig unter Streß gestanden und während des Essens über seine Sorgen geredet. Manchmal bedrückte ihn die Haltung seiner Kollegen; trotzdem sie in seinem Alter waren, wirkten sie bereits bitter und abgebrüht. Doch meist ging es um einen sterbenen Patienten: »Sie sehen einen an, als könnte man noch irgend etwas für sie tun. Als könnte man ihren Tod verhindern. Die Dinge ungeschehen machen. Als wäre man Gott. In solchen Momenten weiß ich nie, was ich sagen soll.« Da sie ihn liebte, zeigte sie sehr viel Mitgefühl, doch oft fiel es ihr schwer, seinen Worten zu folgen. Sobald sie sein hoffnungslos lichter werdendes Haar betrachtete und beobachtete, wie er mit seinen schlanken, aber kräftigen Fingern gestikulierte und die Gabel umfaßte, wurde ihr Verlangen nach seinem Körper so stark, daß ihr kaum noch Energie für etwas anderes blieb. Sechs Wochen lang hatte er auf der Kinderstation mit Patienten gearbeitet, die an einer tödlichen Krankheit litten, und damals hatte sie geglaubt, er würde aufgeben. Von einem Treffen zum nächsten schien er blasser, älter und erschöpfter zu werden. Aber damals hatten sie bereits gewußt, daß sie heiraten und Kinder haben würden, und es war ihr schwer gefallen zu verstehen, wieso ihm das keinen Trost bereitete.

Jetzt stand er, nach einem teuren, unaufdringlichen Parfüm riechend, in seinem vornehmen Nadelstreifenanzug vor ihr. Er hatte um die zwanzig Pfund zugenommen, ohne daß es ihm abträglich wäre. Seine Schultern waren etwas breiter, und um die Hüfte war er fülliger geworden, das war alles. Guy kam aus der Diele die Treppe hinunter; er trug einen Anorak und hatte einen Sportbeutel in der Hand. Als Leo nach seiner Aktentasche griff, streckte Rosa impulsiv die Hand aus: »Leo –«

»Hm?« Er war zerstreut, in Gedanken bereits im Krankenhaus, doch er hielt inne und sah sie erwartungsvoll an. Rosa fühlte sich unsicher. Sie hatten beide wenig Interesse an erinnerungsträchtigen Gesprächen, denn eigentlich waren sie in ihrer gegenwärtigen Situation sehr glücklich. Zudem warteten die Kinder. »Wird es heute spät werden?«

»Ich glaub' nicht. Ich ruf' dich an. Komm schon, du Riesenbaby.« Gemeinsam mit Guy ging er die Treppe hinauf. Gewöhnlich traf sich Guy um halb vier mit Kathy an deren Schule, und Rosa holte die beiden dort ab. Sie hörte ihn mit seinem Vater reden.

»Warum haben wir keinen Porsche, Dad?«

»So wie du ißt, können wir uns glücklich schätzen, daß wir nicht auf Fahrräder umsteigen müssen.«

»Mervyns Vater hat einen Porsche.«

»Mervyns Vater ist ein Gauner.«

»Ist er nicht – überhaupt nicht! Er ist ein Unternehmer. Dick im Geschäft!«

Als die Haustür ins Schloß fiel, erschienen wieder Rauten farbigen Lichts auf dem Dielenteppich. »Iß deinen Toast auf, Schatz. Ich bin gleich wieder da.« Rosa rannte in das große Wohnzimmer im Erdgeschoß hinauf. Der Citroën stand quer gegenüber auf einem Parkplatz für Anlieger. Sie beobachtete, wie Leo, nachdem er nach rechts und links gesehen hatte, mit dem Arm um die mageren Schultern seines Sohnes die Straße überquerte. Er öffnete die Beifahrertür, und Guy warf erst seinen Turnbeutel, dann sich selbst in das Polster. Leo nahm auf dem Fahrersitz Platz. Keiner von beiden drehte sich um. Warum sollten sie auch? Gewöhnlich stand sie nicht da und winkte, und sie wußte auch nicht, warum sie es heute morgen tat. Einen Moment lang versuchte sie, den Grund herauszufinden. Wieso sollte sie nach langen Jahren ruhiger Zufriedenheit ihr eigenes Glück plötzlich so eindringlich empfinden? Eigentlich neigte sie nicht zur Selbstbeschau, und ihr mit Arbeit und Familienpflichten ausgefüllter Alltag ließ ihr ohnehin wenig Zeit zum Nachdenken. Vieles nahm sie als Selbstverständlichkeit hin. Leos Beständigkeit, Gesundheit und Wohlergehen ihrer Kinder, ihre eigene Gesundheit und ihr Durchhaltevermögen, die finanzielle Sicherheit. Was würde geschehen, wenn es diese Dinge nicht mehr gäbe? Tagtäglich wurde das Lebensgefüge anderer Menschen auseinandergerissen, warum sollte sie dagegen immun sein? Ihre frühere Zufriedenheit kam ihr jetzt wie dumme Selbstgefälligkeit vor. Sie streckte die Hand aus und berührte das glänzende, weiße Holz des Fensterrahmens.

»Mom?« Sie sah auf die Standuhr. Noch fünfzehn Minuten bis zum Zahnarzttermin. Der Alltag hatte begonnen, nahm dankenswerterweise ihre ganze Aufmerksamkeit in Anspruch.

»Moooom . . .?«

»Ich komm' ja schon, Schatz.« Sie eilte aus dem Zimmer.

Fenn ging hinüber zur vierten Wand. Zunächst war er sich nur einer tiefen Enttäuschung bewußt. Das Messer steckte, immer noch vibrierend, zwischen zwei glänzenden Lippen. An der Direktheit des Wurfs war nicht zu zweifeln; da konnte er sich nichts vormachen. Er packte das Messer am Schaft und zog es aus der Wand, dann ging er in die Hocke, bis sein Gesicht auf gleicher Höhe mit dem Photo war.

Sie hatte wunderschöne Augen mit langen, zweifellos falschen Wimpern. Und trotz des feinen Risses, der sich durch ihre Schneidezähne zog, schien sie zu lächeln. Bei ihrem Erfolg und Reichtum war das auch nicht verwunderlich. Seltsam, daß ihm der Rundfunk nicht früher in den Sinn gekommen war, doch jetzt, da die Entscheidung nicht mehr in seinen Händen lag – je länger er darüber nachdachte, desto sinnvoller erschien ihm seine Wahl. Die Enttäuschung ließ allmählich nach, als er über die positiven Aspekte dieser schicksalshaften Änderung seiner Pläne nachdachte. Beim Rundfunk würden sich weniger Leute um die Jobs drängeln, das stand außer Frage, und hätte er sich dort erst einmal etabliert, dürfte es nicht schwerfallen, zum Fernsehen überzuwechseln. Man brauchte nur an Wogan und Jimmy Saville zu denken, um nur zwei Beispiele zu nennen. Er könnte als DJ anfangen – jeder Idiot konnte Platten auflegen und dazu ein paar müde Witze machen – oder Leute interviewen, wozu wahrscheinlich ein wenig Übung nötig wäre, doch der Sender würde ihn sicherlich zu Fortbildungsseminaren schicken.

Er näherte sein Gesicht der hübschen Frau auf dem Photo und lächelte. Er lächelte über den Gegensatz zwischen ihrer Ahnungslosigkeit und seiner Gewißheit. Die Tatsache, daß er im Gegensatz zu ihr um die baldige Änderung in ihrem Leben wußte, genoß er wie einen neuen, erlesenen Geschmack. Er wollte nach draußen laufen, die U-Bahn nehmen und zu ihrem Sender, dem City Radio, fahren. In ihr Büro gehen, dort Platz nehmen und ihr etwas über seine Person erzählen, ihr erklären, wie er dazu gekommen war, gerade sie auszuwählen; aber das würde er natürlich nicht tun. Leute wie sie wollten, daß man sich an die Regeln hielt, selbst wenn viele von ihnen durch ein Hintertürchen an ihren Job gekommen waren. Und was sollten ein paar Tage mehr oder weniger schon ausmachen?

Er nahm ihr Bild von der Wand (jetzt erschien es ihm unangemessen, es unter den anderen Photos zu belassen) und trug es zum Tisch. Dann verließ er sein Zimmer, um einen Kugelschreiber, elegantes blaues Briefpapier und passende Umschläge zu kaufen. Zwar hatte er zuhause noch Papier und Stifte, aber die waren jetzt in seinen Augen verdorben, weil er sie dazu benutzt hatte, Briefe zu schreiben, die nicht zu den gewünschten Resultaten geführt hatten.

Er setzte sich an den Tisch, stellte das Photo auf und zog einen seiner neuen Briefbögen hervor. Er entschied sich für eine einfache Anfrage. Über seine Zukunftspläne würden sie bei ihrem ersten Zusammentreffen reden können. Er schrieb seine Adresse mit äußerster Sorgfalt, achtete darauf, daß der Zeilenabstand gleichmäßig war, und setzte das Datum darunter. Plötzlich schien es entscheidend, den ersten Versuch nicht zu vermasseln. Das unberührte Papier fühlte sich frisch und glatt an. Als ihm bewußt wurde, wie verkrampft er den Stift hielt, lockerte er seinen Griff. Mit der anderen Hand nahm er ihr Photo vom Tisch.

Dieser Mund gefiel ihm tatsächlich. Ihre geöffneten Lippen vermittelten einen Eindruck von Schutzlosigkeit. Um so besser. Eine abgebrühte Karrierefrau könnte anfangs Schwierigkeiten bereiten. Er brachte sein Gesicht so nah an das Photo heran, daß die Konturen verschwammen, und ein bekanntes, erregendes Gefühl der Verwirrung ergriff ihn. Es würde ihn nicht wundern, wenn ihre Gefühle bei ihrem ersten Zusammentreffen ähnlich wären. Ja. Er nickte und lachte auf, als sein Blick auf das Bücherregal fiel. Wenn alles so lief, wie er es sich vorstellte, würde er ihr einiges beibringen können. Ihr wirklich die Augen öffnen. Aber er vergeudete seine Zeit. Er nahm den Stift fest in die Hand und begann zu schreiben.

»Liebe Rosa ...«

Als Rosa das Büro betrat, schaltete Sonia Marshall das Diktiergerät ab, schwang sich auf ihrem Stuhl herum und legte die Hände ruhig in den Schoß. Sie wußte, wie sehr ihre geschäftige, nervlich angespannte Vorgesetzte es schätzte, wenn an ihrem Arbeitsplatz Ruhe herrschte.

»Guten Morgen, Mrs. Gilmour. Ein schöner Tag heute, nicht wahr?« Rosa hatte es aufgegeben, Sonia davon zu überzeugen, sie beim Vornamen zu nennen. »Dieser Hosenrock ist einfach umwerfend. Er ist doch neu, oder?«

Außer dem Hosenrock trug Rosa eine cremefarbene Seidenbluse, eine hellgraue Kaschmirjacke mit einem zimtfarbenen, geflochtenen Ledergürtel, eine Perlenkette und rötlichbraune Stiefel. Ihr langes Haar, das sie nachlässig mit einem elfenbeinfarbenen Kamm auf dem Kopf festgesteckt hatte, begann sich bereits zu lösen.

»Nein. Ich habe ihn letztes Jahr im Winterschlußverkauf bei Harvey Nichols erstanden.« Sie griff nach dem Brieföffner und nahm den Postberg in Angriff, der auf ihrem Schreibtisch lag. Sie hatte Sonia zu überreden versucht, in der Redaktion zu arbeiten, war sich zugleich aber sehr wohl bewußt, daß die anderen Journalisten Sonia dazu ermutigten, in ihrem Raum zu arbeiten. Zur Zeit hatten sich die Journalisten durchgesetzt.

»Ich liebe diese Jahreszeit, Sie nicht? Diese Herbsttage haben so etwas Frisches an sich, nicht wahr? Man möchte geradezu in sie hineinbeißen. Morgens springe ich aus dem Bett . . .«

Morgens, ja? Gütiger Himmel, dachte Rosa, ermahnte sich aber zugleich, nicht gehässig zu werden. Mit dem Brieföffner konnte sie ziemlich viel Lärm machen, wenn sie ihn auf den Schreibtisch sausen ließ. Nach kurzer Zeit bemerkte sie, daß Sonia sich wieder ihrer Maschine zugewandt hatte, ihre hageren, von einem wenig attraktiven Ausschlag verzierten Handgelenke ausstreckte und zu tippen begann. Doch sie hörte nicht auf zu reden. Der Raum war erfüllt von unsäglich kitschigen Phrasen, die nur vom dumpfen Geräusch des Brieföffners unterbrochen wurden. Das alles wäre ja nicht so schlimm, dachte Rosa, wüßte sie nicht, daß ihre Sekretärin sie nicht mochte.

Sonia war zwar ehrgeizig, schwieg sich über ihre Pläne jedoch aus. Ihre jetzige Position erachtete sie lediglich als ein Sprungbrett für ihre Karriere, war jedoch entschlossen, ihre Arbeit gründlich zu machen, solange sie darauf angewiesen war. Scharfsinn und Humor waren ihr gänzlich fremd, sie war nicht sehr intelligent und wäre erstaunt und erschüttert gewesen, hätte sie gewußt, wie durchschaubar ihre Zukunftspläne waren. Rosa, die die bemitleidenswerten Waffen sah, mit denen sich Sonia dafür rüstete, die schwindelnden Höhen der Verwaltungshierarchie zu erklimmen, betrachtete sie mit einer Mischung aus Mitleid und Verärgerung. Die allmorgendliche Verärgerung gewann die Oberhand. Sie unterbrach Sonia mitten in der volltönenden Beschreibung des gestrigen Sonnenuntergangs.

»Bei den meisten dieser Briefe genügt eine Standardantwort, Sonia. Die Kennziffer habe ich jeweils angeheftet. Den Rest erledige ich zuhause, und am Freitag bringe ich das Band mit.«

»Soll ich die Standardbriefe wie gewöhnlich unterschreiben, Mrs. Gilmour?«

»Ja, das wäre nett.«

Es trat eine unangenehme Pause ein. Briefe waren eine heikle Angelegenheit. Vor einigen Wochen hatte Rosa, der es zur Gewohnheit geworden war, einen ganzen Stapel Briefe auf einmal zu unterschreiben, ohne sie zu lesen, einen Absatz entdeckt, der ihr unbekannt vorgekommen war. Sie hatte den Brief überprüft und sich dann den ganzen Stapel vorgenommen. Fast allen Briefen war eine kurze Notiz, eine Art Moralpredigt, hinzugefügt worden, die die Adressaten darauf aufmerkam machte, daß sie sich ihre Schwierigkeiten möglicherweise selbst zuzuschreiben hätten, sich zusammenreißen und etwas mehr Eigeninitiative beweisen sollten. Wie so viele sentimentale Menschen, strömte Sonia vor Freundlichkeit nicht gerade über. Es war zu einer äußerst unangenehmen Auseinandersetzung gekommen: Sonia hatte tränenreich darauf bestanden, daß man sie bei ihrem Bewerbungsgespräch dazu ermutigt hätte, eigenverantwortlich zu arbeiten, und Rosa hatte darauf erwidert, daß sie, so gern sie sich auch Sonias Vorschläge anhörte (das stimmte nicht), erwartete, daß die von ihr diktierten Briefe mit einem gewissen Maß an Korrektheit niedergeschrieben würden.

Sie stopfte etwa neun Briefe in ihre Aktentasche und ließ drei, jeweils mit einer Papierklammer zusammengeheftete Stapel auf ihrem Schreibtisch zurück. Der erste bestand aus Briefen von Leuten, die glaubten, sie verteile Eintrittskarten für eine Karriere beim Rundfunk; der zweite aus ziemlich eindeutigen Verbraucherproblemen, die sie beantwortete, indem sie dem Absender empfahl, sich an die nächste städtische Beratungsstelle oder Konsumentengruppe zu wenden.

»Kurz bevor Sie gekommen sind, hat die London Library angerufen. Das Buch, das Sie bestellt haben, ist jetzt da.«

»Ach, wie schön.« Rosa arbeitete an einer Biographie über den Tenor Michael Kelly und war fast eine Woche aufgehalten worden, weil sie auf *The Libertine Librettist* von April Fitzlyon warten mußte.

»Wie geht's voran? Mit Ihrem Mr. Kelly?« gurrte Sonia. Sie gab sich sehr interessiert und klang wie eine besorgte Mutter, die sich über den Kinderwagen beugt. Rosa widerstand der Versuchung, ihr zu antworten: »Unser Kleiner hat schon wieder ein neues Zähnchen, und er hat fast zwei Pfund zugenommen.«

»Ich bin zufrieden. Ähem ... warum bleiben Sie nicht und erledigen Ihre Arbeit hier, während ich weg bin? Hier haben Sie viel mehr Ruhe als in der Redaktion. Sie werden wahrscheinlich schneller mit der Arbeit vorankommen.« Duffy und seine Leute würden das zu schätzen wissen. Vielleicht würden sie ihr denselben Gefallen tun, wenn ihr Büro nicht besetzt war, was ziemlich oft vorkam.

»Ach nein – danke. Ich habe gern Leute um mich. Ich versteh' einfach nicht, wie sich jemand von seinen Mitmenschen zurückziehen kann. Ich meine ... Menschen sind doch dazu da, einander zu helfen.«

»Nun, ganz wie Sie wollen.«

Als Rosa das Büro verlassen hatte, ging Sonia zum Fenster hinüber und stellte sich, von außen nicht sichtbar, hinter die Jalousien. Sie beobachtete, wie Rosa den schwarzen Golf zurücksetzte und ein deutlich sichtbares, großes weißes RG zum Vorschein kam. Doch auch jetzt blieb sie stehen. Es war oft vorgekommen, daß Rosa kurz vor dem Ausgangstor seitlich ausscherte, auf die Bremse trat und zum Büro zurückrannte, weil sie etwas vergessen hatte. Sie brauchte wirklich eine persönliche Assistentin. Sonia hatte, allerdings erfolglos, versucht, diese Aufgabe zu übernehmen. Keiner ihrer kleinen Gedächtnisstützen war Beachtung geschenkt worden. War sie Rosa mit Sachen, die diese vergessen hatte, hinterhergelaufen, hatte sie nur verärgerte Reaktionen erhalten. Im *Standard* hatte sie sogar eine Anzeige für ein persönliches Nummernschild mit den Initialen RG 100 gesehen, dort angerufen, sich nach den Einzelheiten erkundigt und Rosa eine Notiz ins Fach gelegt. Als sie den Zettel gelesen hatte, war Rosa in Gelächter ausgebrochen und hatte gesagt, sie wisse jetzt, an wen sie sich wenden müsse, wenn ihr die Arbeit beim Sender nicht mehr reiche.

Der Golf war verschwunden. Sonia ging zu Rosas Schreibtisch und setzte sich in den Drehstuhl. Sie schlug den Terminkalender auf. Dieses Jahr hatte Rosa den von EMI behalten und die restlichen zwanzig weggeworfen. Zu Weihnachten schickten die meisten Plattenfirmen und einige der Vertragsagenten Werbegeschenke, was Sonia unverständlich war, da Rosa nicht einmal als DJ arbeitete. Bezeichnenderweise fand sie für diese Woche keinen Eintrag. Rosa hatte in ihrer

Handtasche einen schäbigen Notizblock, in den sie ihre Termine eintrug, und im Büro flogen immer einige Briefumschläge herum, die über und über mit Bemerkungen bekritzelt waren. Sonia biß sich auf die Lippen und seufzte. Sie hatte getan, was sie konnte. Wer konnte mehr verlangen?

Sie richtete sich auf und griff nach Rosas dickem, nüchternem Füllfederhalter. Sie zog den Stapel mit den Briefen der Stellenjäger und die entsprechenden Antwortformulare zu sich hinüber. Hinter dem »Liebe/r« hatte man einen Platz freigelassen, in den der Name des Bittstellers eingetragen wurde. Einige der Unterschriften waren nicht zu entziffern, doch der Absender des ersten Briefes, den sie aufnahm, hatte auf sehr ausgefallene Weise unterschrieben und seinen Namen zusätzlich in Druckschrift daruntergesetzt. Sonia lächelte ein wenig herablassend und begann, das Antwortformular auszufüllen.

»Du dummes –!« Zähl' bis zehn, dachte Rosa, und holte tief Atem. Ein korpulenter Mann war direkt vor ihr auf die Straße getreten und winkte einem Taxi zu ihrer Rechten. Sie hatte sofort gebremst, und er war um ihren Wagen herumgegangen, wobei er mit seiner Aktentasche auf ihre Kühlerhaube geschlagen hatte.

»Die Straße gehört nicht dir allein, weißt du?«

Zähl' lieber bis hundert. Schwerfällig ließ er sich ins Taxi fallen. Halt lieber den Mund, sagte sich Rosa, als ihr kindische Phrasen wie »Verdrück dich, Dickerchen« durch den Kopf schossen. Sie rollte ihr Fenster herunter und streckte ihren Kopf hinaus. Alles, was sie sehen konnte, waren zwei kürbisähnliche Rundungen, die von glänzendem blauen Leinenstoff zusammengehalten wurden. Sie begann zu kichern. Die Kürbisse verschwanden aus ihrem Blickfeld und wurden durch ein Gesicht ersetzt, das sie wütend anstarrte, als das Taxi davonfuhr. Rosa legte den ersten Gang ein und folgte ihm. Sie haßte es, im Stadtverkehr zu fahren, war heute aber wegen Kathys Zahnarzttermin dazu gezwungen. Der Besuch in der Bibliothek hatte die Heimreise noch zusätzlich erschwert. Sie fuhr die High Holbourn hinunter, kam dann über die St. Giles High Street zur Tottenham Court Road.

Sie beschloß, durch den Park nach Hause zu fahren. An den Bäumen hingen zwar noch vereinzelt Blätter, doch der Novemberhimmel war kalt und grau. Sie kam an dem metallenen Skelett der Voliere mit ihrem straff gespannten Drahtnetz vorbei und warf einen Blick auf die Giraffen, die hochmütig über die Koppel staksten und sich auf köstliche Weise über die Leute lustig machten, die vor dem Zaun standen.

Es war an der Zeit, daß sie und Leo wieder mit den Kindern in den Zoo gingen. Der letzte Zoobesuch lag bereits drei Jahre zurück. Vielleicht würden sie es am Sonntag schaffen.

Die Prince Albert hinunter und über die Primrose Hill. Als sie in ihre Wohngegend kam, entspannte sich Rosa zusehends. Leo und sie hatten schon immer im Norden von London gewohnt. Zu Beginn ihrer Ehe hatten sie im Dachgeschoß eines Mietshauses zwei kleine Zimmer bewohnt. Das Royal Free, das Krankenhaus, in dem Leo arbeitete, lag zehn Minuten Fußweg entfernt. Im Flur war ein Münzfernsprecher angebracht, den sie gemeinsam mit den Mietern der unter ihnen liegenden Wohnung benutzten. Ein oder zwei Möbelstücke waren von ihrer Mutter, den Rest hatten sie in einem Second-Hand-Laden in Gospel Oak erstanden. Leos Eltern, die aus unerfindlichen Gründen gegen die Ehe waren, hatten ihnen einen lächerlich pompösen Besteckkasten von Harrods geschenkt: ein zwölfteiliges Besteck mit einem kunstvollen Muster, das über die Griffe rankte. Sie benutzten es täglich, denn Rosa war es ein Vergnügen, das Besteck neben ihrem angeschlagenen, häßlichen Geschirr liegen zu sehen und es danach in das alte Emaillebecken zu werfen. Meist schrubbte sie es dann mit Vim und einem billigen Topfschwamm ab, aber es blieb unerträglich blank und bewahrte sein respektierliches Aussehen. Sie hatten ein verbeultes Küchenutensil, das einer Paellapfanne mit einem langen Griff ähnlich sah, von Leo jedoch einfach als »der Topf« bezeichnet wurde. In dieser Pfanne schmolzen sie Käse, kochten sie Sprotten, machten sie Pfannkuchen, brieten sie Würstchen und Bohnen an. Für Kartoffelpüree mußte sie ebenso herhalten wie für Backobst, und im Sommer hatten sie den grünen Salat darin angemacht. Eines Abends, als Rosa Leo die Teekanne an den Kopf geworfen hatte, hatten sie sogar Tee darin gekocht. Sie fragte sich, wo die Pfanne jetzt wohl sein mochte, und ob ein Liebespaar in einem Second-Hand-Laden darauf gestoßen war und sie mit nach Hause genommen hatte, in ein schäbiges Zimmer mit einem Babyphon gleich neben der Spüle und einem Küchenschrank, dessen eine Schublade ständig klemmte. »Um Himmels willen, Rosa, was ist mit dir los?« murmelte sie vor sich hin. »Sie muß schon seit Jahren hinüber sein.« Ihr fiel ein, daß Leo immer gesagt hatte: »Die guten ins Töpfchen, die schlechten ins Kröpfchen.«

Sie hatten gegessen, wann immer es gepaßt hatte. Zwischen zwei Krankenhausschichten, kurz vor Leos Frühdienst. Sie erinnerte sich, wie sie eines Morgens um Viertel vor drei aufgewacht war und er mit zwei Tellern Currysuppe und einem Stapel Cornedbeefsandwiches neben ihr auf dem Bett gesessen hatte. Ihr gemeinsames Glück war von einer Intensität, wie sie sich gewöhnlich nur angesichts eines bevorstehenden Unglücks einstellt; Streitereien waren selten und von kurzer Dauer, aber sehr geräuschvoll. Hinterher, wenn sie sich geliebt hatten, war ihnen der Anlaß des Streits immer unglaublich albern vorgekommen. Manchmal konnte sich Rosa nicht einmal an ihn erinnern. Jetzt kam es nicht mehr zu Auseinandersetzungen. Warum sollte es auch? Sie hatten beide, was sie wollten. Genug Erfolg, um die mageren Zeiten vergessen zu können, doch nicht soviel, daß das Familienleben darunter litt. Genug Geld, um ein angenehmes Leben zu führen, doch nicht soviel, daß Schuldgefühle aufkamen. Und genug Schlaf. Endlich. Sie erinnerte sich, wie sie das Kino in der Nähe ihrer Wohnung in South End Green besucht hatten. Ein seltener Genuß. Es wurde *Jules et Jim* gezeigt. Um sich herum sah Rosa die Mädchen ihre Köpfe auf zeitgemäße Weise gegen die Schultern ihrer Freunde legen. Im nächsten Augenblick hatte Leos Kopf auf ihrer Schulter gelegen, und kurz darauf war er fest eingeschlafen. Um es ihm so bequem wie möglich zu machen, hatte sie ihm den Mantel um die Schultern gelegt und sich den Film allein angesehen.

Zu der Zeit hatte sie im letzten College-Semester französische Geschichte studiert. Sie hatte mit *cum laude* bestanden und hätte um nichts in der Welt ihr recht chaotisches Eheleben gegen ein möglicherweise besseres Prädikat eintauschen wollen (wozu sie auch heute noch stand).

Camden Highstreet: fast zuhause. Gleich nach dem Abschluß hatte sie bei einem Historiker, der in The Albany wohnte, eine Stelle als Forschungsassistentin angenommen, die mit wenig Außendienst verbunden war. Eine ideale Beschäftigung für eine Frau, die zuhause auf ihr Baby aufpassen mußte. Er war von ihrer Arbeit beeindruckt und hatte sie seinem Neffen weiterempfohlen, der an einer Fernsehdokumentation über den Burenkrieg arbeitete und jemanden suchte, der das in den Bibliotheken bereits vorhandene Filmmaterial durchsah. Sie war scharfsinnig, arbeitete schnell und gründlich; er empfahl sie weiter, und die nächsten zwei Jahre vergingen auf angenehme und anregende Weise. Dann hatte Leo seine Ausbildung abgeschlossen und gleichzeitig eine Erbschaft gemacht.

Eine unverheiratete Tante, die in Kent lebte und die er seit seiner Kindheit nicht mehr gesehen hatte, war gestorben und hatte ihm die Hälfte ihres Vermögens hinterlassen. Die andere Hälfte hatte sie einem Tierheim für Esel vermacht. Das Komische dieser Situation verfehlte weder auf Leo noch auf Rosa ihre Wirkung, und sie verbrachten eine ausgelassene halbe Stunde damit, herauszufinden, für was sie das Geld verwenden würden, wenn das Tierheim ihnen gehörte. Obgleich ungewöhnlich, war ihre Liste umfassend: sie reichte von Hufeisen (bei schlechtem Wetter Gummistiefel) über wasserfeste Hüte zu Pudding mit Schlagsahne, von künstlichen Gebissen für die älteren Tiere bis zu beruhigender Musik für Esel, die aus kaputten Elternhäusern kamen. Bei Begriffen wie Eselei, Eselsbrücke oder Eselsserenade hatten sie sich vor Lachen kaum halten können, und obwohl er nichts verstand, hatte Guy in seinem Bettchen glücklich vor sich hingegluckst. Natürlich lachten sie manchmal noch gemeinsam, dachte Rosa ein wenig verteidigend, als sie vor ihrem Haus parkte, doch weniger häufig und bestimmt nicht über solchen Unsinn. Jeder mußte irgendwann erwachsen werden.

Sie schloß den Wagen ab, blieb einen Moment auf dem Bürgersteig stehen und sah sich ihre Straße an. Selbst vor zwölf Jahren hatten diese Häuser teuer ausgesehen. Für die Anzahlung hatten sie Leos gesamtes Geld verwandt und dennoch eine beträchtliche Hypothek aufnehmen müssen. Obwohl er als Arzt und sie bei City Radio tätig war, wäre es ihnen heutzutage unmöglich, sich in Gloucester Crescent einzukaufen. Vor einigen Wochen war in ihrer Nachbarschaft ein Haus für hunderttausend Pfund verkauft worden.

Sie ging zu dem griechischen Geschäft an der Ecke und kaufte sich ein Kebab zum Mitnehmen. Es war köstlich mariniertes Lammfleisch, gewürzt mit Oregano, in weiches Pita-Brot eingeschlagen, das mit Zwiebeln, Salat und Tomaten garniert und mit herrlich duftendem grünen Olivenöl besprenkelt war, dessen Geruch an die verbrannte Erde und die erbarmungslose Sonne Griechenlands erinnerte.

Als sie die Haustür aufschloß, spürte sie sogleich, daß sie allein war, und fühlte sich erleichtert. Manchmal machten ihr die Anwesenheit von Mrs. Jollit und deren Alltagsgeschichten über die Leute von Finsbury nichts aus; doch heute war es anders. Sie hatte das Buch, auf das sie so lange gewartet hatte, und wollte anfangen zu arbeiten. Sie ging in die Küche hinunter. Die Überreste der gemeinsamen Frühstücksschlacht der Gilmours waren wie durch ein Wunder verschwunden. Der Boden glänzte und die Küche war aufgeräumt und makellos sauber. Sie nahm ein großes Kelchglas von dem Holzregal neben dem Fenster, holte eine Flasche Perrier aus dem Kühlschrank, schnitt eine Zitrone auf, träufelte etwas von dem Saft über ihren Salat und gab ein Stück zusammen mit einigen Eiswürfeln in ihr Glas. Nachdem sie das

Mineralwasser dazu gegeben hatte, riß sie ein Tuch von der Küchenrolle und stellte alles zusammen auf ein Tablett. Sie sah auf die alte Küchenuhr. Noch eine Viertelstunde, dann ging's an die Arbeit. Genug Zeit, um kurz in den *Guardian* zu sehen. Sie biß in das saftige Fleisch.

Sie begann die Frauenseite zu lesen und fragte sich nicht zum ersten Mal, warum Polly Toynbee, mit der sie sich über fast alles einig war, sie so irritierte. Vielleicht lag es daran, daß ihre Artikel jeden Humor vermissen ließen, vielleicht mußte jemand, der so sehr davon überzeugt war, die richtige Meinung zu vertreten, einfach irritierend wirken. Madgewick sprang schwerfällig auf ihren Schoß, ließ ein zufriedenes Schnurren vernehmen und schnupperte an ihrem Mittagessen.

»Du bist ein Schwein, Madgewick. Und du wirst es nicht mögen – es sind Zwiebeln dran.« Er warf ihr einen überheblichen Blick zu, hörte auf zu schnurren und sprang von ihrem Schoß.

Das Mineralwasser hatte einen frischen, klaren Geschmack. Am Tage nahm sie nur wenig zu sich, und Alkohol rührte sie erst am Abend an. Das lag zum einen daran, daß sie ihr Gewicht unter der kleidersprengenden Grenze von hundertvierzehn Pfund halten wollte, und zum anderen konnte sie besser arbeiten, wenn sie ein leichtes Hungergefühl verspürte: als rege ein körperliches Gefühl der Leichtigkeit und Leere ihr Denken an. Sie beendete ihre Mahlzeit und stand auf, um einen Kaffee zu kochen. Da sie allein war, bereitete sie ihn mit einem Tauchsieder zu; dann öffnete sie ihre große Leinentasche.

Es war eine Art Seesack mit etlichen Innentaschen, wasserabweisend und geräumig. Sie kramte einige Tonbänder hervor. Wie alle Kollegen mit einer eigenen Sendung wurde Rosa – obwohl ihr Programm fast keine Musik enthielt – von Solomusikern und Gruppen von Demobändern bombardiert. Neunundneunzig Prozent waren unerträglich: völlig unmusikalische Imitationen dessen, was den Durchbruch an die Spitze der Charts geschafft hatte. Das fehlende Prozent schien nie auf ihrem Schreibtisch zu landen. Die Bänder wurden zusammen mit einer kurzen Notiz und einer Liste der bekanntesten Plattenfirmen an die Absender zurückgeschickt. Guy hörte sich alle an.

»Man kann ja nie wissen, Mom. Vielleicht ist ein zweites Spandau Ballet dabei.«

Was Rosa betraf, war ein Spandau Ballet bereits zu viel. Sie drückte den Tauchkolben hinunter und schenkte sich Kaffee ein. Er roch köstlich. Die Oberfläche war von einer leicht öligen Schicht überzogen. Sie fügte ein wenig Kaffeesahne hinzu, nahm das Buch unter den Arm und verließ die Küche.

Als sie die Treppe hinaufging, spürte sie die ersten Anzeichen einer emotionalen Wandlung, die ihre angenehme Wirkung nie verfehlte. Diese Wandlung erreichte ihren Höhepunkt, sobald sie sich in ihrem Arbeitszimmer an ihren Schreibtisch gesetzt hatte. Es begann mit dem allmählichen Abstreifen ihrer öffentlichen Persönlichkeit. Wie eine Schlange bei der Häutung legte sie mit jedem Schritt auf dem dicken Teppich ein Stück von Rosa Gilmour, Rundfunkmoderatorin und Mutter zweier Kinder ab; entledigte sich ihrer Rolle als Kindermädchen, Küchenchef, Chauffeuse und Vorsteherin einer »Bedürfnisanstalt«. Als sie an die glänzende weiße Tür kam, bebte sie vor Erwartung. Sie drückte die Klinke und betrat ihr Arbeitszimmer.

Dieser Raum war allein ihr vorbehalten. Leo kam selten hierher. Die Kinder nie. Am Fenster stand ein riesiger Nußbaumschreibtisch mit acht Schubladen und einer grünen Schreibtischunterlage aus Leder, deren Ränder mit einem griechischen Friesmuster aus Gold verziert waren. Darauf stand eine schimmernde Vase von orientalischer Schlichtheit. Sie war mit getrockneten Judassilberlingen, Buchenzweigen und ein paar zerfledderten Mohnblumen gefüllt. Rosa setzte sich mit dem Rücken zum Fenster und trank einen großen Schluck Kaffee. Bevor sie das Buch aufnahm, zögerte sie einen Augenblick, um den Raum, der wie eine Tarnkappe wirkte und ihr anderes Ich unsichtbar machte, in sich aufzunehmen.

Obwohl sie ihn vor sieben oder acht Jahren mit verschiedenen Möbelstücken eingerichtet hatte, die entweder selbst gekauft oder Erbstücke waren und aus völlig verschiedenen Epochen stammten, machte er einen ruhigen und harmonischen Eindruck. Einige der Stücke (einen viktorianischen Spiegel mit Laubsägearbeiten oder einen silbernen Photorahmen aus der Zeit Edwards II.) hatte sie in der Einkaufspassage von Camden erstanden, bevor sie wieder modern geworden waren. Hand in Hand war sie mit Leo durch die Geschäfte geschlendert, während Guy, in einem Tragetuch an ihren Körper geschmiegt, seine Zustimmung zu ihren Funden lauthals bekundet hatte. Ihre Mutter hatte ihr einen gemütlichen Sessel und einen großen, schmalen Mahagonischrank geschenkt, in dem sie ihre Bücher aufbewahrte.

Es war ein dunkler Raum – sie hatte ihn schokoladenbraun gestrichen –, der jedoch durch elfenbeinfarbene Fenstersimse und einen Perserteppich aufgehellt wurde, den sie an dem Tag, an dem sie ihren ersten Vertrag beim Rundfunk unterschrieb, bei Liberty's gekauft hatte. Seine ockergelben und aprikosenfarbenen, seine zitronengelben und beigen Schattierungen wirkten vor dem unbenutzten Kamin wie glühende Asche. In einer Ecke des Zimmers hatte sie unauffällig eine Stereoanlage plaziert, deren Lautsprecher an zwei sich gegenüberliegenden Wänden angebracht waren. Als sie die auf dem Flohmarkt von Portobello erstandenen Vorhänge zuhause voller Begeisterung vorführte, hatte Leo, nachdem er einen Blick auf den dreckverkrusteten Chenillestoff geworfen hatte, gemeint, sie ähnelten einem Haufen Elefantenmist. Doch als sie sie etliche Male sorgfältig gewaschen und gespült hatte, war ein weiches Muster aus zarten rostbraunen, rosaroten und hellgrünen Farbtönen zum Vorschein gekommen. Dann hatte sie das Zehnfache ihres Werts bezahlt, um sie säumen zu lassen.

Sie trank den Kaffee aus und stellte die Tasse neben einem gerahmten Photo ihrer Eltern auf den Tisch. Ihr Vater, den sie nie kennengelernt hatte, wirkte in der Uniform eines Oberleutnants der Luftwaffe stolz und ein wenig unsicher; ihre Mutter sah durch ihren dichten weißen Schleier bewundernd zu ihm auf. Fünf Monate später war sie nach einem Luftangriff über den Niederlanden Witwe geworden.

Rosa legte ihr Buch in die Mitte des Schreibtischs. Es beschrieb das Leben von Lorenzo da Ponte, Mozarts Librettisten und Freund von Michael Kelly. Die Biographie, an der sie gerade arbeitete, war Rosa aus etlichen Gründen wichtig. Sie empfand es als erfrischend, sich in die freie und harmonische Welt der Aufklärung zu versetzen, in die Männer wie Newton, Voltaire und Mozart eine so köstliche Ordnung gebracht hatten; und es befriedigte ihren natürlichen Wissensdurst. Sie spürte hartnäckig den Fakten nach und hatte ein gutes Gespür für Querverbindungen, denn in Briefen und Tagebucheintragungen stieß sie auf Anspielungen, die einem weniger aufmerksamen Leser wahrscheinlich entgangen wären. Es machte ihr Spaß, längst verstorbene Figuren zum Leben zu erwecken, sich ihre Lebensweise, ihre Kleidung und ihre Kunstwerke in Gedanken vorzustellen, bis sie meinte, die Straßen von Wien und London förmlich riechen zu können.

Die Diskrepanz zwischen dem, wie die Menschen sich selbst in den verschiedenen Briefen und Memoiren darstellten, und dem, was ihre Freunde (und Feinde) über sie sagten, stellte sie vor Probleme, die sie voller Begeisterung in Angriff nahm, und da ein großer Teil ihres Materials auf französisch war, frischte sie zugleich ihre Sprachkenntnisse auf. Die Zeit, die sie auf diese Arbeit verwenden konnte, war begrenzt, doch das erschien ihr nebensächlich. Sie beschäftigte sich mit einer Sache, die ihr ausgesprochen ernst war und die ihr in vielen Jahren des Studiums entwickeltes akademisches Interesse wachhielt. Einige ihrer Freunde in den Medien und in der Werbung erkundigten sich bei jedem Zusammentreffen mit einem teils wehmütigen, teils ablehnenden Gesichtsausdruck nach ihrer Arbeit, den Rosa bald einzuschätzen wußte. Sie redeten von den Romanen, die sie bald schreiben, von den Dramen und Radierungen, mit denen sie beginnen würden, sobald das leerstehende Zimmer aufgeräumt oder das jüngste Kind in der Schule sei. Aber im Laufe der Zeit, während Rosa mit ihrer Arbeit vorankam, sprachen sie immer von ihren Plänen, als seien sie leidtragende Eltern, die es nicht ertragen konnten, an ihre gesunden Nachkommen zu denken.

Sie nahm einen Reisewecker aus der linken oberen Schreibtischschublade, stellte ihn auf Viertel nach drei und legte ihn wieder zurück. Kurz bevor sie sich an die Arbeit machte, dachte sie daran, wie ruhig und harmonisch ihr Leben doch verlief. Sie fühlte sich wie ein Jongleur, der, durch lange Übung geschult, leuchtende Orangen mit großem Geschick zwischen seinen Händen hin- und herwandern ließ. Lagen Michael Kelly und die Arbeit beim Rundfunk in ihrer gewölbten Hand, so entließ sie Leo und die Kinder in die Welt der Arbeit und der Schule, nur um sie zum geeigneten Zeitpunkt mit der anderen wartenden Hand aufzunehmen.

Sie beugte den Kopf über ihr Buch. Tatsächlich, dachte sie, besteht das größte Glück darin, eine Arbeit zu tun, die das vollkommene Vergessen der eigenen Person einschließt. Voller Zufriedenheit legte sie ihren Schreibblock neben das Buch, nahm einen Stift in die Hand und begann zu lesen.

2

»Und wie werden Sie auf dieser einsamen Insel zurechtkommen, Fenn? Sind Sie praktisch veranlagt? Könnten Sie sich eine Schutzhütte bauen?«

Fenn war sich nicht sicher, wie er auf diese Frage antworten sollte. Er konnte sich vorstellen, daß die Leute ihn für einen Trottel halten würden, wenn er zugab, daß er ein guter Heimwerker war. Auf der anderen Seite wollte er nicht den Eindruck erwecken, einer dieser schwächlichen Typen zu sein, die sich in einer Notsituation nicht zu helfen wußten. Schließlich hatten seine Zuschauer jetzt die Möglichkeit, etwas über den wahren Fenn zu erfahren. Der gefeierte Star sollte aus der Reserve gelockt werden. Gewöhnlich entschied er sich dafür zu erwidern: »Nun, Roy – ich würd's auf jeden Fall versuchen. Für das Ergebnis kann ich allerdings nicht garantieren.« Dem würde er ein Lachen folgen lassen, das den Zuschauern bewies, wie problemlos das Ganze für ihn eigentlich war.

»Und Sie dürfen einen Gegenstand mitnehmen – der allerdings keinen praktischen Wert hat.«

Auch diese Frage hatte ihm zunächst Kopfzerbrechen bereitet. Er schwankte zwischen einer völlig sinnlosen, aber ausgefallenen Sache wie einem Paar Ski und einem Gegenstand, der die Neugierde des Publikums erregen würde. Ihnen einen kleinen Eindruck von seinem Lebensstil vermitteln würde.

»Du bringst mich hier ganz schön in Verlegenheit, Roy. Ich kann mir kaum vorstellen, den Tag ohne meinen seidenen Morgenmantel zu beginnen.« Oder sollte er lieber Kaffee von Fortnum's nennen? Nein – das ging nicht. Schleichwerbung war bei der BBC verboten. Ein paar Flaschen von meinem besten Rotwein? Ja, das war in Ordnung. Ziemlich brillant sogar. Er hatte sich gegen Champagner entschieden, weil ihm das zu gewöhnlich vorkam.

»Und wie steht's mit einem Buch? Auf der Insel sind bereits die Bibel und eine Shakespeare-Ausgabe.«

»In dem Fall, Roy, ist ein anderes Buch gar nicht mehr nötig, oder? Er ist ein großartiger Schriftsteller. Manchmal denke ich, daß nichts der Erwähnung wert ist, was Shakespeare nicht schon einmal in irgendeiner Form gesagt hat.« Bei der Bibel mußte man vorsichtig sein. Einige seiner Fans würden enttäuscht sein, was immer er auch sagte. »Was die Bibel angeht ... sie ist ebenso Teil unseres englischen Erbes wie die Gebäude und Gärten unserer Majestät. Ich bin mir sicher, daß sie wie alle großen Kunstwerke für jeden von uns etwas anderes bedeutet.«

Mit seiner Antwort auf die Buchfrage war er ausgesprochen zufrieden. Soweit er wußte, war bislang kein anderer auf eine so glänzende Lösung gekommen. Damit würde er seine Originalität beweisen. Natürlich würde Roy ihn drängen, ein weiteres Buch zu nennen, und er hatte bereits beschlossen, das zu wählen, welches jeweils an der Spitze der Bestsellerliste stand. Er war wahrhaftig kein begeisterter Leser und konnte – bei dem Gedanken prustete er los – schwerlich ein Buch aus seiner Spezialsammlung vorschlagen.

Für Musik interessierte er sich ebenfalls nicht. Die eine Hälfte der Titel würde er aus den gegenwärtigen Top Ten beziehen, die andere setzte sich aus dem Klassikervorrat der Bibliothek zusammen. Vor einigen Tagen hatte er sich vier davon notiert, und er hatte vor, seine

Liste jeden Monat zu verändern. Er nahm an, daß es bei klassischer Musik ebensolche Trends gab wie bei Popmusik, und wollte auf dem laufenden sein.

Ständig bereitete er sich auf die verschiedenen Situationen vor, mit denen er konfrontiert sein würde, sobald er berühmt wäre, doch *Desert Island Discs* war ihm am liebsten. Die Sendung bewies, daß man es wirklich geschafft hatte. Er wurde nicht müde, seine Antworten auf Roys Fragen immer wieder durchzuspielen. Er hatte Eltern, Schule, Freunde erfunden. Da gab es einen Lehrer, der schon früh sein außergewöhnliches Talent erkannt hatte und ihn adoptieren wollte. Dazu eine ganze Menge Freunde, »die alte Gang«, die ihm keineswegs den Erfolg neideten und mit denen er sich gelegentlich zu einem Streifzug durch die Kneipen traf.

Es wurde allmählich Zeit für den Briefträger. Er änderte die Poptitel auf seiner Plattenliste und legte sie in den Aktenordner, der alle Einzelheiten seines neuen Lebens enthielt. Das ist das wahre Leben, dachte er, und preßte den Ordner fest an seine Brust. Was man sich selbst schafft. Das ist die Wahrheit. Er hatte das eigenartige Gefühl, daß in dem Aktenordner auf undefinierbare Weise sein eigenes Leben aufgehoben war. Es war, als habe er durch die Auflistung von Erfahrungen und die Zusammenstellung von Namen wie ein Alchimist das gewöhnliche Metall, aus dem seine Persönlichkeit geschmiedet war, in pures Gold verwandelt. Er kam sich vor wie eine dieser Figuren in den Zeichentrickfilmen, die zusammenschrumpften und in den Seiten eines Buches verschwanden; als habe er sich, reingewaschen vom Schmutz des Versagens und der Hoffnungslosigkeit, in den Aktenordner verflüchtigt, bis der warme Glanz des Erfolgs ihn zu neuem Leben erwecken würde. Dann würde er sich, angetan mit einem strahlenden Körper, wunderschönen Kleidern und einer engelsgleichen Stimme, erheben und endlich zeigen können, was in ihm steckte.

Er öffnete die Tür. Der Geruch des Bratfetts störte ihn nicht mehr. Er würde nicht mehr lange hier sein. Heute war wieder keine Post gekommen. Vor vier Tagen hatte er ihr geschrieben. Er durfte nicht ungeduldig werden. Eine Frau in ihrer Position wurde bestimmt mit einer Flut von Briefen überschwemmt. Vielleicht war ihre Sekretärin krank geschrieben, und die Post stapelte sich auf ihrem Schreibtisch. Er wollte nicht unvernünftig sein. Er sah auf den Kalender. Montag, der siebzehnte November. Bis Dienstag würde er ihr Zeit lassen.

An diesem Dienstag hieß das Thema ihrer Sendung »Wohnungssuche«. Rosa war wie immer davon gerührt, wie viele Menschen zu glauben schienen, daß sie Wunder vollbringen und ihnen eine Wohnung (oder ein Krankenbett oder sonstiges) beschaffen könne, wenn die Stadtverwaltung versagt hatte. Die Anrufe waren vorhersehbar. Klagen über jahrelange Wartelisten; über andere, meist weniger verdienstvolle Mitmenschen, die bevorzugt behandelt wurden. Und immer wieder der verständliche Haß auf die Boat People und andere verzweifelte Flüchtlinge. Wie schnell doch das Verständnis für die Außenseiter, dieser angeblich so unumstößliche Bestandteil des britischen Charakters, nachließ, wenn Arbeit und Wohnungen knapp wurden! Rosa fragte sich manchmal, wie lange ihr eigenes Mitgefühl, das niemals ernsthaft auf die Probe gestellt worden war, vorhalten würde, wenn sie weder Arbeit noch ein Dach über dem Kopf hätte.

Die Sendung war fast zu Ende. Der Vogelmann hatte angerufen und hielt gerade eine kleine Moralpredigt: ». . . sollte ihre Nestgewohnheiten untersuchen. Man sollte große Gebiete als eine Art Menschenschutzgebiete zur Verfügung stellen und den armen Leuten Material an die Hand geben, mit dem sie sich ihre Nester bauen könnten – nur übergangsweise. Wenn dann wieder Wohnungen frei werden, könnte man diese Nester abbauen. Oder sie ausbauen und für arme Familien stehenlassen.«

Rosa hatte nicht gewußt, ob sie lachen oder weinen sollte, als der Vogelmann begann, regelmäßig an ihrer Sendung teilzunehmen. Aber seine unerschütterliche Überzeugung, daß alle gesellschaftlichen Mißstände durch Beobachtung und Nachahmung der Vögel gelöst werden könnten, hatte das Interesse ihrer Hörer geweckt, und wenn er sich einmal, was selten vorkam, nicht gemeldet hatte, erhielt Rosa eine Flut von Briefen, in denen man sich nach seinem Wohlbefinden erkundigte. Er war immer höflich, hielt sich ziemlich kurz, und Rosa hatte ihn noch nie wegen unflätiger Bemerkungen unterbrechen müssen.

»Meinen Sie so etwas wie Fertighäuser?«

»Genau! Sie wissen immer, was ich meine, Mrs. Gilmour. Es spricht nichts dagegen, Schlamm zu verwenden. Er ist reichlich vorhanden, und unsere Freunde, die Schwalben, kommen gut damit zurecht.«

»Und wenn es regnen sollte?« Rosa bemühte sich, ernst zu bleiben. Gerade hatte sie Louise entdeckt, die hinter der Scheibe zum Kontrollraum das Zwitschern eines Vogels nachahmte.

»Natürlich muß man ihn mit Stroh mischen.«

»Natürlich. Entschuldigen Sie – daran habe ich nicht gedacht.« Impulsiv fügte sie hinzu: »Sie haben so oft zu der Sendung beigetragen, und wir kennen nicht einmal Ihren Namen.«

Sie wünschte, er würde seinen Namen mit Mr. Schwan oder Mr. Sperling angeben, wußte aber, daß ein solcher Zufall zu schön wäre, um wahr zu sein.

»Wenn es Ihnen nichts ausmacht, Mrs. Gilmour, möchte ich meinen Namen nicht nennen. Zu diesem Zeitpunkt fühle ich mich nicht in der Lage, auf eine Flut von Briefen zu antworten.«

Sieh mal an, dachte Rosa, und machte den Fehler, wieder zum Tonraum zu sehen. Louise stand jetzt mit erhobenen Armen hinter der Scheibe. Sie schlug sie auf und ab, wobei sie mit dem Mund ein lautes Kreischen imitierte.

Der Vogelmann hatte die Flatter gemacht. Eine Frau aus dem sechsundzwanzigsten Bezirk begann über ihre Tochter zu reden, die seit sechs Jahren auf der Warteliste für Sozialwohnungen stand und immer wieder übergangen wurde, »weil sie dieses kleine persönliche Problem hat«. Zusammen mit Tausenden von Radiohörern horchte Rosa gespannt auf, doch der Stundenzeiger der Studiouhr rückte vor und ließ sie für immer über Anna Maries Makel im dunkeln. Vielleicht war es besser so. Rosa hatte oft den Eindruck, daß »da draußen« ein hochexplosives Gemisch aus Frustration und Verzweiflung vor sich hinbrodelte, und war dankbar, in dem abseitigen und schalldichten Senderaum zu sitzen.

Sie verabschiedete sich von ihren Hörern, bedeutete Louise mit einem Zeichen, den Musikabspann und die Ansagerin einzuschalten und verließ das Studio in Richtung Kontrollraum. Die nächste Sendung war schon auf Band. Louise überprüfte die Tonstärke, ließ das Band ablaufen und nahm ihre Kopfhörer ab. Rosa lächelte sie an.

Louise fragte: »Was meinst du, wie er heißt?« Sie kramte in ihrer Tasche und zog einen Marsriegel hervor.

»Keine Ahnung. Eigentlich will ich's auch nicht wissen. Armer alter Kerl.«

»Vielleicht ist er gar nicht so alt.«

»Oh – da bin ich mir sicher. Wahrscheinlich wohnt er im Osten von London in einer kleinen Sozialwohnung mit Balkon. Bestimmt achtet er auf ein sauberes und gepflegtes Aussehen und wechselt jeden Tag das Hemd.«

»Und in seinem Bad wird immer etwas Wäsche hängen.«

»Bei gutem Wetter wird er sie an einer Wäscheleine auf seinem Balkon trocknen. Vielleicht hält er sich dort sogar in einem Verschlag ein Kaninchen.«

»Aber auf keinen Fall Vögel in einem Käfig.«

Louise hatte selbst etwas Ähnlichkeit mit einem Vogel, dachte Rosa. Ihr kanariengelbes Haar fiel, weich wie das Gefieder eines Jungvogels, auf ihre Schultern, und ihr Körper war zartgliedrig wie der eines Spatzen. Wie immer trug sie eine außergewöhnliche Kombination aus verschiedensten Kleidungsstücken: bunte Stiefel (ein Rautenmuster aus vielfarbigen Wildlederstreifen), zwei Röcke – der eine war aus ockerfarbenem Samt und reichte ihr bis an die Stiefelspitzen, während der andere, übersät mit winzigen Spiegeln und ausgefallener Stickerei, nicht länger war als eine Schürze. Dazu trug sie einen Pullover mit weiten Ärmeln aus spitzenähnlichem Stoff und eine Patchworkweste mit flatternden Bändern. Anmutig biß sie in einen Marsriegel.

»Der wievielte ist das heute?«

»Der fünfte. Nein, ich hab' gelogen, der sechste.«

»Es ist erst zwölf Uhr.«

»Ich hatte zwei zum Frühstück.«

»Ich hab' gedacht, du wolltest dich einschränken.«

»Ich hab' mich eingeschränkt. Gestern hatte ich drei zum Frühstück.«

»Ahhh . . .«

»Und ich habe entdeckt, daß man eine umwerfende Zuckersauce machen kann, wenn man sie in einem Turmtopf schmilzt.« Bei der Erinnerung leuchteten Louises Augen auf. »Man kann sie über alles gießen. Wie Bratensaft.«

»Wenn du vierzig bist, wirst du das bereuen.«

Das einzige Problem war, daß Louises Haut glänzte wie das Innere einer Muschelschale, und sie in der Taille neunzehn Zoll maß. Ein Zoll für jedes Jahr. Warum sollte sie glauben, daß weitere zwanzig Jahre sie in eine mütterliche Matrone verwandeln würden? Rosa dachte daran, wie sie sich mit neunzehn Jahren gefühlt hatte. Man war sich nicht nur sicher, daß man nie im Leben vierzig würde, sondern fühlte sich unsterblich.

»Kommst du zum Mittagessen mit in die Kantine, Rosa?«

»Nein. Ich hab' noch ein paar Einkäufe zu erledigen. Außerdem vergeht einem der Appetit, wenn man dir beim Mampfen zusieht.«

»Schade . . . Der arme Duffy.«

Mike Duffield, Nachrichtensprecher und Sportreporter, hatte eine

Schwäche für Rosa, von der alle beim Sender wußten. Das hieß, alle außer Rosa, die seine romantischen Sticheleien und feurigen Blicke über den Rand eines Kaffeebechers aus Plastik für einen Scherz hielt. Manchmal hatte sie es satt, manchmal bemerkte sie es kaum, doch sie hatte ihn nie ernstgenommen.

»Seine schmachtenden Blicke werden heute wohl unerwidert bleiben müssen. Es scheint ihm nicht viel auszumachen. Apropos, wie steht's denn um dein Liebesleben?«

»Ach ... weißt du. Ein bißchen eintönig ...«

Als eintönig konnte man Louises Liebesleben eigentlich nie bezeichnen. Als Rosa sich einmal über die erstaunliche Fluktuation von Louises Liebhabern geäußert hatte, war die Antwort gewesen:

»Na ja, es ist halt wie mit Büchern, oder? Hat man sie einmal gelesen, will man nicht wieder von vorn anfangen. Man sucht sich ein anderes.«

Mit neunzehn war Rosa seit sechs Monaten verheiratet. Sie sah zu, wie Louise mit geschickten und einfühlsamen Fingern das Kontrollpult bediente, und dachte, wie schön es wäre, wenn das Mädchen ein bißchen mehr Ehrgeiz entwickeln würde. Sie hatte eine heitere, offene Persönlichkeit, war intelligent und sprühte vor Energie, begnügte sich aber damit, von einem Tag zum nächsten zu leben, ohne sich Gedanken um ihre Zukunft zu machen. Rosa kam nicht umhin, sie mit Sonia zu vergleichen, die zwar viel Ehrgeiz entwickelte, aber nichts hatte, mit dem sie ihm gerecht werden könnte. Als habe sie ihre Gedanken erraten, meinte Louise:

»Hast du heute schon Rebecca von der Sunbrooke Farm gesehen?«

»Nein. Und ich werde mich schleunigst davonmachen, bevor es dazu kommen kann. Außerdem hat sie genug zu tun.«

»Dann geh' lieber nicht in dein Büro. Ich habe gehört, wie Duffy zu ihr sagte, in deinem Zimmer wäre das Arbeiten sehr viel angenehmer als in der Redaktion.«

»Dieser Mistkerl!« Rosa mußte lachen. »Dann mach' ich mich jetzt auf den Weg.«

»Bis bald.«

Louise zog ihren siebten Marsriegel aus der knisternden, braunen Verpackung, als Rosa die filzbeschlagene Tür aufstieß. Gleich um die Ecke stieß sie auf Sonia und machte sich auf einen ihrer zuckersüßen Wortschwälle gefaßt, doch Sonia wandte sich ab, als habe sie Rosa nicht gesehen. Sie trug ein Tablett mit einer Kaffeetasse und war ziemlich rot im Gesicht.

Der Brief war gekommen. Diesmal war er nicht ruhig geblieben, sondern hätte vor lauter Ungeduld fast den Umschlag zerrissen. Ungläubig starrte er jetzt auf das Stück Papier in seiner Hand und setzte sich auf einen Stuhl. Er konnte es einfach nicht glauben. Sie hatte sich nicht einmal die Mühe gemacht, ihm persönlich zu antworten. Es war ein vorgedrucktes Formular, in das mit Tinte sein Name eingesetzt war. Sie hoffte, er hätte »Verständnis für eine so unpersönliche Antwort«, doch die »überwältigende Postmenge« mache es ihr leider unmöglich, jeden Brief persönlich zu beantworten, so gern sie es auch wollte.

So gern sie es auch wollte! Was für ein Quatsch! Er umschloß den Brief so fest, daß seine Knöchel weiß hervortraten. Obwohl sie clever war. Sehr geschickt, wie sie ihn auf die Wichtigkeit ihrer Person hinwies. Wie sie ihm vorzumachen versuchte, daß sie sich vor Fanpost kaum retten könnte und ihr Leben aus lauter wichtigen Dingen bestand. Wirklich verdammt geschickt!

Er ging zu seinem Tisch hinüber und starrte ihr Bild an. Vor Wut und Enttäuschung schossen ihm Tränen in die Augen. Und jetzt konnte er nichts mehr ändern. Die Würfel waren gefallen, wie man so schön sagte. Als das Messer seine linke Hand verlassen hatte, war seine Entscheidungsfreiheit mit ihm gegangen. Er war wie ein Bittsteller, der sich vor das Orakel gekniet und darauf gewartet hatte, daß ihm sein Schicksal kundgetan wurde; daß ihm der Weg gewiesen wurde. Und sie war sein Schicksal.

Er nahm wieder auf dem harten Stuhl Platz. Er zwang sich, ruhiger zu atmen und die Muskeln zu entspannen. Die Finger seiner rechten Hand waren gekrümmt wie die Fänge eines Raubvogels. Einzeln streckte er sie aus. Der Brief fiel zu Boden. Er hob ihn auf und glättete ihn. Und dann fiel ihm etwas auf.

Die Ablehnung hatte ihn so überwältigt, daß er versäumt hatte, den Brief bis zu Ende zu lesen. Als er jetzt den letzten Absatz überflog, bemerkte er, daß der Brief überhaupt nicht von Rosa Gilmour stammte. Zwar kam er aus ihrem Büro, aber unterschrieben hatte ihn jemand anders. Schon wieder das gleiche. Genau wie bei der BBC. Irgendeine Sekretärin hatte es auf sich genommen, den Brief abzufangen und ihm eine Antwort zu schicken. Rosa hatte ihn nicht einmal zu sehen bekommen. Er war erleichtert. Er sah sich die verkrampfte kleine Unterschrift näher an: »Sonia Marshall«.

Sonia Marshall sollte sich lieber vorsehen. Hätte er sich einmal bei City Radio etabliert, würde sie sich nach einer neuen Stelle umsehen müssen. Er strich das Papier glatt und notierte sich Rosas Anschrift und Büronummer, dann warf er den Brief in seinen grauen Mülleimer. Er zog den Stuhl an den Tisch, holte ein neues Blatt Papier hervor und versuchte sich zu konzentrieren. Wie sollte er weiter vorgehen? Hauptsache war, mit Rosa Kontakt aufzunehmen. Er würde es im Studio versuchen. Sollte er sie dort nicht erreichen, würde er bei ihr zuhause anrufen. Oder sollte er ihr lieber schreiben? Ja – das war die Lösung. Wenn er ihr nach Hause schrieb, würde sie den Brief auf jeden Fall erhalten. Und in einem Brief konnte er sich präsziser ausdrücken. Welchen Eindruck würde es denn machen, wenn das Telefon ständig piepste, weil er mit den Zehnpfennigstücken nicht nachkam? Und sie würde ihn vielleicht von vornherein ablehnen, weil er kein privates Telefon hatte. Würde wahrscheinlich denken, er hätte nicht das richtige Format. Er kramte sein Kleingeld hervor. Drei Zehner und ein Fünfziger. Das müßte reichen. Es war ja nur ein Ortsgespräch.

Mit dem Notizblock in der Hand rannte er in die Diele hinunter. Oberhalb des Münzfernsprechers hing eine riesige Werbung für karibische Softdrinks. Eine große schwarze Frau mit einem Turban schwenkte einige Ananas wie Handgranaten gegen einen tiefblauen Ozean. Ihre Zähne waren weiß wie der Sand. Einige waren mit Tinte vollgeschmiert, auf anderen standen Telefonnummern. Der rissige Linoleumfußboden unter dem Telefon starrte vor Dreck. Er legte sein Notizbuch auf den Münzfernsprecher, warf zwei Groschen ein und wählte. Tut. »Hier City Radio.«

»Könnte ich bitte Rosa sprechen?«

»Wen bitte?«

»Rosa.« Nachsichtig und leicht amüsiert fügte er hinzu: »Rosa wie in Gilmour.«

»Oh. Ich glaube, Mrs. Gilmour ist nicht im Haus, aber ich werde Sie mit ihrem Büro verbinden.«

Mrs. Gilmour? Er hatte nicht damit gerechnet, daß sie verheiratet war. Aus irgendeinem Grund mißfiel ihm das. Es knackte ein paarmal in der Leitung.

»Nein. Tut mir leid. Versuchen Sie's doch am Freitag nach der Sendung. Zu Ende ist sie um . . .«

»Ich weiß, wann ihre Sendung zu Ende ist. Hören Sie – vielleicht hätte ich es Ihnen schon früher erklären sollen. Ich rufe in einer Privatsache an. Rosa ist eine gute Freundin von mir.«

»Nehmen Sie's mir nicht übel, aber Sie sind wohl eher derjenige, der nicht verstehen will.« Jetzt war es an der Telefonistin, Nachsicht zu üben. »Mrs. Gilmour ist nicht hier. Ich kann sie auch nicht herzaubern.«

Verdammtes Miststück. Er wußte nicht, was er sagen sollte. Bei diesen Leuten wußte man nie, wann sie einem Lügen auftischten. Auf der anderen Seite hatte es keinen Zweck, sie zu diesem Zeitpunkt unnötig zu verärgern.

»Nun gut. Okay . . . ich . . . hm . . . werde sie zu Hause anrufen.«

»In Ordnung. Vielen Dank für Ihren Anruf, Auf Wieder –«

»Einen Moment.«

»Ja?«

»Würden Sie mir bitte ihre Nummer geben?«

»Ihre Privatnummer?«

»Genau.«

»Aber . . . haben Sie die denn nicht, Sir? Ich meine – Sie sind doch mit ihr befreundet.«

Die Kanaille. »Wie ist Ihr Name?« Das hatte gesessen. Eine Pause. Im Hintergrund hörte er ein gedämpftes Flüstern. Es hörte sich an wie ein Schluchzen. Dann sagte irgend jemand etwas, das er nicht verstehen konnte. Es mußte jemand bei ihr sein. Er hatte recht. Ein zweites Mädchen kam ans Telefon.

»Kann ich Ihnen behilflich sein?«

»Ich glaube, Ihre Kollegin hat Ihnen die Situation bereits erklärt. Ich hätte gern Mrs. Gilmours Privatnummer.«

»Tut mir leid. Es ist uns nicht gestattet, Privatnummern weiterzugeben.«

»Oh.« Er mußte gestehen, daß das ein Rückschlag war. Am besten kam er auf die Idee mit dem Brief zurück. »Und wie steht's mit ihrer Adresse? Ich will ihr eine kurze Nachricht hinterlassen.«

»Das geht leider auch nicht. Wenn Sie an *Rosas Karussell* schreiben, wird sie den Brief sicher bekommen.«

»Wissen Sie, ich hab' mein Adreßbuch verlegt. Ich habe Rosa versprochen, daß ich sie heute anrufe. Sie wird sauer sein, wenn ich's nicht tu.«

»Mrs. Gilmour wird morgen im Studio sein. Wenn Sie mir Ihren Namen und Telefonnummer geben, werde ich sie an Mrs. Gilmour weiterleiten.« Den Teufel würde sie tun. Seine Nachricht würde da landen, wo sein Brief bereits war: bei irgendeiner blöden Sekretärin. Sie fügte hinzu: »Ich würde meinen Job verlieren, wenn ich Ihnen diese Art von Information geben würde.«

Er dachte schnell nach. »Um ehrlich zu sein, werde ich heute abend bei ihr zum Abendessen erwartet, und ich schaff' es zeitlich einfach nicht.« Das war gut. Sehr einfallsreich. Es kam darauf an, blitzschnell zu schalten. Das unterschied den Mann vom Jungen. »Offensichtlich muß ich ihr also absagen.«

»Ich verstehe.« Pause. Damit hatte sie nicht gerechnet. »In dem Fall wird es mir ein Vergnügen sein, sie zuhause anzurufen und ihr die Nachricht mitzuteilen. Würden Sie mir bitte Ihren Namen nennen?«

Ein Piepsignal kündigte das Ende des Telefonats an. Kurz bevor die Leitung unterbrochen wurde, hörte er die beiden idiotisch kichern. Er war versucht, den Hörer gegen die Wand zu werfen, legte ihn aber sanft, fast zärtlich auf die Gabel zurück. Selbstkontrolle war sein oberstes Gebot. Immerhin konnt er Rosa für das Geschehene nicht verantwortlich machen. Die Tatsache, daß ihm an jeder Ecke Steine in den Weg gelegt wurden, hatte nichts mit ihr zu tun. Und irgendwann, sagte er sich, würden die Mädchen für ihn dasselbe tun. Würden ihn vor begeisterten Fans abschirmen. Und dafür würde er ihnen dankbar sein. Vielleicht würde er sie sogar an den heutigen Vorfall erinnern. Sie würden sich peinlich berührt fühlen, bis sie sahen, daß er lachte.

Aber das brachte ihn auch nicht weiter, dachte er, als er die Treppe hinaufging. Wieder am Tisch, strich er hastig seine Notizen durch: Rosa kontaktieren (Büro/Studio). Rosa kontaktieren (zuhause). Dann starrte er lange auf seinen Block.

Er schien vor einem unüberwindlichen Hindernis zu stehen. Er hatte sich immer für einen Menschen gehalten, der in schwierigen Situationen am effektivsten war. »Widrigkeiten bringen meine besten Seiten zum Vorschein«, hatte er immer behauptet. Tatsächlich hing über seinem Waschbecken ein Spruch, der es weitaus besser, als er je könnte, auf den Punkt brachte: »Unmögliches erledigen wir sofort. Wunder brauchen etwas länger.«

Er holte den Brief aus dem Mülleimer. Er mußte versuchen, ihn mit mehr Abstand zu lesen. Alles persönlich zu nehmen bereitete ihm nichts als Kopfschmerzen. Vielleicht kam ihm beim Lesen eine Idee. Er strich das Papier glatt. Unter der Unterschrift stand noch etwas. »Persönliche Sekretärin«. Zwischen »Sonia Marshall« und »pp. Rosa Gilmour« hatte sie »Persönliche Sekretärin« geschrieben. Das war eine Verbindung, die es zu verfolgen galt. Hatte man erst mal die Sekretärin, kam man auch an die Chefin heran. Es war ja so einfach. Es wäre ein Kinderspiel. Und ein unterhaltsames dazu.

Wieder las er sich die aalglatten Phrasen durch, die sie ihm in ihrer Gleichgültigkeit geschickt hatte. Eigentlich war es zum Totlachen. Ja, er war Sonia Marshall etwas schuldig. Aber sie wäre diejenige, die bezahlen müßte.

Rosa bemerkte sehr wohl, daß Sonia in der einen Ecke des Raumes hockte, als habe sie einen Besen verschluckt. Vom morgendlichen Biß in den knackigen Herbsthimmel konnte heute nicht die Rede sein. Auch die vertraulichen Erkundigungen nach Michael Kelly oder Rosas Privatleben fielen aus. Was blieb, war ein kühles »Guten Morgen, Mrs. Gilmour« zur Begrüßung und dann das anhaltende, unpersönliche Rattern der Schreibmaschine. Das war zwar äußerst ungewöhnlich, kam Rosa aber nicht ungelegen.

Sie war ohnehin zu spät dran, denn heute hatte sie nicht vor Mrs. Jollit und deren sogenanntem täglichen Schnelldurchgang flüchten können. Rosa war erst ein- oder zweimal Zeuge dieses Wirbelwinds gewesen und hatte, wie von einer unbekannten Zentrifugalkraft an die Wand gepreßt, tatenlos zugesehen, bis sich der Sturm gelegt hatte. Sie hatte an den Walt-Disney-Cartoon »Der Zauberlehrling« denken müssen, in dem sich Besen und Mops wie aus eigener Kraft an die Arbeit machen. Mrs. Jollit schien die verschiedenen Putzgeräte weniger zu benutzen, als sie magisch anzuziehen. Gewöhnlich blies sie ihre von aufgeplatzen Äderchen durchzogenen Wangen auf und stieß zischend den Atem aus, bevor sie sich an die Arbeit begab.

Heute morgen hatte Mrs. Jollit ein Krebsgeschwür im linken Knie. Als sie vor drei Jahren zu Rosa gekommen war, hatte sie über schreckliche Schmerzen in der Schulter geklagt und behauptet, es sei Krebs. Rosa hatte sofort Mitleid gehabt. Wie viele Frauen neigte sie dazu, bei der geringsten Andeutung über einen Schmerz unbekannter Herkunft oder über unerklärliche Beschwerden das Schlimmste zu befürchten, deshalb hatte sie Mrs. Jollit zu ihrer beider Beruhigung zu ihrem Hausarzt geschickt und die Röntgenkosten übernommen. Die Röntgenaufnahme zeigte eine vollkommen gesunde Schulter. Seitdem hatte Mrs. Jollit Krebsgeschwüre in der Lunge, dem Herzen, den Nieren und der Milz gehabt. An den Nerven, in der Wirbelsäule, in der Leber und in der Gebärmutter. Bislang war der einzige wichtige Körperteil, der sich nicht dem Krebs gebeugt hatte, das Gehirn gewesen, und wie Leo sagte, würde jede Krankheit, die Mrs. Jollits Gehirn ausmachen könne, in die Geschichte der Medizin eingehen. Die unablässige Saga ihres regen Innenlebens wurde nur durch Geschichten über Gavin, ihrem jüngsten Enkel, unterbrochen, auf den die Polizei es aus ihr unverständlichen Gründen irgendwie abgesehen hatte. Ihre angesichts der apokalyptischen Enthüllungen monotone und gleichgültige Stimme folgte Rosa bis zur Tür.

»Heute hab' ich schon tausend Ängste ausgestanden, das können Sie mir glauben.«

Rosa sah flüchtig die Post durch. Eine halbe Stunde verging. Nur zwei Briefe waren ein wenig komplizierter und erforderten die Durchsicht gewisser Akten und ein Telefongespräch. Sie beschloß, einen Kaffee zu machen. Nachdem sie sich monatelang gewünscht hatte, Sonia würde mit dem Geplapper aufhören, damit sie in Ruhe nachdenken könne, begann das Schweigen des Mädchens sie jetzt seltsamerweise zu irritieren.

»Ich mache einen Kaffee. Möchten Sie auch einen?«

»Nein danke, Mrs. Gilmour.« Ratter, ratter. Kling, kling.

»Ganz wie Sie wünschen.« Rosa holte eine Tasse und eine Tüte Milch. Sie haßte Instantmilch und hatte deshalb einen kleinen Kühlschrank in ihrem Büro stehen. Darin bewahrte sie auch eine Flasche Wein und ein paar Gläser auf. Sie nahm an, daß Sonia sie mit ihrem ablehnenden Verhalten dazu auffordern wollte, Fragen zu stellen und sich zu erkundigen, was los sei. Nun, sie dachte nicht im Schlaf daran, sich provozieren zu lassen. Vielmehr würde sie die Ruhe nutzen, um mit ihrer Arbeit voranzukommen. Lange konnte das Schweigen ohnehin nicht mehr dauern. Als der Kaffee seinen Duft zu entfalten begann, war die Atmosphäre bereits unerträglich.

»Sonia, was ist los mit Ihnen?«

»Was soll mit mir los sein, Mrs. Gilmour?« Ratter, ratter. Kling, kling. Bäng. Sonia bediente den Transporthebel mit solcher Wucht, daß Rosa sich nicht gewundert hätte, wenn der Wagen abgehoben hätte und durch das Fenster geflogen wäre. »Herrgott. Was könnte denn schon mit mir los sein?«

Rosa schenkte sich einen Kaffee ein, nahm den Aktenordner mit den Rentengesetzen zur Hand und begann darin zu blättern. Sie konnte sich nicht konzentrieren, und ihr Blick wanderte wieder zu Sonias Rücken. Die Ablehnung war förmlich spürbar, schien um Sonias Schultern zu liegen wie Ektoplasma um einen Zellkern. Rosa setzte gerade zu einem zweiten Versuch an, als Sonia zu sprechen begann.

»Tut mir leid, daß ich heute nicht in der Redaktion bin, Mrs. Gilmour. Die anderen sind alle im Außendienst, und Mr. Winthrop nutzt den Raum für Bewerbungsgespräche.«

Das war es also. Rosa erinnerte sich, Sonia begegnet zu sein, als sie neulich den Kontrollraum verlassen hatte. Ihr fiel ein, daß Sonia eine Tasse Kaffee auf ihrem Tablett stehen hatte. Sie nahm ihre Pflichten als Sekretärin sehr ernst, war oft zuvorkommender als nötig. Rosa hatte ihr mehr als einmal klarzumachen versucht, daß sie nach ihrer Sendung keinen Kaffee brauchte. Sie mußte vor der Tür zum Studio gestanden haben und losgelaufen sein, sobald sie hörte, daß sich Rosa von ihren Hörern verabschiedete.

Rosa fühlte sich erbärmlich. Ihr schlechtes Gewissen setzte ihr zu. Louise und sie hatten zusammen gelacht, daran erinnerte sie sich genau. Sie hatten darüber gelacht, daß sich die Reporter und Rosa Sonia gegenseitig zuzuschieben versuchten. Voller Mitleid blickte sie auf Sonias magere Schultern. Wie erniedrigend mußte es sein, sich als einfache Frau ohne besondere Fähigkeiten gegen die stärkste Konkurrenz behaupten zu wollen und zu glauben, man werde von den anderen Menschen nur akzeptiert, wenn man ständig eine gute Laune an den Tag legte, und sei sie noch so gekünstelt. Und dann zwei Frauen über sich lachen zu hören, die bereits alles erreicht hatten, nach dem man strebte, und es sich leisten konnten, unfreundlich zu sein, ohne den kürzeren zu ziehen?

Das Schweigen zog sich in die Länge. Rosa fühlte sich von ihren Gedanken in die Enge getrieben. Was konnte sie schon machen? Entschuldigte sie sich, würde sie der verletzten Sonia nur eine Beleidigung mehr zufügen. Ein besonders nettes und zuvorkommendes Verhalten würde (zu Recht) als ein unaufrichtiges Eingeständnis von Schuld aufgefaßt werden. Sie konnte nichts daran ändern, daß sie sich mies fühlte. Aber sie fragte sich, ob sie irgend etwas sagen oder tun könnte, das Sonia helfen würde, sich besser zu fühlen. Sie schloß den Aktenordner, legte den Kopf in die Hände und dachte nach.

Es war nicht schwer, sich etwas einfallen zu lassen, mit dem man ihr einen Gefallen tun konnte. Seit Rosa sie kannte, hatte Sonia immer wieder mehr oder weniger direkt auf ihre ungenutzten Talente hingewiesen. Sie sparte nie mit Hinweisen auf das, was sie tun könnte, wenn man sie nur ließe. Die meisten ihrer Vorstellungen gingen weit über ihre Fähigkeiten hinaus, doch bei der *Saturday Show* war das nicht der Fall. Diese Sendung wurde am ersten und dritten Samstag des Monats ausgestrahlt und bestand im wesentlichen aus Musik, Interviews und Gesprächen mit einem jungen Studiopublikum. Obwohl sich das Sendepersonal größtenteils aus Technikern und Moderatoren zusammensetzte, wurden zusätzlich immer ein paar Mädchen gebraucht, die

die Gäste begrüßten, gute Laune verbreiteten, Kaffee machten und Drinks servierten. Diese Mädchen, die man auch als Studiohäschen bezeichnete, rekrutierten sich aus den Sekretärinnen und Vorzimmerdamen des Senders. Sie erhielten keine Bezahlung, denn man ging davon aus, daß die Möglichkeit, eine Stunde oder länger die gleiche Luft wie ein Popstar einatmen zu dürfen, als Belohnung völlig ausreichte. Die Konkurrenz war groß. Sonia hatte sich verschiedentlich beworben, war aber nie ausgewählt worden. Rosa beschloß, sich an Toby Winthrop zu wenden.

Vor einigen Jahren hatte Tobys Frau Jill nach der Geburt ihres zweiten Kindes plötzlich starke Depressionen bekommen. In diesen sechs Monaten hatte Rosa sehr viel Zeit mit ihr verbracht. Sie waren gute Freundinnen geworden. Toby war ein schroffer, nicht sehr gesprächiger Mann, doch Rosa wußte, wie dankbar er ihr war. Wie die Dinge standen, hatte sie bei ihm etwas gut; jetzt war die Zeit, es einzulösen.

Sie verließ ihr Büro und eilte zur Redaktion. Toby, der zwischen den Vorstellungsgesprächen gerade eine Pause einlegte, stand mitten im Durcheinander der Redaktion zwischen klappernden Fernschreibern, unbenutzten Schreibmaschinen, fleckigen Plastikbechern, überquellenden Aschenbechern und einigen Pflanzen, die in der verrauchten Luft zu ersticken drohten. Sie brachte ihr Anliegen vor.

»Das ist nicht der Moment, mich mit deinen makabren Witzen zu belästigen, Rosa. Ich bin schon den ganzen Morgen mit Schleimscheißern konfrontiert. Das reicht, um einem Mann den Wind aus den Segeln zu nehmen.«

»Bitte, Toby. Ich mein' es ernst. Warum kann sie nicht mitmachen? Es geht doch nur um die nächsten zwei Sendungen.«

Sie beobachtete Tobys Nase, die Louise einmal, weil sie ständig in Bewegung war, mit einem Wackelpudding mit Himbeergeschmack verglichen hatte. Kaum röter als der Rest seines Gesichts, schien sie dennoch ein Eigenleben zu führen. Erfahrene Mitarbeiter erachteten Tobys Nase als ein Barometer, an dem die Stärke des bevorstehenden Wutanfalls abzulesen war. Der Rest seines Körpers wirkte wie ein durchwühltes, nicht gemachtes Doppelbett.

»Wie würde dir das gefallen, he? Als empfindsamer junger Mann im zartesten Alter biste nach 'ner durchsoffenen Nacht, in der de dich an deiner Gitarre verausgabt hast – von den diversen Mädels ganz zu schweigen –, gerade erst aufgewacht, kannst kaum aus den Augen gucken, und schon biste mit diesem Ausbund an Tugend, mit diesem moralinsauren Kühlschranklächeln konfrontiert. Das zieht dir doch in Nullkommanix den Schmelz von den Zähnen.«

Rosa schwieg. Es wäre taktlos, ihn jetzt darauf hinzuweisen, daß er als Sendeleiter Sonias Lächeln und ihren Kalenderweisheiten ausgesprochen selten ausgesetzt war. Seine riesigen, pinkfarbenen Nasenlöcher schlossen sich, und rötliche Haarbüschel kamen zum Vorschein. Tobys Nase wirkte unnachgiebig.

»Das gezierte Lächeln einer albernen Schnepfe.«

Rosa schwieg noch eine Weile und sagte dann ruhig: »Es sind immer mindestens sechs Mädchen da, Toby. Wie in Gottes Namen soll sie da überhaupt auffallen?«

»Sie? Auffallen? Sie wird den Leuten verdammt noch mal ins Auge springen wie 'ne verfluchte Zuckerrübe in 'nem Hochzeitsstrauß.« Doch seine Wut hatte sich gelegt. »Wen haben wir am Samstag auf dem Programm?«

»Dave Winch als Moderator. Ein paar Kids aus der Schauspielschule im Holland Park und das Straßentheater von Brixton. Und Viridiana.«

»Viridiana? Ist das nicht Heavy Metal?«

»Ich glaub' schon. Du weißt doch, das ist nicht ganz meine Richtung.«

»Mein Sohn steht auf Heavy Metal. Ist sozusagen unerbittlich. Ich sehe nicht ein, wieso die nicht mal zur Abwechslung leiden sollen.«

»Oh, danke, Toby. Das ist sehr nett von dir.«

»Aber sicher bin ich nett, meine Süße, sicher. Nur weiß das keiner zu schätzen.«

Es war nicht so einfach, wie er sich das vorgestellt hatte. Fenn saß, tief in seinen Sessel gedrückt, am Ende der zweiten Reihe. Ursprünglich war ihm die Idee, zur *Saturday Show* zu gehen, einfach genial vorgekommen. Zusammen mit den anderen Zuschauern würde er in das Gebäude gelangen und sich dann, wenn die Menge dem Studio zuströmte, absetzen, um Rosa Gilmours Büro zu finden. Er nahm an, daß an den Bürotüren Namensschilder angebracht wären. Ansonsten müßten kleine dreieckige Plastikschilder auf den Schreibtischen verraten, wer in dem jeweiligen Zimmer arbeitete. Doch alles war gründlich schiefgelaufen.

Zunächst waren zig Leute um die wartende Menge geschlichen und hatten sie argwöhnisch bespitzelt. Bespitzelt war das richtige Wort dafür. Als er schließlich im Gebäude war, hatte er versucht, sich einen

Sitzplatz in der Nähe des Ausgangs zu ergattern, war aber gebeten (nun, eher gezwungen) worden, sich weiter vorn hinzusetzen. Als das Publikum Platz genommen hatte, war er aufgestanden und hatte dem Kerl an der Tür gesagt, er müsse zur Toilette. Der hatte ihm den Weg gewiesen, doch als er die Toilette verlassen hatte, war der Kerl immer noch da gewesen, um ihn zum Studio zurückzubegleiten. Widerwillig hatte er Platz genommen, und schon bald hatte ihn unendliche Langeweile überkommen. Schon vor Beginn der Show war ein übergewichtiger Idiot mit einer Dauerwelle und Tonnen von Tönungscreme im Gesicht auf die Bühne gekommen und hatte sich als »Ihr netter Stimmungsmacher von nebenan« vorgestellt. Mit dem Mikro in der Hand war er auf- und abgehüpft, hatte Fragen ins Publikum gestellt und schlechte Witze gerissen. Er war in Schweiß gebadet. Wenn er sich über die Leute lustig machte, lachten sie unterwürfig, um ihm zu beweisen, wie dankbar sie waren, hier sein zu können. Speichellecker, dachte Fenn. Er verzog keine Miene, warf dem Witzbold aber einen verächtlichen Blick zu. Der Mann hielt sich auf Distanz.

Die eigentliche Show war auch nicht viel besser. Kleine Leuchten, die wiederum andere kleine Leuchten vorstellten, schraubten ihre transatlantischen Stimmen in hysterische Höhen, als könnten sie ihre Studiogäste damit in Leute verwandeln, denen zuzuhören sich lohnte.

Die Reaktion der weiblichen Zuschauer auf Viridiana widerte ihn an. Die Mädchen machten sich vor Begeisterung förmlich ins Hemd. Dann fand auf der Bühne eine Konfrontation zwischen einer Theatergruppe aus dem East End und ein paar Kids von einer richtigen Schauspielschule statt, die anfangs vielversprechend wirkte. Das Straßentheater betonte, wie wichtig ihnen die Verbindung von Drama und wirklichem Leben sei, weshalb sie versuchen würden, die Wut und die Angst der Menschen zum Ausdruck zu bringen, und die Schauspielschüler erwiderten darauf, das wahre Theater der Leute sei der Fernseher, und zudem komme kein Schauspieler ohne Übung, Disziplin und Hartnäckigkeit aus. Plötzlich meinte einer von ihnen, jeder Idiot könne sich mit einer Pappnase auf den Marktplatz stellen und die Trommel schlagen, was einen schwarzen Jungen vom Straßentheater wiederum dazu veranlaßte, die anderen als einen Haufen Wichser zu bezeichnen. Fenn (und der Rest der Zuschauer) merkte auf, doch Dave Winch hatte die Wogen innerhalb kürzester Zeit geglättet, so daß die Show ungestört weitergehen konnte.

Fenn war durchaus nicht damit einverstanden, daß Schwarze in Rundfunk oder Fernsehen auftraten, wußte aber, daß sich die Mitarbeiter der Medien unvoreingenommen geben mußten, und hatte sich darauf eingestellt, das mitzumachen. Zumindest solange er keinen von diesen Schwarzen berühren mußte. Allein bei dem Gedanken überlief es ihn kalt. Er sah auf seine Uhr. Noch zehn Minuten.

Die aufmüpfigen Schauspieler waren verschwunden, jetzt wurde ein junges Mädchen mit dreifarbigen Zöpfen interviewt. Sie hatte vor kurzem ihre erste Single herausgebracht und war in den Charts bereits auf Platz siebzehn. Sie erklärte, daß sie sich zum Alleinunterhalter ausbilden lassen wolle, Schauspiel- und Tanzstunden nehme und sich in Hatha Yoga unterweisen lasse, um ihre obere Tonlage zu verbessern. Fenns Blicke und Gedanken schweiften von der Bühne ab. Er bemerkte den Kontrollraum. Dort saß ein Mann, der abwechselnd ins Publikum und (vorgeblich) auf eine unsichtbare Schalttafel sah. Ein zweiter, hinter ihm stehender Mann hielt ein Klemmbrett in der Hand. Beide trugen Kopfhörer. Im Hintergrund standen einige Mädchen herum. Er fragte sich, ob seine Karriere dort ihren Anfang nehmen würde. Im Tonraum. Er sah sich bereits am Ende einer Sendung das Band zurückspulen: »Das war's für heute, Jungs und Mädels – und vielen Dank. Eine großartige Show.«

Um ihn herum begannen die Leute zu reden. Sie standen auf; zogen sich die Mäntel an. Er erhob sich ebenfalls. Einige Zuschauer gingen über die Treppe zum Ausgang, andere wandten sich der Bühne zu. Ein Teil der Chromabsperrung war zur Seite geschoben worden, und die Leute gingen auf den Moderator und seine Studiogäste zu. Der Kontrollraum war jetzt leer, und auf der Bühne tummelten sich Techniker, Musiker, Schauspieler und ein Teil des Publikums.

Fenn gesellte sich zu ihnen. Er wußte nicht genau warum, doch immerhin gab es ihm die Möglichkeit, sich ein wenig länger in dem Gebäude aufzuhalten. Er beobachtete die Jugendlichen, die sich um die Musikgruppe drängten, und warf ihnen einen verächtlichen Blick zu. Der Leadsänger, Mel Cazalis, dessen tätowierte Brust seine japanische Ledermontur zu sprengen drohte, hatte die Mädchen wie Medaillen um den Hals hängen. In seinem üppigen roten Bart entstand hin und wieder eine kleine Öffnung, aus der undeutliche Laute drangen:

»Yeah ... ich meine ... das ist ja ... hervorragend ... ganz richtig ... absolut.«

Unauffällig näherte sich Fenn der Gruppe. Er spürte, wie Enttäuschung und Ärger langsam nachließen. Er begann sich heimisch zu fühlen. Geborgen. Fast bildete er sich ein, bereits zur Elite, dem kleinen Kreis der Erwählten, zu gehören, den er durch dichtgedrängte Schultern und leuchtende Haarsträhnen erspähen konnte.

Im hinteren Teil des Studios waren – abgetrennt durch ein Seil – einige mit Blumen, Sandwiches und Wein gedeckte Tische aufgebaut. Einige Mädchen spielten nervös mit den Gläsern und rückten immer wieder die Vasen zurecht. Mit ihrem wirr gekämmten Haar, den glänzenden Lippen und den geschminkten Wangenknochen hätten sie aus einem seiner Sexmagazine stammen können. Diesem Eindruck entsprach auch ihr zweideutiges Gebaren: diese Mischung aus aufforderndem und mimosenhaftem Verhalten. Einige trugen hochgeschlossene, von den Oberschenkeln bis zum Hals geknöpfte Kleider, die jedoch wie eine zweite Haut anlagen; andere wiederum hatten so tief ausgeschnittene, weite Kleider an, daß man sich fragen mußte, was sie überhaupt bedecken sollten. Alle sahen immer wieder zu Mel Cazalis hinüber. Mit heißen, lüsternen Blicken. Dann sah er ein Mädchen in einem einfachen Kostüm, das abseits stand. Sie wirkte älter als die anderen und gab sich gleichgültig. Er dachte, sie sei wahrscheinlich für die Mädchen verantwortlich.

Woher kamen diese Mädchen? Der Sender würde doch sicher keine Flittchen beschäftigen! Nein, sie sahen zwar erwartungsvoll aus, wirkten aber ganz und gar unprofessionell.

Die Zuschauer wurden aus dem Studio gedrängt. Die Teilnehmer der Show strebten gemeinsam der Abtrennung zu. Sehr schnell tat sich zwischen beiden Gruppen eine Lücke auf. Er blickte zu den Saalordnern hinüber. Sie standen im Mittelgang und hatten ihre Aufmerksamkeit auf die Ausgangstüren gerichtet. Die Zuschauer verließen das Studio, ohne zu murren. Die Gruppe derjenigen, die an der Sendung teilgenommen hatten, war ziemlich groß, und alle, der Studiogast ebenso wie der Moderator, waren damit beschäftigt, sich möglichst vorteilhaft darzustellen. Alle redeten, keiner hörte zu. Fenn löste sich allmählich von dem hinausstrebenden Publikum. Er hatte keinen genauen Plan; er wußte nur, daß er jetzt im Gebäude war und es zu verlassen einer Rückkehr zum Ausgangspunkt gleichkam. Er war unter den letzten zehn, die sich durch die Gänge schoben. Er gab vor, etwas fallenzulassen, bückte sich und murmelte eine Entschuldigung, als sich die letzten Zuschauer an ihm vorbeidrängten; er sah sich kurz um, durchquerte dann den freien Raum zwischen den beiden Gruppen und schloß sich der Gefolgschaft des magischen Kreises an, indem er in deren Beschwörungsformeln einstimmte.

»Das Video war vollkommen daneben.«

»Vollkommen daneben.« Das hörte sich gut an. Am besten wiederholte er alles, was er hörte.

»Natürlich wird es geschnitten werden müssen. Zumindest der Teil mit dem Kindersarg – ich mein' –, die BBC wird das niemals akzeptieren.«

»Nie im Leben.«

»Ich meine – sie haben ›Serene in Saratoga‹ gerade so durchgehen lassen. Und dann mußten wir die Selbstmordszene kürzen.«

»Stimmt.«

Wein wurde herumgereicht. Fenn nahm sich ein Glas, berührte es aber kaum mit den Lippen. In Ausnahmefällen trank er kleine Mengen, und heute war es besonders wichtig, einen klaren Kopf zu behalten. Er bahnte sich einen Weg zum Büfett, denn die Aufregung hatte ihn hungrig gemacht. Auf den Tellern lagen bunt dekorierte bräunliche Streifen, die mit kleinen Appetithäppchen gefüllt waren. Mit Oliven, Gürkchen, Paprika.

»Hm. Sieht gut aus.« Er bediente sich und lächelte das Mädchen an, das hinter der Theke stand, bereit, ein Glas nachzufüllen, einen Appetithappen anzubieten oder einem Mann zu helfen, sich zu entspannen. Es war eine von der zugeknöpften Sorte. Sie lächelte ziemlich ungewiß zurück. Das ärgerte ihn, denn er wußte, daß sie ihn, nachdem sie ihn taxiert und sich nach seinem Status gefragt hatte, den unteren Rängen zuordnete, ihn vielleicht sogar für einen Mitläufer hielt. Hätte er den Durchbruch erst einmal geschafft, würde er Mädchen wie sie zum Frühstück vernaschen. Und sie wäre als erste dran. Plötzlich strahlte sie. Der Leadgitarrist näherte sich mit einem leeren Glas in der Hand, von dem Fenn wußte, daß es vor zehn Sekunden noch randvoll gewesen war. Schwarz getuschte Wimpern legten sich wie rußiges Gefieder auf glühende Wangen. Ihre Brüste stemmten sich gegen die Brokatjacke. Wenn Brüste sich nach innen biegen könnten, dachte Fenn, würde sie mit ihnen gewinkt haben. Sie leerte den Inhalt der Flasche in das Glas des Musikers, das aber auch jetzt erst halbvoll war. Sie wandte sich um und rief nach hinten: »Sonia? Ist noch etwas von der Tiger's Milk da?«

Das Mädchen im dunklen Kostüm kam auf sie zu. Fenn wandte sich um und tauchte in der Menge unter. Aus der Entfernung sah er sie sich genau an. Er befahl sich, ruhig zu bleiben. Es gab mehr als eine

Sonia auf der Welt, und selbst bei City Radio würde mehr als eine Sonia arbeiten. Sie kuschte, daran konnte kein Zweifel bestehen. Aber vielleicht war das nur von Vorteil. Er würde das Ganze vereinfachen. Sie sah aus, als würde sie für jeden Gefallen dankbar sein, und sei er noch so klein. Er ging zu der anderen Gruppe hinüber, wo eine der umhergehenden Kellnerinnen gerade einige Happen herumreichte. Er bediente sich: der Appetithappen schmeckte ein wenig nach Fisch und war so zäh, daß er nachgab, wenn man in ihn hineinbiß.

»Ich bin wie verrückt nach Ihrer neuesten Platte.« Die Kellnerin sah zu Cazalis auf. »Ich hab' sie schon tausendmal gehört.« Eine Pause, wie sie bedeutungsschwerer nicht sein konnte. »Besonders, kurz bevor ich schlafengehe.«

»So?« Er legte den Arm um sie und spielte mit ihrer nur leicht bedeckten Brust, die vor den Augen der Gruppe dankbar reagierte. »Bevor *ich* schlafengehe . . .« Er beugte sich über sie. Gefolgt von einer Lachsalve ging Fenn zur nächsten Gruppe. Es war das Gehege der weniger großen Leuchten, und es fiel ihm leichter, die Aufmerksamkeit des Mädchens auf sich zu lenken.

»Was seh' ich da – das da hinten ist doch Sonia Marshall, oder? Die in dem dunklen Kostüm?«

Das Mädchen folgte seinem Blick. »Stimmt.«

Um vollkommen sicher zu gehen, fügte er hinzu: »Rosa Gilmours Sekretärin?«

»Hm.« Sie wandte ihm den Rücken zu und ließ Fenn damit Zeit, diesen glücklichen Zufall zu verdauen. Er bemühte sich, seine Fantasie zu bremsen, die ihm vorzugaukeln versuchte, in diesem äußerst vorteilhaften Zusammentreffen liege bereits die Antwort auf seine Schwierigkeiten. Er mußte sehr, sehr vorsichtig sein. Er ging zum Büfett zurück.

»Ich hoffe, es stört Sie nicht, wenn ich diese hier zurückgebe?« Er stellte den Teller mit den zwei Appetithäppchen auf den Tisch. »Ich fürchte, das Essen ist bei diesen Meetings immer dasselbe.« Das war geschickt. Erweckte einen Eindruck von Zugehörigkeit. »Ich bin mir sicher, daß ein einziger Großlieferant die meisten dieser Veranstaltungen beliefert.« Er machte eine Pause, fügte dann, einer plötzlichen Eingebung folgend, hinzu: »Wahrscheinlich Dunlop.«

Sonia blickte ihn an, ohne eine Miene zu verziehen. Seit ihrem Eintreffen vor zwei Stunden hatte sie sich gefragt, wieso sie sich so lange danach gesehnt hatte, an der *Saturday Show* teilzunehmen. Sie hätte wissen müssen, wie es bei solchen Veranstaltungen zuging. Sie hatte in der Umkleidekabine gesessen und war von den anderen Mädchen kaum beachtet worden, obwohl sie tagtäglich mit ihnen zu tun hatte. Sie trug eine weiße Bluse aus englischer Spitze und ein schwarzes Kostüm, das sie für ausgesprochen elegant hielt.

Das Kostüm hatte sie bei Brown's ein Vermögen gekostet. Sie gab einen großen Teil ihres Gehalts für Kleidung aus, doch die Wirkung war nie perfekt. Nie sah sie annähernd so gut aus wie Louise, die in der Portobello Road nicht mehr als einen Fünfer ließ und aussah, als habe sie den ganzen Tag bei Yves St. Laurent verbracht. Bei Sonia war das Gegenteil der Fall.

Als sie sich zu den Tischen aufgemacht hatten, war sie sich ihrer Wirkung mit grausamer Klarheit bewußt geworden. Sie wirkte wie das häßliche Entlein in einer Schar von Schwänen. Diese Erkenntnis hatte ihr den letzten Rest an Selbstbewußtsein geraubt, und sie hatte sich vorgenommen, im Hintergrund zu bleiben, bis alles vorbei war und sie sich in die sichere Sphäre ihrer Fantasie zurückziehen konnte. In den Glauben, daß eines Tages die große Verwandlungsszene kommen würde und alles anders wäre. Und jetzt war einer der Gäste auf sie zugekommen, um für heute seine gute Tat zu tun, da er sie in ihrer Einsamkeit bemitleidete. Sein Tonfall war eindeutig herablassend. Und sein gutes Aussehen trug nur zu ihrer Verwirrung bei.

»Ich weiß nicht. Ich bin nicht oft bei solchen ›Meetings‹, wie Sie es bezeichnen. Das Hilfspersonal setzt sich meist aus Schreibkräften zusammen. Diesmal war es nur so, daß eines der Mädchen im letzten Augenblick wegen Krankheit ausgefallen ist und ich mich angeboten habe einzuspringen.«

Natürlich durchschaute er ihre Lüge. Doch er wußte ihre defensive Haltung zu schätzen. Irgendwie mußte er sich ihr Vertrauen sichern. Im Moment gehörte er offensichtlich zur anderen Seite. Er beschloß, ein kalkuliertes Risiko zu wagen. Er setzte auf ihr Gefühl von Einsamkeit und Verlassenheit und auf ihre Vorstellung von Anstand.

»Es tut mir schrecklich leid. Ich ... ich war ein wenig verwirrt. Mädchen wie die da ...«, er wies mit dem Kopf nach hinten, »so bunt aufgemacht und so abweisend. Ich finde sie ziemlich verwirrend. Ich fürchte, ich bin ein Stück zu weit gegangen.« Mit trockenem Mund wandte er sich ab.

»Oh! Bleiben Sie doch.« Dankbar für das Eingeständnis seiner Verletzlichkeit lächelte Sonia ihn an. »Ich bin es, die sich entschuldigen muß. Immerhin bin ich als Hosteß hier, und bislang habe ich mich kaum um Sie gekümmert. Ähem ... darf ich Ihnen noch einen Appetithappen anbieten?«

Er wandte sich ihr zu. Sie hatte bereits seinen Eröffnungssatz vergessen, was darauf hindeutete, daß sie verwirrt war. Ein gutes Zeichen. Das Blatt begann sich zu seinen Gunsten zu wenden.

»Eigentlich nicht.« Er lächelte zurück. »Trotzdem vielen Dank.«

»Ein Glas Wein . . .« Er hatte sein Glas auf einem anderen Tisch stehenlassen. »Sie scheinen noch keinen zu haben.«

Er zögerte. »Wenn Sie mich so fragen . . . aber nur ein halbes Glas . . . Um ehrlich zu sein, ich trinke selten.«

»Ich auch. Ich meine . . . ich auch nicht.«

Das war weit gefehlt. Daheim in ihrer kleinen Wohnung, der Notwendigkeit entledigt, immer freundlich tun zu müssen, sinnierte Sonia oft einen ganzen Abend lang – und einmal in der Woche ein ganzes Wochenende – vor sich hin und leerte den Gutteil einer Flasche, bevor sie ins Bett ging. Froh darüber, sich vor der Sendung ein paar Gläser Wein genehmigt zu haben, schenkte sie jedem von ihnen ein halbes Glas ein.

»Hätten Sie etwas dagegen, wenn wir uns irgendwo hinsetzen würden?«

Sonia sah sich um. Die meisten Stühle waren besetzt, doch die Treppe zum Podium war mit einem dicken Teppich ausgelegt und von Topfpalmen umgeben und ermöglichte deshalb ein ungestörtes Gespräch. »Wie wär's mit dort drüben?«

»Wunderbar.« Er folgte ihr, und sie setzten sich mit ihren Gläsern auf die Treppe. Sie taxierten einander: Sonia verstohlen, Fenn ruhig und freundlich.

Er fragte sich, wie alt sie wohl sein mochte. Ihr Alter mußte sich irgendwo zwischen achtundzwanzig und fünfunddreißig bewegen. Sie hatte dünnes Haar, das sich, obwohl offensichtlich erst vor kurzem sorgfältig gemacht, bereits löste und in Strähnen zerfiel. Auf ihrem Kragen lagen Schuppen. Ihre Augen waren haselnußbraun. Ihr Lippenstift war viel zu hell, und sie hatte den Fehler gemacht, ihre schmalen Lippen weiter zu schminken, ohne sie vorher aufzuhellen, was den Eindruck erweckte, als hätte sie zwei Münder. Sie trug ein schwarzes Kostüm und eine Spitzenbluse, die ihre, soweit er es beurteilen konnte, praktisch nichtexistenten Brüste bedeckte.

Sonia war ihrerseits froh, daß sich ihr erster Eindruck von seinem guten Aussehen auf den zweiten Blick nicht ganz bestätigte. Seine eng beieinanderliegenden Augen hatten eine äußerst ungewöhnliche Farbe. Die bernsteinfarbenen Pupillen hatten eine längliche Form. Sie fühlte sich an Ziegenaugen erinnert. Seine Nase zog sich wie das Nasenstück eines römischen Helms in einer geraden Linie von den Augenbrauen zum Mund hinunter. Seine Unterlippe war sehr voll, gab ihm einen mürrischen Ausdruck, und sein Nacken war von Aknenarben übersät. Hals und Hände waren feuerrot, als würde er sie häufig und unnachgiebig schrubben. Seine Fingernägel waren erfreulich sauber, und er strömte einen süßlichen, antiseptischen Geruch aus.

Seine Kleidung war für jemanden, der zur Rockszene gehörte, äußerst ungewöhnlich. Hemd und Krawatte waren farblich aufeinander abgestimmt, er trug eine Trevirahose, und aus seiner Jackentasche ragte ein sorgfältig arrangiertes Taschentuch. Natürlich könnte das der neuste Schrei sein (wie die neuerdings wieder so beliebten Leinentapeten), doch das wagte sie zu bezweifeln. Er strahlte nicht die Selbstsicherheit und erst recht nicht die exzentrische Überheblichkeit aus, die der Avantgarde zu eigen war. Nein. Was die Kleidung betrag, lag er vollkommen daneben.

Sobald er das Studio betreten hatte, war Fenn aufgefallen, daß die meisten Radioleute Jeans oder Cordhosen trugen, die sie mit uni- oder regenbogenfarbenen Pullovern und Lederjacken kombinierten. Als er bemerkte, wie Sonia ihn taxierte, erriet er ihre Schlußfolgerung. Es schmerzte ihn, zugeben zu müssen, wie falsch er mit seiner Kleidung lag, doch er mußte sich damit abfinden, um ihren falschen Eindruck so weit wie möglich korrigieren zu können.

»Ich hoffe, Sie denken nicht, daß ich immer so herumlaufe.« Angewidert zeigte er auf seine Trevirahose. Er hätte sie gern so weit wie möglich von sich gewiesen.

»Na ja . . .« Sonias unansehnliche Haut rötete sich, als ihr bewußt wurde, daß er ihre Gedanken erraten hatte. Dabei überzog sich ihr Gesicht allerdings weniger mit einer leichten Röte als mit ungleichmäßig verteilten roten Flecken. In diesem Zustand der Verwirrung schien ihre Nase noch länger zu werden, als sie ohnehin schon war.

»Ich bin auf einer Vorsprechprobe gewesen. Hab' diese blöde Rolle gespielt. Wissen Sie . . . so 'nen miesen kleinen Typen, der immer der Zeit hinterherhinkt.« Das tat weh, aber er mußte überzeugend wirken. »Ich hab' mir gedacht, ich hätte mehr Chancen, wenn ich wirklich so aussehe.«

»Ach . . . Sie sind *Schauspieler*? Aber wie kommen Sie dann hierher?«

»Es ist eine Übergangssache . . .« Fenn sah zum Rest der Gruppe hinüber, der sich, benommen vom Alkohol und dekoriert mit weiblichem Fleisch, auf den Weg zu den Türen machte, die zu den verlassenen Büros führten. Er winkte. Der zweite Gitarrist hob eine Faust in der Größe eines Schinkens und rief ihm etwas Unverständliches zu.

»Kenton ist ein Freund von der Schauspielschule. Er hat mich gebeten, ihnen bei der Öffentlichkeitsarbeit zu helfen.«

Sonia, die nun vollkommen perplex war, befaßte sich intensiv mit den Hortensien. Doch das war ein Fehler. Kaum von den großen blauen Blüten verdeckt, hatte Mel Cazalis seine Hand jetzt in den Ausschnitt eines unerhört aufreizenden Mädchens gesteckt. Weit davon entfernt, ihn von sich zu stoßen, grinste sie vor Vergnügen, als habe sie zwischen der Seide und ihrer Haut ein seltenes Insekt gefangen. Als sie bemerkte, daß ihr Begleiter ihrem Blick gefolgt war, wandte sich Sonia hastig ab. Fenn sagte:

»Ich kann das alles nicht ausstehen. Dope, Sex, Alk ... sie sind jetzt schon vollkommen ausgebrannt. Was werden sie noch zu bieten haben, wenn ihnen das richtige Mädchen über den Weg läuft?« Er sah sie gequält an. »Tut mir leid. Das klingt wahrscheinlich schrecklich altmodisch.«

»Sie brauchen sich nicht zu entschuldigen. Mir gefällt's, daß es noch Leute gibt, die so denken.«

»Ich glaube, ich könnte mit einem Mädchen nur ins Bett gehen, wenn ich es absolut ernst meinen würde ...« Aus den Augenwinkeln beobachtete er, wie Sonia an ihrem Ärmel zupfte, um den Hautausschlag zu verbergen. »Aber ich rede die ganze Zeit nur von mir. Erzählen Sie mir etwas von sich. Ich weiß nicht einmal Ihren Namen.«

»Sonia. Sonia Marshall. Und da gibt's nicht viel zu erzählen. Ich bin bloß Sekretärin.« Verdammt! Warum hatte sie das gesagt? Es konnte auf keinen Fall stimmen. Sie war die persönliche Assistentin einer Menge interessanter Leute.

»Ach, kommen Sie schon, Sonia. Man sieht Ihnen doch auf den ersten Blick an, daß Sie mehr als eine einfache Sekretärin sind.«

»Nun ja.« Erfreut, weiter ausholen zu können, fügte sie hinzu: »Tatsächlich arbeite ich bei *Rosas Karussell* mit. Sammle Hintergrundinformationen. Erledige die Pressearbeit. Beschäftige mich mit den Agenten ... Sie wissen schon.«

»Aber ich mag *Rosas Karussell*. Es ist eine meiner Lieblingssendungen. Sie müssen mir mehr darüber erzählen. Was für ein Mensch ist sie?«

Das kam gar nicht gut an. Er spürte, daß Sonia einen leichten Rückzieher machte. Also konnte sie ihre Chefin nicht besonders gut leiden. Diese Information merkte er sich, um später darauf zurückzukommen. Das könnte sehr nützlich sein.

Sie zuckte mit den Schultern. »Sie ist ganz in Ordnung. Wie viele berühmte Leute. Ziemlich durchschnittlich, wenn man sie kennenlernt.«

»Und wie sind Sie zu Ihrem Job beim Radio gekommen?«

Mehr war tatsächlich nicht nötig: eine beiläufige Frage und ein aufmunterndes Kopfnicken. Die nächsten zwanzig Minuten redete Sonia ununterbrochen. Als sie mit ihren Ausführungen am Ende war, waren fast alle anderen gegangen. Sofort begann sie sich Sorgen zu machen, daß sie zuviel geredet hatte; ihn gelangweilt hatte. Aber er wirkte genauso interessiert wie vorher.

Er meinte: »Ich frage mich . . .« Dann unterbrach er sich und schaute weg. »Nein . . . es spielt keine Rolle . . . Sie werden mich albern finden.«

»Nein. Werd' ich nicht. Sagen Sie schon . . .« Plötzlich fiel ihr ein, daß er sie zum Essen einladen könnte. Der Magen zog sich ihr zusammen. Was sollte sie bloß sagen? Wie sollte sie darauf reagieren? Seine nächsten Worte beruhigten und enttäuschten sie zugleich.

»Ich komme mir wie ein dummer Fan vor . . . um was ich Sie bitten wollte . . .« Wieder unterbrach er sich, und es gelang ihm, scheu, erwartungsvoll und aufgeregt zu wirken. Ich hatte gar nicht so unrecht, dachte er, als ich mich als Schauspieler vorgestellt habe. »Ich würde so gern sehen, wo Sie arbeiten. Wo das *Karussell* tatsächlich seinen Anfang nimmt.« Mit einem Blick auf ihren Gesichtsausdruck fügte er hinzu: »Ich wußte, Sie würden mich albern finden.«

»Natürlich nicht.« Als sie sich erhob, sah sie sein Gesicht und seine seltsamen Augen aufleuchten. Ihn abzulehnen, wäre ihr vorgekommen, als würde sie einem Kind eine Bitte abschlagen.

Er folgte ihr hinter die Vorhänge auf den Flur. Der Aufzug war klein. Fenn stand dicht neben ihr, und es gelang ihm, wortlos anzudeuten, daß er gern noch dichter gestanden hätte. Als sie den Aufzug verließen, bog sie nach links ab und ging gleich darauf wieder nach links. Leicht zu merken. An der Tür hing kein Namensschild.

Als sie den Raum betraten, war er zutiefst enttäuscht. War für ein unaufgeräumtes kleines Loch! Er hatte kostbare Teppiche, einen riesigen Schreibtisch und vielleicht noch einen bequemen Sessel erwartet. Statt dessen bestand die Einrichtung aus einem abgeschabten braunen Teppichboden, einem schäbigen grauen Aktenschrank, zwei einfachen Schreibtischen, Stapeln von Nachschlagewerken und einem

Pinnbrett mit Urlaubskarten und Notizzetteln. Alles in allem ein ganz gewöhnliches Büro.

An der Wand hing eine riesige Vergrößerung von Rosa (es war allerdings nicht das Photo, das er zu Hause hatte). Sie sah schön aus. Der Wind hatte ihr eine Haarsträhne über den Mund geblasen. Mit einem Mikrofon in der Hand beugte sie sich vor, um mit einem Kind zu reden. Sie lächelte, und das Kind lachte zurück. Irgend jemand hatte auf dem Photo unter ihrem Mund einen gelockten Faschingsbart angebracht.

»Sollten Sie den nicht abnehmen . . . bevor sie am Montag zur Arbeit kommt?«

»Oh, der hängt schon ewig da. Duffy aus der Redaktion hat ihn drangemacht. Als ich ihn abnehmen wollte, hat sie gemeint, ich sollte ihn hängenlassen. Sie hält es für eine Verschönerung.«

Beide blieben stehen und starrten, durch ihren gemeinsamen, doch unterschiedlich motivierten Groll kurzfristig vereint, das Photo an. Sonia fragte sich, wie eine Frau um ihr Aussehen so unbekümmert sein konnte, daß sie einen schwarzen Bart witzig fand, und Fenn begann zu zweifeln, ob es nicht doch Rosa gewesen war, die Sonia aufgefordert hatte, den Brief an ihn zu schreiben.

»Kümmern Sie sich auch um die Hörerpost?«

»In Gottes Namen, ja. Bei den ausgefallenen Briefen macht sie sich natürlich die Mühe, selbst zu antworten, aber die meisten gibt sie einfach an mich weiter. Dieses ganze Mitgefühl, das in der Sendung vermittelt wird . . . wenn man hier arbeitet, lernt man, es nicht allzu wörtlich zu nehmen.«

Fenn hatte nichts anderes erwartet. Man müßte schon ein Trottel sein, um diese Versager, Aussteiger und Nichtsnutze ernstzunehmen. Aber jetzt hatte er gehört, was er wissen wollte. Sonia hatte den Brief auf eigene Faust losgeschickt. Rosa wußte nicht einmal, daß er geschrieben hatte. Beim nächsten Mal würde er sie direkter ansprechen müssen. Wenn Sonia mit dem Ganzen so vertraut war, wie sie andeutete, müßte Rosa in ihrem Adreßbuch stehen.

»Jetzt zufrieden?« Mit geneigtem Kopf sah sie ihn schelmisch an. Um alles in der Welt, dachte er, wie ein verdammter Wellensittich.

»Na ja . . . um ehrlich zu sein, ich find's ein bißchen enttäuschend. Eigentlich hab' ich was Vornehmeres erwartet.«

»Bei den Medien ist es wohl immer ein Fehler, hinter die Kulisse zu sehen.« Sonia klang herablassend, denn sie befanden sich auf ihrem Terrain. »Bei Film und Fernsehen ist es genau dasselbe. Die Orte, an denen wirklich gearbeitet wird, sind meist ziemlich erbärmlich.«

»Da haben Sie sicher recht.« Als ihm plötzlich wieder sein angeblicher Beruf einfiel, setzte er hinzu: »Beim Theater ist es genauso. Hinter den Kulissen geht's ziemlich erbärmlich zu.«

Als sie zur Tür gingen, faßte er sie am Arm. »Sonia – ich weiß, es ist Samstag, und Sie haben sicherlich etwas vor ... und ich weiß, es kommt ziemlich kurzfristig, aber ...« Den Rest des Satzes stieß er unbeholfen hervor: »Ich frage mich, ob ich Sie zum Abendessen einladen dürfte.«

Sie wandte sich ab. Ihr schnürte sich der Hals zusammen, und sie wurde rot. Sie mußte sich beherrschen, nicht zu schnell einzuwilligen. Schließlich wurde man danach beurteilt, wie man sich gab. Sie wollte ihm gegenüber nicht den Eindruck erwecken, als habe sie nichts geplant. Andererseits bestand natürlich die Gefahr, daß er sie nicht noch einmal fragen würde, wenn sie jetzt zögerte oder, was noch riskanter wäre, dankend ablehnte.

»Na ja ...« Sie holte tief Luft, um sich zu beruhigen. »Es ist ein bißchen kompliziert ...« Ohne es zu bemerken, hatte sie die Hände zu einer Faust geballt. Fenn beobachtete, wie die Knöchel hervortraten. »Es handelt sich um eine längerfristige Verabredung ...«

Fenn wußte, daß sie die imaginäre Verabredung wahrscheinlich absagen würde, wenn er noch ein wenig wartete. Andererseits war ihr das Schweigen offensichtlich unangenehm.

»Könnten Sie nicht absagen? Ihn anrufen? Erfinden Sie doch irgendeine Ausrede.« Er machte einen Schritt auf sie zu. »Bitte.«

»Sie machen's mir wirklich schwer. Er wird nicht gerade erfreut sein, aber ...« Sie breitete die Arme aus, um anzudeuten, daß er sie überredet hatte. »... einverstanden.«

»Großartig! Schreiben Sie mir Ihre Adresse auf. Ich werde Sie gegen halb acht abholen.«

Aber nicht in diesem Aufzug, dachte er, als er eine halbe Stunde später ein Herrenbekleidungsgeschäft in der Nähe des Piccadilly Circus betrat. Der Trick mit der Vorsprechprobe hatte einmal gewirkt, aber das war noch lange kein Grund, heute abend in derselben Kleidung bei ihr aufzukreuzen. Aufgekratzt lief er durch die hohen Räume aus Chrom und Glas.

Er entschied sich für eine enggeschnittene, dunkelbeige Cordhose, einen weichen, kamelhaarfarbenen Pullover mit einem runden Ausschnitt und einem Firmenzeichen von Pringles und für einen modischen Blouson aus Antilopenleder. Den Verkäufer in der Herrenabteilung bat er, die Jacke und die Hose mit ins Untergeschoß nehmen zu dürfen, um sich einen passenden Pullover auszusuchen, und der Dame in der Strickabteilung erklärte er, er werde den Pullover mit nach oben nehmen, um zu prüfen, ob er farblich zu der Jacke passe. Beide stimmten mit einem zuvorkommenden Lächeln zu.

Er ging in eine Ankleidekabine, trennte mit einem Messer die Sicherungsplaketten ab und zog die neuen Kleidungsstücke an. Sie saßen perfekt. Sie ließen ihn größer erscheinen. Selbst seine Haut schien eine andere Tönung anzunehmen, wirkte weicher, fast ein wenig gebräunt. Er steckte, Geld, Messer und Schlüssel in die Tasche seiner neuen Hose und schlug den Vorhang zurück.

Samstag war ein guter Einkaufstag. In den Geschäften waren viele Leute unterwegs. Er schob den Vorhang weiter auseinander. Er konnte nur einen Verkäufer sehen, und der versuchte gerade, zwei Kunden gleichzeitig zu bedienen. Fenn holte tief Atem und trat aus der Kabine. Er ging quer durch den Geschäftsraum. Neben der Treppe hing ein Spiegel. Falls ihn irgend jemand beobachtet hätte, könnte er so tun, als habe er sich nach einem Spiegel umgesehen, in dem er sich bewundern konnte. Als er beim Spiegel angelangt war, hielt unmittelbar daneben ein Lift. Die Türen öffneten sich. Zusammen mit einigen anderen Kunden schlich er sich hinein, und zwei Minuten später fand er sich auf der Straße wieder.

Es war ein großartiges Gefühl. Obwohl er leicht schwitzte (er spürte, wie die Schweißperlen auf seiner Oberlippe abzukühlen begannen), fühlte er sich wie im siebten Himmel. Und er trug sehr elegante Kleidungsstücke im Wert von – er kramte die Preisschilder aus seiner Tasche – dreihundertsechsundneunzig Pfund.

Er war von seinem neuen Aussehen so hingerissen, daß er sich kaum davon abhalten konnte, einem Taxi zu winken. Bei diesem Tempo würde sein Stempelgeld nicht lange vorhalten. Bei dem Gedanken, jetzt in die heruntergekommene und schäbige Gegend zurückzukehren, in der er wohnte, empfand er nichts als Abscheu; die Zeit bis zu seiner Verabredung mit Sonia wollte er sich anders vertreiben. Er verlangsamte seinen Gang. Er stand vor der Royal Academy. Ein Aufenthalt dort wäre warm und kostenlos, aber langweilig. Und auf der gegenüberliegenden Seite? Die Uhr von Fortnum's schlug zwei, und die berühmten Figuren zockelten vor und zurück. Er überquerte die Straße. Ein Aufenthalt bei Fortnum's wäre warm und kostenlos und alles andere als langweilig. Er betrat das Gebäude.

Als er über die weichen Teppiche ging, atmete er tief und genüßlich den reichen, ambrosischen Duft ein. Im Erdgeschoß war es ein Gemisch aus reifen Früchten und Kaffee, aus Schokolade und Gewürzen und honigsüßen Leckereien, und über alldem lag ein unbestimmbarer Geruch, ein Destillat aus allem, was exklusiv, außergewöhnlich und teuer war. Der Geruch des Geldes.

Hinter der Tür stand gleich zu seiner Rechten ein großer Obstkorb. Scheinbar achtlos waren die Früchte darin arrangiert. Pfirsiche mit schimmernder, flaumiger Haut; vollkommen geformte Nektarinen. Sie lagen auf frischen Farnen und Gräsern. Daneben stand ein Korb mit Walderdbeeren von der Größe eines Daumennagels. Er fragte sich, woher diese Köstlichkeiten im November wohl kommen mochten.

Er ging zur Weinabteilung hinüber. Dort waren Schreibtische und vornehme Stühle bereitgestellt; ein übergewichtiger Mann in einem Nadelstreifenanzug besprach seine Weinliste mit einem jungen Mann, der sich in tadelloser und höflicher Manier mit ihm beschäftigte – obwohl er in der dicken Zigarrenwolke seines Kunden fast ersticken mußte.

Fenn schlenderte an kunstvoll aufgebauten Gläsern mit eingemachtem Ingwer und Honig entlang, die mit einem chinesischen Muster aus Drachen und Blumen bemalt waren. Er passierte die Lebensmittelabteilung, glasierte Pasteten in jeder erdenklichen Form (aus einigen staken kleine Füßchen hervor) und die Charcuterie. Tee und Kaffee waren in graubraune Büchsen gefüllt, die aussahen, als wären sie hier, seitdem das Geschäft eröffnet worden war. Obwohl es geschäftig zuging, herrschte keine Eile. Ein Mann in einem Cutaway fragte Fenn, ob er ihm behilflich sein könne, und nachdem seine Anfrage ablehnend beschieden worden war, zog er sich mit einer Geste des Willkommens zurück, als wolle er Fenn bedeuten, daß er sich bei Fortnum's wie zuhause fühlen solle und der Gast sei, den sie schon lange erwartet hätten.

Fenn ging einige Stufen hinauf und fand sich in einer Patisserie wieder. Reihen von federleichtem Gebäck wurden dargeboten; Zuckerwatte, Karamel und frische Sahne. Eine Frau in einem hellen Nerzmantel wies mit dem Finger auf verschiedene Auslagen, und die Verkäuferin hantierte so geschickt mit ihrer silbernen Gebäckzange, daß die Dekoration weder zerstört noch aus der Form gebracht wurde. Sie legte das Gebäck so ehrfurchtsvoll in eine Kuchenschachtel, als handele es sich um die Kronjuwelen. Der Mops der Frau, dessen gestreifte Fettwülste aus dem Halsband hervorquollen, schob seine ledrige Unterlippe vor und knurrte Fenn an.

Er begab sich in den zweiten Stock. Hier roch es anders. Offenkundig weiblich, fast wollüstig. Make-up, Kleider, Accessoires. Reine Seide und echte Spitze; Alligatorhandtaschen und französisches Parfum. Er berührte ein Nachthemd und ein Negligé glitzernde Wasserfälle aus reiner, weißer Seide. Er stellte sich die Frau vor, die diese Nachtgewänder tragen würde: eine schlanke Frau mit hohen, kleinen Brüsten und einer Haut, die immer leicht golden schimmerte. Sie hätte langes, gewelltes Haar, das, kunstvoll getönt und mit Strähnchen versehen, über ihre samtigen, jugendlichen Schultern fallen würde. Er ging hinüber zur Parfumabteilung.

Hinterher, als er darüber nachdachte, konnte er kaum fassen, was er getan hatte. Auf jeden Fall hatte er es in dem Moment nicht vorgehabt. Hinter der Theke stand eine Verkäuferin, die sich mit großer Ernsthaftigkeit über eine ältere Dame gebeugt hatte und abwechselnd an deren sommersprossigen Handgelenken roch. Fenns Hand schloß sich über einem zellophanverpackten Kästchen, er sah sich um, ließ die Hand sinken und ging weiter.

Diesmal hatte er keine Angst. Er wußte, daß ihm nichts passieren konnte. Er fühlte sich so sicher, daß er nicht einmal versuchte, diesen Stock zu verlassen, sondern sich mit dem Kästchen in der Tasche langsam auf den Weg zum Erdgeschoß machte. Hinter ihm waren das Klappern von Besteck und lautes Stimmengewirr zu hören. Er wandte sich um und ging auf den Eingang der Kaufhausbar zu. Die Tische waren besetzt, aber an der Bar waren noch ein oder zwei Plätze frei.

Plötzlich überkam ihn der unwiderstehliche Drang, dort zu sitzen; berechtigterweise zu der Menge zu gehören, die bei Fortnum's einkaufte oder sich dort die Zeit vertrieb. Er hatte vier Pfund und etwas Kleingeld, und das mußte bis Dienstag reichen. Es war verrückt, auch nur einen Teil davon für etwas so Banales wie einen Kaffee auszugeben. Er bahnte sich einen Weg durch den dichtgedrängten Raum, wich den Päckchen und Taschen aus, die neben den Tischen der Wohlhabenden lagen, bis er einen der Barhocker erreicht hatte. Er war schokkiert, als er in den Spiegel sah. In seiner neuen Kleidung fühlte er sich bereits so wohl, daß er sich ihrer nicht mehr bewußt war.

Das Mädchen hinter der Theke, das einen Wuschelkopf hatte und eine Nelke im Knopfloch ihres Overalls trug, lächelte ihn an.

»Ich hätte gern die Speisekarte.« Plötzlich kam er sich albern vor. Da sie kaum Menüs führten, war es dumm gewesen, sie nach einer Speisekarte zu fragen. Vielleicht hätte er eher um die Getränkekarte bitten sollen.

Aber sie lächelte ihn wieder an und sagte: »Aber sicher, mein Herr.« Dann reichte sie ihm eine große Karte.

Er schlug sie nicht sofort auf, sondern beobachtete im Spiegel das Restaurantpublikum. Es schienen schrecklich viele Kinder da zu sein, die sich mit Genuß über den Kuchen und das Eis hermachten. Einige trugen Schuluniformen, andere Jeans und Sweatshirts in leuchtenden Farben. Ein Kind hatte eine Baseballkappe und einen Fingerhandschuh bei sich, ein anderes trug ein Mickey-Maus-T-Shirt und eine große behaarte Horrorhand aus gummiähnlichem Material, von deren Fingernägeln Blut tropfte. Unter den Erwachsenen befanden sich Japaner, Araber und ein lautstarker Amerikaner undefinierbaren Geschlechts, der eine karierte Melone trug.

»Haben Sie bereits gewählt?«

»Tut mir leid . . . nein . . .« Er überflog die Speisekarte. Er beschloß, keinesfalls etwas so Gewöhnliches wie einen Kaffee zu bestellen, so köstlich er hier auch zubereitet sein mochte. Er hatte die Auswahl zwischen allen möglichen Eis- und Gebäcksorten und getoasteten Sandwiches. Er war ziemlich verwirrt, beschloß aber, seine Ratlosigkeit zu kaschieren.

»Ich hätte gern . . . eine Granita.«

»Al caffé?«

»Ja. Ja, gern.«

Er fühlte sich versucht, den Preis nachzusehen, entschied sich aber dagegen. Wie hieß es doch so schön? Fragt man nach dem Preis, kann man es sich eigentlich nicht leisten. Mit einer hastigen Handbewegung schlug er die Karte zu und reichte sie der Bedienung. Kurz darauf stellte sie ein hohes Glas mit braunschwarzen Kristallen vor ihn, auf denen ein Klecks Sahne schwamm. Daneben lagen ein langer Silberlöffel, eine Serviette und die Rechnung. Letztere ließ er unbesehen in seine Tasche gleiten.

Er senkte den Löffel in die Sahne und spürte, wie sich die Kristalle am Rand des Glases rieben. Dann zog er den halb mit Granita, halb mit Sahne gefüllten Löffel heraus. Einen Moment lang sah er sich das Gebilde an – die Sahne hatte bereits die Farbe des Eises angenommen und war jetzt kaffeebraun –, dann schob er es in den Mund.

Nie zuvor hatte er etwas gekostet, das dieser Granita auch nur im entferntesten gleichkam. Sie schmeckte bitter und süß zugleich, und der Genuß wurde durch den Duft der frisch gerösteten Kaffeebohnen noch gesteigert. Die Sahne hatte einen leichten Vanillegeschmack, der das Kaffeearoma der Granita betonte. In seiner warmen Mundhöhle blieben die verschiedenen Zutaten nur einen Moment getrennt, dann verschmolzen sie zu einer köstlichen Mischung, die sich ebenso schnell auflöste wie sie entstanden war. Er nahm einen zweiten Löffel. Dann noch einen. Jetzt war noch eine kleine hellbraune Pfütze am Boden des Glases übrig, an die er nicht herangekommen wäre, ohne das Glas zu kippen, wozu er sich niemals herablassen würde. Er legte den Löffel neben das Glas.

Überwältigt von den Eßgeräuschen und dem Stimmengewirr, hatte er jegliches Gefühl für seine eigene Aufgeschlossenheit verloren. Er fühlte sich wohl und behaglich. Dann erinnerte er sich plötzlich und aus unerfindlichen Gründen an den Kleiderstapel, den er im Ankleideraum zurückgelassen hatte. Irritiert versuchte er, das Bild aus seinem Kopf zu vertreiben. Es gehörte nicht in diese vollkommene Gegenwart. Aber es ließ sich nicht verdrängen. Es nagte an ihm wie die ersten Geräusche des Tages am Ohr des Schläfers, und allmählich ließ das wohlige Zugehörigkeitsgefühl nach. Ihm wurde kalt, und er zog die Rechnung aus seiner Jackentasche.

Großer Gott! Er legte etwas Kleingeld in die Untertasse, bezahlte an der vergitterten Kasse und ging hinaus auf die Jermyn Street, die in strömendem Regen lag. Er sah auf das Wechselgeld in seiner Hand. Irgendwie mußte er nach Chalk Farm kommen, Sonia zum Abendessen ausführen und nach Kings Cross zurückkehren. Und das alles mit weniger als zwei Pfund.

3

»Wie das hier riecht! Einfach großartig!«

Das Wetter war trostlos. Ein bleierner Novemberhimmel; schwarze, entlaubte Platanen. In Rosas Büro lag allerdings ein frühlingshafter Duft. Ein warmer, grüner, frischer Geruch, der an aufgehende Blumen und blühende Pflanzen erinnerte.

»Oh . . .«, sagte Sonia wie beiläufig, obwohl sie vor Freude errötete. »Mögen Sie es?«

»Es ist göttlich. Wie heißt es denn?«

Sonia legte ihre Stirn in Falten, als müsse sie jeden Morgen zwischen fünfzig verschiedenen Parfums wählen.

»Hmm . . .«, sie drehte ihr Handgelenk um und schnupperte an der schuppigen Haut. »Joy . . . glaub' ich . . .«

»Joy! Mein Gott. Wie machen Sie das bloß? Ich glaube, wir müßten eine zweite Hypothek aufnehmen, bevor ich mir Joy leisten könnte.«

Sonia sah Rosa kalt und abweisend an. Die Bemerkung über die

Redaktion hatte sie noch nicht verwunden, und Rosa sollte sich ja nicht einbilden, sie durch einschmeichelnde Bemerkungen ungeschehen machen zu können.

»Du meine Güte, Mrs. Gilmour, Sie glauben doch wohl nicht, daß ich mir meine Parfums selbst kaufe?« Das entsprach tatsächlich der Wahrheit. Nachdem sie Miete und Fahrgeld bezahlt, sich Kleider und ein oder zwei Flaschen Wein gekauft hatte, blieb für solche Extras nicht viel übrig. »Mein Freund hat es mir geschenkt. Am Samstag abend, um genau zu sein.« Sie kramte in ihrer Tasche. »Möchten Sie es vielleicht probieren?«

Wie beiläufig reichte sie das Fläschchen hinüber. Rosas Gesicht! Dieser Anblick allein war den Tropfen Parfum schon wert. Rosa nahm das Fläschchen zögernd entgegen.

»War es ein Geburtstagsgeschenk?«

»Oh, nein. Es lag kein besonderer Anlaß vor. Er hat's mir einfach so geschenkt.« Ihr Tonfall suggerierte eine endlose Reihe von kostbaren Geschenken. Affen, Elfenbein und Pfauen. Edelsteinbesetzte Kleider und Sandelholz. Seidenstrümpfe von Cathy.

Rosa entstöpselte das Fläschchen. »Meinen Sie es ernst?«

»Bedienen Sie sich nur.« Sonia begann zu tippen.

Rosa tröpfelte ein wenig Parfum auf ihr Handgelenk und verschloß das Fläschchen wieder. Sie rieb ihre Handgelenke aneinander und stellte den kleinen Flakon auf Sonias Schreibtisch zurück.

»Das ist sehr nett von Ihnen. Er muß wirklich wohlhabend sein.«

»Wer?«

»Ihr Freund natürlich.«

»Das glaub' ich nicht. Er wohnt über einem Schnellimbiß in Islington. Warum – ist es so teuer?«

»Wollen Sie mich auf den Arm nehmen? Eine Flasche wie diese hier muß ihn ein paar hundert gekostet haben.«

Sonia hörte auf zu tippen. Sie schluckte und sah Rosa an. »Pfund?« Sie krächzte nur noch.

»Wußten Sie das denn nicht?«

Sonia, die jetzt blaß geworden war, schüttelte den Kopf. Kein Wunder, daß Fenn nicht in der Lage gewesen war, sie zum Abendessen auszuführen.

Er war fast eine halbe Stunde zu spät gekommen. Zu dem Zeitpunkt war sie bereits seit einer Stunde fertig gewesen, nachdem sie alles, was sie in ihrem Kleiderschrank hatte, mindestens zweimal anprobiert hatte. Sie hatte gebadet, sich das Haar hochgesteckt, es gelöst, wieder hochgesteckt und sich die Fingernägel lackiert. Dann hatte sie aus Angst, daß er früher kommen könnte, ihre Seidenstrümpfe angezogen, bevor der Nagellack trocken war, mit dem Ergebnis, daß sie ihn entfernen und von neuem auftragen mußte. Gegen halb neun war sie zu der Überzeugung gekommen, daß er die Verabredung nicht einhalten würde, hatte eine Flasche Wein geöffnet und bereits den besten Teil des zweiten großen Glases geleert, als es an der Haustür klingelte.

Sie erkannte ihn kaum wieder. Sie war überzeugt, sich sein Bild bei ihrem Abschied fest eingeprägt zu haben, doch jetzt stand ein vollkommen anderer Mann vor ihr. Er wirkte größer, sah besser aus und trug wunderschöne Sachen.

Nachdem er sie einen Moment angelächelt hatte, fragte er: »Wollen Sie mich nicht hereinbitten?«

»Oh, aber sicher.« Bemüht, ein, wie sie wußte, erleichtertes Grinsen zurückzuhalten, öffnete sie die Tür, und Fenn trat ein. »Ich hole nur rasch meinen Mantel.«

»Sonia – warten Sie einen Moment.« Auf halbem Weg zum Badezimmer hielt er sie zurück. »Hören Sie – es tut mir schrecklich leid, aber –«

»Sie können nicht bleiben.« Sie wandte sich ab, bevor er ihren Gesichtsausdruck sehen konnte. Diesen Ausdruck, der zu sagen schien: »Ich hätte es wissen sollen.«

»Dummerchen.« Er ging auf sie zu. »Natürlich kann ich bleiben. Es ist nur so, daß . . . oh, bevor ich es vergessen.« Er gab ihr eine kleine, in Zellophanpapier eingeschlagene Flasche. »Eine kleine Aufmerksamkeit.«

»Fenn!« Ihre Hände zitterten, als sie das Papier entfernte. »Wie liebenswürdig.« Sie führte das Fläschchen hinter ihr Ohrläppchen. Ein kleines Rinnsal lief in ihren Ausschnitt. Gelassen nahm sie es mit dem kleinen Finger auf und versuchte dann, das Parfum hinter sein Ohr zu tupfen, doch er trat schnell zur Seite. »Das riecht einfach fantastisch. Du bist so gut zu mir.« Sie klang, als hätten sie bereits eine jahrelange Beziehung hinter sich. »Nun sag schon – was ist es, das dir so leid tut?«

»Nachdem wir uns getrennt hatten, bin ich rasch zu Fortnum's gegangen, um eine Kleinigkeit zu essen und dir etwas Nettes zu kaufen. Ich hab' das gesamte Bargeld ausgegeben, das ich bei mir hatte. Und natürlich sind die Banken geschlossen, und ich hab' meinen Euroscheck überzogen und . . . alles in allem, ich kann dich nicht zum Essen ausführen.«

»Das ist alles? Du großer Gott – ich hab' noch etwas Geld.«

»Ach nein – das wäre mir peinlich. Laß uns nicht ins Restaurant gehen? Was würden die Leute von mir denken?«

Diese Einstellung gefiel ihr. Es bewies, daß er empfindsam war. Doch seit diesen schrecklichen Appetithappen hatte sie nichts mehr gegessen, und jetzt, da die Angst verflogen war, fühlte sie sich wie ausgehungert.

»Ich verstehe.« Sie ergriff seine Hand. »Wir können ja hier essen. In der Nähe sind ein paar Restaurants mit Außer-Haus-Verkauf. Und ein Falafel-Restaurant.«

»Aber nur, wenn du mich alles zurückzahlen läßt.«

Jetzt war es an ihr zu sagen: »Dummerchen.« Sie zog einen Mantel mit Schottenmuster an, holte eine Einkaufstasche und kramte Portemonnaie und Schlüssel aus ihrer Handtasche.

»Hey . . .« Er winkte sie mit dem kleinen Finger zu sich heran und küßte sie leicht auf den Mund. »Bleib nicht zu lange.«

Sonia fühlte sich wie im Traum und berührte gelegentlich sanft ihre Lippen, als sie sich in die Reihe der Wartenden stellte. Beladen mit Artischockenpaste, Bifteki, Pita-Brot, Salat, Oliven, einer großen Flasche Frascati und Lokum, das mit Puderzucker bestäubt war und nach Rosen roch, kam sie nach Hause zurück.

Sie nahmen vor dem gasgespeisten Kamin Platz, er auf dem Sofa, sie zu seinen Füßen, und fütterten sich gegenseitig mit Oliven und Lokumstückchen. Die Fleischbällchen waren heiß und stark gewürzt, und das Brot dippten sie in die Artischockenpaste und das Olivenöl. Fenn trank nur wenig Wein, Sonia eine ganze Menge.

Das mußte der Grund dafür gewesen sein, dachte sie im Nachhinein, daß sie ihm solche Freiheiten gewährt hatte, und das an ihrem ersten gemeinsamen Abend. Bei dem Gedanken an die Form, die diese Freiheiten angenommen hatten, überlief Sonia ein Prickeln. Man mußte ihm allerdings zugestehen, daß er es nicht soweit hatte kommen lassen wollen. Er war schrecklich besorgt gewesen und hatte sie geknickt gefragt, was sie jetzt von ihm denken mußte. Nach ihrem Dafürhalten war es bei einer solchen Angelegenheit ohnehin Sache der Frau, die Bremse anzuziehen, und wenn sie nicht so viel getrunken hätte, wäre sie dazu durchaus in der Lage gewesen.

Er war nicht so lange geblieben, wie sie gehofft hatte (sie hatte sich schon darauf gefreut, ihm von ihrer unglücklichen Kindheit erzählen zu können), war wahrscheinlich aus reiner Verlegenheit so früh gegangen. Aber sie würde ihn bald wiedersehen. Das hatte er ihr versprochen.

Sie merkte, daß Rosa sie erwartungsvoll ansah. »Wie bitte?«

»Ich habe Sie gefragt, was er beruflich macht.«

»Er ist Schauspieler. Ich meine – eigentlich. Im Moment hat er kein Engagement und macht für eine Rockgruppe die Öffentlichkeitsarbeit.«

»Na ja.« Rosa stand auf und begann, Briefe und Aktenordner in ihre geräumige Tasche zu stecken. »An Ihrer Stelle würde ich mich weiterhin an ihn halten. Wenn er Joy wirklich so großzügig verschenkt, haben Sie einen guten Fang gemacht.«

Das hätte ich mir nie träumen lassen, dachte sie, als sie in der U-Bahn nach Hause fuhr. Wie eigenartig, daß Sonia ihn nicht früher erwähnt hatte. Rosa hielt sie durchaus nicht für einen Menschen, der einen gutaussehenden jungen Mann im Hintergrund verschweigen würde. Es war schon ernüchternd, wie sehr man sich täuschen konnte. Offensichtlich hatte er einen guten Einfluß auf Sonia. Heute morgen war nicht eine Spur von dem üblichen süßlichen Vogelgezwitscher zu hören gewesen. Und zweifellos begann das Eis zwischen ihnen zu schmelzen. Sie hatte vergessen, Sonia danach zu fragen, ob ihr die *Saturday Show* gefallen hatte. Sie war froh, daß Toby sie akzeptiert hatte. Und sie hatte sich geschworen, über Sonia in Zukunft nichts Unfreundliches mehr zu sagen. Rosa spürte, wie sich die letzten Überreste ihres Schuldgefühls in Luft auflösten.

In Camden Town wagte sie sich in den eisigen, peitschenden Wind hinaus und wich den nassen Kohlblättern, den von zerbrochenen Kisten stammenden Holzstückchen und den verfaulten Früchten aus, die sich auf der Inverness Street auf dem Bürgersteig angesammelt hatten. Mit einem verfrorenen Gesicht, das sich wie ein Eisblock anfühlte, betrat sie schließlich die Diele ihres Hauses. Sogleich spürte sie die Wärme. Sie ging über den dicken Teppich. Die Standuhr ließ aus dem Eßzimmer ein gleichmäßiges Ticken vernehmen. Heute waren Diele und Treppe das Objekt von Mrs. Jollits Schnelldurchgang gewesen. Der weiße Lack glänzte, und es roch leicht nach Pinienholz. Rosa streifte ihren Mantel ab und ging in die Küche hinunter, um sich einen Kaffee zu machen. Es war angenehm, wieder zuhause zu sein.

Fenn hatte beschlossen, Mr. Christoforou, seinen Vermieter, zu fragen, ob er dessen privates Telefon benutzen könne, um Rosa anzurufen. Er hatte sich bereits im Studio erkundigt und erfahren, daß sie sich vor einer Stunde auf den Heimweg gemacht hatte. An ihre Nummer zu kommen, war einfacher gewesen, als er erwartet hatte. Fast einfacher, als an Sonia heranzukommen, und das sollte etwas heißen. Als sie hinausgegangen war, um das Essen zu besorgen, hatte sie zwar ihr Portemonnaie und ihre Schlüssel mitgenommen, doch die Handtasche hatte sie zurückgelassen. Darin hatte er ihr Adreßbuch gefunden. Auf die Rückseite war ein Snoopy gedruckt, was angesichts ihres Alters ohnehin schon erbärmlich genug war, doch als er das Buch aufschlug ... Aufgelistet waren die Adresse eines Ehepaars, von dem er annahm, daß es ihre Eltern waren, die Nummer der Zugauskunft von Euston (das Paar lebte in den Midlands), eine nahegelegene chemische Reinigung, eine in Tulse Hill wohnende Frau, das National Theatre, ein Supermarkt und die Anschrift von Rosa. Das karge Gerüst eines einsamen Lebens. Er schrieb sich Rosas Namen und Adresse ab und steckte das Buch in die Tasche zurück.

Er hätte sich davonmachen können, bevor sie zurückkam, aber da war ja noch sein Plan. Sonias Brief hatte er weiß Gott nicht vergessen, auch wenn er ihn sofort vernichtet hatte. Er würde sehr zuvorkommend sein, den Liebhaber spielen, herausholen, was er konnte, und dann, wenn sie wirklich in ihn verliebt war (was, nach Samstagabend zu urteilen, nicht mehr lange dauern konnte), würde er sie fallenlassen wie eine heiße Kartoffel. Der Gedanke daran, wie er vorgehen und wie sie reagieren würde, ließ sein Herz aufgehen wie beim Anblick eines kleinen Goldklumpens. Wenn er jetzt morgens erwachte, überkam ihn zunächst ein wohliges Gefühl, über das er lächeln mußte, sobald er den Grund identifiziert hatte.

In den letzten Wochen hatte er unterdessen abwechslungsreich gegessen – soll's nächstes Mal chinesisch oder indisch sein – und rücksichtslos Liebe machen können. Wie er vermutet hatte, war sie fast vollkommen unerfahren. Er erinnerte sich lebhaft an den Ausdruck des Erstaunens in ihrem Gesicht und an das runde O ihres Munds, als er das erste Mal in sie eingedrungen war. Und soviel Entgegenkommen! Mit Sonia könnte er sein gesamtes Bücherregal durchgehen, und sie hätte immer noch nicht genug. Allerdings beunruhigte ihn der Gedanke, daß er ihr fast verraten hatte, wo er wohnte. Es war nicht seine Art, unvorsichtig zu sein, aber in dem Moment war er abgelenkt gewesen (er hatte mit seiner Zunge nach dem Puderzucker geschleckt, der ihr in den Ausschnitt gefallen war). Natürlich hatte er ihr nicht seine ganze Adresse verraten, und zudem glaubte er nicht, daß sie wirklich zugehört hatte. Sie hatte ihn einfach dämlich und abgöttisch angelächelt. Dennoch war es ihm eine Warnung, sich zu konzentrieren.

Bevor er sein Zimmer verließ, ging er zum Tisch, um sich Rosas Photo anzusehen. Zärtlich legte er seine Fingerspitzen zwischen ihren glänzenden Lippen an die Stelle, an der das Messer einen Riß hinterlassen hatte. Wie verletzlich sie wirkte. Er liebte solche Frauen; sie waren schön und erfolgreich, hatten sich aber weder in skrupellose Karrierefrauen verwandelt noch von der Wirklichkeit abgewandt. Er wußte, daß sie miteinander auskommen und Freunde werden würden. Er sah auf die Uhr. Jetzt müßte sie zu Hause angekommen sein. Er rannte in die Diele, nahm Mr. Christoforou zuliebe den Hörer von der Gabel, stieß verzweifelte Laute aus und ging in den Laden.

»Das Telefon ist kaputt, Mr. Christoforou. Ich muß ein ziemlich wichtiges Gespräch führen. Könnte ich Ihr Telefon benutzen? Ich lege das Geld auf den Tisch.«

»Aber sicher.« Es war ja nicht so, als wäre es dem Jungen zur Gewohnheit geworden. Er hatte zuvor noch nie darum gebeten. »Haben Sie's gemeldet?«

»Ja. Ich hab' den Stördienst angerufen.«

Fenn haßte Mr. Christoforous Wohnzimmer und betrat es nur in Ausnahmefällen. Man fühlte sich, als wäre man in einer buntbemalten, stickigen Kiste eingeschlossen. Die Wände waren mit primitiven Gemälden und Christusbildern in den verschiedensten Stadien der Kreuzigung überhäuft. Die Christoforous waren griechisch-orthodox. Auf den buntgemusterten und schichtweise ausgelegten Teppichen lagen obendrein noch Brücken und Läufer; silbern ziselierte Weihrauchschwenker hingen, zu Lampenschirmen umfunktioniert, von der Decke. Bücher gab es keine. Ein riesiger Fernsehapparat beherrschte den Raum, der ohnehin schon zum Bersten mit Brokatmöbeln und Nippes vollgestopft war. Das Telefon stand auf einer Cocktailbar aus Chrom und Gold, gleich neben einem glänzenden kleinen Zug, dessen offene Waggons mit Erdnüssen, Oliven, After Eights und sonstigen Knuspereien gefüllt waren. Fenn schloß die Tür.

Rosa war mit ihrer Arbeit an dem Punkt angelangt, an dem Michael Kelly in London einen Weinladen eröffnen wollte. Sein Freund, Richard Brinsley Sheridan, hatte vorgeschlagen, seinem Namenszug auf dem Schaufenster die Bezeichnung »Weinkomponist und Musikimporteur« folgen zu lassen. Das gefiel Rosa. Sie dachte, daß der Tenor ein sehr angenehmer Zeitgenosse gewesen sein mußte, wenn man einen Menschen tatsächlich nach der Zahl und den Eigenschaften seiner Freunde beurteilen konnte. Je mehr sie mit ihrer Arbeit vorankam, desto leichter fiel es ihr, sich in seine Epoche zu versetzen.

Ein guter Biograph mußte die Vorstellungskraft eines Romanciers und die Disziplin eines Historikers haben, und Rosa war sich ständig der Notwendigkeit bewußt, einen Balanceakt zwischen beiden zu vollführen. Ließe sie ihrer Fantasie freien Lauf, würde sie nicht ernstgenommen werden; wäre ihr Sprache zu trocken, würde kein Mensch ihr Buch lesen wollen.

Die schnatternde Menschenmenge, der Pfeifenrauch, der Geruch nach frischem Gebäck und heißer Schokolade und das Rascheln der Zeitungen, mit anderen Worten, die ganze Szene, war ihr so gegenwärtig, daß ihr das Klingeln des Telefons erst nach einigen Sekunden bewußt wurde. Zunächst ignorierte sie es und versuchte, sich weiter auf die Kaffeehausszene zu konzentrieren, denn sie hoffte, daß der Lärm des zwanzigsten Jahrhunderts sie nicht mehr lange belästigen würde. Aber es hörte nicht auf zu klingeln. Ihr Anrufer ließ auch dann noch nicht locker, wenn die meisten Leute schon längst aufgegeben haben würden. Und dann – oh, mein Gott! – es mußte die Schule sein ...

Der nächste Apparat stand im Wohnzimmer. Sie rannte die Treppe hinunter und flog förmlich ans Telefon.

»... Hallo ...«

»Rosa?«

»Ja ... ich bin am Apparat. ... Worum geht's? Was ist passiert?«

»Rosa. Wir kennen uns zwar noch nicht, aber vor einigen Wochen habe ich Ihnen geschrieben.« Erleichtert ließ sie sich in den Sessel fallen. Es war nicht die Schule. Die Stimme fuhr ruhig fort. Sie versuchte sich zu konzentrieren. Der Ärger über die Unterbrechung war verflogen. Jetzt war sie nur noch erleichtert. Den Kindern war nichts passiert.

»... und als ich die Unterschrift gesehen habe, ist mir natürlich aufgefallen, daß sie nicht von Ihnen stammte.« Ein kurzes Lachen. »Da hab' ich mir gedacht, ein persönlicher Anruf wäre angebrachter. Von Mann zu Mann. Oder eher«, die Stimme nahm einen leicht verschlagenen Tonfall an, »von Mann zu Frau.«

»Es tut mir schrecklich leid. Was wollen Sie von mir?«

»Haben Sie denn nicht zugehört?«

»Ich habe gearbeitet, als das Telefon klingelte. Es dauert immer eine gewisse Zeit, bis ich mich gesammelt habe.« Rosa fühlte sich jetzt frischer. Sie hatte sich an den Gedanken gewöhnt, daß ihre Kinder in Sicherheit waren. Sie wußte, daß in den nächsten Minuten wieder der Ärger die Oberhand gewinnen würde. Der Mann begann von vorn. Nach kurzer Zeit unterbrach sie ihn.

»Ich kann Ihnen versichern, daß alles, was aus meinem Büro kommt, von mir stammt, selbst wenn meine Sekretärin unterschrieben hat.«

»Beantwortet sie denn nicht Ihre Post?«

»Ganz bestimmt nicht.«

Er schwieg einen Moment und sagte dann: »Das ändert die Sache erheblich. Das läßt alles in einem anderen Licht erscheinen.«

Rosa blickte auf ihre Uhr. Noch eine halbe Stunde, bevor sie fort mußte. Jetzt hatte es ohnehin keinen Zweck mehr, wieder an die Arbeit zu gehen. Sie würde mindestens zehn Minuten brauchen, um sich wieder in die Szene einzuarbeiten, die sie, wie sie jetzt erkannte, sinnloserweise liegengelassen hatte.

»Wenn Sie tatsächlich bei City Radio arbeiten wollen, würde ich an Ihrer Stelle einen Brief . . .«

»Ich habe bereits einen Brief geschrieben.«

» – an Toby Winthrop schicken. Er ist der Sendeleiter und kann Ihnen eher weiterhelfen als ich.«

»Das geht nicht, Rosa. Dazu ist es jetzt zu spät. Das Los ist auf Sie gefallen. Es gibt keine Möglichkeit, zurückzugehen und von vorn anzufangen. *Sie* sind diejenige, die mir behilflich sein wird. Wann kann ich bei Ihnen vorbeikommen?«

Gütiger Himmel. Rosa versuchte, Geduld zu bewahren. Der arme Kerl schien nicht ganz beisammen zu sein.

»Hören Sie, es tut mir wirklich leid, aber ich kann tatsächlich nichts für Sie tun. Ich bin nur eine Rundfunkangestellte. Ich habe beim Sender keinerlei Einfluß. Ich habe keine Entscheidungsgewalt. Weder darüber, ob jemand angestellt, noch ob er gefeuert wird. Ich mache nur zweimal wöchentlich meine Sendung.«

»Tun Sie nicht so, Rosa. Ich bin nicht einer Ihrer üblichen Hörer. Eines Tages werde ich dort sein, wo Sie bereits sind. Und wie die Dinge stehen, liegt dieser Tag in nicht allzu weiter Ferne, das kann ich Ihnen flüstern. Verschonen Sie mich bitte mit diesem Unsinn über ihr Moderatorendasein. Ich bin *au fait* mit der Medienszene. Ich weiß, was da gespielt wird.« Als sie schwieg, fuhr er fort: »Wie wär's, wenn ich am Freitag nach der Sendung zu Ihnen ins Studio käme? Wir könnten uns einen kleinen Aperitif genehmigen.«

»Es hat keinen Zweck, diese Unterhaltung fortzusetzen . . . Ich habe Ihnen geholfen, soweit es in meinen Kräften steht. Wollen Sie mich jetzt bitte entschuldigen?«

Rosa legte auf. Erst als sie eine halbe Stunde später mit dem Auto vor der Schule stand, begann sie sich zu fragen, wie um alles in der Welt der Mann an ihre Telefonnummer gekommen war.

Fenn wußte nicht mehr, wie er es geschafft hatte, den Hörer auf die Gabel zu legen, sich bei Mr. Christoforou zu bedanken und in sein Zimmer zurückzukehren. Seine Knie, sein ganzer Körper zitterten. Er bewegte sich wie ein alter Mann. Er schäumte vor Wut. Es war, als würde er von einem Hurricane erfaßt und unerbittlich durch die Luft gewirbelt. Er konnte sich nicht dagegen wehren. Im Vergleich hierzu glich seine frühere Verärgerung über Sonia einem zahmen Tier.

In der Mitte des Raums sank er auf die Knie und wartete, bis sich der Aufruhr gelegt hatte. Es konnte keine Rede davon sein, die verschiedenen Emotionen zu entwirren oder sich über seine Gefühle klarzuwerden. Sobald er die Augen schloß, sah er sich von einer roten Flutwelle bedroht, die bereit war, auf ihn niederzustürzen und ihn zu zermalmen. Ihm war übel. Die Zeit schien stillzustehen. Sein Hirn war allein von Emotionen beherrscht. Er war nicht in der Lage, vernünftig zu denken.

Als sich der Sturm endlich gelegt hatte, an ihm vorbeigezogen war, setzte er sich auf – und war erstaunt, daß er nicht erschöpft und zerschlagen war, sondern sich konzentriert und kalt und stark wie eine Klinge fühlte, die gerade in der Esse geschmiedet worden war.

Unten im Wohnzimmer hatte er, kurz bevor der Sturm ausgebrochen war, einen Augenblick wirklicher Harmonie zwischen Rosa und sich selbst erlebt. Ein wahres Zusammentreffen von Gefühlen. Er wußte, daß Rosa es ähnlich empfunden hatte; das hatte er genau gespürt. Sie hatte es vorgezogen, diesen Augenblick zu vergessen. Sie hatte ihn zurückgewiesen, und jetzt war alles zu spät. Das hatte sie sich selbst zuzuschreiben. Es würde ihr nichts nützen, in Zukunft auf diesen Moment zurückzukommen. Ihn anzuflehen: »Bitte, Fenn – erinnerst du dich nicht daran, wie es war, als wir zum ersten Mal miteinander geredet haben ... Gib mir noch eine Chance ... *bitte* ...«

Als er sich von den Knien erhob, fühlte er sich wie ein junger Krieger, der kurz vor einem Feldzug vom Priester den Segen erhalten hatte. Er glühte vor Begeisterung für die Sache der Gerechtigkeit, fühlte sich zugleich aber demütig. Er stand unter dem Schutz der göttlichen Allmacht. Sein Leben, sein Geist entwirrten sich auf wundersame Weise. Er ging zum Tisch hinüber und nahm vorsichtig, fast zärtlich, Rosas Bild in die Hand. Er war sowohl sexuell als auch emotional erregt, hatte aber alles unter Kontrolle. Tief in seinem Innern lag ein Zentrum bar jeglichen menschlichen Gefühls, das seine Handlungen dirigierte. Dieser Autorität übergab er sich ohne Zögern, fast mit Erleichterung. Jetzt war er frei von Verantwortung. Was sein sollte, würde sein.

Er legte das Photo auf den Tisch, befestigte es an allen vier Ecken mit Reißzwecken, zog sein Messer hervor und machte den ersten Schnitt. Einen schwungvollen Schnitt, mit dem er ihr ohne Zögern und im vollen Bewußtsein seiner Stärke durch die Kehle fuhr.

»Immer sagst du, du hättest keine Zeit.«

»Weil ich nie Zeit habe.«

»Du bist genauso gebaut wie wir anderen auch, Rosa. Manchmal muß man auftanken, sonst kommen die Räder zum Stillstand.«

Duffy hockte auf dem Rand von Rosas Schreibtisch und schwang in einer Hand den Brieföffner. Sie leerte die Umschläge und sortierte die Briefe in verschiedene Stapel.

»Wenn ich jetzt mit dir in die Kantine gehe, werden wir erst zu Mittag essen, dann einen Nachtisch zu uns nehmen, dann einen Tee trinken, uns dann ein bißchen unterhalten und dann ist es drei Uhr. Wenn ich mir zuhause etwas zurechtmache, habe ich um diese Zeit bereits anderthalb Stunden gearbeitet.«

»Dieser verflixte Michael Kelly. Er weiß nicht zu schätzen, wieviel Zeit und Liebe du auf ihn verwendest. Er ist seit Jahren tot. Wohingegen jetzt an deiner Seite das Herz eines lebendigen Menschen pulsiert; ein reifer Mann, der vor Bewunderung für dich entbrannt ist, voller Bedürfnisse und Sehnsüchte steckt und sich nichts sehnlicher wünscht, als dir sein Herz zu Füßen zu legen.«

»Das hört sich ziemlich verwirrt an.«

Lächelnd sah sie Duffy an. Sie konnte nicht einschätzen, wie ernst seine Beteuerungen gemeint waren, wußte aber, daß es in jeder Hinsicht ein Fehler wäre, ihn ernstzunehmen. Alles wäre wesentlich einfacher, wenn sie ihn tatsächlich nicht leiden könnte. Er hatte einen trokkenen Humor, den sie als erfrischend empfand, und war eigentlich sehr freundlich. Wäre ihre Liebe zu Leo nicht, würde sie ihn wahrscheinlich sehr anziehend finden; was auf andere Frauen aus dem Studio unbestritten zutraf. Er hatte honiggelbes Haar, das sich an den Schläfen lichtete und in einem seltsamen Kontrast zu seiner Haut stand, die durch die vielen Außenaufnahmen eine gleichmäßige, karamelfarbene Tönung angenommen hatte. Seine hellblauen Augen waren erstaunlich klar, wenn man bedachte, welche Unmengen von Irish Whisky er bei eben diesen Außenaufnahmen als sogenannte Anwärmer in sich hineinkippte. Er hatte einen leichten irischen Akzent, der dankenswerterweise nicht zu dem typischen manierierten Journalistenslang verkommen war. Über sein Privatleben wußte sie wenig

(Louise hatte einmal gemeint, sie sei überzeugt davon, daß er eine Frau habe), und ihr lag nichts daran, das zu ändern. Sie führte ihr eigenes glückliches, konstruktives und gut organisiertes Leben, das genau ihren Vorstellungen entsprach, und war darum bemüht, es nicht zu zerstören.

»Wie ich gehört habe«, flüsterte Duffy ihr verführerisch ins Ohr, »gibt es Sandwiches mit Lachsfrikadellen.«

»Sandwiches mit was?« Rosa wandte gereizt den Kopf ab. Duffy zog sich sofort zurück.

»Mit gebackenen Bohnen natürlich. Mit was sonst?« Er machte eine Pause. »Du kommst nicht mir, oder, Rosa?«

»Nein.« Sie war beim letzten Brief angelangt. Ein merkwürdig quadratischer Umschlag. Das Papier raschelte, als sie ihn öffnete. darin lag eine steife, elfenbeinfarbene Karte. Auf der Vorderseite waren die Worte »In Memoriam« eingraviert, und die Kanten waren schwarz umrandet.

»Duffy – «

»Hm?« Duffy, der bereits an der Tür stand, wandte sich um. »Hast du deine Meinung geändert?« Er lächelte.

»Sieh dir das an.« Rosa hielt ihm die Karte entgegen, und er kam zurück und nahm sie an sich.

»Eine Urlaubskarte? Wenigstens ist das mal etwas anderes als diese strahlenden jungen Damen und die kleinen Männer mit den geknoteten Taschentüchern auf dem Kopf. Wer hat sie dir geschickt?«

»Ich hab' keine Ahnung!«

»Steht nichts dabei? Das Wetter ist hier, ich wünschte, du wärst wunderbar?« Er drehte die Karte um. »Oh.«

»Was ist denn das?« Er reichte ihr die Karte zurück. Auf der anderen Seite stand: »Erwartungsvoll, Dein F.«

»Ist einer deiner Bekannten vor kurzem gestorben, Rosa?«

»Wie bitte? . . . Nicht, daß ich wüßte . . . Was für eine merkwürdige Idee.«

»Na ja, wenn du eine schwarze Krawatte borgen willst, brauchst du mich nur zu fragen.«

»Aber es ist keine Todesanzeige. Es ist eine von diesen Karten, die man an den Kranz steckt. Und was meint er mit ›erwartungsvoll‹? Das klingt fast, als wäre die Person noch nicht gestorben.«

»Ich würd' mich nicht unnötig aufregen. Es kann doch keiner von deinen Bekannten sein, oder? Sonst hätte sich, wer immer diese Karte auch geschickt haben mag, schon vorher bei dir gemeldet. Auf dem üblichen Weg.«

»Wahrscheinlich hast du recht.«

»Irgendein Idiot, der sich einen Spaß erlauben will.« Als Rosa weiter mit gerunzelter Stirn auf die Karte sah, streckte er die Hand aus, griff nach der Karte und zerriß sie. Die beiden Hälften ließ er in den Papierkorb fallen. »Siehst du, da gehört sie hin.«

Rosa warf den Umschlag ebenfalls weg, drehte ihre Hände um und betrachtete ihre Fingerspitzen. Sie prickelten, als habe sie gerade etwas Warmes, Vibrierendes berührt. »Prickeln im Finger . . .« Wie ging der Spruch weiter?

»Ich werd' nicht zum Mittagessen bleiben, Duffy, aber einen Kaffee könnte ich jetzt vertragen.« Sie kam sich kindisch vor, doch sie wollte die Heimfahrt und das Alleinsein solange hinauszögern, bis das unangenehme Gefühl vergangen war, das die Karte hervorgerufen hatte.

»Fantastisch.« Er legte einen Arm um ihre Hüfte und hob sie förmlich aus ihrem Stuhl. »Hol' deine Krimskramstasche und komm' mit.«

Duffys gute Laune, sein offensichtliches Vergnügen an ihrem Beisammensein und seine Alltäglichkeit würden, so dachte sie sich, auch das letzte bißchen Unruhe vertreiben, und tatsächlich bestätigte sich diese Vermutung, bis sie einige Stunden später ihr Arbeitszimmer betrat und sich an den Schreibtisch setzte, um zu arbeiten.

Sie saß schon eine Weile da, doch die Welt von Michael Kelly, in die sie sich gewöhnlich nach einem kurzen Anspannen ihrer Vorstellungskraft hineinversetzen konnte, schien sich ihr heute zu entziehen und substanzlos geworden zu sein. Nachdem sie ein wenig gelesen hatte, schob sie das Buch beiseite. Die Atmosphäre ihres Arbeitszimmers wirkte heute eher bedrückend als beruhigend. Nichts als Düsterkeit. Dunkle Wände, schwere Möbel, und der bleierne Himmel vor dem Fenster verstärkte diesen Eindruck noch. Selbst ihr geliebter Teppich schien seine Leuchtkraft verloren zu haben. Sie machte das Licht an.

Sie mußte dieses Zimmer verändern. Sie würde nicht mehr ruhig in ihm arbeiten können, bevor sie das tat. Unmittelbar nachdem Rosa diese Entscheidung gefällt hatte, fühlte sie sich besser. Natürlich wollte sie vieles behalten. Die meisten ihrer Möbelstücke, den Teppich. Aber sie wollte die Wände hell streichen, frühlingshafte Vorhänge (vielleicht irgend etwas mit Mohnblumen) anbringen und neue Drucke oder sogar Poster aufhängen. Morgen würde sie gleich zur Air France gehen. Vielleicht bekam sie da ein Poster von der

Provence. Vor ihrem inneren Auge sah sie verbrannte Erde und geschwungene Ziegeldächer; weiße Möwen und Olivenbäume gegen einen strahlend blauen Himmel. Sie begann sich wohler zu fühlen. Danach könnte sie zur Designer's Guild oder zu Harvey Nichol's gehen, um Stoffe auszusuchen.

Sie begann, die Kupferstiche abzunehmen. Zunächst würde sie sie im Abstellraum unterbringen. Sie stapelte sie auf ihrem Schreibtisch und kramte gerade in einer der Schubladen nach einer Schnur, als ihr der Satz einfiel, nach dem sie vorher vergeblich gesucht hatte.

»Prickeln im Finger, ...«, sie hielt inne, und laut wiederholte sie den zweiten Teil des Sprichworts: »... verheißt Gutes dir nimmer.«

»Kann der Vogelmann fliegen?«

»Natürlich nicht, du dumme Kuh.« Rosa fragte sich, ob sich Guy seinen Mitschülern gegenüber ebenso herablassend verhielt, und hoffte, daß ihm jemand den Kopf zurechtrücken würde, wenn das der Fall wäre. »Menschen können nicht fliegen.«

»Warum nennt man ihn dann den Vogelmann?« beharrte Kathy.

Guy brauchte für seinen herablassenden, ältlichen Seufzer so lange, daß Rosa ihm zuvorkommen konnte. »Weil er ein leidenschaftliches Interesse an Vögeln und ihren Gewohnheiten hat. Und daran, sie mit Menschen zu vergleichen.«

Kathy erwiderte: »Man kann Menschen nicht mit Vögeln vergleichen. Sie sind vollkommen unterschiedlich.«

»Oh, da wär' ich mir nicht so sicher.« Guy hatte beschlossen, seinen Seufzer zugunsten des unmittelbaren Genusses abzukürzen, den eine schlagfertige Antwort ihm einbrachte. »Beide haben zwei Beine, und einige Menschen, die nicht mal 'ne Million Meilen entfernt von hier leben, haben vogelähnliche Gehirne.«

»Wart' nur, bis ich erst zwölf bin. Dann wirst du nicht mehr so mit mir reden.«

»Schlecht geschaltet, Spatzenhirn. Wenn du zwölf bist, werde ich siebzehn sein.«

»Du lügst! Du lügst! Oder, Mom?«

Guy lachte. Leo raschelte mit seiner Zeitung. Tränenüberströmt wandte Kathy sich an ihre Mutter. Rosa nahm ihre Hand.

»Er hat recht, mein Liebling, aber es wird anders sein, als du dir vorstellst. Du wirst dann so erwachsen sein, daß du ganz anders mit ihm umgehen kannst. Es wird dir nichts ausmachen. Ehrlich.«

»Versprichst du mir das?«

»Ich versprech's dir.«

»Neulich hat Guy gesagt, er wird zwölf bleiben, bis ich ihn eingeholt habe.«

»Das war nicht besonders nett von ihm.« Sie sah zu ihrem Sohn hinüber. »Du bist alt genug, um es besser zu wissen.«

»Frech und dumm.« Kathy wischte sich die Tränen vom Gesicht und strahlte alle an.

»Ich hab' nicht den ganzen Tag Zeit, mir das Gewäsch von dummen Weibern anzuhören.« Guy schob seinen Stuhl zurück. »Kann ich Madgewick den Rest von meinem Hühnchen geben?«

Rosa sagte: »Es sind nur noch Knochen übrig, und du weißt, daß er die nicht anrührt.«

»Sie werden ihm im Hals stecken bleiben, und er wird sterben. Daddy – Guy versucht gerade, Madgewick umzubringen.«

»Holt eure Sachen, Kinder.« Leo faltete seine Zeitung zusammen und lächelte Rosa an. »Guten Morgen, mein Schatz.«

»Guten Morgen, Leo.«

Vor einer halben Stunde waren sie sich kurz mit verschlafenen Gesichtern im Badezimmer begegnet, doch jetzt, nach einigen Tassen starken kolumbianischen Kaffees und ein paar Leitartikeln fühlten sie sich frisch und bereit, den Alltag anzugehen. Leo kam auf das Gespräch der vergangenen Nacht zurück.

»Bist du dir sicher, daß du in diesem Haus das Unterste zuoberst kehren und es mit Leitern, Farbeimern, Tapeten und Männern in weißen Overalls vollstellen willst, die uns den letzten Tropfen Alkohol wegtrinken werden? Ich dachte, das hätten wir hinter uns.«

»Sei nicht albern, Leo. Es geht nur um mein Arbeitszimmer.«

»Aber dein Arbeitszimmer ist wunderschön. Es hat dir immer gefallen.«

»Na ja, jetzt gefällt's mir eben nicht mehr. Es wirkt so bedrückend.«

Tatsächlich war es ihr weniger schlimm vorgekommen, als sie heute morgen auf einen Sprung hineingeschaut hatte, um ihre Tasche zu holen, aber es widerstrebte ihr, sich von der sprühenden Verwandlungsszene zu lösen, die am Vortag ihren Stimmungswechsel herbeigeführt hatte, obwohl sie das Gefühl der Angst, das ihre schlechte Laune ausgelöst hatte, nur noch schlecht nachempfinden konnte.

»Es kann nicht schaden, sich ein paar Musterstoffe und Tapetenbücher zu besorgen. Wer weiß, ob ich etwas damit anfangen kann?«

»Hoffentlich nicht.« Leo mochte es, wenn alles seinen geregelten Lauf nahm. »Eigentlich paßt es nicht zu dir, launisch zu sein, Rosa.«

Rosa schwieg. In ein paar Minuten würden sie sich trennen, um zur Arbeit zu gehen, und es hatte keinen Zweck, jetzt einen Streit vom Zaun zu brechen, aber dennoch ... »launisch« ... Das Wort charakterisierte die Art von Frauen, die sie am wenigsten mochte: sie gurrten oder schmollten, verlangten kleine Überraschungen und Aufmerksamkeiten. Es waren Frauen, die glaubten, ein Tag auf der Sonnenbank oder beim Friseur sei ein sinnvoller Tag gewesen.

Leo zog seinen dicken Mantel an und setzte seine echte russische Pelzkappe auf. Als er letztes Jahr in Moskau auf einem Ärztekongreß gewesen war, hatte er Rosa einen sibirischen Wolfspelz und den Kindern Fellmützen mitgebracht. Seine Kappe war aus schwarzem Persianer, und als Rosa einen kurzen Blick auf sein Profil warf, das scharf und bedrohlich wie das eines Habichts war, machte ihr Herz einen Sprung.

Die Kinder waren eingemummelt wie Eskimos. Leo öffnete die Haustür, trat mit ihnen in den peitschenden Hagelsturm hinaus, dann waren sie verschwunden. Rosa fütterte Madgewick, ohne daran zu denken, daß sie das bereits beim Zubereiten des Frühstückstees getan hatte. Er erinnerte sie nicht daran, sondern stopfte das Futter mit einem einnehmenden Blick über den Rand des Freßnapfes in sich hinein.

Sie überprüfte den Inhalt ihrer Tasche und schenkte sich eine weitere Tasse Kaffee ein. heute hieß das Thema ihrer Sendung »Kommunikation«. In einigen Tagen würde *Rosas Karussell* bereits zwei Jahre alt sein. Früher hatte sie sich wahrhaftig nicht vorstellen können, mit dreiunddreißig Jahren beim Rundfunk zu arbeiten. Eines Tages war sie gebeten worden, Hintergrundmaterial für eine einstündige Abendsendung über die großen Londoner Streiks des neunzehnten Jahrhunderts zusammenzustellen. Sie hatte mehrere Arbeitstreffen mit dem Moderator und Toby Winthrop gehabt, der ihren Arbeitsstil und die Art bewunderte, auf die sie ihr Material präsentierte. Sie hatte eine angenehme Stimme und einen freundlichen, doch nicht überheblichen Umgangston, deshalb hatte er sie gebeten, nach der Sendung an einem Hörergespräch teilzunehmen. Sie war so überzeugend gewesen, daß man ihr einen Halbjahresvertrag angeboten hatte, der jetzt bereits zum dritten Mal erneuert worden war.

Rosa konnte ein gewisses Maß an Eitelkeit nicht abstreiten und war deshalb erfreut und aufgeregt auf den Vorschlag eingegangen, eine eigene Sendung zu moderieren. Zudem hatte sie tatsächlich den Wunsch gehabt, Menschen zu helfen. Doch die ständig wiederkehrenden Themen vieler Anrufe und ihre Unfähigkeit, einmal gemachte Kontakte weiterzuverfolgen (sie wußte nicht, ob sie seit Beginn der Sendung einem einzigen Menschen tatsächlich geholfen hatte), hatten sie allmählich an der Berechtigung ihrer Arbeit zweifeln lassen. Zudem war ihr durchaus bewußt, daß sich in viele ihrer Antworten eine gewisse Unverbindlichkeit – fast Zungenfertigkeit – eingeschlichen hatte und dies kein gutes Zeichen war, so sehr sie sich auch bemühte, es auszumerzen. Falls Toby ihr im nächsten Monat eine Vertragsverlängerung vorschlagen sollte, und das war sehr wahrscheinlich, war sie fast entschlossen, das Angebot abzulehnen. Sie würde ihre Arbeit über Michael Kelly zum Abschluß bringen und sich dann Gedanken über ihr weiteres Berufsleben machen. Sie sah auf die Uhr und stand hastig auf. Nur noch zehn Minuten, und Mrs. Jollit würde mit dem Leiden des Monats zur Tür hereinkommen.

»Es würd' mir sofort besser gehen, wenn ich Doktor Gilmour um Rat fragen könnte, meine Liebe«, hatte sie zu Rosa gesagt. »Geben Sie's doch an ihn weiter. Ich fürchte, es ist Rückenmarkskrebs.«

Aber Leo hatte nur abgewunken: »Sag ihr, sie soll darauf achten, daß es ihr nicht in den Kopf steigt.« Er hatte gelacht.

Rosa hatte in sein Lachen eingestimmt, sich dann aber geschämt. »Und wenn es wirklich etwas Ernstes ist?«

»Unsinn. Ihr armer Arzt muß das reinste Nervenbündel sein. Sie wird uns alle überleben.«

In ihrem Büro hatte Rosa, auf wundersame Weise von Sonia befreit, eine halbe Stunde Zeit, sich auf den möglichen Verlauf ihrer Sendung vorzubereiten. Sie notierte sich einige Stichwörter. »Die Rolle der Medien für die Kommunikation. Hat größeres und leichter zugängliches Kommunikationsnetz der Medien weniger Kontakt zwischen Einzelpersonen zur Folge? Warum fällt die Kommunikation in der Gruppe leichter als ein Gespräch unter vier Augen? Oder mit einem Fremden?« Vielleicht wäre es möglich, auf die Themen aktueller Filme und Theaterstücke Bezug zu nehmen ... Sie schrieb: »Mangel an K.« Fragezeichen. Sie überflog ihre Notizen noch einmal und ging dann ins Studio. Die Sendung bot keine Überraschungen. Der Vogelmann meldete sich acht Minuten vor Ende der Sendung zu Wort.

»Unsere hoffnungslose Unfähigkeit, uns miteinander zu verständigen, Mrs. Gilmour, liegt an unserer mangelnden Aufrichtigkeit. Wir haben zu viele Möglichkeiten, unsere wahren Gefühle zu verbergen, auch wenn wir vorgeblich das Gespräch mit dem anderen suchen. Wir müssen lernen, unsere Methoden zu verfeinern, uns der scheinbar belanglosen Mißverständnisse zu entledigen, bis wir eine Umgangsform gefunden haben, die so klar und unmißverständlich ist wie die der Vögel.«

»Meinen Sie ihren Gesang?«

»Ihre Füße! Ihre Füße!«

»Wie bitte?«

»Wissen Sie, die Fußspuren der Vögel sind wie Hieroglyphen. Natürlich ist uns der Zugang zu diesem Geheimnis verwehrt. Wenn einer von uns beiden einen Vogel herumhüpfen sieht, was denken wir dann, was sie da tun?«

»Sie hüpfen herum?«

»Genau. Aber für einen anderen Vogel bedeutet es etwas völlig anderes.«

Ich glaube nicht, daß ich das noch lange ertragen kann, dachte Rosa, und sah erleichtert, daß der Zeiger der Studiouhr auf fünf vor zwölf vorrückte. Sie wechselte einen Blick mit Louise, die ihre peruanischen Wollsocken ausgezogen hatte, sie sich über die Hände stülpte und damit über dem Kopf einen wilden Ohrentanz veranstaltete. Irgendwie gelang es Rosa, sich das Lachen nicht anmerken zu lassen.

»Aber die Menschen benutzen ebenfalls Signale. Ihre Körpersprache.«

»Menschen sind hinterhältig und betrügerisch, Mrs. Gilmour. Ihre Körpersprache, wie Sie so grob sagen, benutzen sie nicht nur, um ihre wahren Gefühle darzustellen, sondern auch, um die anderen Menschen zu täuschen.«

»Lesen alle Vögel gegenseitig ihre Signale?«

Eine lange Denkpause. Dann sagte er betrübt, als habe diese Entdeckung ihn einen Teil seines Lebens gekostet: »Ich fürchte, nein. Wissen Sie, das ist auch nicht nötig. Aber es ist eine schöne Vorstellung, nicht wahr? Nein. Ein Vogel kann nur die Fußspuren seiner eigenen Artgenossen lesen. Jedes weitere Wissen wäre überflüssig, und wie wir wissen, verabscheut unser Schöpfer jegliche Verschwendung.«

Das ist Meinungssache, dachte Rosa, als die Kontrollampe aufleuchtete. Sie betätigte den Schalter.

Louise meinte: »Noch einen Anruf.«

»Die Sendung ist gleich zu Ende.«

»Er sagt, er wolle sich kurzhalten.«

»Das wird er wohl müssen. In Ordnung – stell' das Gespräch durch.«

Rosa bedankte sich beim Vogelmann und blendete ihn aus. Sie

nahm den letzten Anrufer auf ihre Leitung. Eine sanfte, höfliche Stimme. Fast zu höflich. Farblos, aber voll scheuer Beharrlichkeit. So viele Hörer hatten eine ähnliche Stimme. Die Tatsache, daß sie nichts Originelles oder nur wenig Interessantes zu sagen hatten, hielt sie allerdings nicht davon ab, sich in die Sendung einzuschalten. Sie belästigten die Telefonmädchen solange mit Anrufen, bis diese sie durchstellten, boten ihre Feld-Wald-und-Wiesen-Vorurteile und fadenscheinigen Clichés dann mit einer Überzeugungskraft dar, die Rosa die ersten Male als rührend empfunden hatte.

»Die Leitung ist jetzt frei.«

»Es geht . . . um einen Todesfall.«

Rosa gelang es gerade noch, ein gereiztes »Tsk« zurückzuhalten. Erst vor einigen Wochen hatte sie eine Sendung über Trauerfälle gemacht; wieso hatte er da nicht anrufen können? Sein Satz rief eine Pawlowsche Reaktion hervor: Informationen über verschiedene Hilfsorganisationen schicken, vielleicht die Samariter vorschlagen, die üblichen Fragen stellen. Entsetzt wurde sie sich plötzlich ihrer Kategorisierungen bewußt. Wo war ihr Mitleid geblieben?

»Das tut mir leid. War es jemand, der Ihnen nahegestanden hat?«

»Nein. Nichts Persönliches.«

Eine merkwürdige Stimme. Nicht natürlich. Die Worte waren ein wenig zu vorsichtig gesetzt, und sie hörte einen Londoner Akzent heraus, von dem sie vermutete, daß er gewöhnlich sehr viel stärker war. Eine künstliche Stimme also, aber sie würde nie erfahren, ob er sie nur für den Anruf angenommen hatte, oder ob sie ihm zur zweiten Natur geworden war. Zudem kam sie ihr bekannt vor.

»Ich verstehe nicht ganz. Geht es um einen Zeitungsartikel, der Sie erschüttert hat? Um einen Mordbericht? Um einen Vorfall in Nordirland?«

»Oh, ich bin ganz und gar nicht erschüttert.« Jetzt konnte sie das Lachen hören, das hinter seinen Worten lag, hervorzubrechen und sie zu zerstören drohte.

Sie fragte schroff: »Warum rufen Sie dann überhaupt hier an?«

Aus den Augenwinkeln sah sie, wie Duffy, der im Kontrollraum wartete, sich neben Louise stellte. Sie spürte, daß beide sie ansahen.

»Ich hab' mir nur gedacht . . . da der Tod noch nicht eingetreten ist . . . sollte ich es jemandem erzählen.«

Rosa seufzte. Das war bestimmt nicht ihr bester Tag. Sie hatte kaum ihr zweiter Frühstück verdaut und schon etliche unsinnige Anrufe erhalten.

»Wollen Sie damit sagen, daß Sie eine Art Hellseher sind?«

»Hab' ich das etwa gesagt?«

»Bis jetzt haben Sie so gut wie nichts gesagt.« Rosa wußte, wie gereizt sie klang. Ja – offensichtlich hatte sie es satt. Wenn sie so schnell die Geduld verlor, wurde es Zeit, vom Karussell abzuspringen. »Und jetzt bleiben Ihnen weniger als fünfzig Sekunden, um loszuwerden, was Ihnen auf dem Herzen liegt.«

»Sehen Sie, ich muß jemanden umbringen. Das ist alles, was ich Sie wissen lassen wollte.«

Rosa setzte sich auf. Ihre Ungeduld war verflogen. »Wie bitte?«

Louise hatte sich erhoben und stand vorgebeugt mit den Händen auf der Kontrolltafel. Duffy, der direkt hinter ihr stand, rührte sich nicht, hatte seinen Blick aber mit der Aufmerksamkeit eines Apportierhundes auf Rosa gerichtet. Ein Gefühl von angespannter Aufmerksamkeit schien die drei zusammenzuschweißen. Rosa bedeutete Louise wortlos, ihn am Apparat zu halten.

». . . da Sie davon betroffen sind . . .«

Louise unterbrach die Studioleitung und zeigte Rosa mit dem Daumen an, daß sie ihn noch am Apparat hatte. Der große Zeiger sprang auf zwölf Uhr, und Rosa begann, sich von ihren Hörern zu verabschieden, wußte aber, daß sie Unsinn redete. Mit dem Nachrichtentext in der Hand verließ Duffy den Kontrollraum.

». . . das war's für heute von *Rosas Karussell* . . . bis Freitag . . . falls ich dann noch lebe . . . Tschüß, sagt Ihre . . .«

Louise ließ den Musikabspann laufen. Rosa nahm ihre Kopfhörer ab und gab sie an Duffy weiter, der sich jetzt in ihren Sessel gleiten ließ und fragte: »Was wirst du jetzt tun?«

»Ich weiß es nicht.«

Was sollte sie tun? Ohne Eile ging sie auf den Kontrollraum zu. Die Aufregung ließ schnell nach. Sie war allein durch die Erstmaligkeit des Vorfalls hervorgerufen worden, wie sie jetzt erkannte. Das Team, das in der Telefonzentrale die Anrufe entgegennahm, hatte bislang die Verrückten und die komischen Käuze herausgefiltert, und sie (mit Ausnahme des Vogelmanns) nicht in die Studioleitung gelassen.

Louise hielt ihr den Hörer entgegen, wobei sie sich bedeutsam an die Stirn tippte. Rosa zögerte. Ihre Abneigung gegen die Fortsetzung des Gesprächs war rein instinktiv. Sie lag in dem natürlichen menschlichen Impuls begründet, sich von jeglicher Deformation abzuwenden; war dem Wunsch verpflichtet, Gedanken- und Verhaltensmuster, die sich auf so vollkommen unverständliche Weise von den eigenen unterschieden, nicht anzuerkennen. Aus Vernunftsgründen würde sie das Gespräch doch fortsetzen. In den letzten zwei Jahren war sie gut dafür bezahlt worden, sich als eine aufmerksame Gesprächspartnerin mit einem offenen Ohr für die Sorgen ihre Mitmenschen zu präsentieren. Und diese Grundvoraussetzung hatte sie nie in Frage gestellt. Trotz der unvermeidlichen Unannehmlichkeiten mit einigen ihrer Hörer hatte sie nie das Gefühl gehabt, das Geld zu Unrecht angenommen zu haben.

Aber war sie je darum gebeten worden, irgendwelche Verpflichtungen einzugehen? Es lag in ihren Händen, wie lang die Anrufe waren, denn sobald sie genug hatte, blendete sie die Leute aus. Konnte man das als einfühlsam bezeichnen? Jetzt bot sich die Gelegenheit, einem anderen Menschen tatsächlich zu helfen. Statt einfach die vorgedruckten Antwortbriefe auf die Post zu bringen oder weiterführende Adressen zu nennen, könnte sie ihm eine Weile zuhören und versuchen, ihn zu verstehen.

Doch ihre instinktive Abneigung ließ sich nicht unterdrücken. Als sie den Hörer entgegennahm, zitterte sie am ganzen Körper, überkam sie ein ungutes Gefühl.

»Hallo? Sind Sie noch am Apparat?«

»Oh, ja.« Seine Stimme war wie Samt. Als fließe durch die Leitung Öl in ihr Ohr. Sie wußte, daß sie einen Fehler gemacht hatte. Indem sie das Gespräch mit ihm fortsetzte, ihn ernstnahm, regte sie ihn zu weiteren Fantasien an. Wäre es ein obszöner Anruf gewesen, hätte sie nicht mit ihm gesprochen. Und was konnte obszöner sein als der Gedanke, einem anderen Menschen absichtlich das Leben nehmen zu wollen?

»Ich würde Ihnen gern behilflich sein . . . wenn ich das überhaupt kann.«

»Oh, das können Sie.«

Er lachte. Es war ein schreckliches Lachen. Unschuldig und fröhlich wie das eines Kindes. Louise, die sie beobachtet hatte, stand auf und deutete an, ihr den Hörer aus der Hand zu nehmen, doch Rosa winkte ab. Sie spürte, wie sich hinter ihr die Tür öffnete und Duffy in den Raum trat. Sie sagte:

»Und wie? Würde es Ihnen helfen, ein bißchen darüber zu reden?«

»Ich wüßte nicht, warum wir uns nicht ein bißchen unterhalten sollten. Fürs erste.«

Rosa schnürte sich die Kehle zusammen. »Was meinen Sie damit . . . fürs erste?«

Duffy sprang vor und nahm ihr den Hörer aus der Hand, bevor sie ihn abhalten konnte. »Hören Sie. Es gibt Spezialisten, die Leuten wie Ihnen weiterhelfen können. Geben Sie uns Ihren Namen und Ihre Adresse, und wir werden Sie an jemanden weiterleiten.« Alle hörten das Klicken, als die Leitung unterbrochen wurde. »Vielen Dank für Ihren Anruf.«

»Das hättest du nicht tun sollen, Duffy.«

»Sieh dich doch an. Weiß wie die Wand. Ich kann nicht einfach dastehen und zusehen, wie du dir diesen ganzen Unsinn anhörst.«

»Vielleicht hätte ich ihm helfen können.«

»Unsinn – er ist ein Spinner. Wenn er tatsächlich Hilfe wollte, würde er zu einem Arzt gehen. Sich nicht hier melden, um dich zu quälen. Wie zum Teufel ist er überhaupt durchgekommen?«

Louise erwiderte: »Er ist sehr geschickt vorgegangen. Dem Mädchen, das die Anrufe entgegennimmt, hat er erzählt, er würde eine Encounter-Gruppe leiten, die sich auf wortlose Kommunikation spezialisiert hätte. Kurz vor Ende der Sendung hat sie vollkommen aufgelöst bei mir angerufen. Sie hat Angst, ihren Job zu verlieren.«

»Ich werd' zu ihr gehen und mit ihr reden. Es wird schon alles in Ordnung kommen.« Rosa klang zuversichtlicher, als sie sich fühlte.

»Ich wette, Toby meint nicht, daß alles in Ordnung ist.«

»Um Himmels willen, Louise. Das ist das erste Mal, daß so ein Anruf durchgestellt worden ist. Für menschliches Versagen muß doch selbst Toby Verständnis haben.«

»Bevor du Fiona erzählst, daß sie sich um ihren Job nicht zu sorgen braucht, würde ich an deiner Stelle erst mit ihm reden.«

Duffy nahm Rosa am Arm. »Ich hab' das Gefühl, ihr macht euch Sorgen über nichts und wieder nichts. Aber laß uns sehen, wie die Sache steht.«

Sobald sie auf den Flur kamen, war klar, daß die Neuigkeit bereits die Runde gemacht hatte. Alle Mitarbeiter, denen sie begegneten, sahen Rosa neugierig an; einige Sekretärinnen, die vor dem Aufzug standen, unterbrachen ihr Gespräch, sobald sie sie sahen. Einer der Reporter steckte gleich neben Toby den Kopf aus der Tür, hielt sich die Hand an die Kehle, verdrehte die Augen und gurgelte: »Ich will jemanden umbringen, Schätzchen . . .«

»Du machst dich, Colin«, kommentierte Duffy, als sie die Tür passierten. »Für einen Moment hast du richtig menschlich ausgesehen.«

Rosa lächelte Duffy an – oder versuchte es zumindest. Sie klopften an Tobys Tür.

»Herein.«

Noch bevor sie im Zimmer stand, war Toby aus seinem Stuhl aufgesprungen und kam auf sie zugerannt. Er strahlte.

»Meine Liebe – da bist du ja endlich. Mach's dir bequem. Wie ich sehe, hast du einen aus deiner Gefolgschaft mitgebracht. Mach dich davon, Duffield.«

Duffy nahm Platz. Toby führte Rosa zu seinem großen Ledersofa. »Komm und mach's dir auf meiner Besuchercouch bequem. Möchtest du einen Drink?«

Rosa war verwirrt und mißtrauisch. »Wieso?«

»In Ordnung.« Toby sprach über die Schulter, ohne Duffy anzusehen. »Mach dich ein bißchen nützlich. Im Kühlschrank sind ein paar Gläser. Mach den Sancerre auf. Zwei große, bitte.« Als Duffy den Wein entkorkte, fuhr er fort: »Hör zu, Süße. Ich glaub', wir sind hier einer großen Sache auf der Spur. Die Zentrale kann sich vor makabren Anrufen kaum retten. Hast du nach der Sendung mit dem Kerl geredet?«

». . . Ja . . .«

»Was hat er sonst noch gesagt?«

»Er hat nur wiederholt, was er in der Sendung bereits gesagt hat.« Rosa brachte es nicht über sich, seine Worte wiederzugeben. »Dann hat er gesagt, ich könnte ihm helfen.«

»Großartig! Genau das wollte ich hören.« Duffy reichte Rosa ein Glas. »Wirst du mit ihm Kontakt halten?«

»Ich weiß nicht. Duffy hat mir den Hörer aus der Hand genommen, und er hat sofort aufgelegt.«

»Du blöder Hund. Was mußt du dich auch immer einmischen?« Toby wandte sich mit hochrotem Kopf der Getränkebar zu. »Hey! Was zum Teufel hast du da zu suchen?«

»Ich trink' meinen Wein.« Duffy senkte sein Glas und sah ihn enerviert an.

»Die beiden Gläser waren für Rossi und mich bestimmt!«

Rosa haßte es, wenn er sie Rossi nannte. Gewöhnlich folgten darauf nichts als Unannehmlichkeiten.

»Jetzt pack dich aber.«

Duffy schenkte ein drittes Glas ein. »Warum diese schrecklich gute Laune, Toby? Warum diese scheußliche Grimasse, die für ein Grinsen herhalten muß?«

»Nimm dir nicht zuviel raus, Duffield. Sportreporter gibt's wie Sand am Meer, hörst du. Karrieresüchtige Sportlehrer. Unkultivierte Stammtischstrategen mit dem Verstand eines Känguruhs.«

Neben seiner Arbeit beim Rundfunk schrieb Duffy für eine anspruchsvolle Sonntagszeitung, und er hatte Chancen, zum Sportreporter des Jahres gewählt zu werden. Beide wußten, daß ihm sein Arbeitsplatz sicher war, wenn nicht sogar sicherer als Tobys. Jetzt zog er den zweiten Stuhl zu sich heran und stellte die Flasche auf den Schreibtisch. Toby ignorierte ihn.

»Verstehst du denn nicht, meine Liebe, wie solch ein Vorfall die Einschaltquoten in die Höhe treibt.«

Duffy gab ein angeekeltes Grunzen von sich. Rosa sah Toby erst verwirrt, dann ungläubig an.

»Aber Toby, wenn ich dich richtig verstanden habe, kannst du nicht meinen, was du da sagst.«

»Wieso kann er das nicht?«

»Blas dich nicht so auf und tu, als wüßtest du von nichts. Dies ist ein knallhartes Wettbewerbsgeschäft, und es hat keinen Zweck, das abzustreiten. Wir stehen in Konkurrenz zu Radio London und Capital, von der guten alten BBC ganz zu schweigen; tu also nicht so altjüngferlich und zeig ihm den Mittelfinger.«

»'ne alte Jungfer würde kaum –«

Toby ging über Duffys Zwischenbemerkung hinweg. »Aus dieser Sache können wir wirklich etwas machen, Rossi. Okay – wenn's hart auf hart kommt, wird dieser Kerl wahrscheinlich gar nicht in der Lage sein, jemanden umzubringen.« Toby klang wirklich betrübt, fast bekümmert. »Aber wenn wir ihn dazu bringen, dich wieder anzurufen, können wir daraus wirklich was machen. Ich hab' mich schon mit der Presseabteilung in Verbindung gesetzt.«

»Großartig. Wenn's an der Zeit ist, können wir ihn ja bitten, ins Studio zu kommen. Vielleicht erklärt er sich ja bereit, sein Opfer zu erwürgen, während die Sendung läuft.«

»Wenn du schon darauf bestehst, dich hier ungebeten festzusetzen, Duffy, dann versuch' wenigstens, ein paar praktische Vorschläge zu machen.«

»Oh – ich hab' nicht gemeint, daß wir ihn sein Werk vollenden lassen sollten. Nur ein oder zwei Gurgellaute, dann stürmen die Keystone-Cops das Studio und halten ihn zurück. Auf dem Bildschirm würde das natürlich noch besser wirken.«

Toby, der dreinblickte wie ein Engel, dessen Geduldsgrenze überschritten ist, wandte sich wieder an Rosa: »Ich hab's nicht selbst gehört, Rossi ... wie immer Arbeit bis zum Geht-nicht-Mehr –« Er strich sich mit der Hand über die Stirn. Duffy grinste hämisch. »Aber meine Sekretärin hatte die Lautsprecheranlage an und hat gemeint, es hätte sich ziemlich ... na ja ... persönlich angehört. Was hat er eigentlich genau gesagt?«

»Daß er jemanden umbringen müßte und mich das wissen lassen wollte.«

»Ich frag' mich, wieso er gerade auf dich gekommen ist.«

»Er ist ein Fall für den Psychiater«, meinte Duffy. »Er ist nur durch Zufall auf sie gekommen. Es hätte ebensogut jemand anders sein können.«

»Er hat gesagt, ich wäre persönlich davon betroffen.«

»Er versucht, dir Angst einzujagen, Rosa. Dieser verdammte Wichser!«

»Moment mal ... wenn überhaupt jemand, dann entscheide ich, wer sich hier einen abwichst.« Toby, der spürte, daß seine Autorität zu schwinden begann, sah beiden abwechselnd fest in die Augen. »Was hat er hinterher gesagt? Bevor dieser vorwitzige Clown hier ihn abgewimmelt hat?«

»Ich hab' ihn gefragt, ob es helfen würde, wenn er ein bißchen darüber redet –«

»Gut! Braves Mädchen!«

» – und da hat er gemeint, es würde ihm nichts ausmachen, sich fürs erste ein bißchen mit mir zu unterhalten.«

»Fürs erste? Das klingt vielversprechend.«

Duffy stand abrupt auf, zögerte einen Moment, schenkte dann Wein nach. »Du bringst mich zum Kotzen.«

»Also hängt alles davon ab, daß er weitermacht. Und ich bin mir sicher, daß er nicht aufgibt. Vor allem, wenn die Presseabteilung aktiv geworden ist. Diese Idioten lieben es, sich wichtig zu machen und im Mittelpunkt zu stehen. Du wirst schon sehen, er wird sich nicht aufhalten lassen.«

Rosa fuhr zusammen. Dann fiel ihr etwas ein. »Ich frage mich, ob die Karte etwas damit zu tun hat, die ich neulich bekommen habe.«

»Was? Welche Karte?«

Rosa beschrieb die Beerdigungskarte und die Nachricht, die darauf gestanden hatte. Toby reagierte sofort. »Da haben wir's. Mein Gott – der Mann ist ein Künstler. Geh und hol sie her, Rosa – ich will sie mir ansehen.«

»Na ja ... Ähem ...«

Duffy sagte: »Ich hab' sie zerrissen.«

»*Du hast was?* Jetzt reicht's aber.« Toby stand auf, ging schwerfällig zum Fenster und zeigte verletzt, aber bebend vor Wut auf seinen leeren Stuhl. »Vielleicht möchtest du ja dort Platz nehmen und den Laden schmeißen.«

»Das sollte tatsächlich jemand tun.« Duffy ging zu Rosa hinüber. »Komm', Rosetta.« Er nahm sie am Arm.

»Ich bin noch nicht ganz fertig.«

»Was gibt's jetzt denn noch zu besprechen? Bis er sich wieder meldet, können wir ohnehin nichts unternehmen. Und es hat keinen Zweck, das Ganze endlos durchzukauen. Siehst du denn nicht, wie sehr du sie aufregst?«

»Leute mit einem empfindlichen Gemüt sollten lieber nicht Reporter werden.« Dann, als er Duffy veränderten Gesichtsausdruck sah, lenkte er ein: »Okay. Okay. Laß es gut sein.«

Duffy sah über die Schulter zurück, als sie das Büro verließen. Toby, der wieder hinter dem Schreibtisch Platz genommen hatte, sah aus wie ein unbekannter, wenig erfolgreicher Schauspieler, dem soeben die Hauptrolle in einem Spielberg-Film angeboten wurde. Er würde nicht so schnell lockerlassen. Duffy wiederum hoffte, daß der Mann nicht wieder anrufen würde.

»Mom?«

»Hm?«

»Wenn du Guy oder mich weggeben müßtest, für wen würdest du dich dann entscheiden?«

Rosa wünschte sich, daß Leo sich etwas mehr oder überhaupt am morgendlichen Ritual beteiligen würde. Sie mußte sich ohnehin schon darum kümmern, daß das Frühstück zubereitet und serviert würde, die Kinder die richtigen Schulbücher mitnahmen und ihre Kleidung einigermaßen in Ordnung war, und jetzt sollte sie zusätzlich noch unsinnige Fragen beantworten. An diesem Morgen war irgend etwas anders als sonst. Obwohl alles so normal zu sein schien. Die Kinder konnten sich nicht entscheiden, ob sie kichern oder quengeln sollten. Die *Times* war aufgeschlagen und kam somit ihrer üblichen Abschirmungsfunktion nach. Das Durcheinander auf dem Tisch unterschied sich nicht von anderen Tagen. Madgewick räkelte sich majestätisch in seinem Körbchen neben der Anrichte. Man kam sogar in den Genuß einer blassen Novembersonne, die dem Geschirr auf der Anrichte einen kühlen Glanz verlieh. Aber all dies hatte nicht die übliche Wirkung auf Rosa. Statt ihr, wie üblich, als Sprungbrett für ihren Tag zu dienen, begannen Leos Gleichgültigkeit und das Gezänke der Kinder sie zu reizen.

»Wie kommst du darauf?«

Kathy erwiderte: »Wir alle fragen unsere Eltern danach. Ich hätte dich schon gestern fragen sollen, aber ich hab's vergessen.«

»Ich würde mich nicht entscheiden können. Ich hab' euch beide gleich gern.«

»Das sagen alle Eltern. Außer Franscescas.«

»Und was haben ihre Eltern gesagt?«

»Sie haben gesagt, sie würden sich für Francesca entscheiden, denn sie hätten sie viel lieber als ihren großen Bruder oder das neue Baby oder alle anderen Kinder auf der Welt.«

Rosa lächelte. »Haben sie das wirklich gesagt?«

»Aber keiner hat ihr geglaubt. Sie erzählt immer solche Lügen.« Kathy sah Guy herausfordernd an, doch der füllte auf dem Cornflakespaket einen Bestellschein aus und hörte nicht zu. Rosa fragte sich, welche Werbesendung demnächst im Briefkasten sein und auf dem Berg landen würde, den die vier Wände seines Zimmers gerade noch fassen konnten. Zum ersten Mal fühlte sie sich nicht veranlaßt nachzufragen.

»Vergiß nicht, einen Apfel mitzunehmen.«

Die Kinder rutschten von ihren Stühlen. Der von Kathy schabte über die gelbbraunen Fliesen. Die *Times* wurde auf halbmast, dann zögernd auf Tischhöhe gesenkt. Leo nahm die Zeitung nie mit zur Arbeit. Während des Tages hatte er keine Zeit zum Lesen, und Rosa hatte den Verdacht, daß er oft ohne Mittagessen bis zum Abend durcharbeitete. Wenn er dann nach Hause kam, war er zu müde, um etwas anderes zu tun, als sich zu entspannen, zu essen und sich auf halbherzige Weise mit den Kindern zu unterhalten. Sie verhielt sich also ziemlich selbstsüchtig, wenn sie ihm die relativ ruhige Zeitungslektüre am Frühstückstisch mißgönnte. Aber sie wollte, daß er spürte, wie anders dieser Morgen war. Er sollte wissen, daß nicht alles in Ordnung war.

Jetzt beugte er sich über sie und küßte sie zwischen Augenbrauen und Ohr. »Fährst du heute zum Sender? Oder ist Michael Kelly an der Reihe?«

»Ich bitte dich, Leo.« *Rosas Karussell* lief jetzt bereits seit zwei Jahren, und er hatte immer noch keine Ahnung, wie ihre Woche eingeteilt war. »Mittwochs bin ich nie beim Sender.«

»Schon gut. Tut mir leid.« Er hockte sich, so daß ihre Gesichter auf gleicher Höhe waren. »Was ist los mit dir?«

Offensichtlich hatte er ihre Unterhaltung von gestern abend vollkommen vergessen. Sie hatte gewartet, bis die Kinder im Bett waren und den Anruf erst erwähnt, als er auf der Couch schon fast eingeschlafen war. Den ganzen Abend hatte sie daran gedacht, und das schien ihre Angst so gesteigert zu haben, daß sie völlig angespannt war, als sie das Thema aufbrachte. Leos Antwort hatte sie schockiert, obwohl ihr gesunder Menschenverstand ihr sagte, daß sie hätte beruhigt sein sollen. Er hatte fast beiläufig reagiert.

»Du hättest halt nicht berühmt werden sollen, Liebling.« Ein kurzer, zärtlicher Kuß. »Mach' dir keine Sorgen. Wahrscheinlich meldet er sich jeden Tag bei einer anderen Berühmtheit. Weißt du – montags ist halt Gilmour dran.«

»Es war nicht am Montag!«

Leo schwang die Füße vom Sessel, stand auf und zog sie an sich. Er strich ihr Haar zurück und fuhr mit dem Finger die angespannten Falten auf ihrer Stirn und ihren Schläfen nach. »Du bist vollkommen aufgelöst. Ich mach' dir einen Drink. Vorm Schlafengehen sollte man nicht weinen.«

Sie hatten aneinandergeschmiegt in ihrem großen, weichen Bett gesessen, Kakao getrunken, sich dann langsam und zärtlich geliebt, und die Welt hatte sich verflüchtigt, wie es in Leos Armen immer geschah. Danach war sie in einen traumlosen, zufriedenen Schlaf gesunken, nur um mitten in der Nacht aufzuwachen und auszurufen: »Leo, wir sind in Sicherheit, oder? Was immer auch geschieht, wir sind in Sicherheit?«

Er hatte nicht die Augen geöffnet, sondern seinen Arm um ihre Schultern geschlungen, und den Rest der Nacht hatte sie mit dem Kopf auf seiner Brust, unangenehm träumend, vor sich hingedöst.

Jetzt erwiderte sie in Antwort auf seine Frage: »Nichts, Liebling. Ich bin nur ein bißchen müde.«

Als er zusammen mit den Kindern, die die Treppe hinunter gepoltert kamen, das Haus verlassen hatte, nahm Rosa den Kaffee mit in ihr Arbeitszimmer. Sie wollte sich dort in Sicherheit bringen, bevor Mrs. Jollit eintraf. Zwischen ihnen galt es als abgemacht, daß sie dann arbeitete und nicht gestört werden wollte. Sie setzte sich an den Schreibtisch und sah ihre Notizen vom Vortag durch. Sie hatte bereits drei Seiten gelesen, als ihr auffiel, daß sie nichts davon behalten hatte. Deshalb schob sie die Arbeit beiseite.

Im ganzen Raum verteilt stapelten sich auf verschiedenen Stühlen Textilmuster, Farbtabellen, Tapeten- und Teppichbücher. Sie ging zum nächstgelegenen Stapel und sah sich die Vorhangskollektion von Warner an. Eigentlich hatte sie das nicht vorgehabt. Sie wollte schreiben; sich in die vernünftige, aufgeklärte Welt des achtzehnten Jahrhunderts hineinversetzen, doch sie konnte sich nicht konzentrieren. Die disziplinierte Energie, auf die sie sich sonst so mühelos und unhinterfragt verließ, wollte sich heute nicht einstellen.

Sie stand am Fenster und blätterte durch die Baumwoll- und Chintzmuster. Sie hielt sie gegen das Licht, um zu sehen, wie die Farben bei Tageslicht wirkten. Am besten gefiel ihr ein Stoff mit großen Blumentupfern. Kräftige, leuchtende und aggressive Farben. Sie hatte genug von den zarten Farben und den kleinen, süßen Müsterchen. Sie nahm ein paar Farbproben in die Hand. Das zarte, hochglänzende Mimosengelb gefiel ihr besonders gut. Sie wollte einen Sofabezug aus einfarbigem Segeltuch und Massen von Kissen in leuchtenden Farben. Mit bestickten Hüllen oder Gobelinbezügen, oder sollte sie sich für diese hübschen Applikationen aus wattierten Satinwolken und kleinen, lustigen Schäfchen entscheiden? Ja. »Raff' dich auf, Gilmour«, sagte sie sich und begann nach dem Bandmaß zu suchen.

Unten hörte sie das Schlagen der Haustür. Mrs. Jollitt. Rosa stand auf einem Stuhl, um den Faltenwurf des Vorhangs auszumessen. Auf einem Stück Papier notierte sie sich die Maße. Aus der Küche drangen klappernde Geräusche, ein Knall und dann eine schrille Sopranstimme, die der Welt verkündete, daß die dazugehörige Sängerin es auf ihre Weise machte.

Rosa wandte sich wieder den Wandfarben zu. Weiß würde zu kalt wirken, andererseits müßte die Farbe wegen der gelblackierten Tür, der Holzarbeiten und des Vorhangs, den sie ausgewählt hatte, ziemlich dezent sein. Grautöne kamen aus demselben Grund nicht in Frage. Vielleicht ein helles Braun . . . oder Eierschale. Ocker wäre zu dunkel, blaßgelb zu gewöhnlich, und die Wandflächen waren ein wenig zu groß, als daß Beige gewirkt hätte. Schließlich entschied sie sich für Eierschale mit einem Stich Gelb. Ihre bedrückte Stimmung ließ fast unmerklich nach. Jetzt zum Teppich.

Das Dunkelbraun des jetzigen Teppichbodens war viel zu bedrükkend. Zunächst hatte sie Grün ins Auge gefaßt, entschied dann aber, daß es zusammen mit den Blumen und den Wänden den Eindruck erwecken könnte, als arbeite man in einem öffentlichen Park. Es gab da ein helles Schokoladenbraun mit cremefarbenen Tupfen. Aus einem tweedähnlichen Material. Sie kniete sich und maß den Boden aus. Obwohl sie alles bestellen müßte, und es zweifellos Wochen dauern würde, bis das Material einträfe, hatte sie zumindest einen Anfang gemacht.

Die Vorhänge hätte sie telefonisch bestellen können, doch sie beschloß, zur Designer's Guild zu fahren und gleichzeitig die Muster zurückzugeben. Auf dem Rückweg könnte sie dann Farbe kaufen. In ihrem großen Adreßbuch müßte die Telefonnummer eines freischaffenden Designers und dessen Tochter stehen, die im vergangenen Sommer das Obergeschoß des Nachbarhauses perfekt gestrichen hatten. Wahrscheinlich waren sie für die nächsten Monate bereits ausgebucht, aber es war einen Versuch wert.

Sie setzte sich an ihren Schreibtisch, holte das Buch aus der Schublade, schlug es bei M, dann bei D auf und suchte schließlich unter F – Freischaffend – nach. Sie hatte kein Glück. Wahrscheinlich hatte sie ihn dummerweise unter seinem Namen eingetragen, den sie natürlich prompt vergessen hatte. Sie seufzte. Es war ein dickes Buch, in dem sie jede Adresse und Telefonnummer verzeichnet hatte, die ihr je von Nutzen sein könnte. Freunde (diese Eintragungen gingen Jahre zurück), Verwandtschaft, Geschäftsadressen. Sie fing auf der ersten Seite an und war gerade bis Arundell (Fran) gekommen, als das Telefon klingelte. Verdammt. Das hieß, daß sie Mrs. Jollit nicht mehr umgehen konnte. Sie lief nach unten.

»Hallo, Rosa.« Sie schwieg, konnte nicht antworten. »Es war gestern nicht besonders nett von dir, das Gespräch zu unterbrechen.«

»Das stimmt nicht – das war nicht ich.«

Es freute sie, daß ihre Stimme so ruhig klang. Nichts darin ließ auf den Aufruhr schließen, der in ihrem Magen herrschte. Oder darauf, als wieviel bedrohlicher sie es empfand, mit ihm zu reden, wenn sie allein war.

Was hatte sie gestern beschlossen? Daß sie versuchen würde, ihm zu helfen? War das nicht ihre Aufgabe? Aber was konnte sie schon tun? Psychisch gestörte Menschen brauchten professionelle Hilfe. Und Duffy hatte gemeint, dieser Mann hätte zum Arzt gehen müssen, wenn ihm tatsächlich an Hilfe gelegen wäre. Aber vielleicht hatte sein Arzt ja kein Verständnis für seine Probleme, und es fiel ihm leichter, mit einer Fremden darüber zu reden. Währenddessen hatte der Wortschwall am anderen Ende der Leitung nicht aufgehört. Sie konnte nicht einmal die einzelnen Silben unterscheiden. Es kam ihr vor wie ein Strom von samtweichen Einflüsterungen.

Der weiße Hörer drohte ihr aus der Hand zu rutschen. Gelegentlich drang eine Phrase durch den Nebel an ihr Ohr: »Dienst an der Menschheit . . . eine absolute Null . . . Dinge in Ordnung bringen . . .«

Und dann das erste Anzeichen dafür, daß wieder Leben in sie kam:

ein Prickeln in den Fingerspitzen. Sie knallte den Hörer auf die Gabel und ging in ihr Arbeitszimmer zurück, ohne auf den Ruf aus dem Erdgeschoß zu achten, der wohl soviel wie »Guten Morgen« heißen sollte.

Sie ging im Zimmer umher und griff hastig nach den Textilmustern und ihrer Handtasche. Sie mußte an die frische Luft. Mußte in Geschäfte gehen, mit ruhigen, vernünftigen Menschen ruhig über vernünftige Dinge reden. Wie viele Orangen machen ein Pfund, und ist das englische Lammfleisch schon ausverkauft? Guy brauchte unbedingt ein Paar graue Socken. Beim Griechen müßte es eigentlich frischen Koriander geben. Dann, auf ihrem Weg durch die Diele, hielt sie inne.

Er hatte sie zu Hause angerufen. Aber sie stand nicht im Telefonbuch. Wie leicht konnte man eine solche Nummer in Erfahrung bringen? Sie wußte, daß es Journalisten gelegentlich gelang, aber es war ihr nie in den Sinn gekommen, sie zu fragen, wie sie vorgegangen waren. Sie ging ins Wohnzimmer und nahm den Hörer von der Gabel, dies jedoch mit solchem Widerwillen, als sei er noch immer in der Leitung und warte auf ihre Stimme. Dann dachte sie, wie anfällig sie doch war. Sie hatte Angst, ihr eigenes Telefon zu benutzen. Sie wählte die Nummer der Auskunft, gab ihren Namen und ihre Adresse an und fragte nach der Telefonnummer. Nach einem kurzen Zögern sagte das Mädchen: »Tut mir leid, aber diese Nummer darf ich Ihnen nicht geben.«

»Aber es ist wirklich dringend.«

»Ich fürchte, wir können Ihnen da nicht weiterhelfen.«

»Ich muß einfach mit Mrs. Gilmour sprechen. Es ist ungeheuer wichtig. Absolut unerläßlich.«

»Wir dürfen diese Nummer unter keinen Umständen herausgeben. Es tut mir leid.«

»Nicht einmal an die Polizei?«

»Sind Sie von der Polizei?«

Rosa zögerte: ». . . Ja . . .«

»Wenn Sie mir Namen und Adresse geben, wird mein Vorgesetzter sie zurückrufen.«

Rosa legte auf. Es war also nicht ganz so einfach. Sie fragte sich, ob der Mann ein Angestellter des Fernsprechamts sein könnte. Dieser Gedanke beruhigte sie ein wenig. Wenn sie ihn bei seinem nächsten Anruf dazu bringen könnte, seinen Namen zu nennen, würde man ihn auf jeden Fall ausfindig machen können.

Aber gleich darauf schoß ihr ein anderer Gedanke durch den Kopf. Wenn er ihre Telefonnummer wußte, kannte er sicherlich auch ihre

Anschrift. Mit einem Frösteln wurde ihr bewußt, wieviel gefährlicher dieses Wissen war. Sie durchquerte den Raum und sah aus dem Fenster, trat aber hinter die Vorhänge, als sie merkte, wie exponiert sie dastand.

Doch es schien niemand auf der Straße zu sein. Langsam näherte sie sich wieder der Scheibe. Da war das übliche Gedränge der Wagen, die Stoßstange an Stoßstange geparkt waren, darunter ihr eigener Golf, der direkt unter dem Fenster stand. Die Bäume, deren volles Blätterdach vor einigen Monaten noch ein Gefühl der Geborgenheit vermittelt hatten, schienen sich jetzt mit ihren kahlen, windgepeitschten Ästen in den Himmel zu krallen. Sie sah, wie Jonathan Miller, ein großer, hagerer Mann, eingehüllt in Mantel und Schal aus seinem Haus trat. Als nächstes kam ein Mann vorbei, der einen städtischen Müllkarren hinter sich herzog. Sie hatte fast erwartet, daß er hochblicken würde, und meinte, eine erste Hürde genommen zu haben, als er weiterging, im Rinnstein nach Abfall stocherte und um die Ecke verschwand.

Wieder klingelte das Telefon. Zwischen dem ersten Schellen und dem Augenblick, in dem sie eine halbe Minute später den Hörer abnahm, ging in Rosa eine Veränderung vor. Sie wurde wütend. Sie entwickelte einen Haß gegen diesen Unbekannten, der das ruhige Gleichmaß ihres Lebens zerstörte; der jedes konzentrierte Arbeiten unmöglich machte, und ihr, wie es schien, selbst das Vergnügen an ihrer Familie nahm. Sie ließ ihm nicht die Möglichkeit, auch nur ein Wort zu sagen.

»Hören Sie. Wenn Sie noch mal hier anrufen, benachrichtige ich die Polizei. Sie gehören in eine psychiatrische Klinik. Ich habe keine Lust, mir Ihre krankhaften Fantasien anzuhören, und es interessiert mich nicht, was in ihrem kaputten Hirn abläuft. Leute wie Sie sollten eingesperrt werden. Lassen Sie mich in Ruhe, haben Sie verstanden? *Lassen Sie mich in Ruhe.*«

». . . Rosa?«

»Oh, mein Gott.« Zitternd ließ sie sich in den Sessel fallen. Ihr Ärger war verflogen. »Duffy.«

»Was zum Teufel ist mit dir los?«

»Er hat wieder angerufen. Hier.«

»Wann?«

»Erst vor ein paar Minuten.«

»Was hat er gesagt?«

»Ich weiß es nicht.«

»Was soll das heißen, du weißt es nicht?«

»Ich glaube, ich hab' einfach abgeschaltet. Nur ein paar merkwürdige Phrasen . . . die hab' ich mitbekommen . . .«

Es trat eine Pause ein, dann sagte Duffy: »Was hast du jetzt vor?«

». . . hm . . ., ich wollte mich in der Sloane Street nach einem Vorhang umsehen.«

»Ich wollte gerade zur Kasse gehen, um meine Spesen abzurechnen. Ich kann mir nichts Besseres vorstellen, als sie dafür zu verwenden, dich zum Essen auszuführen.«

Als sie wie gewöhnlich Einwände zu erheben begann, sagte Duffy: »Ich bitte dich nicht darum, Liebling, sondern es ist beschlossene Sache. Kennst du den Gay Hussar?«

»Ja.«

»Sei kurz vor eins da.«

»Hör zu, Duffy –«

»Es hat keinen Zweck, mit mir zu streiten.«

»Ich wollte gar nicht mit dir streiten. Ich wollte mich nur bei dir bedanken.«

»Und du tust gut daran. Bis dann. Oh, noch etwas, Rosa –«

»Ja?«

»Geh' vorher noch zum Fernmeldeamt. Laß deine Nummer ändern.«

Das letzte Mal mußte sie vor zehn Jahren im Gay Hussar gewesen sein, doch es schien sich nichts verändert zu haben. Duffy war bereits da, als sie eintraf. Sie nahm auf einem der gepolsterten Stühle Platz, blieb einen Moment mit geschlossenen Augen sitzen und lauschte auf das Klappern des Geschirrs, auf das Gewirr der Stimmen im Hintergrund und auf den Regen, der gegen die Scheiben klatschte. Duffy schwieg, bis sie die Augen öffnete, und dafür war sie ihm dankbar.

»Hallo.« Er schenkte ihr ein Glas Maygar ein. Er hatte eine goldgelbe, fast grünliche Farbe. Die mit dem kalten Wein gefüllten Gläser beschlugen sofort. »Ich habe Kirschsuppe bestellt.«

»Servieren sie immer noch Kirschsuppe?«

»Spezialität des Hauses.«

Das Restaurant machte einen gemütlichen, fast heimeligen Eindruck. Die Vorhänge schlossen das graue Herbstlicht aus, und etliche Kellner waren damit beschäftigt, dampfende Schüsseln auf schneeweiße Tischdecken zu stellen. Das Licht war gedämpft. Rosa sog genüßlich den Duft ihres Weins ein. Der erste Gang wurde serviert. Zunächst war sie ein wenig verwundert, daß Duffy an einem solchen Tag eine kalte Suppe bestellt hatte, doch die Kombination aus Kirschen und saurer Sahne schmeckte köstlich, und der leicht herbe Geschmack wurde durch den blumigen, honigähnlichen Wein abgemildert.

Duffy schien sich wohl zu fühlen. Sie war so daran gewöhnt, ihn in sportlicher Kleidung oder in Cordhose und Pullover zu sehen, daß ihr der dreiteilige Anzug mit den schmalen, grauen Nadelstreifen wie eine Art Offenbarung vorkam. Sein Hemd war aus weichem Baumwollmaterial und ebenfalls in einem blassen Ton gehalten. Sie konnte nicht entscheiden, ob es weiß oder grau war, und fragte ihn danach.

»Der Verkäufer bei Turnbull & Asser meinte, es wäre blau. Halt's also, wie du willst, mein Schatz.« Ein Lächeln überzog sein Gesicht, dessen hagere, gebräunte Wangenknochen durch das gedämpfte Licht weicher wurden.

Rosa lächelte zurück. »Ich hasse Nylonhemden, du auch?«

»Mein Gott, ja. Sie scheinen zu Netzunterhemden, Krawatten und Taschentüchern zu passen.«

»Und zu Männern, die zu Sandalen Socken tragen.« Doch hätte sie sich vorher jemals überlegt, welche Hemden Duffy trug, wäre sie davon ausgegangen, daß sie aus Nylon waren. Für einen alleinstehenden Mann waren sie praktisch, man brauchte sie nur mit der Hand durchzuwaschen und im Badezimmer zum Trocknen aufzuhängen. Vielleicht wohnte er nicht allein. Vielleicht gab es ein oder sogar mehr als ein Paar Hände, das nur allzu bereitwillig seine Turnbull & Asser-Hemden wusch und bügelte. Ihr wurde bewußt, daß sie für ihn kein Mitleid mehr empfand. Ein gefährliches Zeichen.

»Ich nehme Gulasch. Und du?«

»Ein Omelette, bitte. Während des Tages esse ich nie sehr viel. Wir essen . . . na ja, später.« Plötzlich wurde sie schüchtern, als habe sie einen Fauxpas begangen, indem sie ihr Familienleben in die Unterhaltung einbezogen hatte.

Aber Duffy fragte nur: »Welches Omelette?«

»Ein Eieromelette.« Sie lachten beide herzlicher, als der schwache Witz verdient hatte.

Das Omelette, das dann serviert wurde, war üppig, locker und mit Mohn bestreut. Dazu aß sie einen Salat. Duffys Gulasch roch nach Paprika und zartem Fleisch und wurde mit Reis und Okra serviert. In freundlichem Einvernehmen begannen sie zu essen.

Nicht nur Duffys Kleidung war anders als sonst. Im Studio hatte sie immer das Gefühl gehabt, daß er sich in Pose warf. Den rauhen, aber herzlichen Sportreporter spielte, der auf Rosa Gilmour ein Auge geworfen hatte. Es war ihr vorgekommen, als seien seine Annäherungsversuche und Einladungen zum Mittagessen lediglich ein Teil dieses Spiels gewesen. Jetzt hatte er diese Rolle abgelegt, und obgleich sie das grundsätzlich als angenehm empfand, war sie verwirrt. Sie stellte fest, daß sie begierig war, ihm Fragen zu stellen. Seinen Hintergrund auszuleuchten, von dem sie so wenig wußte, und herauszufinden, auf welchem Wege er zu City Radio gekommen war. Und wie seine Zukunftspläne aussahen.

Sie versuchte sich sein Zuhause vorzustellen. Wahrscheinlich lebte er in einer Appartementwohnung. Sie fragte sich, welche Bücher und Gemälde er wohl hatte – wenn überhaupt. Dann fiel ihr auf, wie herablassend dieser Zusatz war. Warum sollte ein Sportreporter keine Gemälde besitzen? Duffy war ein ausgezeichneter Journalist. Wahrscheinlich hatte er eine Bibliothek, die die ihre in den Schatten stellte. Vielleicht würde er sie nach dem Mittagessen bitten, mit in seine Wohnung zu kommen. Natürlich würde sie ablehnen. Sie hoffte, er würde ihr kein solches Angebot machen. Es war so angenehm, in ihm einen Freund und Verbündeten zu haben. Mit allem anderen wollte sie einfach nichts zu tun haben.

»Keine Angst.«

»Wie bitte?« Sie wurde rot.

»Du weißt, was ich meine.«

»Nein, wirklich nicht.«

»Komm schon, Liebling. Ich kann dich lesen wie ein offenes Buch. Schau her – « Er hob seine Hände auf Schulterhöhe und wandte ihr die Innenflächen zu. »Ich habe nichts zu verbergen.«

Sie lächelte. »Tut mir leid.«

»Ich liebe dein Lächeln, Rosetta. Ich kann's nicht ertragen, wenn du mich mit diesem eiskalten Blick ansiehst.« Er unterbrach sich. »Haha.«

»Das tut weh.«

Er wechselte schnell und geschickt das Thema: »Du fragst dich sicher, wieso ich angerufen habe. Ich wollte mir von dir ein Band für meinen Kassettenrecorder stibitzen. Morgen früh bin ich mit dem Ü-Wagen auf der Oxford Street.«

»Gern. Solange du es zurückstellst.«

Duffy spielte die empörte Unschuld. »Ich hab' sie bislang immer zurückgestellt.«

»Duffy – du stellst sie *nie* zurück. Um welches Thema geht es denn?«

»Ladendiebstahl. Ich frag' die Leute, ob sie jemals in Versuchung gekommen sind. Ob es sie ärgert, daß sie mehr bezahlen müssen, um die Verluste auszugleichen. Das Übliche. Du solltest es mal versuchen.«

»Keine Angst. Ich versteck' mich lieber im Studio. Will mit der verrückten Menge da draußen nichts zu tun haben.«

Das war das Stichwort. Der perfekte Anlaß, sich über den eigentlichen Grund ihres Zusammentreffens zu unterhalten. Rosa hatte ihn über ihre interessanten Überlegungen zu Duffys Persönlichkeit für einen Moment vergessen.

Er fragte: »Hast du deine Nummer ändern lassen?«

»Es ist in Bearbeitung. Bis dahin blockieren sie die Leitung. Es dürfte nicht mehr als ein oder zwei Tage dauern.«

»Großartig. Er wird sich nicht mehr während der Sendung melden – soviel ist sicher. Natürlich könnte er's wieder auf dem Postweg versuchen. Wir hätten den Umschlag von dieser gräßlichen Karte behalten sollen. Dann würdest du seine Handschrift wiedererkennen und könntest die nächsten Briefe unbesehen in den Papierkorb werfen.«

»Aber wenn er jetzt an meine Privatnummer gekommen ist, wird er die neue wahrscheinlich auch herausfinden können.«

»Daran habe ich auch schon gedacht. Wer hat eigentlich deine Privatnummer?«

»Oh – ein paar gute Freunde. Die jeweilige Schule der Kinder, das St.-Thomas-Krankenhaus, Leos Eltern, meine Mutter. Das Studio, Sonia –«

»Ich will dich ja nicht entmutigen, aber das sind ziemlich viele Leute.«

»Aber die kommen ohnehin nicht in Frage. Könntest du dir vorstellen, daß meine Mutter, die Gilmours oder selbst das Krankenhaus unsere Nummer an einen Fremden weitergeben?«

Vielleicht ist es gar kein Unbekannter, dachte Duffy, würde das aber um nichts in der Welt laut sagen wollen. »Bist du dir sicher, daß du dich an nichts von dem erinnern kannst, was er gesagt hat? Ich weiß, daß du nicht gern darüber redest, aber vielleicht fällt dir etwas ein, was uns weiterhelfen könnte.«

Sie wollte tatsächlich nicht darüber reden. Innerhalb von Sekunden kam es ihr vor, als würde sich das anzügliche Wispern durch das Restaurant schlängeln, die weißen Tischdecken beschmutzen und sich in das Lächeln der hinausgehenden Gäste schleichen.

»Er hat irgend etwas über den Mord an einem Landstreicher gesagt. Und daß viele Leute um ihn trauern würden.«

»Bist du dir sicher? Ich meine, das klingt nicht gerade stimmig.«

»Nein, ich bin mir nicht sicher!« Ihre Stimme wurde schrill und laut, klang verzweifelt. Die Leute am Nebentisch unterbrachen ihr Gespräch und starrten sie an. »Ich hab' versucht, nicht hinzuhören – ihm nicht meine ungeteilte Aufmerksamkeit zu schenken.«

»Ganz ruhig, Liebling.« Er streckte ihr seine Hand entgegen, und ohne nachzudenken, hielt Rosa sie fest.

»Ich habe Angst, Duffy.«

Er versuchte nicht, sie mit den banalen Sätzen zu beruhigen, die sie hören wollte: »Mach' dir keine Sorgen« oder »Wahrscheinlich ist er vollkommen harmlos« oder »Es wird schon alles in Ordnung kommen. Ich paß' auf dich auf.« Er bedeckte einfach mit seiner freien Hand ihre ineinander verschränkten Hände.

»Ich weiß nicht, warum du dich so um mich kümmerst.« Sie wies auf den Tisch, meinte aber viel mehr als nur das Essen. Sie spürte einen Druck auf ihrer Hand, der so leicht war, daß sie sich hinterher fragte, ob sie sich ihn nur eingebildet hatte.

Dann sagte er: »Das weißt du genau, Rosa.«

Als sie sich gegen einen Kaffee entschieden hatte, winkte er dem Kellner, um zu bezahlen.

Als sie vor die Tür traten, schwand innerhalb von Sekunden das Gefühl der Geborgenheit und der Sicherheit. Der beißende Wind nahm ihnen den Atem. Als sie lächeln wollte, schienen ihre Mundwinkel eingefroren zu sein. Selbst ihre Augen schmerzten. Sie trug ihren Mantel und eine dazu passende Mütze.

Duffy barg sein Gesicht im Pelzkragen neben ihrem Ohr. Ihr Herz machte einen Sprung, als sie ihn näherkommen sah und sein Gesicht unscharf wurde. Er schrie gegen den Wind an. »Du siehst aus wie die Schneekönigin.«

»Wie wer?«

Er schüttelte den Kopf. Um ihre Füße wirbelten durch die Abfälle von Soho. »Ich wink' dir ein Taxi.« Mit erhobenem Arm trat er auf die Straße.

Als sie sich ins Taxi setzte, fragte sie ihn: »Kommst du nicht mit? Ich kann dich irgendwo rauslassen.« Sie wollte sich nicht von ihm trennen und erkannte entsetzt, daß ihre Angst vorm Alleinsein nicht der einzige Grund dafür war.

Im Restaurant hatte sie sich wohl, fast sicher gefühlt, Im stürmischen Wetter neben ihm schon weniger sicher; jetzt, als das Taxi davonfuhr, fühlte sie sich nicht nur unsicher, sondern auf merkwürdige

Weise verlassen. Er hatte nicht versucht, sie zum Abschied zu küssen, hatte ihr nicht einmal einen freundschaftlichen Kuß auf die Wange gegeben. Als sie durch die Heckscheibe zurückblickte, sah sie ihn durch den strömenden Regen davongehen.

4

Mitten im Gespräch war ihm plötzlich aufgefallen, daß sie ihm nicht mehr zuhörte. Diesen Eindruck hätte er nicht näher begründen können. Er hätte nicht gedacht, daß man den Unterschied am Telefon heraushören könne: es war anders, als wenn man sich gegenübersaß. Er wußte, daß sie nicht den Hörer aus der Hand gelegt, sondern einfach abgeschaltet hatte. Zunächst war er jedoch zu ihr durchgedrungen. Sie hatte die Luft angehalten. Offensichtlich war sie verwirrt gewesen, doch dann hatte sie sich ihm auf irgendeine Weise entzogen.

Aber eines Tages würde sie ihm zuhören *müssen.* Dafür würde er schon sorgen. Sie sollte wissen, was passieren würde. Keiner sollte ihm hinterher vorwerfen können, daß er sie nicht fair, außerordentlich fair behandelt hatte, obwohl man das von ihr nicht gerade behaupten konnte. Erst hatte sie ihn zum Narren gehalten, dann hatte sie ihn im Stich gelassen.

Und wahrscheinlich war er nicht der einzige. Wie viele Menschen mochten ihr schon geschrieben oder sie angerufen haben, nur um wie ein Stück Dreck behandelt zu werden? Der Schlag, den er ihr versetzen würde, wäre auch im Namen dieser Leute geführt. Im Namen all derer, die zur falschen Zeit am falschen Ort geboren waren, denen das Glück nie zugeflogen war. Wieder verspürte er die reinigende Wirkung dieser moralischen Gewißheit. Es war befriedigend zu sehen, daß Gerechtigkeit geübt wurde, aber das Werkzeug dieser Gerechtigkeit zu sein ...

Er zog das Notizbuch zu sich heran. Er würde seinen Beitrag zu ihrer Unterhaltung wiederholen müssen, diesmal aber sicherstellen, daß sie ihm zuhörte. Das würde ihm gelingen, wenn er alles niederschrieb, oder, besser noch (sie würde den Brief nach den ersten paar Sätzen vielleicht in den Papierkorb werfen), es auf Band aufnahm. Ihm war klar, daß er damit ein größeres Risiko einging, da andere Leute das Band mithören könnten, doch das durfte ihn jetzt nicht bekümmern. Ihr seine Vorstellungen in aller Klarheit darzulegen, war unerläßlicher Bestandteil seines Gesamtplans, und es gab keine Möglichkeit, sich dem zu entziehen, ohne unehrenhaft zu wirken. Auf keinen Fall würde er ihr das Band durch die Post zustellen, damit es zusammen mit den anderen unerwünschten Briefen im Papierkorb landete. Nein. Er würde die Nachricht auf ihr eigenes Tonband sprechen. Das würde sich schwieriger gestalten, aber Schwierigkeiten waren ohnehin dazu da, überwunden zu werden.

In Blockschrift notierte er sich: NACHRICHT ÜBERMITTELN. Dann: 1. ZUGANG ZUM STUDIO VERSCHAFFEN. Er kannte die Architektur des Gebäudes, wußte genau, wo sich ihr Büro befand. Und wie der Empfangsdienst organisiert war. Diesmal würde er nicht blind durch die Gegend tappen. Er mußte sich nur noch einen vernünftigen Grund einfallen lassen, um ungehindert in das Gebäude zu gelangen. Kein Termin – der würde sofort überprüft werden. Er dachte angestrengt, aber gelassen nach. Er fühlte sich zuversichtlich, denn er wußte um die Richtigkeit seines Tuns, wußte, daß er eine Lösung finden würde.

Ihm fiel ein, daß ein so kleiner Sender wie City Radio wahrscheinlich keine nennenswerte Wartungsmannschaft hätte. Wenn irgend etwas zu reparieren war, bestellten sie wahrscheinlich eine Firma von außerhalb. Zudem würde das Mädchen am Empfang einige Zeit brauchen, um herauszufinden, wer den Handwerker bestellt hatte. Er könnte also einfach mit seiner Werkzeugtasche aufkreuzen und sagen: »Klempner ... ist schon in Ordnung, ich weiß, wo ich hin muß.« Wenn er einen kühlen Kopf bewahrte und einfach weiterging, müßte es damit getan sein. Er würde sich ein wenig verkleiden müssen. Für den Fall, daß jemand von der *Saturday Show* am Empfang saß, sollte er sich vielleicht einen Bart ankleben. Nichts Ausgefallenes, denn er wollte nicht auffallen.

Mr. Christoforou bewahrte in dem Schränkchen neben dem Münzfernsprecher eine alte Leinentasche mit Werkzeug auf. Es dürfte nicht schwerfallen, sie hinauszuschmuggeln und wieder zurückzustellen, bevor ihr Fehlen bemerkt würde. Er bräuchte keine spezielle Arbeitskleidung zu tragen. Bei diesem Wetter war es ohnehin selbstverständlich, daß man etwas überzog. Seine alte Seemannsjacke und ein paar Jeans würden reichen.

Er mußte sicherstellen, daß sich Sonia zu der Zeit nicht im Gebäude aufhielt. Sie war die einzige, die ihn erkennen könnte. Aber das war kein Problem. Er würde sich mit ihr vor der U-Bahn-Station Holborn verabreden, und sie bitten, sich etwas früher freizumachen. Die blöde Kuh würde ewig auf ihn warten, selbst wenn er ihr vorschlagen würde, sie auf der Überholspur der M 1 zu treffen. Er hatte genug von Sonia. Die kurze Zeit ihrer Bekanntschaft hatte gereicht, um sie wie seine Mutter werden zu lassen. Ständig fragte sie ihn, ob er sie auch liebe und sie sich am nächsten Tag wiedersehen könnten. Obwohl sie unglaublich gefügig war. Zum ersten Mal bekam er alles, was er wollte, und konnte die verschiedenen Variationen ausprobieren. Als er letzte Nacht eines seiner Bücher mitgenommen hatte, war Sonia zwar von Kopf bis Fuß rot geworden, hatte sich aber tapfer an drei oder vier der weniger verrenkten Stellungen versucht. Sie mußte zugeben, daß es nicht weiter wichtig war, was zwei Menschen miteinander machten, wenn sie sich nur liebten und (noch entscheidender) bald heiraten würden.

Leo kam erst spät von der Arbeit. Rosa hatte zusammen mit den Kindern vor dem Fernseher gesessen und sah jetzt auf die Küchenuhr. Sie hatten einen Zeichentrickfilm angeschaut, in dem ein Hund mit einer Nase wie ein lakritzfarbener Golfball zeitweise als Hausmeister arbeitete, wenn er nicht gerade irgendein Verbrechen löste, das die Polizei von fünf Kontinenten vor ein Rätsel gestellt hatte.

Sie fühlte sich besser. Das lag einerseits an dem Mittagessen mit Duffy, andererseits an der alltäglichen Selbstverständlichkeit, mit der sie die Kinder von der Schule abgeholt, ihrem Geplapper zugehört und den Tee aufgesetzt hatte. Jetzt hackte sie Stangensellerie, Walnüsse und Paprika für einen Salat klein. Das Hühnerfleisch hatte den ganzen Tag im Schnellkochtopf in einer Sauce aus Wein, Brühe und Kräutern vor sich hingeköchelt. Sie hatte Lust auf ein Glas Wein, schenkte sich jedoch keinen ein, weil das gewöhnlich das erste war, was Leo tat, wenn er nach Hause kam. Die erste Stufe des sich allmählich entwickelnden Rituals ihrer gemeinsamen Abende. Er hätte schon vor einer halben Stunde zu Hause sein müssen. Guy kam an die Küchentür.

»Wo ist Dad denn?«

Rosa wunderte sich über die Zuversicht der Kinder. Wo ist mein Biologiebuch? Wo sind meine Fußballschuhe? Die längste Brücke der Welt? Der Mars?

»Er kommt bestimmt bald nach Hause.«

»Gleich ist Kathys Schlafenszeit. Vielleicht muß sie ja ins Bett, ohne daß er ihr gute Nacht sagt.«

»Sei nicht so frech. Außerdem würde er zu ihr gehen, sobald er nach Hause käme, auch wenn sie dann schon schlafen würde.«

Guy schien diese Zurechtweisung nichts auszumachen. »Ich weiß.«

Gleichzeitig hörten sie die Tür. »Das ist er.«

Er rannte die Kellertreppe hinauf, und sie hörte Kathy vom oberen Stockwerk kommen. Während Leo seinen Mantel ablegte, redeten die beiden unaufhörlich auf ihn ein. Die Stimmen wurden schwächer, als er mit ihnen ins Wohnzimmer ging, und zehn Minuten später kam er zu ihr in die Küche. Er stellte sich hinter sie und schlang einen Arm um ihre Taille.

»Hier riecht's aber gut.« Er küßte sie auf den Nacken. »Hm – das bist du.« Er zog sie einen Augenblick an sich und ließ sie dann los. »Was möchtest du trinken?«

»Einen Rheinwein, bitte, Liebling.« Dann, als Leo ein schlankes Glas aus dem Schrank holte, fügte sie hinzu: »Und ein bißchen Mineralwasser. Ich hab' zum Mittagessen ziemlich viel Wein getrunken.«

»Tatsächlich?« Leo stellte das Glas zurück und griff nach einem Cognacschwenker. »Das sieht dir gar nicht ähnlich.«

»Ich bin im Gay Hussar gewesen.«

»Das wird ja immer merkwürdiger.«

»Im Kühlschrank stehen eine angebrochene Flasche Whisky und etwas Wasser.«

Leo füllte den Schwenker halb mit Wein, öffnete eine kleine Flasche Perrier, spritzte den Wein und brachte das Glas und den Rest des Mineralwassers hinüber zur Anrichte, an der Rosa gerade den Salat zubereitete. Er schenkte sich einen großen irischen Whisky ein, dem er ein wenig Wasser beimischte.

»Und wer hat dich dorthin entführt?«

Rosa sträubte sich innerlich gegen seine Vermutung, daß sie weder allein in den Gay Hussar gegangen war, noch mit einigen Freunden zu Mittag gegessen hatte, ohne eingeladen zu sein. Ihr Unwille wurde noch größer, als Leo ihre Antwort nicht einmal abwartete.

»Tut mir leid, daß ich so spät bin. Ich hab' versucht, dich anzurufen, aber das Telefon scheint nicht in Ordnung zu sein. Ich sollte es gleich dem Stördienst melden.«

»Oh –« Plötzlich schien der ganze Vorfall wieder auf sie einzustürzen. Sie hatte vorgehabt, ihm später am Abend von dem Anruf zu erzählen, wenn die Kinder zu Bett waren. »Ich fürchte, das ist meine Schuld.«

»Was?«

»Ich habe einen unangenehmen Anruf bekommen. Der Mann, von dem ich dir erzählt habe, hat sich hier gemeldet. Ich weiß nicht, wie er die Nummer herausgefunden hat. Deshalb bin ich zum Fernmeldeamt gegangen, um sie ändern zu lassen.«

Leo starrte sie an. »Einer meiner Privatpatienten ist in einem sehr kritischen Zustand. Ich kann jederzeit ins Krankenhaus zurückgerufen werden. Vielleicht sogar mitten in der Nacht. Und da erzählst du mir, daß man mich nicht erreichen kann, weil du das Telefon abstellen lassen hast?«

»Ich hab' gedacht, es wäre dir angenehm.«

»Angenehm? Natürlich ist es mir nicht angenehm.«

»Ich meine, daß ich nicht mehr von solchen Anrufen bekomme.«

»Wenn er noch mal versucht hätte, dich anzurufen, hättest du nur den Hörer auflegen müssen. Davon hätte er sehr schnell die Nase vollgehabt. Statt dessen mußt du alles durcheinanderbringen – wir werden die Nummer wieder an alle anderen Leute weitergeben müssen –«

»Nicht an alle. Ich hab' mir gedacht, wir sollten vorsichtig sein, bis er geschnappt ist.« Ihre Stimme bebte vor Wut. »Um deine Privatpatienten scheinst du dir mehr Sorgen zu machen als um mich. Was ist denn mit deinen armen Kassenpatienten? Bekommen die deine geneigte Aufmerksamkeit ebenfalls zu spüren?«

»Es besteht kein Grund, sich über meine Privatpatienten lustig zu machen. Immerhin haben sie uns lange den Kohl fett gemacht, wie du weißt.« Leo unterbrach sich und sagte dann, offensichtlich in dem Bemühen, die Spannung abzumildern: »Was hat er denn eigentlich gesagt – dieser Kerl?«

». . . Hallo Rosa . . .«

»Na ja, das klingt ja nicht allzu bedrohlich.« Leo lächelte.

Mein Gott, wie überheblich er ist, dachte Rosa. Wieso ist mir das früher nie aufgefallen? »Dann hat er irgend etwas über einen Dienst an der Menschheit erzählt . . ., daß man die Dinge in Ordnung bringen müßte . . . oder etwas Ähnliches . . .«

»Hat er dich nicht bedroht?«

»Ich glaube nicht. Ich habe versucht, nicht hinzuhören.«

»Ich hab' immer gedacht, die wirksamste Art, nicht hinzuhören, wäre, den Hörer aufzulegen.«

»Sicher.« Wie sollte sie ihm die Lähmung erklären, die ihren ganzen Körper erfaßt hatte? Ebenso wie Leo kam sie sich selbst jetzt dumm und schwach vor.

»Kann man noch von hier aus anrufen?«

»Ja.«

»Das ist ja schon mal was. Ich werde im Krankenhaus anrufen und erklären, was passiert ist. Und dann werd' ich das Fernmeldeamt bitten, jeden Notruf durchzustellen. Haben sie dir gesagt, wie lange es dauern wird, bis wir die neue Nummer bekommen?«

»Nein.«

»Das ist ja herrlich. Ich hoffe, du bist dir darüber im klaren, daß er durchaus in der Lage sein wird, sich die neue Nummer zu besorgen, wenn er die alte schon herausgefunden hat.«

»Ja, Leo, der Gedanke ist mir auch schon gekommen, aber trotzdem vielen Dank, daß du mich darauf hingewiesen hast. Das hebt wirklich meine Laune.«

Als sich Rosa wieder mit zitternden Händen dem Salat zuwandte, ließ Leo die Küchentür krachend ins Schloß fallen. Beim Abendessen wechselten sie kaum ein Wort. Gewöhnlich erzählte er, was ihm am Tag zugestoßen war, machte eine Bemerkung über das Essen, erkundigte sich nach ihrer Arbeit, und sonst unterhielten sie sich über die Kinder. Als sie sich heute abend nach Guys Hausarbeiten erkundigte, erwiderte er kurzangebunden: »Biologie. Damit hat er nie Schwierigkeiten«, und fuhr fort zu essen.

Schweigend aßen sie das Huhn und den Naturreis. Zum Nachtisch hatte Rosa beim Griechen etwas türkischen Honig geholt. Normalerweise schmeckte er ihr ganz vorzüglich, doch heute kam ihr die Mischung aus Nüssen und Honig so widerlich vor, daß sie das meiste auf ihrem Teller liegenließ. Ihre Streiterei schien Leo nicht sonderlich aufzuregen, zumindest kam es ihr so vor, als sie beobachtete, wie er seinen Nachtisch verputzte und sich eine zweite Tasse Kaffee einschenkte. Sie hatte nicht gewußt, daß er dermaßen gefühllos sein konnte. In Gedanken kehrte sie zum Mittagessen im Gay Hussar und zu Duffys Reaktion auf ihren Anruf zurück. Sie schien ihn wieder über den Tisch hinweg anzusehen, wie er mit erhobenen Händen dasaß und lächelte und sie auch ohne Worte verstand. Diesmal schob sie das Bild nicht beiseite.

Fenn stand an der Kreuzung von Southhampton Row und Great Ormond Street. Es herrschte reger Verkehr, und die vorbeifahrenden Autos wirbelten das schmutzige Wasser aus dem Rinnstein auf. Nur langsam sickerte es ab, und der Himmel hing immer noch voll dicker Regenwolken, wirkte wie eine graue, mit Wasser vollgesogene Decke. Er beobachtete sich im Schaufenster eines Herrenausstatters. Er hatte eine flache schwarze Kappe mit einem Plastikschirm auf und sich einen kleinen, blonden Schnurrbart angeklebt. In der Hand trug er Mr. Christoforous Werkzeugtasche. Gelegentlich blickte er zum Eingang von City Radio hinüber. Langsam wurde es Zeit.

Er hatte gerade begonnen, sich Sorgen zu machen, als er Sonia herauskommen sah. Schnell trat er in die Schaufensterpassage zurück. Er beobachtete, wie sie in Richtung der vereinbarten U-Bahn-Station davonging. Sie trug eine schwere Einkaufstasche und eine Plastiktüte von Victoria Wine. Gut. Wenn er sie schließlich abholen würde, könnte er also mit einem üppigen Essen und ein oder zwei Gläsern Wein rechnen. Er freute sich schon darauf.

Es bestand kein Grund, noch länger zu warten. Er schloß sich der triefenden, übelgelaunten Menge an, die an der Fußgängerampel wartete, und überquerte schließlich die Straße. Als er sich der Drehtür näherte, bemühte er sich, das Gefühl von Verantwortung und Selbstsicherheit wiederherzustellen, das ihn bei der Planung so überwältigt hatte. Er spürte, daß ihm nichts passieren konnte, wartete aber dennoch auf einen Schicksalswink, der ihm bedeutete, daß das Glück auf seiner Seite war. Durch die Tür konnte er die großen Palmwedel, den polierten Schreibtisch aus Glas und Messing und den dichten, dunklen Teppich sehen. Er zwang sich weiterzugehen. Jetzt anzuhalten, wäre fatal. Die Treppe hinauf. Über den Teppich.

Das Mädchen an der Rezeption war jung und sehr hübsch. Er konnte nicht umhin, sie mit Sonia zu vergleichen. Wären die Umstände anders gewesen . . . Sie hatte sich sehr einfallsreich geschminkt, und das blonde Haar fiel ihr in Hunderten von kleinen, mit Perlen oder Glitterstaub verzierten Zöpfen auf die Schultern. Sie hatte Ähnlichkeit mit einem Engel.

»Als er an ihr vorbeiging, sagte er: »Klempner . . . Herrentoilette im Keller . . .«

Sie erhob sich und setzte an, sich weiter zu erkundigen: »Einen Moment –«

»Schon in Ordnung. Ich weiß Bescheid. War schon öfter hier.«

Dennoch kam sie hinter ihrem Schreibtisch hervor und ging auf ihn zu. Und da bekam er den Wink, auf den er gewartet hatte. Ein großer, wichtigtuerischer Mann in einer Kamelhaarjacke kam durch die Drehtür und rief:

»Louise? Was machst du denn hier?«

»Ich warte auf Felicity, Mr. Winthrop. Ich vertrete sie hier, während sie ihren Mantel holt.«

»Ist Val Berry schon da?«

»Ich werd' für Sie nachsehen.« Das Mädchen beugte sich mit schwingenden Zöpfen über das Buch auf dem Schreibtisch.

Zu dem Zeitpunkt war Fenn bereits durch die zweite Tür auf den

Flur gelangt. Er wußte, daß sich das Mädchen nicht mehr danach erkundigen würde, ob irgend jemand einen Klempner bestellt hatte. Ebenso wie er wußte, daß er seine Nachricht ungestört übermitteln könnte. Die Zeichen standen günstig. Der Waschraum war leer. Er hatte überlegt, mit dem Schraubenschlüssel am Abfluß herumzuhantieren oder am Spülkasten herumzubasteln, während er wartete, doch es bestand immer noch die Möglichkeit, daß derjenige, der für die Handwerker zuständig war, den Raum betrat. Es hatte keinen Sinn, sein Glück auf die Probe zu stellen.

Er ging in eine der Kabinen und verstaute seine Werkzeugtasche außer Sichtweite hinter dem Spülkasten. Irgend jemand hatte die *Sun* liegenlassen, mit der er sich die restliche Zeit vertreiben konnte. Er schlug die dritte Seite auf. Er fand es widerwärtig, daß diese Mädchen sich dazu hergaben, jedem dahergelaufenen Spanner, der das Geld für eine Zeitung hatte, alles zu zeigen, was sie vorzuweisen hatten. Für Geld taten manche Leute alles, was man von ihnen verlangte. Sollte eines seiner Mädchen je auf die Idee kommen, etwas Ähnliches zu tun, würde er sie zurechtstauchen, daß ihr Hören und Sehen verginge. Er stellte sich vor, wie Sonia, mit nichts als einem Bikiniunterteil bekleidet, an einem Eis lutschte, begann zu kichern und fing sich erst wieder, als jemand den Waschraum betrat.

Er wußte, daß das Büropersonal um halb sechs, also in fünf Minuten, Feierabend hatte, und plante, sich eine weitere Viertelstunde versteckt zu halten, bis alle gegangen wären. Von Sonia hatte er allerhand Informationen bekommen. Er wußte, wo die Studios waren, in denen bis Mitternacht gearbeitet wurde. Ihre Abneigung gegen Rosa war tatsächlich von Vorteil gewesen. Eine Unmenge an Informationen und unfreundliche persönliche Bemerkungen sprudelten nur so aus ihr hervor. Er brauchte nur zu fragen: »Und wie ging's unserer Madame heute?« – und schon legte sie los.

Klospülungen wurden betätigt. Hände wurden gewaschen. Zwei Männer verbrachten endlose Zeit mit der Planung eines Abendessens, wobei der erste eine nicht endenwollende Liste von Dingen aufzählte, die seine Frau nicht vertrug, weil sie schwanger war. Der zweite stimmte ihm seufzend zu und unterbrach ihn nur, um zu sagen: »Das brauchst du mir nicht zu erzählen!« Der Rauch einer teuren Zigarre zog in Fenns Kabine. Dann wurde es still.

Mit der Werkzeugtasche in der Hand verließ er den Waschraum. Auf dem Flur schien niemand zu sein. Einige Meter entfernt war der Aufzug. Er drückte auf den Knopf und zog sich – für den Fall, daß jemand im Aufzug war – wieder auf die Toilette zurück. Die Türen öffneten sich geräuschlos; der Aufzug war leer. Er sprang blitzschnell hinein und drückte auf den Knopf für den vierten Stock. Als der Aufzug hielt, konnte er sich trotz der überwältigenden Gewißheit, daß das Glück auf seiner Seite war, eines momentanen Angstgefühls nicht erwehren. Falls ihm jetzt, sobald er auf den Flur trat, jemand begegnete, würde er seine Anwesenheit schwerlich erklären können. Im vierten Stock hatte ein Klempner wenig zu suchen. Aber niemand war zu sehen. Er ging direkt auf Rosas Büro zu.

Sonia hatte ihm verraten, wo der Kassettenrecorder aufbewahrt wurde, als er in einer seiner scheinbar so naiven Fragestunden wieder einmal vorgegeben hatte, alles über ihren Arbeitsalltag wissen zu wollen: »Damit ich mir vorstellen kann, wie du arbeitest, mein Schatz.« Er setzte sich an Rosas Schreibtisch, streifte sich Handschuhe über und stellte den Kassettenrecorder vor sich auf den Tisch. Er hatte alles aufgeschrieben, was er sagen wollte, zog jetzt den Zettel hervor und strich ihn glatt, obwohl er wußte, daß das überflüssig war. Die Wörter hatten sich ihm unauslöschlich eingeprägt. Er begann zu sprechen.

Sonia wartete bereits seit einer Dreiviertelstunde. Zunächst hatte sie sich drinnen in der Nähe der Fahrkartenschalter aufgehalten, um nicht naß zu werden, doch dann war ihr eingefallen, daß Fenn zur Station kommen und wieder gehen könnte, wenn er sie draußen nicht entdeckte. Dieser Gedanke jagte ihr einen solchen Schrecken ein, daß sie alle drei bis vier Minuten auf die Straße lief, um nach ihm Ausschau zu halten, und jetzt war sie so naß, als hätte sie die ganze Zeit im Regen gestanden.

Sie hatte das »Wenn-dann«-Stadium erreicht. Wenn ich meine Augen schließe und bis zwanzig zähle und sie vorher nicht öffne, so gern ich es auch möchte, wenn ich das tue, wird er der erste sein, den ich sehe. Sie zählte bis zwanzig und öffnete die Augen. Ein blonder junger Mann bahnte sich seinen Weg durch die Menge. »Fenn! Hierher –«

Aber aus der Nähe sah er Fenn gar nicht ähnlich. Als er einige Münzen in den Fahrkartenschalter warf, glitt sein Blick fast geringschätzig über ihren Körper. Er zog zwei Tickets und verschwand wieder in der Menge. Er gesellte sich zu einem ziemlich auffälligen Mädchen in einem Lederoverall, das eine silbern glänzende Perücke im Afro-Look trug. Er flüsterte ihr etwas zu, woraufhin sie sich umwandte, Sonia anstarrte und beide laut zu lachen begannen. Oh! – wie sehr sie sich wünschte, daß Fenn bereits hier wäre, so daß sie ihn am Arm nehmen und über diese Leute die Nase rümpfen könnte. Sie gab vor, nichts bemerkt zu haben.

Am Nachmittag war er auf einer Vorsprechprobe gewesen, aber er hatte nichts darüber gesagt, daß es spät werden könnte. Vielleicht hatte er warten und noch einmal spielen müssen. Es wäre wunderbar, wenn er eine Stelle bekäme, obwohl Sonia nicht umhin konnte, sich über die Schauspielerinnen Gedanken zu machen, mit denen er zusammenarbeiten würde. Weitere zehn Minuten vergingen. Und wenn er einen Unfall gehabt hatte, überfahren worden war? Oder sogar überfallen worden war? Das konnte sie sich allerdings kaum vorstellen. Er hatte diese gewisse Ausstrahlung. Zwar wirkte er nicht direkt unzerstörbar, aber er vermittelte eine überlegene und geheimnisvolle Selbstsicherheit, als wisse er etwas, das dem Rest der Welt nicht zugänglich war.

Als Sonia an ihre wenigen Zusammentreffen dachte, fragte sie sich, wie ihre Beziehung innerhalb so kurzer Zeit ein solch fortgeschrittenes Stadium erreichen konnte. Er hatte seine Schüchternheit abgelegt, und obwohl er sich nicht direkt dazu geäußert hatte, war Sonia zu der Überzeugung gekommen, daß er sie verlassen würde, sollte sie ihm je einen seiner »körperlichen Wünsche« abschlagen. Sie wünschte sich oft, er wäre ein wenig zärtlicher, aber das würde sich vielleicht im Lauf der Zeit ergeben. Sie war sich sicher, daß er sich als Vater ändern würde. Und wenn alles so lief, wie sie es sich vorstellte, würden sie auf jeden Fall Kinder haben. Als erstes wollte sie ein Mädchen mit Fenns Gesichtsfarbe und ihrem eigenen freundlichen Wesen. Und hübsch sollte es sein. Wenn man hübsch war, konnte man auf Freundlichkeit verzichten.

»Hallo.«

Er war von hinten auf sie zugekommen. Als sie sich ihm in die Arme warf, überzog ein erleichtertes Strahlen ihr Gesicht. Ihre Weinflasche traf ihn am Knie.

»Oh. Komm schon, gib mir einen Kuß, Sony.«

Er nannte sie manchmal Sony, weil sie, wie er behauptete, so schnell umschalten konnte. Sonia verstand zwar nicht, was er mit dieser Bemerkung eigentlich sagen wollte, freute sich aber über den Kosenamen: Es war eine freundliche Geste und brachte ein Zusammengehörigkeitsgefühl zum Ausdruck. In der U-Bahn kuschelte sie sich an ihn.

»Liebling«, sie fuhr ihm leicht übers Gesicht, »deine Oberlippe ist ja ganz rot.«

Er zuckte zurück. Es hatte ihn nicht gestört, daß sie ihn im überfüllten Schalterraum geküßt hatte, doch hier waren sie auf peinliche Weise den Blicken der anderen ausgesetzt. Ihm kam der Gedanke, daß alle im Wagen glauben mußten, sie wäre das Beste, was er kriegen könnte.

»Das ist Mastixgummi. Diese Rolle, von der ich dir erzählt habe – na ja, ich hab' einen von diesen Oberschullehrern gespielt. Weißt du, die mit den Schmalzstimmen. Deshalb hab' ich diesen kleinen Schnurrbart getragen. Einen hellen. So 'ne Art Edward Fox.«

»Dann war es also altmodisch?«

»Was?«

»Das Stück. Ich meine, heute trägt doch kaum noch jemand einen Schnurrbart.«

»Ja. Es hat in den dreißiger Jahren gespielt.«

»Was für eine Rolle hattest du?«

»Nichts Großartiges. Obwohl ein oder zwei gute Szenen dabei waren.«

»Wovon handelt das Stück?«

»Wie soll ich das wissen? Man bekommt nur ein paar Seiten zu lesen. Nicht das ganze Stück.« Mein Gott, war er hungrig. Richtig ausgehungert. Jetzt, wo er alles hinter sich hatte, könnte er gut und gern ein Abendessen mit zehn Gängen verdrücken. »Was hast du denn in deiner Tasche, Sony?«

Sie richtete die Pasta an. Gestern abend, als sie sich nicht getroffen hatten, hatte sie eine Fleischsauce zubereitet, alle Zutaten sorgfältig kleingeschnitten und geduldig zugesehen, wie sie langsam vor sich hinköchelten. Ihr Glück war ihr in dem Moment mit neuer, außerordentlicher Kraft zu Bewußtsein gekommen.

Um ihr Glücksempfinden zu steigern, rief sie sich manchmal die Abende vor ihrer Bekanntschaft ins Gedächtnis, erinnerte sie sich daran, wie trist sie gewesen waren. Ein Ei oder ein Fleischpastete, die sie nicht vor halb neun gegessen hatte, um sich den Abend aufzuteilen. Um sich die Zeit zu vertreiben, hatte sie ferngesehen und Unterwäsche gewaschen, die noch gar nicht schmutzig war. Und die langen staubigen Sommerabende, an denen sie vor dem Schlafengehen lange Spaziergänge gemacht hatte, wobei sie die Augen von den im Park liegenden Paaren und den Gruppen junger Menschen abwandte, die im letzten Sonnenlicht lachend und trinkend vor den Kneipen saßen.

Sie tranken einen Rioja – den Wein des Monats, wie ihr der Verkäufer versichert hatte –, und er war tatsächlich köstlich. »Fruchtig« war das Adjektiv, mit dem er ihn bezeichnet hatte.

»Nicht so fruchtig wie du, Liebling«, meinte Fenn, bevor er mit dem begann, was er seine kleinen Tricks nannte. Wie gewöhnlich trank er sehr wenig, eins auf ihre vier Gläser. Als sie sich gehorsam dem schmalen Einzelbett zuwandte, nahm er ihre Hand und führte sie zu einem der harten Eßzimmerstühle.

»Komm' schon ... nein, setz' dich nicht, Dummerchen ... hier ... so ...«

Er sah ihr in die Augen und bewegte sich schnell. Sie stieß einen kleinen Schrei aus, der sich bei angehaltenem Atem in die Höhe schraubte. »Entschuldige, ich muß mir unbedingt die Fingernägel schneiden.«

Doch er hörte nicht auf. Ihre Augen verdunkelten sich. Träumereien, die von etwas anderem überlagert wurden, von einem schwermütigen Verlangen, dem sich dunkle Befürchtungen und beginnende Angst gesellten. Das steigerte seine Lust ungeheuerlich, war fast ein Ausgleich für ihr mangelndes Entgegenkommen. Dann, in einem kurzen Moment der Nüchternheit, erkannte er, daß ihn gerade ihr fehlendes Entgegenkommen stimulierte.

Mein Gott – so war es besser –, es war erstaunlich, daß die Rückenlehne nicht brach. Was die Leute unter ihnen denken mußten. Entzückt lachte er in ihr verwirrtes Gesicht und änderte ihre Position für seinen letzten Stoß.

Louise saß in Rosas Büro und trank einen Filterkaffee. Sie war zu Rosa gekommen, um mit ihr ihre Zukunft zu besprechen. Man hatte ihr einen Kurs angeboten, der ihr, sollte sie ihn erfolgreich abschließen, die Beförderung zur Regieassistentin ermöglichte, und sie glaubte, ein Gespräch würde ihr helfen, ihre Gedanken zu klären. Da es ihr Spaß machte, im Kontrollraum zu arbeiten, war sie sich nicht sicher, ob sie die Stelle wechseln sollte. Doch ihr Gespräch wurde abrupt unterbrochen, als Sonia sprudelnd vor Begeisterung hereinkam und die Ausgabe der *Sun*, die sie in der Hand hielt, wie ein Apportierhund seinen Stock vor Rosa auf den Tisch legte.

Tobys Pressekonferenz war ziemlich enttäuschend verlaufen, denn die anspruchsvolleren Zeitungen hatten sich entweder gar nicht erst blicken lassen oder seinen sensationellen Enthüllungen nur einen kurzen Abschnitt auf der letzten Seite gewidmet. Doch die Boulevardzeitungen waren ein wenig entgegenkommender, und so stand hier über einem Pressephoto von Rosa die düstere, in schwarzen Lettern gedruckte Schlagzeile: RUNDFUNKSTAR MIT MORD BEDROHT. Der Artikel darunter brachte nichts, was sie nicht schon wußten, war aber mit dunklen Andeutungen geladen.

Louise sagte: »Ich glaube, Toby macht einen Fehler. Er fordert die Exhibitionisten geradezu heraus, wenn er sich an die Zeitungen wendet.«

»Das ist ja gerade seine Absicht. Gut für die Einschaltquoten.«

Louise verzog das Gesicht: »Nicht gerade angenehm für dich. Und auf jeden Fall hat er ihnen absichtlich falsche Informationen gegeben. Es klingt, als wärst du persönlich bedroht worden.«

»Oh, das ist einer der Vorteile, die dieser Job mit sich bringt, wußtest du das nicht? Man kann sich seinen eigenen kleinen Irren halten.« Rosa war wütend, weil Sonia die *Sun* mitgebracht. Heute hatte sie sich besser gefühlt: gut gelaunt und ziemlich zuversichtlich. Die Zeitung hatte sie zurückgeworfen.

Zwischen Rosas Büro und dem Flur lag ein kleiner Raum. Darin standen drei Regale mit selten benutzten Akten, ein Drehstuhl und ein ziemlich großes Kunststoffregal, das zur Not auch als Schreibtisch dienen konnte. Sonia zog sich immer demonstrativ in diesen Raum zurück, wenn Louise oder Duffy ins Büro kamen, um mit Rosa zu reden. Jetzt wählte sie diese Rückzugsmöglichkeit und zog die Tür fest hinter sich zu. Rosa öffnete sie mit derselben Bestimmtheit und ließ sie einen Spalt breit offenstehen. Ihr mißfiel die unausgesprochene Annahme, sie und Louise könnten ein Gespräch führen, das nicht mitgehört werden sollte; vielleicht ein Gespräch, in dem unfreundliche Bemerkungen über ihre Sekretärin fielen.

»Morgen wird die Zeitung den Imbissen nur noch als Einwickelpapier dienen, Rosa. Noch ein paar Tage, und sie ist wieder da, wo sie hingehört. In der Gosse.«

»Nicht wenn Toby seinen Willen durchsetzen kann.« Rosa gab ihrer Abneigung Ausdruck. »Er versucht, das Ganze groß aufzuziehen. Wird er oder wird er nicht, weißt du? Schlendert sein zukünftiges Opfer jetzt noch selig durch Londons Straßen, nicht ahnend, daß sein Leben schon bald ein mörderisches Ende nehmen wird? Bei dem Gedanken daran wird mir übel.«

»Es muß natürlich eine Frau sein.«

»Natürlich. Wo bliebe die Spannung, wenn ein Mann einen anderen Mann umbringen würde?« Rosa knüllte die Zeitung zusammen und stopfte sie wütend in den Papierkorb. »Diese blöde Kuh. Entschuldige, Lou – wir wollten eigentlich über deinen Job reden.«

Louise öffnete ihre Tasche. »Das ist schon in Ordnung. Ich glaube, ich habe mich bereits entschieden. Man sagt immer, man bräuchte einen Rat, und dann tut man doch, was man schon die ganze Zeit vorgehabt hat, oder?« Sie zog zwei der bekannten Riegel aus ihrer Tasche. »Willst du ein Mars?«

»Nein danke.« Rosa brachte es nicht über sich, zur üblichen Routine zurückzukehren. »Es sind nur noch zehn Minuten bis zum Mittagessen.« Dann fügte sie impulsiv hinzu:

»Duffy hat mich gestern in den Gay Hussar eingeladen.«

»Das war also der Grund.«

»Hat er denn darüber gesprochen?« Rosa war enttäuscht, unbegründet, wie sie wußte.

»Nein. Aber ich hab' ihn um halb sechs gesehen, und da hat er wie eine vornehme Katze ausgesehen, die mindestens ein halbes Dutzend Kanarienvögel, gefolgt von Schlagsahne, verschlungen hat.«

»Er . . . er scheint mich sehr zu mögen.«

»Das erzähl' ich dir schon seit ewigen Zeiten.«

»Ich weiß, aber ich hab' immer gedacht, es wäre nur ein Spiel. Eine Art Witz. Ich nehme an, es hat mir gepaßt, das zu glauben. Schließlich hat das Ganze doch keinen Zweck, oder? Und ich möchte ihn nicht unglücklich machen.«

Louise sagte: »Um Duffy würde ich mir keine Sorgen machen. Männer sind sehr gut darin, vor allem an sich selbst zu denken.«

Sonia betrat den Raum und holte ihren Mantel hinter der Tür hervor. »Ich mache jetzt Mittag, Mrs. Gilmour. Bin um Punkt zwei zurück.«

Das sagte sie immer. Rosa konnte sich nicht entscheiden, ob es eine Zusicherung oder eine Ermahnung sein sollte. Als die Tür ins Schloß gefallen war, sagte sie zu Louise: »Sonia hat einen Freund, der ihr Joy schenkt.«

»Wow! Selbst in meinen besten Tagen bin ich nie über Rive Gauche hinausgekommen.«

»Da sieht man's mal wieder. Es gibt offensichtlich ungeahnte Möglichkeiten.«

»Vollkommen verschüttete, würde ich sagen.«

»Hör auf damit. Ich will nichts Unfreundliches über Sonia sagen. Das hab' ich mir geschworen.«

»Nun, das hab' ich nicht getan. Sie muß es wert sein –« Louise sprach mit vollem Mund. »Vielleicht geht sie ja auf den Strich.«

Die Vorstellung, daß Sonia auf den Strich gehen könnte, war so komisch, daß sie beide losprusteten. Louise fuhr fort: »Gehst du jetzt nach Hause, um zu arbeiten?«

»Nein, ich glaube nicht.« Noch vor kurzer Zeit hätte sich Rosa nicht vorstellen können, lieber in ihrem Büro zu bleiben, als nach Hause zu gehen. »Ich muß noch eine Menge Post erledigen.«

Louise stand auf. »Wie kommst du mit Michael Kelly voran?«

»Schlecht.« Sie zog den Kassettenrecorder zu sich heran. »Das ist ja merkwürdig.«

»Was ist merkwürdig?« Louise hielt an der Tür inne.

»Bevor ich neulich nach Hause gegangen bin, habe ich eine neue Kassette eingelegt, und irgend jemand hat sie benutzt.«

»Vielleicht hat dir Toby eine Nachricht hinterlassen.«

»Er hinterläßt meist eine kurze Notiz. Oder schickt eine seiner Tippsen. Wie seltsam!«

Louise kam zurück und setzte sich. »Dann mal los, spiel's ab!«

Als sich Rosa noch immer nicht bewegte, reichte Louise zum Kassettenrecorder hinüber, betätigte erst den Rücklauf und dann den Startknopf.

»Hallo Rosa . . .« Ihre Hand schnellte nach vorn, um den Recorder abzuschalten. Sie sahen einander an.

»Ist Duffy hier?«

Louise nickte. »Er ist in der Redaktion.«

»Sag' ihm bitte, er möchte hochkommen, Louise. Ich glaube nicht, daß ich mir das allein anhören kann.«

Louise reagierte nicht beleidigt auf den Hinweis, daß ihre Anwesenheit so gut wie nichts galt, doch als sie zurückkam, brachte sie außer Duffy noch Toby Winthrop mit. Rosa war enttäuscht.

»Worum geht's, Rossi? Was ist los?«

Louise warf Rosa einen verständnisvollen Blick zu und hob die Schultern. »Toby war in der Redaktion. Tut mir leid.«

»Ist es wieder dein Exzentriker, Liebling? Oder sollte ich lieber Irrer sagen?«

»Wo liegt da der Unterschied?« Duffy klang angriffslustig, als sei er zu allem bereit.

»Oh, natürlich in der Klassenzugehörigkeit. In der herrschenden Klasse und der oberen Mittelschicht sind's Exzentriker, in der unteren Mittelschicht und der Arbeiterklasse Irre.«

»Jemand hat auf dem Recorder eine Nachricht für mich hinterlassen.« Mit einem unwohlen Gefühl im Magen drückte sie auf den Startknopf.

». . . Rosa. Wie unhöflich von dir, zuhause einfach aufzulegen. Aber du siehst, wie beharrlich ich bin. Und wie gerissen. Ich bin in deine kleine Hochburg eingedrungen. Erstaunt dich das nicht? Wie gern würde ich jetzt dein Gesicht sehen! Was also diesen Tod betrifft: ich will ganz offen darüber reden, Rosa. Ich denke, du solltest wissen, warum. Tatsache ist, daß du wie die meisten berühmten Leute nichts als ein Haufen Scheiße bist, hab' ich recht – menschlich gesehen? Eigentlich denke ich, daß wir auf den Begriff Mensch ganz verzichten können. Haben wir das erst mal aus dem Weg geschafft, wird alles viel einfacher. Ich meine, jeder, der einen Haufen Scheiße beseitigt, tut einer ganzen Menge von Leuten einen Gefallen, Rosa. All denjenigen, die du hast abblitzen lassen. Leuten wie mir, die sich an dich gewandt haben, weil sie diesen ganzen Mist geglaubt haben, den du übers Radio ausspuckst. Ich gehe davon aus, daß du mich für eine dieser Nullen gehalten hast. Wie alle anderen, die du dir vom Halse gehalten hast. Das war dein großer Fehler. Man könnte sogar sagen, dein letzter. Vor mir steht ein Photo von dir, Rosa. Eine Schönheit. Wenn ich mit dir fertig bin, wirst du nicht mehr so aussehen. Du wirst froh sein, wenn's vorbei ist. Ich will dich jetzt nicht länger aufhalten. Ich habe noch Pläne zu schmieden, und du wirst deine Angelegenheiten in Ordnung bringen wollen. Um offen und ehrlich zu sein: Ich kann dir nicht versprechen, vorher noch einmal Kontakt mit dir aufzunehmen. Ich meine, vor dem entscheidenden Tag. Ich denke, wenn ich dir meine Warnung in dieser allgemeinen Form übermittelt habe, bin ich so fair wie möglich gewesen. Wir wollen den Spieß doch nicht umdrehen, oder? Auf Wiedersehen, Rosa.«

Das Schweigen dehnte sich in die Länge. Rosa saß zusammengesunken in ihrem Stuhl und hoffte, daß irgend jemand die Stille unterbrechen würde. Schließlich sagte sie mit trockenem Mund: »Schalt' ihn ab.»

Duffy reichte hinüber und betätigte den Knopf. Toby sagte: »Abgesehen davon, daß er die körperlichen Funktionen ein wenig durcheinanderzubringen scheint, war er ziemlich geradeheraus.«

»Um Himmels willen, Toby.« Duffy setzte sich auf eine Ecke des Schreibtischs und nahm Rosas Hand. Ihr Gesicht war leichenblaß. »Hol' etwas Wasser, Lou.«

»Es ist alles in Ordnung. Mir geht's gut.«

»Natürlich geht's ihr gut.« Toby blies sich auf, sprühte vor Vergnügen. »Mit so etwas wird sie spielend fertig – unsere Rossi, oder? Diese Verrückten tun meistens sowieso nichts. Sie sind wir diese Flugzeugentführer, die ständig drauf und dran sind, das Flugzeug in die Luft zu jagen oder die Passagiere niederzuknallen, ohne es je in die Tat umzusetzen.« Er betätigte den Rücklauf.

»Du wirst das nicht noch einmal abspielen!«

»Denk' dran, mit wem du redest, Louise, und achte auf deinen Ton.« Toby wartete, bis das Band zurückgespult war und nahm es aus dem Recorder. »Das werde ich mitnehmen –« Er ließ das Band in seine Tasche gleiten. »Und ich werd's, natürlich entsprechend gekürzt, der Presse übergeben, die, wie ich sagen muß, meinen ersten heißen Tip ein bißchen zu gleichgültig aufgenommen hat. Vielleicht wird sie das aufmuntern.«

»Wenn du schon dabei bist, kannst du dich gleich mit der Sicherheitsabteilung in Verbindung setzen«, sagte Duffy. Louise sah ihn erstaunt an. Sie hatte ihn noch nie so wütend gesehen. Er war fast ebenso weiß wie Rosa.

»Sicherheitsabteilung?«

»Da er anscheinend ins Gebäude gekommen ist, sich bis zu Rosas Büro durchgeschlagen hat, dort den Recorder benutzt hat und dann wieder herausmarschiert ist, ohne daß ihn irgend jemand bemerkt hätte, kann man wohl davon ausgehen, daß die Sicherheitsabteilung die Stelle ist, bei der man anfangen sollte.«

»Du hast recht.« Zum ersten Mal zeigte Toby Anzeichen einer gewissen Beunruhigung. »In diesem Gebäude stehen verdammt teure Geräte herum.« Er sah auf die Uhr hinter Rosas Schreibtisch. »Acht vor. Eigentlich müßte ich es noch in die Nachrichten kriegen.«

»Zu schade, daß du die Kassette in der Hand hältst, nicht wahr?« Toby, der bereits an der Tür war, sah ihn verständnislos an. Duffy fuhr fort: »Das hindert dich daran, dir die Hände zu reiben.« Dann wandte er sich an Louise. »In meiner Jackentasche steckt ein Flachmann – in der Redaktion. Würdest du ihn bitte holen, meine Süße?«

Nachdem sie den Raum verlassen hatte, sagte er: »Es tut mir leid, dir das sagen zu müssen, aber diesmal hat Toby recht. Ich weiß, wie schrecklich es sein muß, sich diesen Kerl anzuhören, aber meistens tun solche Leute wirklich nichts.«

Sie saß regungslos in ihrem Sessel und sah eher ungläubig als verängstigt aus, wie es oft bei Leuten der Fall ist, die eine schreckliche Nachricht bekommen, sie aber noch nicht ganz verarbeitet haben. Mit ruhiger, vernünftiger Stimme sagte sie: »Manchmal tun sie's doch, Duffy.«

Ja. Manchmal taten sie es doch. Die Stimme hatte schrecklich unnachgiebig geklungen. Offensichtlich hielt er sich für einen gottgesandten Racheengel. Und es gab keine Möglichkeit, an solche Leute heranzukommen, an die Verrückten, die glaubten, eine Mission zu haben. Duffy versuchte, sich diese Befürchtungen nicht anmerken zu lassen, als er sagte: »Wir müssen die Polizei verständigen.«

»Das müssen wir wohl, obwohl ich mir nicht vorstellen kann, was sie tun sollte.«

Ein Anruf bei der Polizeistation von Southampton Row führte dazu, daß ein Sergeant in Begleitung einer jungen Polizistin zum Sender kam. »Um alles in der Welt«, wie Rosa Leo später erzählte, »als würden sie mir einen Sterbefall mitteilen wollen.«

Sie waren in Tobys Büro gegangen, hatten sich dort das Band angehört und saßen jetzt mit Rosa und Duffy zusammen und tranken Kaffee aus Plastikbechern, die sie im Getränkeautomat im Flur gezogen hatten. Die Polizistin hatte einen Notizblock und einen Stift bei sich. Rosas Wangen waren ein wenig gerötet, seit sie sich großzügig von Duffys Glenlivet bedient hatte.

»Hören Sie, Mrs. Gilmour«, sagte der Sergeant, der einen glänzenden, kastanienfarbenen Schnurrbart hatte, »obwohl das für Sie sicher kein angenehmes Erlebnis war, ist das für uns eine Routinesache. Ich weiß nicht, ob Sie sich mit Ihren Kollegen aus den Medien bereits darüber unterhalten haben –«

»Sie hat wohl kaum Zeit gehabt, sich mit irgend jemandem zu unterhalten«, warf Duffy ein.

Der Sergeant nippte an seinem Kaffee und tupfte sich seinen Schnurrbart vorsichtig mit einem blütenweißen Taschentuch ab. »– aber wenn Sie das tun, werden Sie wahrscheinlich herausfinden, daß den meisten von ihnen zu dem einen oder anderen Zeitpunkt etwas Ähnliches zugestoßen ist. Obszöne Telefonanrufe, Drohungen, Geldforderungen, das scheint zu einem solchen Job dazuzugehören. Öffentliche Persönlichkeiten müssen lernen, damit zu leben. Diese Leute machen ihre Drohungen nur selten wahr.«

Ihm persönlich kam das Ganze nicht geheuer vor. In dieser Stimme hatte echtes Vergnügen gelegen. Es würde ihn nicht wundern, wenn der Kerl ein Psychopath wäre. Aber es hatte keinen Zweck, diese Bedenken jetzt schon zu äußern.

»Aber Sie müssen doch irgend etwas unternehmen können. Der Mann hat sich doch wohl strafbar gemacht.«

»Das hat er tatsächlich, Sir.« Der Sergeant empfand eine Abneigung gegen Duffy. Auf einen Sir Galahad und auf hitzige, stichelnde Bemerkungen konnte er durchaus verzichten. Er mochte es, wenn die Dinge ihren gewohnten Gang nahmen. Aus den Augenwinkeln sah er zudem, daß Police Constable Palmer jede einzelne Silbe mitschrieb, die gesprochen wurde. Er würde hinterher mit ihr reden müssen. Wie sich herausstellte, steckte dieser Tag voller Überraschungen, deren geringste nicht wahr, daß es einen noch schlechteren Kaffee gab als den in der Polizeikantine. Vorsichtig setzte er den halbleeren Becher auf der Kante von Rosas Schreibtisch ab und wiederholte: »Das hat er tatsächlich. Eine Drohung stellt eine Form von Angriff dar. Aber wir haben wenig Anhaltspunkte. Natürlich werden wir das Empfangspersonal befragen.«

»Ich bezweifle, daß er an der Rezeption Name und Adresse hinterlassen hat.« Duffy wußte, wie unvernünftig er war, konnte aber nicht davon ablassen. So groß war der Unterschied zu diesem verdammten Bullen gar nicht. »Könnten Sie nicht nachsehen, ob er Fingerabdrücke hinterlassen hat?«

»Ja«, bestätigte der Polizist mit der Miene eines Geduldsengels. »Aber ich bin nicht sehr zuversichtlich. Seitdem die Kassette bespielt wurde, haben sich mindestens drei Leute an dem Recorder zu schaffen gemacht, und wenn der Kerl nur halb so clever ist, wie er meint, dann wird er Handschuhe getragen haben.« Er wandte sich an Rosa. »Wann könnte das Band Ihrer Ansicht nach aufgenommen worden sein? Schreiben Sie das bitte mit, Constable Palmer.«

Die Polizistin schreckte auf, errötete und hörte auf zu schreiben.

»Ich bin gegen drei gegangen. Meine Sekretärin ist wegen eines Zahnarzttermins etwas früher als gewöhnlich gegangen, gegen fünf nach fünf. Gewöhnlich hat sie um halb sechs Feierabend.

»Trifft das für das gesamte Büropersonal zu?«

»Ja. In diesem Stockwerk dürfte gegen Viertel vor sechs niemand mehr sein. Natürlich ist im Erdgeschoß und in den Studios noch Betrieb. Wir senden bis Mitternacht.«

»Und morgens?«

»Sonia – meine Sekretärin – kommt um neun Uhr. Aber der Sender ist bereits um sieben Uhr offen.«

»Bevor ich gehe, werde ich ein Wort mit ihr reden. Haben Sie keine Ahnung, wer dieser Mann sein könnte?« Rosa schüttelte den Kopf. »Haben Sie den Recorder in einem Schrank aufbewahrt?«

»Nein. Jeder, der die Tür öffnet, würde ihn sehen.«

»Aber man müßte wissen, welche Tür zu öffnen wäre. Draußen ist kein Schild angebracht. Was auf eine gewisse Kenntnis der Architektur dieses Gebäudes schließen läßt.«

»Ja.« Rosa machte eine Pause. Constable Palmers Stift, der wieder mit Lichtgeschwindigkeit über den Notizblock geflogen war, lag einen

Moment reglos in ihrer Hand. »Er hat sich schon vorher mit mir in Verbindung gesetzt. Ich habe eine Karte bekommen. Und er hat mich zuhause angerufen.«

»Das könnte sehr nützlich sein. Dürfte ich die Karte bitte sehen?«

»Ich fürchte, ich habe sie weggeworfen. Damals habe ich sie nicht für wichtig gehalten. Eine Beerdigungskarte. Schwarz umrandet mit einem Kreuz in der Mitte.«

»Sehr geschmackvoll. Was hat er gesagt, als er Sie zuhause angerufen hat?«

»Ich weiß es nicht. Ich weiß, das klingt unwahrscheinlich, aber als ich seine Stimme hörte, habe ich irgendwie abgeschaltet. Ich bin nicht im Telefonbuch verzeichnet. Ich kann mir nicht vorstellen, wie er an meine Nummer gekommen ist. Jetzt habe ich sie ändern lassen.«

»Haben Sie das der Polizei mitgeteilt?«

»Ja, der für unser Gebiet zuständigen Polizeidienststelle. Sie meinten, sie könnten da nichts weiter unternehmen.«

»Ich werde veranlassen, daß sie uns die Angaben zuschicken.«

»Das klingt verdächtig. Als würden Sie erwarten, eine Akte anlegen zu müssen.«

»Nicht im geringsten.« Der Sergeant lächelte, als er sich erhob. Ein leicht überlegenes Lächeln, das dazu bestimmt war, Galahad und seine Lady zu beruhigen. »Wahrscheinlich haben wir heute zum letzten Mal von ihm gehört. Trotzdem ist es sinnvoll, sämtliche Informationen an einem Ort aufzubewahren.«

»Natürlich.« Rosa lächelte zurück. Sie fühlte sich ermutigt. Er wirkte so zuversichtlich und gelassen. Und es gab Tausende wie ihn. Ein ganzes Arsenal von Männern, Wagen und Ausrüstungen. Gerichtsmedizinische Institute. Computer. Fernmeldetechnik. Waffen.

»Es hört sich an, als sei Ihre Sekretärin aus der Mittagspause zurückgekommen.«

»Ja, tatsächlich.« Rosa hatte gehört, wie die Außentür ins Schloß gefallen war. »Würden Sie gern mit ihr reden?«

Sie ließ Sonia zurück, die, bebend vor Aufregung und freudiger Erwartung, Fragen beantwortete, und ging in die Kantine. Die Nachrichten wurden scheppernd über einen Lautsprecher an der Wand übertragen.

»Rosa Gilmour, Moderatorin der beliebten Hörersendung *Rosas Karussell*, hat eine Morddrohung erhalten. Wie wir Ihnen jetzt mitteilen können, ist diese Nachricht, die auf eine Kassette aufgenommen und auf geschickte Weise ins Gebäude geschmuggelt wurde, die letzte in einer ganzen Reihe von äußerst unangenehmen Angriffen auf diese bekannte und beliebte Persönlichkeit.«

Gegen ihren Willen begann Rosa zu schmunzeln. Wie typisch für Toby! Statt ihre Unruhe zu steigern, wirkte diese melodramatische Ansage seltsamerweise beruhigend. Die Übertreibungen schienen auf sie eine umgekehrte Wirkung zu haben, denn sie ließen das Band nicht wichtiger sondern unwichtiger erscheinen. Natürlich war sie meilenweit davon entfernt, es als einen Witz zu nehmen. Das würde sie nie können. Doch der Polizist hatte wahrscheinlich recht. Es war ein armer kleiner Perverser, der verzweifelt um Aufmerksamkeit kämpfte, und sie gewählt hatte, um sich an ihr abzuarbeiten. Was hatte Leo noch gesagt? Wenn es ein Montag ist, muß es Gilmour sein? Sie stand auf und setzte sich schnell wieder hin. Duffys Whisky, den sie auf leeren Magen getrunken hatte, hatte sie schwindelig gemacht. Sie hatte gerade noch Zeit, sich den Magen mit Sandwiches und Fischfrikadellen zu füllen, bevor sie nach Hause fuhr. Sie fragte sich, ob Duffy noch im Gebäude war, und beschloß, in der Redaktion nachzusehen, bevor sie ihre Bestellung aufgab.

Als Fenn am nächsten Morgen aufwachte, wußte er sofort, daß er einen Fehler gemacht hatte. Als er sich letzte Nacht schlafengelegt hatte, hatte ihn, der eigentlich vollkommen ruhig sein müßte, eine nicht näher benennbare Angst erfaßt, die an seinem Hirn zu nagen schien. Er hatte sich den gestrigen Tag in allen Einzelheiten ins Gedächtnis gerufen. Alles schien äußerst zufriedenstellend abgelaufen zu sein. Er hatte seine Mission im Studio mit kühler Gelassenheit durchgeführt; er hatte sehr gut zu Abend gegessen, wenig getrunken, viel gefickt und Sonia mehr oder weniger erledigt zurückgelassen. Eigentlich war alles perfekt gelaufen. Doch als er schließlich eingeschlafen war, hatte sich seine Unruhe nicht gelegt, war im Gegenteil in der Nacht noch größer geworden, so daß er sich jetzt nicht erfrischt, sondern unerträglich angespannt fühlte.

Er stand auf, zog sich an und machte sich einen sehr starken Instantkaffee. Er setzte sich an den Tisch und holte seinen Plan hervor. Zum x-ten Mal ging er ihn sorgfältig durch. Er war sich sicher, daß ihn das Mädchen an der Rezeption aufgrund der Schlägermütze und des Schnurrbarts nicht wiedererkennen würde. Sonia, die einzige, der das möglich wäre, war nicht im Gebäude gewesen. Obwohl er nicht im Vorstrafenregister stand und seine Fingerabdrücke nicht aktenkundig waren, hatte er Handschuhe getragen: Sicherheit stand bei ihm an erster Stelle. Was hatte er also vergessen? Nichts. Warum dann dieses überwältigende Gefühl der Angst?

Als er darauf stieß, schien es ihm so offensichtlich. Es traf ihn wie ein heftiger Schlag aus dem Hinterhalt oder wie eine kalte Dusche. Er konnte sich nicht rühren. Er saß einfach da, während er den Schlag zu verkraften suchte. Er war verloren. Aufgeschmissen. Schlimmer noch, er stand kurz vor der Festnahme. Denn sobald Sonia das Band hörte, würde sie seine Stimme wiedererkennen. Das Ausmaß seiner Dummheit war fast mehr, als er ertragen konnte. Wieso hatte er nicht daran gedacht? Er ballte die Faust und schlug sich immer wieder gegen die Stirn, denn er hatte das Bedürfnis, dieses schwache Hirn zu zerstören, das ihn so schnöde im Stich gelassen hatte.

Und sie hatte seine Telefonnummer. Einmal hatte er sie vom Münzfernsprecher in der Eingangshalle aus angerufen, und um weiter schwafeln und ihn bezirzen zu können, hatte sie ihn zurückgerufen. Damals hatte er sich darüber keine Gedanken gemacht. Münzfernsprecher waren nicht im Telefonbuch aufgeführt, deshalb würde sie seine Adresse nicht herausfinden. Doch das würde der Polizei gelingen. Sie müßten jetzt schon benachrichtigt worden sein. Es war fast halb drei.

Er mußte bis zum Mittag geschlafen und dann länger an seinem Tisch gesessen haben, als ihm bewußt war. Er erhob sich und begann, wie wahnsinnig im Zimmer herumzulaufen. Selbst wenn Sonia ihn nicht verpfeifen wollte, würde sie sich selbst verraten, sobald sie das Band hörte. Er klammerte sich an diesen Strohhalm. Vielleicht würde sie allein sein, wenn sie es zum ersten Mal hörte. Sie hatte ihm erzählt, daß sie manchmal Antwortbriefe tippte, die Rosa zuhause auf Band gesprochen hatte. Vielleicht hatte Rosa den Recorder einfach weiterlaufen lassen, ohne das Band zurückzuspulen. In dem Fall hätte sie die Nachricht noch nicht erhalten und die Polizei nicht informieren können. Es war eine kleine Chance. Natürlich könnte Sonia es selbst der Polizei gemeldet haben, aber das hielt er für unwahrscheinlich. Sie wüßte, daß ein solcher Anruf das Ende ihrer Beziehung bedeuten würde. Sein Kopf schmerzte von den vielen Faustschlägen und den wirren Spekulationen.

Die Vorstellung, daß Sonia ihn in der Hand haben könnte, verursachte ihm Übelkeit. Sie würde sich an ihn klammern und jammern und Andeutungen über Flitterwochen, dreiteilige Anzüge und, das war am widerlichsten, Babys fallen lassen. Und hinter ihren Worten würde dieser andere, unausgesprochene Hinweis liegen, der fast eine Drohung darstellte. Nein. Das würde er nicht verkraften können. Er würde sich einfach aus dem Staub machen müssen. Andere Leute taten das auch. Er würde sich in einen Zug setzen und in eine andere Stadt fahren. Nach Birmingham oder vielleicht nach Bristol. Er würde sich schon irgendwie durchschlagen. Er könnte irgendeinen Gelegenheitsjob annehmen. Und eine andere Frau finden, die ihn vergötterte und ernährte. Das wäre keine Schwierigkeit. Aber oh! – die schwarze Welle der Enttäuschung kam wieder hoch und drohte, ihn zu überrollen –, er müßte seinen großartigen Plan fallenlassen. Rosa Gilmour würde ungeschoren davonkommen. Aber das brauchte ja nicht immer so zu bleiben. Er war jung. Seine Bandaufnahme würde bald in Vergessenheit geraten. Und dann würde er zurückkommen. Und zuschlagen.

Hastig zog er eine Reisetasche aus Leinen unter seinem Bett hervor. Zuerst packte er ein halbes Dutzend seiner kostbarsten Bücher ein; darauf legte er seine neue Kombination und etwas Unterwäsche. Dann zog er den Mantel an und suchte sein gesamtes Geld zusammen. Er beschloß, von der Paddington Station einen Zug in westliche Richtung zu nehmen, soweit zu fahren, wie er mit seinen elf Pfund kam, und den Rest der Strecke nach Bristol per Anhalter zurückzulegen. Er verließ sein Zimmer und entdeckte, daß die Tür zur Feuertreppe abgeschlossen war. Er würde sich einfach auf sein Glück verlassen und die Treppe benützen müssen.

Er war drei Stufen hinuntergegangen, als das Telefon klingelte. Mr. Christoforou ging durch die Eingangshalle. Er nahm den Hörer ab. Das Glück, das ihn den ganzen gestrigen Tag begleitet hatte, schien ihn heute nur noch höhnisch anzugrinsen. Er stellte seine Tasche hinter sich außer Sichtweite auf dem Treppenabsatz ab und machte Anstalten, sich zurückzuziehen, doch es war bereits zu spät.

Mr. Christoforou, dessen Gestalt sich gegen das strahlende Lächeln und die glänzenden, herabhängenden Früchte des karibischen Posters abzeichnete, hielt ihm den Hörer entgegen.

»Hey«, rief er. »Es ist für Sie.«

5

»Was sitzt mitten in Paris und wackelt?«

Kathy meinte: »*Den* kenn' ich schon.«

»Stimmt ja gar nicht. Aber ich hab' sowieso Mom gefragt.«

»Ich weiß mehr, als alle anderen glauben, was ich weiß, weil ich erst sieben bin.«

Rosa suchte nach einem geeigneten Satz, um mit Leo ein Gespräch anzufangen. Nachdem er im Auto die Nachrichten gehört hatte, war er besorgt nach Hause gekommen, hatte sich aber angesichts ihrer stoischen, fast optimistischen Gelassenheit bald wieder beruhigt, die während des Mittagessens mit Duffy und den Rest des Tages, unterstützt durch einige Gänge zum Weinregal, vorgehalten hatte. Doch im kühlen Morgenlicht fühlte sie sich weitaus weniger zuversichtlich und suchte nach Mitteln und Wegen, sich Mut zu machen.

»Für den letzten Satz würde ich dir nicht einmal zwei von zehn Punkten geben. Was die Satzstruktur in grammatischer Hinsicht angeht, war er ein absolutes Tohuwabohu. Mom – was sitzt mitten in Paris und wackelt?«

Ihre Sorge um die Kinder hatte sich als ziemlich unnötig erwiesen. Kathy schien glücklicherweise nicht zu begreifen, was los was, und Guy fand alles sehr spannend und schlug ihr vor, Verbindung mit der CI 5 aufzunehmen.

»Ich weiß es nicht. Was ist es?«

»Der Eiffelturm.«

»Mein Gott – *den* kannte ich schon«, sagte Kathy.

»Stimmt ja gar nicht. Du weißt ja nicht einmal, wo Paris liegt.«

Der Wein hatte Rosa träge gemacht. Sie hatte einen schweren Kopf und einen säuerlichen Geschmack im Mund. Sie schien nicht richtig wachzuwerden. »Leo . . .« Ein unverbindliches Murmeln kam hinter der *Times* hervor. »Oh, leg' die Zeitung weg. Ich will mit dir reden.«

»Entschuldige.« Leo faltete die Zeitung zusammen und lächelte. »Guter Kaffee.«

»Es ist der, den wir immer haben. Leo – ich glaube, wir sollten alle Schlösser auswechseln lassen.«

»Warum denn das, um alles in der Welt?«

»Das sollte doch wohl offensichtlich sein.«

»Ach so, es geht um ihn. Er hat doch keinen Schlüssel, oder?« Leos Augen wandten sich bereits wieder der *Times* zu. Rosa beugte sich vor und schob die Zeitung beiseite. Er runzelte die Stirn. »Wir hatten mit dem Telefon schon genug Scherereien, da brauchen wir jetzt nicht auch noch herumzusausen und alle Schlösser herauszureißen.«

»Dann sollten wir jemanden anstellen, der das Haus bewacht.«

Leo sagte: »Ist dir klar, wieviel das kosten würde? Diese Leute verlangen ungefähr zwanzig Pfund pro Stunde.«

»Da es um mein Leben geht, hatte ich mir gedacht, dir wäre das Ganze vielleicht so viel wert.«

»Sei nicht so melodramatisch, Rosa. Meinst du wirklich, ich würde so reden, wenn dein Leben tatsächlich in Gefahr wäre? Zunächst einmal würde die Polizei einen Mann zur Bewachung des Hauses abstellen.«

»Sie sagen, sie können keinen entbehren. Zumindest nicht für eine so unbedeutende Sache.«

»Da hast du's. Sie haben Erfahrung mit solchen Situationen. Wenn sie meinen, dies sei eine unbedeutende Sache, haben sie wahrscheinlich recht.«

»Wahrscheinlich reicht dir also, oder?«

»Wo spielen Spinnen Football?« Guy machte eine Pause. »Mom, wo –«

»Heute nacht schienst du dir mehr Sorgen zu machen.«

»Ich habe mir Sorgen gemacht. Und ich mach' sie mir immer noch. Aber wir dürfen das Ganze nicht übertreiben. Immerhin ist es möglich, daß nichts passiert.«

»Ich verstehe? Und was soll ich deiner Ansicht nach machen, während wir abwarten, ob tatsächlich etwas passiert? Wie soll ich leben? Soll ich mir ständig über die Schulter sehen. Wie lang soll ich das machen, Leo? Eine Woche? Einen Monat? Den Rest meines Lebens?«

»Mom ... *Mom* ...«

»Und wie soll ich arbeiten können?«

»Du könntest aufhören zu arbeiten. Mit meinem Gehalt würden wir ohne weiteres auskommen.«

»Guy weiß, wo Spinnen Football spielen, Mom.«

»Ahh ... jetzt kommen wir endlich zur Sache. Du hast nie gewollt, daß ich arbeite, oder? Das hast du mir schon immer mißgönnt.«

»Rosa!« Leo wirkte verblüfft. »Du weißt, das stimmt nicht.«

»Dennoch vielen Dank für deinen wundervollen Vorschlag. Damit ist mein Problem ja gelöst. Ich brauche nur die Fenster zu sichern, die Türen zu verriegeln und das Haus nicht eine Minute zu verlassen. Ich könnte den ganzen Tag in der Küche stehen, gesunde Sachen backen, Steppdecken nähen und wie die Pioniersfrauen Met brauen.« Ihre Stimme überschlug sich. »Mit einem Gewehr an meiner Seite, wegen der Indianer.«

»Mom ...« Kathy streckte ihre Hand aus, um ihre Mutter am Ärmel zu zupfen und stieß dabei ein großes Glas Orangensaft um. Rosa gab dem Kind eine saftige Ohrfeige. Die helle Flüssigkeit breitete sich auf der karierten Decke aus und begann auf den Boden zu tropfen. Ungläubig und erstaunt starrte sie die Kinder an. Sie starrten dumm zurück. Sie hatte sie noch nie geschlagen. Guy stieß seinen Stuhl zurück und ging zu seiner Schwester. Zu erschüttert, um weinen zu können, barg Kathy ihr Gesicht in seinem Blazer.

». . . Es tut mir leid . . .« Rosa sah zu Leo hinüber, der aufgestanden war und aus der Küche ging. »Leo . . .« – es war ein kaum vernehmbares Flüstern – »geh nicht weg.«

Ein Teil des Safts tropfte auf ihren beigen Rock. Sie sah zu, wie er sich ausbreitete: ein feindseliger Kommentar zu der schrecklichen Wendung, die ihr Leben genommen hatte. Leo kam mit einer Tasche in der Hand zurück. Er stellte sie auf der Anrichte ab und öffnete sie. Er zog eine dunkelbraune Flasche hervor und schüttete einige Tabletten aus einem Röhrchen. Dann ging er zum Tisch, schenkte ein wenig Saft in ein Glas und beugte sich über Rosa.

»Hier. Nimm' das.«

»Oh, Leo – ich will den Rest des Tages nicht benommen sein.«

»Das wirst du auch nicht. Sie nehmen den Dingen nur die Schärfe. Sie helfen dir, damit zurechtzukommen. Gehst du heute zum Sender?« Rosa schüttelte den Kopf. »Willst du hier arbeiten?«

»Ich kann nicht, Leo. Ich scheine mich nicht konzentrieren zu können. Alles um mich herum scheint . . . zusammenzubrechen.«

Sie bemerkte, daß er sichtlich bemüht war, die Geduld zu wahren, wie er es manchmal bei den Kindern tat.

»Es tut mir leid, daß ich nicht bleiben kann. Ich werde so bald wie möglich nach Hause kommen. Wenn ich eine Pause habe, ruf' ich dich an, um zu hören, wie's dir geht.«

». . . Vielen Dank . . .« Rosa schämte sich, als sie hörte, wie unterwürfig sie klang. Sie schluckte die Tablette, stellte das Glas ab und sah wieder zu den Kindern. Guy starrte sie unnachgiebig und anklagend an. Kathy hatte angefangen zu weinen. Die Tränen liefen über einen dunkelroten Fleck auf der Wange. »Oh Liebling, es tut mir so leid.«

»Hör zu, Rosa.« Leo nahm ihre Hand. »Du bist sehr angespannt. Du hast die Beherrschung verloren und deine Jüngste geschlagen. Trotzdem solltest du nicht übertrieben reagieren und dich in einen Zustand der Selbsterniedrigung hineinsteigern. Das kommt in allen Familien einmal vor.«

»Nicht in unserer, Leo.«

»Nein.« Leo zögerte. »Ich nehme an, wir sind eine Ausnahme. Oder vielleicht liegt's nur daran, daß wir vorher noch nie mit wirklichen Problemen konfrontiert waren.«

Rosa griff nach seiner Hand. Das Leben, das sie bis vor einigen Tagen geführt hatten, schien ihr nun wie von einem goldenen Schimmer überzogen und kam ihr vor wie ein paradiesähnlicher Zustand unschuldigen Glücks. Wie das Leben vor der Schlange. Vor dem Sündenfall. Sie bemühte sich, den Blick für die richtigen Proportionen zu wahren. Sie durfte es einfach nicht zulassen, daß ein einzelner Mensch, ein verrückter Kerl, den sie nicht einmal kannte, ihr Leben dermaßen beeinflußte. Und das Leben der Menschen, die ihr am meisten am Herzen lagen. Er würde es genießen, die Verzweiflung und den Aufruhr zu sehen, den er bereits verursacht hatte. Vor allem dieser Gedanke veranlaßte sie, tief Luft zu holen und zu Leo zu sagen: »Mir geht's schon viel besser. Es wird schon alles in Ordnung kommen.«

»Mrs. Jollit wird bald hier sein. Sie wird dich aufmuntern.« Beide lachten, und Rosa sah, daß der angespannte, ängstliche Ausdruck auf den Gesichtern der Kinder schmolz wie Schnee in der Sonne. »Wenn du Guy zur Schule bringst, behalte ich Kathy heute zuhause.«

»Das ist ungerecht!«

»Komm schon, Guy. Ich bin ohnehin schon zehn Minuten zu spät dran.«

Mürrisch folgte Guy seinem Vater die Treppe hinauf. »Zum Ausgleich könntet ihr mir wenigstens etwas zukommen lassen. Ein Geschenk oder so etwas.«

»Wo spielen die Spinnen denn jetzt Football?«

»Armer Guy.« Kathy seufzte recht selbstgefällig auf. »Warum muß ich nicht zur Schule, Mom?«

Diese unschuldige Frage versetzte Rosa einen Stich. Sie fragte sich, wie lange es dauern würde, bis die Wunde verheilt war. »Heute morgen können wir uns die tiefgefrorenen Teddies ansehen. Ich muß ohnehin zu Marks und Spencer's. Und wie würde es dir gefallen, wenn wir heute nachmittag ins Puppenmuseum gingen?«

Kathy's Lächeln verwandelte ihre Wangen in triefend nasse Pausbacken: »Oh, ja.« Sie liebte das Puppenmuseum mit seinen winzigen Treppen und seinen kleinen, dunklen viktorianischen Zimmern, die mit Puppen, Puppentheatern und Marionetten vollgestellt waren. »Vielleicht können wir für Guy ein Geschenk kaufen, weil er nicht mitkommen kann.»

»Wir werden schon etwas für ihn finden. Jetzt wischen wir dir erst mal die Tränen ab.«

»Das mach' ich im Badezimmer.« Kathy kletterte von ihrem Stuhl und ging auf die Tür zu.

»Nein – tu das nicht.« Sie wollte nicht, daß Kathy in den Spiegel sah. »Komm – wir machen's hier. Ein Papiertaschentuch genügt.«

Als sie mit übertriebener Zärtlichkeit Kathys Gesicht abtupfte, sah sie auf die Uhr. Heute war die Stimme der Prophetin wohl nicht zu vermeiden. Zudem hatte Mrs. Jollit die *Sun* abonniert, was zweifellos für neuen, dramatischen Gesprächsstoff sorgen würde. All dies wäre nicht gut für Kathy. Rosa wollte zumindest dafür sorgen, daß ihre Anwesenheit sich nicht mehr als einige Minuten überschnitt. Sie ging mit Kathy in die Diele, half ihr in den Mantel und setzte ihr eine Mütze auf. Obwohl die Sonne schien, war es sehr kalt.

»Warte im Eßzimmer auf mich, Liebling. Ich hole nur schnell meine Tasche und die Schlüssel.« Als sie in der Küche nach ihrem Portemonnaie suchte, begann Rosa, sich ein wenig besser zu fühlen. Vielleicht würden sie Mrs. Jollit ja doch nicht treffen. Sie war spät dran – um halb zehn hätte sie kommen müssen, und jetzt war es bereits zwanzig vor zehn. Sie wollte gerade die Treppe hinaufgehen, als das Telefon klingelte.

Ihre erste Reaktion war Angst. All ihre Befürchtungen stürzten wieder auf sie ein, bis sie sich daran erinnerte, daß sie die Telefonnummer hatte ändern lassen. Sie lief ins Eßzimmer.

»Hallo?«

»Mrs. Gilmour? Ich bin's.«

»Oh, Mrs. Jollit. Fühlen Sie sich nicht wohl? Ich hab' mich schon gewundert, wo Sie bleiben.«

»Ich bin zuhause, wo ich in Sicherheit bin. Und hier werde ich auch bleiben.«

»Wieso? Was ist los?« Als ob sie das nicht wüßte. Der feindselige Fleck breitete sich weiter aus, brachte jetzt außer familiären Verstimmungen auch noch Unannehmlichkeiten mit sich.

»Na ja – ich hab' Ihnen doch von diesem Krebsgeschwür erzählt, das ich habe.«

»Ja.«

»Ich hab' diese Sendung im Fernsehen gesehen. Sie meinten, eine der Hauptursachen für Krebs wäre Streß. Nun ja, da ich für diese Krankheit so anfällig bin, muß ich offensichtlich alle Situationen vermeiden, in denen ich mich aufregen könnte. Verstehen Sie, was ich meine, Mrs. Gilmour?«

»Oh, ja.«

»Ich meine, ich könnte zu Ihnen rüberkommen und dort im Bett ermordet werden.«

»Er ist nicht in unserem Haus. Fenster und Türen sind fest verschlossen, das Haus ist also ziemlich sicher.« Und, fügte sie für sich hinzu, er ist nicht hinter dir her. »Ich wünschte, Sie würden es sich noch einmal überlegen. Ohne Sie bin ich wirklich aufgeschmissen.«

»Und ich muß an Albert denken. Ich kann nicht einfach losrennen und mir eine schreckliche Krankheit einfangen, nur weil Sie ohne mich in Schwierigkeiten kommen könnten. Ich werde wieder zu Ihnen kommen, sobald sie ihn gefaßt haben.«

»Machen Sie sich darüber keine Gedanken.«

»Wie bitte?«

»Ohne Putzhilfe komme ich nicht zurecht, deshalb werde ich mir jemanden über eine Vermittlungsagentur besorgen. Die zweifellos astronomischen Gebühren werde ich von Ihrem Lohn abziehen.«

»Mir steht noch ein Wochenlohn zu!«

»Nicht, wenn Sie nicht eine Woche vorher kündigen. Auf Wiederhören.« Rosa knallte den Hörer auf die Gabel. Sie wandte sich Kathy zu. »Tut mir leid, mein Schatz, aber Mrs. Jollit kann heute nicht kommen, deshalb müssen wir ein bißchen Ordnung machen, bevor wir losgehen. Wirst du ein braves Mädchen sein und mir helfen?«

»Was soll ich machen?«

»Du könntest dein Bett und das von Guy machen. Ich werde anfangen zu spülen.«

Als Kathy im oberen Stockwerk verschwunden war, stellte Rosa das Wasser an, stapelte das Geschirr in der Spüle und holte die Flasche mit dem Spülmittel hervor. Sie zielte wie mit einer Pistole auf das schmutzige Frühstückgeschirr und feuerte mit aller Kraft ab.

Sobald sie zu reden begann, wußte er, daß alles in Ordnung war. Zumindest für den Moment.

»Ich weiß, daß du mich gebeten hast, dich nicht zuhause anzurufen, mein Schatz, aber heute abend werde ich etwas später von der Arbeit kommen, und ich will nicht, daß du bei diesem Wetter auf mich wartest. Ich hab' mir gedacht, wir könnten uns in unserem kleinen Café treffen.«

Er fragte sich, welches Café sie meinte. Ihre Sentimentalität war unerträglich. Jeder Ort, an dem sie mehr als einmal gewesen waren, wurde zu »ihrem« Café, Pub oder Restaurant.

»Warum kannst du erst später kommen?«

»Das würdest du wohl gern wissen, was?«

Gott im Himmel. Natürlich würde ich das gern wissen, du dumme Kuh. Warum würde ich dich sonst wohl fragen? Mit mädchenhafter Stimme flötete sie ihm zu: »Im Donatello. Ich muß auflegen; ich bin mit meiner Arbeit in Verzug.«

Versuchen kann man's ja mal, dachte er verstimmt. »Du klingst sehr aufgeregt, Sonia. Was ist los?«

»Ich erzähl's dir heute abend. Das versprech' ich dir.«

»Und ich verspreche dir, daß ich heute abend nicht kommen werde, wenn du's mir jetzt nicht erzählst.«

Schweigen. »Na ja – Madame hat eine Morddrohung bekommen. Eine echte Morddrohung. Auf Band. Ich hab' Stunden mit der Polizei verbracht. Jetzt weiß ich, was es heißt, in die Zange genommen zu werden.«

Das kurze Aufflackern der Angst war rein instinktiv; seine Vernunft befahl ihm, sie zu unterdrücken. Solange Sonia das Band nicht gehört hatte, konnte sie ihnen nichts erzählen. »Wollen sie noch einmal mit dir reden?«

»Nein.« Er spürte, wie gern sie diese Frage bejaht hätte. »Ich lieb' dich.«

»Bis später.« Er hängte ein.

Das Donatello lag in einer Fußgängerpassage italienischen Stils, die in einen Hof in der Nähe der Dombey Street mündete. Im Sommer befanden sich dort mit Lorbeer und Oleander bepflanzte Kübel, hängende Blumenkörbe sowie Tische und Stühle. Der gepflasterte Hof wirkte wie eine Piazza. Jetzt lag er verlassen da. An den Seiten standen lediglich sechs Laternenpfahle, deren milchige runde Lampenschirme von Filigranmetall umschlossen waren. Das Licht schien auf naßglänzende Ladenschilder und spiegelte sich in glatten Pfützen.

Fenn war als erster da. Er bestellte einen Kaffee, holte sein Notizbuch hervor und riß eine Seite heraus. Seit er mit Sonia gesprochen hatte, hatte sich seine Angst ein wenig gelegt, doch verschwunden war sie noch nicht ganz. Er befürchtete immer noch, kurz vor der Festnahme zu stehen und konnte es zum ersten Mal kaum erwarten, sie zu sehen. Er konnte nicht wissen, daß Sonia erst später von der Arbeit kam, weil sie, obwohl ihre Unterredung mit der Polizei nicht einmal zehn Minuten gedauert hatte, mehr als eine Stunde damit verbracht hatte, während der Teepause eine Runde durch die anderen Büros zu machen und jedem, der es hören wollte, den Vorfall in allen Einzelheiten zu schildern – wobei sie als abschließende Bemerkung unverändert hinzufügte: »Die Polizei steht vor einem Rätsel.«

Fenn ordnete seine Gedanken. Er schrieb jede Einzelheit auf, die er wissen wollte. Er wußte, daß er vorsichtig sein mußte, wenn er Sonia ausfragte. Sie könnte Verdacht schöpfen, wenn er zu viele Dinge auf einmal wissen wollte, doch als sie durch die Tür stürzte, wußte er, daß seine Befürchtungen überflüssig waren.

Mit ihrem ganzen Gebaren schien sie ihm entgegenzuschreien: »Hier kommt der Sensationsbericht!« Sie begann zu reden, bevor sie sich gesetzt hatte. Die häufige Wiederholung ihrer Unterredung mit der Polizei hatte ihrer Erzählung weder die Spannung genommen, noch ihren blumigen Ausdrücken geschadet.

»Mein Gott, Liebling, was für einen Tag hab' ich hinter mir! Wirklich – das möcht' ich nicht noch einmal erleben!« Als sie diese der Wahrheit völlig zuwiderlaufenden Eröffnungssätze ihrer dramatischen Rede losgeworden war, erhob sie sich, zog den Mantel aus und nahm ihren Wollhut ab. Sie hatte ihr Talent als Geschichtenerzählerin entdeckt und meinte zu wissen, daß eine Kunstpause am Anfang geeignet war, die Spannung zu steigern. Sie faltete ihren Mantel und legte ihn zusammen mit dem Hut auf den Stuhl neben sich. Genüßlich und gemächlich zog sie ihre nassen Handschuhe aus, zupfte an jedem einzelnen Finger und beobachtete ihn unterdessen auf schrecklich spitzbübische Weise. Während er diese gräßliche Parodie einer Stripteaseshow beobachtete, gelang es Fenn nur mit äußerster Willenskraft, einen Kommentar zurückzuhalten. Er hätte sie erwürgen können.

»Ich hab' gedacht, ich käme nie weg.« Sie begann, sich nach einem Kellner umzusehen, und winkte ihn auf die aggressive Weise heran, die unsicheren Menschen oft zu eigen ist. »Ich brauch' jetzt einfach einen Kaffee . . . Ich kann dir gar nicht sagen, wie . . .«

Nachdem er dieses Schauspiel drei oder vier Minuten mitgemacht hatte, stand Fenn abrupt auf, ging zur Theke, an der ein Kaffeeautomat stand, und kam mit einer Tasse Milchkaffee zurück. Mit äußerster Sorgfalt stellte er sie vor ihr auf den Tisch und sagte: »Hier hast du deinen Kaffee, Liebling. Jetzt laß' hören, was los war.«

»Oh, Fenn.« Sie atmete den Geruch des dampfenden Kaffees ein, als handele es sich um ein seltenes Getränk. »Du bist so gut zu mir.« Dann, als ob sie spürte, daß sie fast zu weit gegangen war: »Na ja – ich hab' Stunden um Stunden mit der Polizei zusammengesessen . . .«

»Halt, halt. Fang' am Anfang an. Du hast irgend etwas über ein Band gesagt.«

»Irgend jemand hat es auf Rosa abgesehen. Er ist tatsächlich einfach ins Gebäude gegangen, hat ihr Büro gefunden und die Morddrohung auf ihrem eigenen Kassettenrecorder aufgenommen. Man muß seinen Mut wirklich bewundern.«

»Du meinst ...« Fenn klang ungläubig. »... Er ist einfach hineinspaziert?«

»Einfach hineinspaziert.«

»Aber habt ihr denn kein Sicherheitspersonal?«

»Natürlich. Es ist immer jemand am Empfang. Das Mädchen hat gesagt, bei ihr wäre niemand vorbeigekommen.«

»Dann muß er durch den Hintereingang gekommen sein«, meinte Fenn, der diese Möglichkeit bereits überprüft hatte.

»Es gibt keinen Hintereingang. Verstehst du, was das bedeutet? Wenn er nicht durch die Eingangshalle gekommen ist *und* genau gewußt hat, wo ihr Büro war ...«

Die kokett hochgezogenen Brauen und die suggestive Pause mit angehaltenem Atem veranlaßten ihn, ihr den Spaß zu verderben. »Einer vom Personal?«

Eine Spur von Gereiztheit überlagerte Sonia bewundernden Blick. »Offensichtlich. Die Polizei fahndet in diese Richtung. Obwohl (sie hätte fast ihren Zusatz vergessen) sie vor einem Rätsel steht.«

Er fragte: »Hast du dir diese schreckliche Drohung denn nicht anhören müssen?«

Sichtlich bedauernd seufzte sie auf: »Nein.«

»Mach' dir nichts draus. Vielleicht wird dir Rosa das Band morgen vorspielen.«

»Sie hat es nicht mehr. Die Polizei hat es mitgenommen.«

»Wirst du zum Polizeirevier gehen, um es dir anzuhören?«

»Nein.« Wieder seufzte sie. Die Show war offensichtlich gelaufen. »Sie scheinen anzunehmen, daß er nichts tun wird. Er ist wohl einer von diesen Verrückten. Du weißt ja, wie das ist« – ein verschwörerischer Blick eines verkannten Genies –, »wenn man berühmt ist, wird man für diese Dinge sehr anfällig.«

Während sich ein Teil seiner Person über diese Einschätzung entrüstete, war der andere vor Erleichterung überwältigt. Im Moment war er in Sicherheit. Und er hatte mehr erreicht, als nur seinen Standpunkt klarzumachen. Er hatte sie in solchem Maße verängstigt, daß sie die Polizei gerufen hatte. Er war in den Nachrichten gemeldet worden. Er war ernst genommen worden.

»Und wie hat *sie* es aufgenommen?« Es paßte ihm, Sonia unmerklich in ihrer Abneigung gegen ihre Chefin zu bestärken. Es veranlaßte sie zu glauben, er wäre auf ihrer Seite, und garantierte, daß die Informationen weiterflossen, auch wenn sie einseitig waren.

»Madame?« Sonia schnaubte. »Sie ist vor Angst ganz aus dem

Häuschen gewesen. Du hättest sie sehen sollen. Sie hat gezittert wie Espenlaub. War weiß wie die Wand. Natürlich sind alle um sie rumscharwenzelt. Alle Männer zumindest. Der alte Duffield ist in der Gegend rumgelaufen, um ihr Whisky und Wasser zu besorgen. Ich hab' sie durch die Tür gehört. Und sie hat ihn noch dazu ermutigt. Als ob sie zuhause weder einen gutmütigen Ehemann noch Kinder hätte.« Sie hielt inne, als ihr einfiel, daß sie jetzt keinen Grund mehr hatte, auf Rosa eifersüchtig zu sein. Sie würde selbst bald Mann und Kinder haben. Fenn beobachtete die Veränderung ihres Gesichtsausdrucks, schätzte die Ursache richtig ein und dachte: von wegen.

Er fragte sich, ob sie Rosas neue Telefonnummer in ihrem Adreßbuch hatte. Rosa hatte nicht lange gebraucht, um sie ändern zu lassen. Er hatte beschlossen, sie anzurufen, bevor er das Haus verließ, einfach um die Drohung auf dem Band zu verstärken. Um sie wissen zu lassen, daß er nicht nur alberne Spielchen trieb. Aber da war nur der Satz ›Kein Anschluß unter dieser Nummer‹ gewesen. Er hatte loslachen müssen. Als ob ihn so etwas abhalten könnte. Nichts würde ihn mehr aufhalten können.

Die Erleichterung hatte dazu geführt, daß sich nicht nur er, sondern auch seine Blase zum ersten Mal seit Stunden entspannte. Er stand hastig auf. »Ich bin gleich zurück, Sonia.«

Als er sich auf der Toilette Erleichterung verschafft, die Hände gewaschen und sich vor dem körpergroßen Spiegel das Haar zurückgestrichen hatte, kehrte auch das Gefühl für die Schicksalhaftigkeit seiner Mission zurück.

Die Polizei hatte offensichtlich nicht vor, der Sache allzuviel Aufmerksamkeit zu schenken. Sonia war nicht einmal im Gebäude gewesen, als das Band aufgenommen wurde, deshalb würden sie nicht mehr mit ihr reden wollen. Dennoch fühlte er sich unter Zeitdruck. Er hatte sich darauf gefreut, mit Rosa ein wenig Katz und Maus zu spielen. Hier bin ich, jetzt bin ich weg. Noch ein oder zwei geschmackvolle Drohungen per Telefon. Aber jetzt würde er seinen Plan kürzen müssen. Schade. Manchmal, wenn er sich das Ende der Jagd vorstellte, blieb ihm fast das Herz stehen, so eindringlich und schrecklich waren die Bilder. Doch vieles sprach für die Jagd. Jede Einzelheit, jede Drehung und Wendung, der Köder, der Geruch der Angst, das Auftauchen und Verschwinden seines Opfers. Die Notwendigkeit, schnell zu handeln und scharf zu denken; den Verlauf vorherzusehen und zurückzuverfolgen.

Selbst als er heute morgen geglaubt hatte, sich geschlagen geben zu müssen, hatte er sich lebendiger als je zuvor gefühlt. Die Tage zogen sich nicht mehr grau und eintönig dahin, sondern hatten ein neues Gesicht bekommen, als wären sie eigens für ihn aufpoliert worden. Auf gewisse Weise würde er traurig sein, wenn alles vorbei wäre, doch zugleich wußte er, daß er dann ein anderer Mensch wäre. Er wußte nicht genau, was dabei herauskommen würde, ihm war nur klar, daß er in seinen Augen und in denen der gesamten Welt vollkommen anders sein würde.

Unterdessen sah sich Sonia im Restaurant ruhig seine Liste an.

Die Jobvermittlung hatte ihr zugesichert, ihr innerhalb der nächsten vierundzwanzig Stunden jemanden vorbeizuschicken. Es war eine jener Agenturen, die sich darauf eingestellt hatten, mit jedem Problem fertigzuwerden. Die Stimme am anderen Ende der Leitung hatte einen dermaßen ungewissen, flötenhaften Ton, daß Rosa ihrerseits unsicher geklungen haben mußte, denn ihr wurde unablässig versichert, daß alles zu ihrer Zufriedenheit erledigt würde, »wie *outré* ihre Wünsche auch immer sein mochten«. »Erst letzte Woche haben wir einen Turmarbeiter und einen Kobold für Selfridges gestellt, und zudem haben wir einen Kameltransport zum Flughafen Stanstead organisiert.«

»Sehr schön.« Rosas Stimme klang belegt. Vor nicht allzulanger Zeit hätte sie sich über eine so köstliche Auflistung von Jobs amüsiert und sie sich gemerkt, um sie Leo zu erzählen. »Er wird also morgen früh hier sein?«

»Um halb zehn.« Als das Gespräch bereits beendet schien, fügte die Stimme hinzu: »Oh – ich hoffe, Sie haben nichts gegen Schauspieler?«

»Um Himmels willen, nein.«

»Ein großer Teil unseres Personals setzt sich aus Schauspielern zusammen. Sie warten ständig auf irgendwelche Engagements, wissen Sie?«

»Na ja, solange er nicht auf meine Kosten wartet . . .«

Dieser scharfe Tonfall kam nicht gut an. Die Flötenstimme klang leicht verstimmt, als sie sich verabschiedete: »Auf Wiederhören, Mrs. Gilmour.«

Jetzt wartete Rosa darauf, daß dieser unbekannte Schauspieler seinen Einzug hielt. Sie freute sich auf seine Gesellschaft, sie, die es früher kaum abwarten konnte, das Haus für sich zu haben. Sie bezweifelte, daß er ebenso tüchtig wie Mrs. Jollit wäre. Andererseits würden ihr die unheilbaren Neurosen erspart bleiben. Es klingelte an der Haustür.

Als sie in die Diele ging und hinter der farbigen Türverglasung einen großen, dunklen Schatten sah, überfiel sie für einen Augenblick ein Gefühl der Angst. Sie hätte eine Türkette anbringen lassen sollen. Darum würde sie sich auch heute kümmern, bevor sie ins Studio ging. Auf der Hauptstraße gab es einen Eisenwarenhändler. Sie machte die Tür einen Spaltbreit auf und guckte hinaus.

»Mrs. Gilmour? Greg. Von der Jobvermittlung.«

»Kommen Sie herein.« Sie lächelte, als sie die Tür öffnete. »Es tut mir leid, wenn ich mißtrauisch wirke, aber . . .«

»Ich hab' schon gehört, meine Liebe.« Er folgte ihr in die Diele und die Küche. »Eine haarige Angelegenheit.«

»Möchten Sie einen Kaffee?«

»Na ja . . . schließlich bezahlen Sie meine Arbeit, Mrs. Gilmour.«

»Rosa.«

»Ein Kaffee wäre großartig.« Er hängte seine Lederjacke über die Stuhllehne und sah sich voller Bewunderung in der Küche um. »Ein tolles Haus.«

»Ja.« Sie stellte die Kaffeemaschine an. »Wir haben es gekauft, kurz bevor die Preise in die Höhe geschnellt sind. Jetzt muß man schon fast ein Millionär sein. Wo wohnen Sie?«

»Palmers Green. Ich teile die Wohnung mit einem Freund.« Er hockte sich auf einen der Wiener Stühle. »Haben Sie einen festen Ablauf, an den ich mich halten soll? Oder fällt jeden Tag etwas anderes an?«

»Mrs. Jollit hatte eine feste Abfolge, aber sie hat ziemlich lange für mich gearbeitet und wußte, was ich wollte. Ich denke, wir regeln das von Tag zu Tag.«

»Warum hat sie gekündigt?«

»Wegen dieser schrecklichen Sache . . . Sie wissen schon.« Greg nickte verständnisvoll. »Sie dachte, sie würde hier im Bett ermordet werden.«

»Dann hat sie hier also gewohnt?«

»Nein.« Greg prustete los, und auch Rosa mußte lächeln. »Ich werde mich nach einer festen Putzhilfe umsehen müssen, doch da Leo und ich arbeiten, brauche ich jemanden für den Übergang.«

Greg warf einen Blick auf den Geschirrstapel in der Spüle und auf das Ablaufbrett. »Ich verstehe, was Sie meinen, meine Liebe.« Dann: »Kaum zu glauben. Was für ein göttliches Tier!«

Sobald Madgewick die unbekannte Stimme gehört hatte, war er aus seinem Korb gekrochen, um sich alles aus der Nähe anzusehen. Rosa gab einen kurzen Bericht über seine Herkunft.

»Armes Tier. Ich liebe diese gescheckten Katzen einfach.«

»Ja. Er wirkt ein wenig wie ein Bettvorleger.«

Greg sah zu, wie Rosa den Kaffee in zwei schwere, dunkelgrüne Frühstücksbecher füllte. Ihm fiel auf, wie blaß sie unter dem sorgfältig aufgetragenen Make-up war, und er fragte sie, wie man sich fühlen mußte, wenn man von jemandem, den man nie zuvor gesehen hatte, mit Mord bedroht wurde. Aus Mitleid mit ihrer Zwangslage sagte er unvermittelt: »Ich weiß, es fällt mir leicht, darüber zu reden, aber an Ihrer Stelle würde ich mir nicht zuviel Sorgen machen. Meistens tun diese Kerle nichts –«

»– tun diese Kerle nichts.« Rosa hatte den Satz zusammen mit ihm beendet.

»Tut mir leid, wahrscheinlich sagt das jeder.«

Rosa setzte sich mit ihrer Tasse an den Tisch. »Jeder, der noch nie bedroht worden ist.«

Sie kam zu dem Schluß, daß er wirklich nett war. Er war neugierig, ohne aufdringlich zu sein, und schien für ihre Situation tatsächlich Verständnis zu haben. Er war groß und langgliedrig und hatte ein längliches, knochiges Gesicht, das an den Kopf eines Schaukelpferds erinnerte. Seine Augen waren hellgrün, und sein dichtes rötliches Haar gelockt. Er trug die obligatorischen Jeans und einen peruanischen Pullover in knalligen Farben, dessen Muster aus etlichen Reihen unermüdlich kommender und gehender Lamas bestand. Er setzte sich zu ihr an den Tisch.

»Wollen Sie darüber reden?«

»Ich weiß nicht. Manchmal denke ich, daß ich ihn vergessen könnte, wenn ich's nicht tu. Oder daß er dann einfach verschwinden würde. Aber so funktioniert das nicht.«

»Solange Sie es vermeiden können, sollten Sie nicht allein sein. Ich will damit nicht sagen, daß Sie tatsächlich in Gefahr sind, aber vielleicht lenkt sie das ja vom Brüten ab. Nur, bis sie ihn geschnappt haben.«

»Eigentlich sind sie nicht sehr beunruhigt. Ich meine, die von der Polizei. Sie scheinen zu glauben, diese Art von Unannehmlichkeiten würde zu meinem Job gehören.«

»Da haben sie nicht ganz unrecht. Ich hab' mal für einen Nachrichtensprecher geputzt. Ein bekanntes Fernsehgesicht. Ich werd' Ihnen seinen Namen nicht nennen – er ist dermaßen runtergekommen, der Arme, kein Wunder bei den Unmengen von Gin und seinen anderen kleinen Sünden –, aber er hat Hunderte von Briefen von diesen Verrückten bekommen. Sie kennen diese Dinger ja. Er pflegte mir die unsinnigsten vorzulesen. Wir haben oft stundenlang auf seinem Oscar-Woollen-Sofa gesessen und uns totgelacht.«

»Was für Briefe waren das?« Rosa war bereits zu dem Schluß gekommen, daß Greg seine dreieinhalb Pfund Stundenlohn wert war, selbst wenn er nie einen Finger rührte.

»Nun, als er sich ein- oder zweimal geräuspert hatte, schrieb ihm eine Frau, sie würde jeden Abend ein kleines Glas Grog auf ihren Fernseher stellen – eine Woche lang oder bis sich seine Erkältung gebessert hätte. Und er hat ständig irgendwelche Briefe von diesen frustrierten alten Tanten aus den Altersheimen bekommen. Sie können sich wohl vorstellen, worum's da ging . . . wenn Sie ebenso fühlen wie ich, legen Sie am nächsten Freitag gegen Ende der Sendung bitte nicht Ihre Papiere zusammen, sondern stellen sie hochkant. Wenn man will, kann man darin sogar eine Freudsche Fehlleistung sehen. Eines Abends hat er den Brief vergessen und es getan, und die Zeichnungen, die sie dann per Post geschickt hat . . . mein lieber Gott . . . unverhüllt ist gar kein Ausdruck. Und dazu eine Briefmarke vom Roten Kreuz.« Rosa schüttelte den Kopf in gespielter, ungläubiger Mißbilligung. »Wenn sie es nur geahnt hätte. Seine derzeitige Flamme war gerade erst siebzehn geworden und so androgyn, daß einem die Spucke wegblieb. Die Inkarnation der Verwandlungsfähigkeit. Es ist immer nett, jemanden zu treffen, der vernünftig ist. Falls wir das je sind.«

Er leerte seine Tasse. »Ich hab' wirklich das Gefühl, ich sollte mal ein oder zwei Töpfe schwingen. Ich meine – ich bin nicht gerade billig, wie Sie wissen.«

Sie stand auf. »Ja. Und ich sollte mich aufmachen. Auf der Anrichte liegt ein Schlüssel für Sie. An den Tagen, an denen ich im Studio bin, müssen Sie sich selbst aufschließen.«

Greg sagte: »Nur ein Sicherheitsschloß? Unter den gegebenen Umständen sollten Sie sich was Besseres besorgen.«

»Wir haben zwar ein Vorhängeschloß, aber keinen zweiten Schlüssel dafür. Da ich heute morgen ohnehin zum Eisenwarenhändler gehe, werde ich dort gleich einen nachmachen lassen. In der Abstellkammer steht übrigens ein Staubsauger.«

»Eine Abstellkammer!« Greg klang entzückt. »Wie altmodisch!«

»Mit einer endlosen Schnur, wegen der vielen Treppen. Würden Sie bitte den Abwasch erledigen, die Betten machen und dann so viel staubsaugen, wie Sie bis zwölf Uhr schaffen? Die Reinigungsmittel sind in dem Schrank unter der Spüle.« An der Tür hielt sie inne. »Ich bin froh, daß man Sie geschickt hat.« Sie betonte das Sie.

»Viel Spaß im Büro.«

Zum Teil traf dieser ironische Wunsch sogar zu. Rosa fühlte sich viel besser, als sie das Haus verließ, und ihre Laune stieg noch, nachdem sie beim Eisenwarenhändler gewesen war und mit ihm vereinbart hatte, daß ein Mann vom Bereitschaftsdienst um vier Uhr nachmittags eine Türkette anbringen würde.

Als sie gegangen war, hatte Greg fünf Minuten damit zugebracht, sich alles anzusehen, was in den Schränken und auf der Anrichte stand, und dann mit dem Abwasch begonnen. Kaum hatte er die Hände ins Spülwasser getaucht, als es an der Haustür klingelte. Er trocknete sich die Hände ab und rannte die Treppe hinauf, wobei er vor sich hin murmelte: »Bei diesem Tempo krieg' ich nicht einen Teller sauber.«

Doch dann tat es ihm leid, daß er geflucht hatte, denn vor ihm, auf der Treppe, stand ein entzückender Junge. Nicht zu groß, keine nennenswerten Hüften und ein Profil wie Antinous. Die Augen lagen eine Spur zu dicht beieinander, aber die Wimpern ... Und wundervolles, blumenblättriges Haar, wie eine goldrosa Chrysantheme. Ziemlich absichtsvoll ließ er seinen Blick nach unten schweifen. Wie es aussah, war er auch da gut bestückt, obwohl man das bei den heutigen Hosenlätzen und ähnlichem Kram nicht so genau beurteilen konnte. Er sah dem Jungen in dessen ziemlich ungewöhnliche Augen und zauberte sein charmantestes Lächeln hervor.

»Kann ich dir behilflich sein?«

»Ich muß nach Chalk Farm. Wissen Sie, wo das ist?«

»Tut mir schrecklich leid, mein Lieber, aber das hier ist nicht mein Gebiet. Ich bin Einzelgänger. Aus Palmers Green.« Der Junge machte ein verdutztes Gesicht. »Aber in der Küche ist ein Stadtplan.« Er hatte ihn auf der Anrichte liegen sehen. »Wart einen Moment – ich werd' nachsehen. In welchen Teil von Chalk Farm mußt du?«

Der Junge zögerte: »Chalk Farm Road.«

Greg rannte in die Küche, nahm den Stadtplan zur Hand und sah im Straßenverzeichnis nach: 2D 45. Er blieb vor dem Spiegel stehen, um sein Haar zu überprüfen, zog einen Kamm heraus und kämmte ein oder zwei Locken zurecht. Es konnte nicht schaden, ihn für einen Moment hereinzubitten. Die Einzelheiten waren auf dem Stadtplan kaum erkennbar. Während sie die Straße heraussuchten, würden ihre Köpfe notgedrungen dicht beieinander sein. Erwartungsvoll rannte er die Treppe hinauf, doch sobald er die Diele erreicht hatte, machte sich Enttäuschung breit. Der Junge war gegangen. Greg rannte zum Gartentor und sah einen Moment lang, zitternd vor Kälte, die Straße hinunter. Es war nichts mehr von ihm zu sehen. Greg seufzte. Er hatte sich auf die Hinteransicht gefreut, hatte sich darauf gefreut, den Jungen weggehen zu sehen.

Sonia warf den Leuten ein geflüstertes »Tut mir leid«, »würde es Ihnen etwas ausmachen . . . es ist nur . . . vielen Dank« zu, als sie sich ihren Weg durch die überfüllte U-Bahn der Piccadilly-Linie bahnte. Wenn man monatelang zur gleichen Tageszeit die gleiche U-Bahn benutzte, erkannte man die Leute allmählich wieder. Sie entdeckte eine Frau – sie trug Fellstiefel und Ohrschoner und hatte eine Einkaufstasche aus Plastik mit einem aufgedruckten rosaroten Panther in der Hand –, die immer an der Gloucester Road ausstieg. Als sie aufstand, ließ sich Sonia auf den freigewordenen Sitz fallen. Sobald sie saß, konnte sie sich auf ihre eigenen Gedanken konzentrieren. Wie immer dachte sie an Fenn.

Sie war froh, daß er am gestrigen Abend nicht mit zu ihr nach Hause gekommen war. Abgesehen davon, daß sie von ihrem letzten gemeinsamen Abend vor zwei Tagen absolut erschöpft – und wund – war, hatte sie mit ihren Träumen allein sein wollen . . .

Zunächst hatte sie die Liste sehr verwirrt. Als sie sich alles gemerkt hatte, hatte sie sie wieder sorgfältig unter die Rechnung geschoben. Sie wollte ihn nicht beschämen oder verärgern. Aber als sie später, mit einem Vitamalz und einer Wärmflasche in ihrem kamelhaarfarbenen Nachthemd vor dem gasgespeisten Kamin gesessen hatte, begann sie zu verstehen. Da er aus ihrem Telefongespräch wußte, wie heftig sie auf das reagierte, was Rosa zugestoßen war, hatte er eine Liste von Fragen über jeden einzelnen Aspekt des Verbrechens zusammengestellt. Er wollte sicherstellen, daß sie nichts ausließ; wollte ihr den bestmöglichen Rahmen für ihre Geschichte bieten.

Sonia freute sich über seine Aufmerksamkeit. Sie mußte zugeben, daß er nicht immer so rücksichtsvoll war, aber so waren die Männer nun einmal, und Frauen mußten lernen, damit zu leben. Als sie so gemütlich in ihre Träume versunken vor dem knisternden Feuer saß, kam ihr der Gedanke, daß sie eigentlich viel glücklicher war, wenn Fenn abends nicht bei ihr war. Wenn sie einfach dasitzen und von ihm träumen konnte. Beim Träumen konnte man all die Eigenschaften einer Person weglassen, die man nicht mochte, und alle taten und sagten, was man wollte.

Aber die Liste war sehr ermutigend. Zugegeben, daß er sie erstellt hatte, wies auf ein gewisses Maß an Voyeurismus hin, aber was machte das schon? Er war nicht schlimmer als jene Leute, die die *News of the World* oder die *Sun* lasen und sich nur die schlüpfrigen Stellen herauspickten. Das war nur menschlich. Vielleicht (Sonia sonnte sich in ihrer eigenen Aufrichtigkeit) war sie selbst davon auch nicht ganz ausgenommen ...

Die Wärme, die die vielen Körper ausstrahlten, ließ den Schnee auf den Stiefeln und den Regenschirmen schmelzen und führte dazu, daß die Kleidung nicht nur feucht, sondern ein wenig schimmelig roch. Als sie aufsah, fiel ihr Blick durch eine Reihe mißmutiger oder gleichgültiger Gesichter auf ein Werbeplakat. Solange sie denken konnte, hatte es in der U-Bahn Anzeigen für die Eheringe von Bravington gegeben. Neben der, die sie jetzt sah, hing ein Bild von einigen Häusern, die in einer neuen Siedlung in Milton Keynes standen. Es waren halbe Doppelhäuser mit riesigen Aussichtsfenstern und Gärten oder Terrassen, auf denen Blumenkübel standen. In einem der Gärten war eine Schaukel, auf der ein hübsches kleines Mädchen saß, das von seiner jungen Mutter angeschubst wurde. Auf der Terrasse hockte ein gutaussehender junger Mann in Jeans neben seinem Sohn. Sie bastelten an einem Fahrrad. Die Sehnsucht, die Sonia überkam, als sie diese Szene betrachtete, war so stark und schmerzlich, daß ihr die Tränen kamen. Rasch wandte sie ihren Blick der Bravington-Braut und ihrem goldenen Ehering zu. Schließlich mußte eins nach dem anderen kommen.

Natürlich war es ihre Aufgabe, die Hochzeit zu planen. Es war zwar in Ordnung, wenn Fenn sagte, er würde über diese Dinge nachdenken. Aber Gedanken waren noch lange keine Pläne. Pläne waren so viel handfester. Die Bahn hielt am Green Park. Noch zwei Stationen bis Holborn. Sie hatte also noch genug Zeit, einen Blick auf ihre Liste zu werfen. Sie wühlte in ihrer Tasche und zog das kleine Notizbuch hervor, das sie erst neulich gekauft hatte; auf dem Einband waren silberne Glöckchen abgebildet, und an der Seite hing ein Kugelschreiber.

Natürlich würde sie in Weiß heiraten. Schließlich wußte keiner Bescheid. Und wie viele Frauen waren heutzutage bei ihrer Hochzeit noch Jungfrauen? Einige waren sogar schwanger. Sie blätterte in ihrem Notizbuch, bis sie die Gästeliste gefunden hatte. Immer wieder nahm sie Änderungen vor. Ihren Vater und ihre Stiefmutter würde sie allerdings auf jeden Fall einladen und sei es nur, damit sie gemeinsam über den alten Soundso herziehen könnten. Das gleiche galt für ihre Freundin von der Sekretärinnenschule, mit der sie noch Kontakt hatte und einmal im Monat zu Mittag aß. Die Leute an ihrem Arbeitsplatz bildeten einen gewissen Unsicherheitsfaktor. An manchen Tagen fielen sie förmlich über einen her, an anderen war es so, als würde man für sie nicht existieren. Das galt besonders für Mrs. Gilmour. Sonia schwankte zwischen dem Wunsch, Rosa einzuladen, um ihr Fenn vorzuführen, und dem Vergnügen, sie absichtlich auszulassen. Das konnte man auf sehr taktvolle Weise machen. Es ging darum, würdevoll zu sein und sie dennoch zu treffen. Ja. Sonia leckte an ihrem Stift und strich, wie schon so oft, Rosas immer wieder hingeschriebenen Namen durch.

Fenn drehte behutsam am Türknauf des Kleiderschranks, stieß die Tür auf und horchte. Im Haus war es still. Er trat aus dem Schrank ins Schlafzimmer. Er öffnete den Mund und schnappte nach Luft. Hätte er nur einige Minuten länger in dem dunklen Schrankinnern bleiben müssen, wäre er sicherlich erstickt. Er hatte eingezwängt zwischen parfümierten Pelzen, Samt- und Brokatstoffen gestanden. Nach einer Stunde schienen sie ein Eigenleben anzunehmen, sich um seine Arme und Beine zu winden, sich an seinen Mund zu schmiegen. Doch er hatte sich nicht zu rühren gewagt, bis die Haustür ins Schloß gefallen war. Bis diese verdammte Schwuchtel gegangen war. Bei der Erinnerung zuckte Fenn zusammen. Ihm war noch immer speiübel. Solche Leute sollte man einsperren.

Er hatte das Haus ohne eine bestimmte Absicht beobachtet, als sie aus der Haustür trat. Und er hatte einfach gespürt, daß er etwas tun mußte, um die Lücke zu schließen und die Verbindung zu seinem Opfer zu festigen. Aufgrund des Fotos an der Wand ihres Büros hatte er sie sofort erkannt. Sie war erheblich größer, als er es sich vorgestellt hatte, doch sehr schlank, und sie hatte zarte, zerbrechliche Knochen. Als sie die Treppe herunterkam, war er mit vor Aufregung zugeschnürter Kehle schnell nach vorn getreten, um sie auf dem Bürgersteig passieren zu können. Er war versucht, ihr einen guten Morgen zu wünschen; tatsächlich lag ihm der Gruß schon auf den Lippen, doch er mußte so krampfhaft kichern, daß er kein Wort herausbrachte, als sie auf gleicher Höhe waren.

Sie war fast so schön wie auf dem Foto, doch unter ihren Augen lagen graue Ringe, und der rote Lippenstift hob sich allzu glänzend von ihrer weißen Haut ab. Er drehte sich um und sah sie um die Ecke gehen, dann rannte er zum Haus und klingelte.

Als er später darüber nachdachte, konnte er sich nicht erklären, warum er das getan hatte, und er war sehr überrascht gewesen, als ihm jemand die Tür öffnete. Er sagte einfach, was ihm als erstes in den Kopf kam, und nannte deshalb eine U-Bahn-Station der nördlichen Linie, die er eben erst auf einem U-Bahn-Plan im Camden gesehen hatte. Und als die Schwuchtel ins Haus zurückging, war er, wieder rein impulsiv, in die Diele gerannt, hatte lautlos den dicken Teppich überquert und war die Treppe hinaufgelaufen. Im Obergeschoß fand er sich in einem Schlafzimmer wieder, in dem er angespannt stehenblieb und auf die Geräusche aus der Küche lauschte. Nach etwa einer Viertelstunde hörte er das Heulen eines Staubsaugers. Allmählich kam es näher. Die Treppe wurde gestaubsaugt.

Fenn berührte seine Innentasche, in der er sein Messer aufbewahrte. Er war aufgeregt. Er versuchte, den inneren Zwang, der ihn ergriffen hatte, zu unterdrücken. Schließlich würde er von seinem Plan absehen müssen, sobald er entdeckt würde. Das durfte nicht passieren. Und eigentlich war das Leben einiger Leute ohnehin nichts wert. Das von Schwulen sowieso nicht. Sie schwirrten von einem Mann zum nächsten, belästigten anständige Bürger und verbreiteten Krankheiten. So gesehen, täte er der Menschheit also fast einen Gefallen. Der Staubsauger wurde auf den dritten Treppenabsatz gewuchtet.

Fenn schlüpfte in den Kleiderschrank. Nun hatte er die Dinge nicht mehr unter Kontrolle, nun blieb alles der rothaarigen Schwuchtel überlassen. Wenn der Kerl den Schrank öffnete, hatte er es nicht anders gewollt. Fenn hörte, wie der Staubsauger über den Schlafzimmerboden geschoben wurde. Stühle wurden hervorgezogen und wieder zurückgestellt. Der Staubsauger stieß einmal sogar gegen den Fuß des Schranks – Fenn spürte die Erschütterung von Kopf bis Fuß. Dann wurde der Sauger abgestellt. Unbeweglich, mit angehaltenem Atem stand er da. Durch die Tür war kein Laut zu hören. Natürlich war es möglich, daß der Kerl im Raum herumlief. Die Teppiche waren so dick, daß Fenn es nicht beurteilen konnte. Dann hörte er ein Geräusch, als würden Gläser oder Flaschen bewegt, und ein genüßliches Seufzen, das mehrere Male wiederholt wurde. Das schwule Schwein besprühte sich mit Parfüm. Dann ging er aus dem Raum und polterte mit dem Staubsauger die Treppe hinunter. Fünf Minuten später fiel die Haustür ins Schloß.

Jetzt stand Fenn ein wenig unsicher in der Mitte des Schlafzimmers.

Obwohl in Sicherheit, kam er sich ein bißchen verloren vor. Er hatte das Haus seiner Feindin für sich allein, und das mußte von Vorteil sein. Aber wie könnte er diese Situation ausnützen? Er versuchte, strategisch wie ein Soldat zu denken. Je mehr er von seinem Gegner wußte und je weniger der über ihn Bescheid wußte, desto besser. Er beschloß, sich umzusehen.

Zunächst mußte er eingestehen, daß er enttäuscht war. Der Kleiderschrank war ein riesiger, altmodischer Kasten. Er war aus seidig glänzendem, dunklem Holz mit Ziselierungen aus Gold und Perlmutt und hätte seiner Großmutter gehören können. Das Bett paßte zu dem Schrank, denn an jeder seiner anmutig geschwungenen Ecken war ein Schnörkelmuster aus Gold angebracht. Es gab nicht einmal einen Toilettentisch. Dann sah er, warum. Eine der Türen führte in ein Badezimmer. Eine elfenbeinfarbene Badegarnitur und eine Menge farnähnlicher Pflanzen. Eine Wand war mit gemustertem Spiegelglas gekachelt, wie man es oft in altmodischen Pubs sieht. Darin spiegelte sich der Farn, was das Bad, so dachte Fenn, aussehen ließ wie die Höhle dieses verfluchten Weihnachtsmanns. Überall standen Flaschen und Tiegel und in der Luft lag ein Duft, der aus einem großen Zerstäuber mit der Aufschrift Fleur de Rocaille kam.

Im Stockwerk darunter waren drei Zimmer. Im ersten lag eine Unmenge von Puppen und Stofftieren, die über ein einfaches Bett verteilt waren, zu dem ein passender Kleiderschrank gehörte. Die Vorhänge waren mit Butterblumen übersät. Von der Decke hingen einige Mobiles: eines aus funkelnden Parabolspiegeln, ein anderes aus lustigen Fröschen und ein drittes aus weißen Seevögeln, die leise klirrten, sobald sie aneinanderstießen.

Das Zimmer daneben war mit demselben Bett und demselben Kleiderschrank ausgestattet und bis zur Decke mit irgendwelchem Kram vollgestopft. Stapel von Spielkartons, Lego, ein Fort, berittene und Fußsoldaten, flankiert von Geschützen. Hunderte von Büchern und Regale voller Schalen, die mit Bergkristallen gefüllt waren; getrocknete Blätter und gepreßte Blumen, Seeigel, ein langes Fischskelett, der Kiefer irgendeines Tieres, ein Musikinstrument in einem Kasten, ein schönes Mikroskop. Neben einem Poster von Duran Duran hing ein Pinnboard aus Kork. Angeheftet waren die Programme von Wimbledon und einem Rockkonzert, einige Spielpläne und zwei oder drei hingekritzelte Notizen: nicht vergessen, Raumfahrt- oder Naturkundemuseum anzurufen. An Antragsformular für BMX-Rennen im Crystal Palace Stadion denken – Anmeldeschluß 20. Dezember. Die Vorhänge waren khakifarben und hatten hellgraue Streifen. Von der Decke hing ein herrlicher Drache in Form eines chinesischen Fabeltiers. Es gab einen auf Böcken stehenden Tisch, wie er gewöhnlich von Innenarchitekten als Arbeitsplatz benutzt wurde. Darauf lagen Kugelschreiber, Notizblöcke, Farben und Bleistifte. Und ein Computer.

Fenn fragte sich, wie alt der Junge, dieser glückliche kleine Mistkerl wohl sein mochte, der all diese Dinge besaß. Er fragte sich, wie er zu den Muscheln und dem Skelett gekommen war, und stellte sich vor, wie er, vielleicht gemeinsam mit seinem Vater, auf der Suche nach Strandgut eine einsame Küste entlanglief. In einiger Entfernung würden seine Mutter und seine Schwester auf dem Strand einen Picknickkorb auspacken: eine Decke ausbreiten und echte Porzellantassen und -teller darauf arrangieren. Er fragte sich, wie oft man Weihnachten oder Geburtstag feiern mußte, um eine solche Schatzhöhle zusammenzustellen. Wie viele Umarmungen, Küsse und liebe Grüße es brauchte; wie viele Bögen farbigen Geschenkpapiers und wie viele Meter glänzender Schnur? Wie groß mußte das Netz aus Großeltern, Onkels und Tanten sein, die ihn alle für ein Goldstück hielten. Plötzlich ergriff ihn ein tiefer, überwältigender Haß auf dieses unbekannte Kind. Er wollte die kleinen Muscheln zerdrücken, den Tierkiefer unter seinen Füßen zu Staub zermahlen und das Mikroskop so lange gegen den Computer schlagen, bis beide zerstört wären.

Aber das gehörte nicht zu seinem Plan. Er beabsichtigte nicht, sie jetzt schon wissen zu lassen, daß er in ihrem Haus gewesen war. Es wäre ein Leichtes gewesen, etliche Dinge zu zerstören, das Mobiliar des Hauses auseinanderzunehmen oder, wie er es von einigen Einbrechern gehört hatte, einen obszönen Hinweis auf seine Anwesenheit in ihrem Bett zu hinterlassen. Doch das war nicht seine Art. Bislang hatte er ein gewisses Stilgefühl bewiesen. Er war diskret, gerissen und einfallsreich gewesen und wollte sich jetzt nicht unmöglich machen, indem er ein gewöhnliches und abstoßendes Verhalten an den Tag legte. Zudem würden all diese Besitztümer und all die Liebe dem Jungen die Mutter nicht zurückbringen können, wenn der Zeitpunkt gekommen war. Sobald ihm der Neid die Kehle zuzuschnüren drohte, würde er sich darauf besinnen.

Das dritte Zimmer stand voller Bücher und Zeitschriften und war braun gestrichen; einige Stufen tiefer erstreckte sich ein langer Raum über die gesamte Breite des Hauses, der durch große weißlakkierte Türflügel unterteilt war, die jetzt offenstanden. Statt eines Teppichs lagen etliche Läufer in warmen, hellen Farben auf dem Boden, und an den Fenstern hingen lange, seidige Vorhänge.

Fenn ging langsam im Raum umher und fuhr mit der Hand über den glänzenden ovalen Tisch. In der Mitte standen ein Kerzenständer und eine Schale mit perfekt geformten, glänzenden Äpfeln. Er nahm sich einen. Rauhe rötliche Streifen auf grünem Untergrund. Daneben stand ein Krug mit Zweigen, die winzige rosafarbene und stark duftende Blüten trugen. In einer Ecke des Raums tickte eine schmale Standuhr geruhsam vor sich hin. Auf dem emaillierten Zifferblatt war eine Hirtenszene abgebildet: eine behäbige Schäferin, die unter einem Baum mit weitausladenden Ästen saß, während sich im Hintergrund einige Lämmer tummelten. An den Wänden hingen drei Gemälde in goldenen Holzrahmen und einige Aquarelle von Küstenstädten. Um den Tisch standen acht Stühle mit geschwungenen Rückenlehnen und Sitzpolstern aus aprikosenfarbenem Samt. Fenn zog sich einen zu sich heran und nahm darauf Platz, während er in den Apfel biß. Es war schon seltsam, welchen Geschmack manche Leute hatten. Wahrscheinlich war nichts davon billig, doch er konnte sich nicht vorstellen, daß seine Eltern so etwas kaufen würden, selbst wenn sie in Geld schwämmen.

Auf einem schmalen Büfett, dessen Design dem Tisch ähnelte, standen auf einem Silbertablett einige Flaschen und Karaffen. Er öffnete das Schränkchen, fand einen Tumbler aus geschliffenem Glas und füllte ihn zur Hälfte mit Whisky. Er trank nur selten. Er mochte keinen Alkohol und verabscheute undisziplinierte Leute, die ohne ihn nicht auskamen. Aber er wollte an diesem Wohlstand teilhaben, ohne tatsächlich etwas zu stehlen, das später vermißt würde.

Am anderen Ende des Raums, mit Blick auf den Garten, standen ein Chesterfieldsofa und zwei Sessel, die mit einem gelb-grünen Stoff bezogen waren, dessen Muster aus Wasserlilien bestand. Er ließ sich in einen der Sessel fallen und streckte seine Füße auf einem bestickten Fußbänkchen aus. Er trank ein wenig Whisky (er schmeckte widerlich) und lehnte sich mit geschlossenen Augen zurück. Die Uhr tickte langsam vor sich hin.

Er spürte, wie er sich allmählich entspannte. Was war an diesem Raum so besonders? Die Minuten schienen unmerklich ineinander überzugehen. Die Zeit verging nicht in Abschnitten, wie es der Fall war, wenn man Pflichten zu erledigen, Termine einzuhalten und Leute zu treffen hatte, sondern floß dahin wie ein Strom, geräuschlos und indifferent. Was ihn beeinflußte, war die Ruhe.

Zum ersten Mal sah er weder eine Verbindung zwischen Geld und Besitz noch zwischen Geld und Sex, sondern zwischen Geld und Stille. Er konnte sich nicht erinnern, jemals an einem Ort gewohnt zu haben, der nicht von einer beständigen Geräuschkulisse bestimmt war. Ständig war das plärrende Geräusch der Fernseher und Radios anderer Leute durch die Zimmerwände gedrungen, waren schreiende Kinder und jaulende Hunde zu hören gewesen. Bis zu diesem Zeitpunkt hatte er nicht gewußt, daß etwas anderes möglich war. Daß es Leute gab, die das Glück hatten, lediglich von den selbsterzeugten Geräuschen ihres eigenen Lebens umgeben zu sein. Das war ihm in der Werbung nicht vermittelt worden. Dort war von Autos und Videorekordern und Drinks und Kleidung die Rede; nicht von Stille. Der Whisky und die ruhige, friedliche Atmosphäre milderten seinen Haß. Darüber hinaus schienen sie eine heilende Wirkung auf ihn zu haben, die ihn, wie er spürte, schwach werden lassen könnte. Er spürte, wie ihm seine Zerstörungslust, sein eigentlicher *raison d'etre*, auf subtile und unerfreuliche Weise entzogen wurde.

Er stand schnell auf und griff nach der Stuhllehne, um sich abzustützen. Was für ein Narr er doch war! Auch wenn er sich allein im Haus aufhielt, hieß das noch lange nicht, daß er in Sicherheit war. Es war schließlich das Haus seiner Feindin. Fast rannte er aus dem Zimmer.

Ein weiterer Treppenabsatz führte ihn von der Diele in ein zweites Badezimmer, eine Toilette und in die Küche. Er wollte sich ein wenig Wasser ins Gesicht spritzen und sich vielleicht einen Kaffee kochen, um wieder nüchtern zu werden. Da er eine blitzblanke Einbauküche und helles Licht erwartet hatte, überraschte ihn die gemütliche Atmosphäre. Ein großer roter Herd strahlte eine angenehme Wärme aus. Es roch nach Früchten und Kräutern. Sein Blick fiel auf eine Anrichte aus dunklem Holz, auf der hübsche Teller, Holzschüsseln und ein Steinguttopf mit Beerenfrüchten und Strohblumen standen. An den Innenseiten der beiden Türen hingen Kinderzeichnungen und ein Kalender mit riesigen weißen Quadraten, die über und über mit Notizen bekritzelt waren. Alles wirkte aufgeräumt und ordentlich, doch nicht in der angestrengten, nach Aufmerksamkeit heischenden Art der Küchen, die in Schaufenstern oder Zeitschriften zu sehen waren.

Mit dem Hintergedanken an eine mögliche Rückkehr zu einem späteren Zeitpunkt sah er aus dem Fenster. Ein großer, von Mauern umgebener Garten grenzte an einen weiteren großen, von Mauern umgebenen Garten. Hier war nichts zu machen. Die rückwärtige Tür war von innen abgeschlossen, und die Fenster hatten eine Doppelverriegelung.

Er hielt seinen Kopf unter den Kaltwasserhahn und drehte ihn ganz auf. Das war schon besser. Das eiskalte Wasser ließ die Wut wieder in seinen Körper schießen. Als er sich schließlich das Gesicht abgetrocknet hatte, war er wieder der wahre, rachedurstige Fenn. Er beschloß, sein Glück nicht auf die Probe zu stellen, indem er dablieb und sich einen Kaffee kochte.

Neben der Kaffeemaschine rührte sich etwas. Erschrocken drehte er sich um. Eine Katze kam mit anmutigen Schritten in die Küche marschiert, machte einen Buckel und streckte sich. Um Himmels willen – er hatte zwar schon komische Sachen gesehen, aber das hier übertraf alles andere. Sie sah aus, als hätte sie zwei oder drei Miezen zur Mutter gehabt. Der Witz gefiel ihm, und er kicherte. Er ging in die Hocke und streckte seine Hand aus.

»Komm, Mieze.« Dann, als er wieder über die Doppeldeutigkeit dieser Aufforderung gekichert hatte: »Hübsche Mieze . . . komm hierher . . . hierher, Mieze.«

6

Duffy wartete auf Rosa, um mit ihr in die Kantine zu gehen. Sie hatten sich angewöhnt, gemeinsam zu Mittag zu essen. Rosa hatte sich immer noch nicht eingestanden, wie sehr sie sich auf dieses Zusammentreffen freute. Louise saß in dem niedrigen Stuhl vor ihrem Schreibtisch. Sie hatten sich zu dritt darüber unterhalten, ob sie den auf die Qualifikation als Produktionsassistentin abzielenden Fortbildungskurs besuchen sollte, und jetzt hatte sie sich endgültig dafür entschieden. Heute war Louise verhältnismäßig unauffällig gekleidet. Sie trug einen Hosenrock aus feiner Wolle, eine pfauenblaue Samtweste und eine Jacke aus einem dunkelvioletten und hellgelben Patchworkmuster. Ins Haar hatte sie sich rote Bänder geflochten.

Rosa fragte: »Kommst du mit zum Mittagessen?«

»Nein. Ich bin dabei abzunehmen. Hab' heute erst ein Mars gegessen.«

»Die werden noch pleite machen.« Duffy lächelte sie an. »Da du es jetzt in der Welt zu etwas bringen wirst, werden wir alle auf unsere Jobs aufpassen müssen.«

Louise fragte Rosa, ob sich die Polizei noch einmal gemeldet habe, bedauerte es aber sogleich. Die Atmosphäre wurde merklich kühler. Rosa schüttelte den Kopf.

»Nein. Sie haben's wohl aufgegeben. Obwohl ich fairerweise sagen muß, daß sie getan haben, was in ihren Kräften stand. Sie haben alle befragt, die Mädchen von der Rezeption . . .«

»Ich bin an der Rezeption gewesen. Mich haben sie nicht gefragt.«

»Stimmt das?« Duffy klang erstaunt.

»Nur für fünf Minuten. Ich bin für Felicitas eingesprungen. Wir wollten zusammen in die neue Disco in der Frith Street gehen. Wild Horses. Ich wollte nicht den ganzen Weg allein zu mir nach Hause in Redbridge und wieder zurück gehen. Ich habe sie vertreten – während sie ihren Mantel geholt hat.«

»Ist irgend jemand am Empfang gewesen, während du dort gesessen hast?«

»Nur Toby. Oh – und der Klempner.«

Duffy runzelte die Stirn. »Welcher Klempner?«

»Einfach ein Klempner.«

»Hast du dich beim Hausmeister versichert, bevor du ihn passieren lassen hast?«

»Nein. Ich wollte gerade anrufen, als Toby reinkam. Er hat mich gefragt, ob der Besuch, den er für fünf Uhr erwartete, schon aufgetaucht wäre, und ich mußte im Empfangsbuch nachsehen. Als ich das erledigt hatte, war der andere Kerl bereits verschwunden. Aber ich glaube, er war echt.«

Rosa fragte: »Wieso bist du dir da so sicher?«

»Oh, offensichtlich ist er schon einmal hiergewesen. Er hat gesagt . . . ›Schon in Ordnung, ich kenn' mich hier aus‹, und er hatte eine Werkzeugtasche bei sich . . . weißt du . . . er hat wirklich wie ein Klempner ausgesehen.«

Sie sahen einander an. Rosa meinte: »Er ist der einzige, dessen Anwesenheit noch nicht geklärt ist.«

Duffy griff nach dem hausinternen Telefon und wählte die Nummer der Wartungsmannschaft. »Das ist leicht nachzuprüfen.«

»Er hat gesagt, es ginge um das Herrenklo im Kellergeschoß.«

»Hallo, Toby? Hier Duffield. Gut – wie geht's dir? Hör zu – hast du am Dienstag einen Klempner für das Herrenklo im Kellergeschoß bestellt?« Pause. »Vielleicht hat's ja jemand anderes gemacht. Würde es dir etwas ausmachen, im Terminkalender nachzusehen?« Pause. »In Ordnung. Vielen Dank. Ja, das könnte schon möglich sein.« Er legte auf und wandte sich mit rotem Gesicht den anderen zu. »Da war kein Klempner.«

Louise sagte leise: »Menschenskind.«

»Erinnerst du dich, wie er ausgesehen hat?«

»Dunkle Kleidung, eine Schlägermütze. Und ich glaube, er hatte einen Schnurrbart, aber ich bin mir nicht sicher. Er ist so schnell weitergegangen.«

Sie hörten ein leichtes Klopfen an der Tür, die weit offenstand. Sonia kam herein. »Hier sind die gestrigen Briefe zum Unterschreiben, Mrs. Gilmour.« Mit einem kurzen Blick nahm sie die Kaffeetassen, Duffys übliche Position auf einer Ecke von Rosas Schreibtisch und Louises entspannte Haltung in dem niedrigen Stuhl zur Kenntnis. »Natürlich nur, wenn Sie Zeit haben.«

»Oh, ich denke, vorm Mittagessen schaff ich noch ein paar Unterschriften«, sagte Rosa trocken. »Wenn Sie sie bitte in den Korb legen würden?«

»Stell dir vor, Sonia.« Louise stemmte sich hoch. »Ich bin diejenige, die den unbekannten Täter hereingelassen hat.«

»Wie bitte?«

»Ach, komm schon. Erzähl mir nicht, du wüßtest nicht – «

»Hey«, warf Duffy ein, »würdest du seine Stimme wiedererkennen? Ich denke, daß wir das ohnehin der Polizei melden müssen, aber damit wäre der Fall klar. Alles andere wäre zu umständlich.«

»Wär schon möglich.«

»Dann laß uns das Band abspielen.«

Rosa sagte: »Das geht nicht. Die Polizei hat es mitgenommen.«

»Vielleicht werden sie mich bitten, zum Polizeirevier zu kommen. Ich könnte ihnen bei ihren Untersuchungen behilflich sein.«

Sie hatten alle nicht mehr an Sonia gedacht, die neben der Tür stand und hin- und hergerissen war zwischen dem Bedürfnis, den anderen ihre Gleichgültigkeit gegenüber ihrem kleinen gemütlichen Plausch zu beweisen (Beziehungsklüngel war gar kein Ausdruck), und dem Wunsch, an jeglichem Drama teilzuhaben, wie unberechtigt es auch sein mochte.

»Und wie steht's mit dem *Karussell*? Als er zum ersten Mal angerufen hat?«

»Oh, die Aufnahme hab' ich noch.« Rosa schwang sich auf ihrem Sessel herum. Hinter dem Schreibtisch waren schmale Regale mit säuberlich beschrifteten Bändern angebracht. »Das Thema war ›Kommunikation‹. Daran erinnere ich mich genau, weil der Beitrag des Vogelmannes damals besonders ausgefallen war.« Sie legte das Band ein und betätigte den Vorlauf. Louise kam zum Schreibtisch hinüber und beugte sich mit ernster, aufmerksamer Miene über den Rekorder. Rosa drückte den Startknopf.

»... hinterhältig und betrügerisch ... ihre Körpersprache, wie Sie so grob ...«

Louise sagte: »Ein bißchen weiter vor.«

»Ich weiß, ich weiß.« Rosa ließ das Band ein kurzes Stück vorlaufen.

»Die Leitung ist jetzt frei.«

»Das ist es, Rosa.«

»Ich *weiß*.« Ihre Stimme war laut und gereizt. Sie wollte einfach nicht hinhören. Aber zumindest versuchten sie, ihr zu helfen, was man von Sonia nicht gerade sagen konnte. Sie stand nur mit weit aufgerissenen Augen da. Schadenfreude war gar kein Ausdruck. »Ich werd' sie Ihnen nach dem Mittagessen geben.« Rosa wies auf die Briefe und brachte deutlich zum Ausdruck, daß Sonia entlassen war. Sonia ging zögernd zur Tür.

»... um einen Todesfall ... nichts Persönliches ... ich bin nicht erschüttert ...«

Ihn im nachhinein nochmals zu hören, war äußerst quälend. Es war, als stehe er mit ihnen im Zimmer. Als blase er ihnen seinen fauligen Atem ins Gesicht. Rosa wandte ihr Gesicht vom Rekorder ab.

»... da er noch nicht eingetreten ist ... sollte ich es jemandem erzählen ... hab' ich das etwa gesagt? ... sehen Sie, ich muß jemanden umbringen ...«

Sie sah Louise an, deren Gesicht sich im Bemühen um größtmögliche Konzentration verzerrt hatte. »... was ich Sie wissen lassen wollte ... da Sie davon betroffen sind ...«

Rosa hielt das Band an und Duffy sagte: »Und?«

Doch Louise kam nicht dazu, zu antworten. Von der Tür kam ein Geräusch. Sie drehten sich alle um. Sonia griff nach dem Türrahmen, um sich abzustützen. Die Fassungslosigkeit stand ihr ins Gesicht geschrieben. In ungläubigem Entsetzen hatte sie den Mund weit aufgerissen, die Mundwinkel wiesen nach unten, die Augen waren zu dunklen Höhlen geworden, und ihre Haut hatte die Farbe von Kalk. Bevor sie jemand erreichen konnte, war sie zu Boden gesunken.

Die Dinge entwickelten sich nicht planmäßig. Zunächst hatte er es für eine großartige Idee gehalten, die Katze mitzunehmen. In dem Augenblick hatte er nicht weiter nachgedacht. Er hatte einfach den Reißverschluß seiner Jacke über ihr zugezogen und sie auf der U-Bahn mit nach Hause genommen. Erst während der Fahrt war ihm aufgefallen, welchen Fang er da gemacht hatte. Es war nichts Geringeres als der verhätschelte Liebling der ganzen Familie. Wie köstlich würden der Kummer und die Angst sein, die aufkämen, sobald die Gilmours wüßten, in wessen liebevollen Händen sich das Tier befand. Zunächst könnte er ein paar Barthaare in ihren Briefkasten stecken, nur um ihnen zu beweisen, daß die Katze sie nicht mehr hatte.

Doch zurück im Oasis-Imbiß, war er, nachdem er den Ladenraum ungehindert passiert hatte, in der Eingangshalle in Schwierigkeiten gekommen. Er war mit Mrs. Christoforou zusammengestoßen. Als das verdammte Biest daraufhin anfing zu zappeln, hatte sie ihn am Arm gepackt und geschrien: »Was bringen Sie mir da ins Haus?« Dann hatte sie am Reißverschluß seiner Jacke gezogen. Die Katze befreite sich aus ihrem Gefängnis, fiel plump zu Boden und schoß zwischen ihren Beinen hindurch in die Nacht hinaus.

Als er später wutschnaubend in seinem Zimmer saß, dauerte es einige Zeit, bis ihm aufging, daß *er* zwar um das Verschwinden der Katze wußte, *sie* aber nicht ahnen konnte, daß sie ihm weggelaufen war. Er konnte sie immer noch in Angst und Sorge versetzen. Und sie würden ihm glauben müssen. Wie sollte er schließlich wissen können, daß die Katze verschwunden war, ohne daß er etwas damit zu tun gehabt hätte? Das würde ihre Schlußfolgerung sein. Obwohl ihm das nicht behagte. Es kündete von Unheil, daß die Katze weggelaufen war.

Dann war da noch Sonia. Vielmehr war sie eben nicht da. Er hatte stundenlang versucht, sie anzurufen, und keine Antwort bekommen. Das war nicht ihre Art. Gewöhnlich riß sie den Hörer von der Gabel und redete auf ihn ein, bevor er seinen Mund öffnen konnte. Er traute sich nicht, sie im Büro anzurufen. Immerhin bestand die Möglichkeit, daß die Person, mit der er sprach, seine Stimme erkennen und ihn bitten könnte, am Apparat zu bleiben, um den Anruf zurückzuverfolgen. Es war durchaus vorstellbar, daß es jetzt zwischen dem Studio und der Polizei eine Direktleitung gab.

»Wie ist die neue Putzhilfe?«

Rosa und Leo saßen zusammen auf der Chesterfieldcouch. Die Vorhänge schlossen die Winternacht aus, und sie hatten das Licht angemacht. Neben der Zentralheizung brannte ein gasgespeistes künstliches Kaminfeuer. Kathy lag im Bett, und Guy machte in der Küche seine Schularbeiten. Rosa hatte ihre Schuhe von sich geschleudert, die Beine übereinandergeschlagen und sich an Leos Schulter gelehnt.

Selbst als sie diese entspannte Haltung eingenommen hatte, war ihr bewußt gewesen, wie aufgeregt sie eigentlich war. Sie fühlte sich keineswegs entspannt und fragte sich, ob Leo, der die Füße auf das Fußbänkchen gelegt und sich behaglich zurückgelehnt hatte, seine Zufriedenheit ebenfalls nur vorgab.

»Großartig. Er ist ein guter Unterhalter und putzt wie ein Wirbelwind.« Es hatte sie angenehm überrascht, das Haus so sauber und ordentlich vorzufinden. Sie hatte befürchtet, daß Gregs lockerer Gesprächsstil einer leichtfertigen Einstellung gegenüber seinen Putzpflichten entsprechen könnte. »Die Sache hat nur einen Haken.«

»Und welchen?«

Mit einem Kopfnicken wies sie auf die Anrichte. »Er ist wie der Prototyp eines Butlers. Ein heimlicher Schluckspecht.«

»Tatsächlich?«

»Hm. Es fehlt eine ganze Menge Whisky. Ich hätte es nicht bemerkt, wäre da nicht dieser Geruch im Wohnzimmer gewesen. Außerdem hat er das Glas stehenlassen.«

»Wirst du jetzt die vornehme Dame spielen und anfangen, alle Flaschen zu markieren?«

»Natürlich nicht. Eigentlich macht es mir nichts aus. Was sollte schon gegen ein Gläschen unter Freunden einzuwenden sein? Außerdem ist es ja nicht so, als würde er für immer bei uns bleiben.«

»Hast du dich schon um jemand anderen bemüht?«

»Noch nicht.«

»Damit solltest du dich beeilen, solange noch ein Tropfen im Haus ist.«

Rosa versuchte, sich gegen ein aufkommendes Gefühl der Ablehnung zu wehren. Sie dachte, warum gerade ich? Dann: Jetzt werd' aber nicht albern, immerhin arbeitet Leo den ganzen Tag. Aber *ich* muß auch arbeiten. Du bist aber die meiste Zeit zu Hause. Hinter Leos Worten lag die unausgesprochene Annahme, daß es in ihrer Verantwortung lag, sich um solche Dinge zu kümmern, da sie diejenige wäre, die putzen müßte, wenn sie keine Putzfrau fänden. Eine gewisse Gereiztheit schlich sich ein. Sie versuchte das Thema zu wechseln, bevor sie bissig wurde.

»Als gäbe es in meinem Leben bisher nicht genug Aufregung, ist Sonia heute in Ohnmacht gefallen.«

»Gütiger Himmel. Ist sie schwanger?«

An diese Möglichkeit hatte Rosa noch nicht gedacht. Sonias Zusammenbruch war so unvermittelt und dramatisch gewesen, daß alle drei einen Augenblick reglos dagestanden und sie erstaunt angestarrt hatten. Louise war als erste bei ihr angelangt und hatte versucht, sie aufzurichten, dann hatte Duffy sie abgelöst, während Rosa etwas Wasser holte.

Sonia war weniger als eine Minute ohnmächtig gewesen. Als sie wieder zu sich kam, sagte sie kein Wort, sondern blickte sie der Reihe nach an und brach in ein gräßliches, rauhes Schluchzen aus. Auf ein Zeichen von Rosa ließen die beiden anderen sie allein. Die Laute, die Sonia ausstieß, waren schrecklich anzuhören und drückten weit mehr als reine Verzweiflung aus. Sie weinte, als wäre die Welt zusammengebrochen. Rosa war froh, daß sie das zweite Band nicht abgespielt hatte, wenn Sonia auf das erste schon so heftig reagierte. Sie versuchte, das Mädchen in die Arme zu nehmen. Es war, als würde sie ein Brett umarmen.

»Trinken Sie hiervon etwas.« Rosa hielt ihr das Glas hin, doch Sonia stieß es so heftig zurück, daß das Wasser auf den Boden schwappte. »Es tut mir leid, wenn das Band Sie so aufgeregt –«

»Daran liegt es nicht. Es hat nichts damit zu tun . . .« Sonia packte Rosa am Arm. Ihre Augen hatten einen flehenden Ausdruck, einen fiebrigen Glanz. »Ich . . . es sind meine Nerven. Ich fühle mich schon seit einiger Zeit unwohl . . . ich wollte es Ihnen sagen . . . Sie um einen kurzen Urlaub bitten . . .«

»Beruhigen Sie sich, Sonia, es ist alles in Ordnung.« Sie nahm Sonias Hand. Das schreckliche, zerreißende Schluchzen hatte aufgehört. Jetzt weinte Sonia leise vor sich hin, ohne auf die Tränen zu achten, die ihr über die Wangen liefen. »Natürlich müssen Sie sich ein paar Tage freinehmen. Hören Sie, bleiben Sie einfach den Rest der Woche zu Hause.« Zusammen mit dem Wochenende wären das vier Tage. »Am Montag morgen rufen Sie mich dann an und sagen mir, wie es Ihnen geht. Ich bring' sie jetzt nach Hause.«

»O nein – ich . . .«

»Keine Widerrede, Sonia.« Sie lächelte und ließ Sonias Hand los.

»Wollen Sie zur Ersten Hilfe, bevor wir losgehen? Vielleicht haben sie etwas, das Sie beruhigen könnte.« Sonia schüttelte den Kopf. »Dann kommen Sie. Baron's Court, oder?«

»Edith Road.«

»Bis zur Cromwell Road kenn' ich mich aus, dann müssen Sie mir weiterhelfen.«

Abgesehen von den Anweisungen sagte Sonia auf der ganzen Fahrt kaum ein Wort. Rosa parkte vor einem heruntergekommenen dreistöckigen Reihenhaus. Sie stellte sich vor, wie Sonia einsam, vielleicht krank in ihrem Zimmer sitzen und leise in ihr Kopfkissen weinen würde, sobald sie davongefahren war.

»Möchten Sie, daß ich mitkomme, Sonia? Ich könnte Ihnen vielleicht eine Suppe kochen. Haben Sie etwas zu essen da? Kann ich irgendwas für Sie einkaufen?« Sie wollte gerade fragen, ob das Mädchen einfach nur reden wollte, als Sonia aus dem Wagen stieg und die Tür zuschlug. Rosa war nicht beleidigt. Bei dem erbärmlichen Gesichtsausdruck des Mädchens konnte man keine guten Manieren verlangen.

»Wie bitte, Leo?«

»Ich habe mich nur gefragt, ob sie schwanger sein könnte. Schließlich könnte man annehmen, daß ihr Freund für dieses sündhaft teure Parfüm, von dem du mir erzählt hast, eine Gegenleistung erwartet.«

»Wie kann man nur so gefühllos und chauvinistisch sein? Das Mädchen war vollkommen außer sich.«

»Komm schon, Rosa. Zu einem anderen Zeitpunkt hättest du etwas ähnliches sagen können.«

Von der Richtigkeit dieser Aussage war Rosa zutiefst betroffen. »Hör verdammt noch mal auf, dich so onkelhaft zu benehmen. Ich bin keine Patientin, hörst du?« Sie befreite sich aus seiner Umarmung. »Ist das deine Art, sie zu besänftigen? Aber, aber, Mrs. Smythe-Willoughby. Sie sind hier in guten Händen. Aufgeblasener Lackaffe.«

Leo schwieg einen Moment und sagte dann: »Du hast mir noch nicht erzählt, wie die Sendung heute gelaufen ist.«

»*Ich hab' heute keine Sendung gehabt*! Nach zwei Jahren solltest du allerdings wissen, an welchem Tag meine Sendung ist.« Etwas unsicher stand sie auf. Vor seiner Rückkehr hatte sie zwei große Gläser Gin getrunken, und obwohl er das gerochen haben mußte, hatte er nichts gesagt. Sie begann immer früher zu trinken. »Und hör auf, mich auszulachen.«

»Liebling, ich lache ja gar nicht.« Leo war ebenfalls aufgestanden. »Jetzt komm. Heute abend machst du den Salat an, während ich den Fisch brate. Du solltest besser nicht in die Nähe einer offenen Flamme kommen.«

Er beobachtete, wie sich ihre Unterlippe nach vorn schob. In diesem Moment hatte sie große Ähnlichkeit mit Kathy. Er wurde sich seiner von einer leichten Enttäuschung durchsetzten Zuneigung zu ihr bewußt. Er hatte gehofft, seine Liebe, die Kinder und die Stabilität ihres Familienlebens hätten angesichts dieser Bedrohung von außen ein größeres Gewicht für sie, als es tatsächlich der Fall war. Er küßte sie zärtlich aufs Ohr. Abrupt zog sie ihren Kopf zur Seite. Guy erschien in der Tür.

»Wo ist Madgewick?«

»Ist er nicht in der Küche?«

»Nee.«

»Dann wird er wohl auf unserem Bett liegen. Ich werde Greg sagen müssen, daß er ihn im Keller einschließen soll.«

»Ich hab' in eurem Schlafzimmer nachgesehen.«

»Wie steht's mit dem Wäscheschrank?«

Madgewick hatte eine Vorliebe für die Wärme und die Gemütlichkeit des Wäscheschranks und flitzte wie ein Blitz hinein, sobald die Tür offenstand, um Haarbüschel verschiedenster Farbabstufungen großzügig über die gebügelte Wäsche zu verteilen.

»Da hab' ich auch schon nachgesehen. Ich hab' überall nachgeguckt. Sogar unter allen Betten.«

Leo sagte: »Irgendwo muß er ja stecken. Nach dem Abendessen suchen wir zusammen nach ihm. Selbst wenn dieser Kerl eine Tür offengelassen hätte, wäre er nicht hinausgegangen.«

Das war richtig. Seit dem Tag, als Guy ihn nach Hause gebracht hatte, war er, abgesehen von seiner ersten ausgedehnten Behandlung beim Tierarzt, nie nach draußen gegangen. Aufgrund seiner früheren Erfahrungen, die angesichts des Zustands, in dem sie ihn bei ihrer ersten Begegnung angetroffen hatten, schrecklich gewesen sein mußten, hatte er eine an Paranoia grenzende Abneigung gegen Reisen entwickelt. Im Sommer ließ er sich manchmal, wenn sie alle im Garten waren, zu einem Ausflug auf die Terrasse überreden, um sich mit nie nachlassender Aufmerksamkeit zwei Meter von der rückwärtigen Tür entfernt zusammengerollt in die Sonne zu legen, bereit, jederzeit in die Sicherheit des Hauses zurückzusausen.

Nach dem Abendessen hatten sie im ganzen Haus nach ihm gesucht. Offensichtlich hielt er sich dort nicht auf. Leo ging in die eiskalte Nachtluft hinaus und erkundigte sich bei sämtlichen Nachbarn. Rosa rief die Polizei an und meldete die Katze als vermißt. Die Stimme am anderen Ende der Leitung klang nicht sonderlich besorgt. »Wir haben hier zwar eine Fundliste für Hunde, aber nicht für andere Tierarten. Natürlich werden wir es vermerken.«

»Das ist sehr nett. Wie ich annehme, bedeuten Ihnen Katzen nichts. Nun – diese bedeutet uns sehr viel.« Sie war laut geworden und bemerkte Guys besorgtes Gesicht. Sie warf den Hörer auf die

Gabel. In dieser Nacht schloß sie vor Verwirrung und Angst kaum ein Auge.

Die Atmosphäre am Frühstückstisch war gedämpft. Die Kinder standen kurz davor, in Tränen auszubrechen. Rosa vermißte Madgewicks sonderbar kauziges Gesicht und seine nach Aufmerksamkeit heischenden Kunststückchen mehr, als sie vermutet hätte. Bis zur letzten Minute hielt sie sich im Garten auf, machte sich erst auf den Weg ins Studio, nachdem sie die kahlen Bäume mit ihren schwarzen Ästen abgesucht und immer wieder, allerdings ohne Erfolg, seinen Namen gerufen hatte. Der Kater war schlicht und einfach verschwunden.

Sonia lag in ihrem Bett. Sie lag dort seit dem Nachmittag, an dem Rosa sie nach Hause gebracht hatte. Der Rest des Tages, der früh einbrechende Abend, die endlose Nacht, der nächste erbärmlich graue Tag hatten sich qualvoll dahingezogen. Aber dann hatte sie das Gefühl für die Zeit verloren. Was hatte Zeit auch schon zu bedeuten? Ihr war nur so kalt. Das Apartment war ausgekühlt. Die Bettlaken waren kalt und feucht und ihr Kopfkissen von Tränen durchnäßt.

Jetzt, nachdem sie sich ausgeweint hatte, lag sie im vollen Bewußtsein ihres Verlustes steif und unbeweglich da. Seit jenem Nachmittag hatte sie nichts mehr zu sich genommen, denn sie meinte ersticken zu müssen, sobald sie etwas schluckte. Das Telefon klingelte dreimal. Sie ignorierte es. Als sie den Tiefpunkt erreicht hatte, ihrer tiefen Verzweiflung und unaussprechlichen Qual nicht weiter nachgeben konnte, spürte sie, wie auf schmerzliche Weise wieder Leben in ihre Glieder kam. Und mit der Rückkehr zum Bewußtsein stellte sich ein neues Gefühl ein.

Zunächst empfand sie nichts als Wut. Wie er sie mißbraucht hatte! Sie dachte an all die Stunden, die sie gemeinsam in ihrer Wohnung verbracht hatten. An das Essen und den Wein, die sie bereitgestellt hatte. Und an die seltsamen Dinge, zu denen er sie überredet hatte. Jetzt, da sie die Hoffnung auf einen möglichen Heiratsantrag aufgegeben hatte, erkannte sie sie als das, was sie wirklich waren: schmutzige, erniedrigende Dinge. Und sie hatte alles mit sich machen lassen, weil sie so sehr wollte, daß er sie begehrte. Weil sie eine weiße Hochzeit mit einem Ehering von Bravington und ein kleines Haus mit einem spielenden Kind im Garten gewollt hatte. Jetzt schüttelte sie mit derselben Vehemenz, mit der sie sich vorher betrogen hatte, die Halbwahrheiten und ausgesprochenen Lügen ab, an die sie in ihrer Dummheit geglaubt hatte, um ihr illusorisches Glück aufrechterhalten zu können. Steif setzte sie sich auf (sie trug noch immer ihre Bürokleidung) und schwang die Beine aus dem Bett.

Vom vielen Weinen fühlte sie sich immer noch schwach. Doch ihr Zorn ließ sie aufleben, und von Minute zu Minute entwickelte sich ein zweites, untergeordnetes Gefühl. Etwas, das die Trostlosigkeit abmilderte und ihr Herz erwärmte. Das Blut, das nur wenige Augenblicke zuvor in ihren Adern zu stocken schien, begann wieder zu zirkulieren. Und diese Wärme war keine Illusion, die sich durch eine weitere grausame, zufällige Entdeckung auflösen würde.

Sonia fühlte wieder Boden unter den Füßen. Zornige Gedanken, unnötig vergossene Tränen, zerstörte Hoffnungen und Träume verschmolzen miteinander und verwandelten sich in ein Elixier, das mächtig war und ihr mehr Kraft gab, als ihre Liebe je vermocht hatte. Als sich der Haß bemerkbar machte und diese ungeheure Kraft entwickelte, mischte sich Angst in Sonias Erregung. Ihr Haß war so gewaltig, daß er ein Eigenleben anzunehmen schien. Es hätte sie nicht gewundert, wenn er Türen zugeschlagen, Vorhänge auseinandergeblasen und sie herumgewirbelt hätte. Sie klammerte sich an die Bettkante, bis sich der Aufruhr ein wenig gelegt hatte.

Sie empfand eine tiefe Befriedigung, aus der jegliche Spur von Bedauern oder Schuldgefühl verschwunden war, als sie die Nummer der Vermittlung wählte. Sobald die sich meldete, sagte sie: »Verbinden Sie mich bitte mit der Polizei.«

Rosa spürte, daß Leo sie beobachtete. Die Töpfe auf dem Herd schienen wie aus eigenem Antrieb gegeneinanderzuklappern. Sie versuchte sich einzureden, das liege an den vom Wasserdampf rutschigen Griffen. Heute hatte sie das Undenkbare getan. Sie hatte die Kinder gebeten, sich mit ihr gegen ihren Vater zu verbünden.

Es war einer der Tage gewesen, an denen sie zu Hause blieb, und vor und während des Mittagessens hatte sie fast eine ganze Flasche Wein getrunken. Um Viertel nach drei war sie fast zu dem Entschluß gekommen, eine Taxizentrale anzurufen und sie zu bitten, Kathy und Guy von der Schule abzuholen, hatte sich dann aber doch dagegen entschieden. Kathy würde sich wahrscheinlich fürchten, wenn sie mit einem Fremden nach Hause fahren müßte. Rosa rief die Mutter von Guys Freund Speed an, um zu sehen, ob sie ihr helfen könnte, erhielt aber keine Antwort. Um zwanzig nach drei war sie also in ihren Golf gestiegen und sehr langsam und vorsichtig zu Kathys Schule gefahren.

Mit beiden Kindern auf dem Rücksitz war sie bereits an der Bayham Street angelangt, als sie das Gefühl überkam, zu Hause und nüchtern zu sein, und sie beschleunigte den Wagen, wobei sie die Haltelinie überfuhr und direkt in die Greenland Road einbog. Ein herannahender Lieferwagen kam mit quietschenden Bremsen zum Stillstand, und Rosa wich in den Rinnstein aus. Wie durch ein Wunder prallten die beiden Wagen nicht aufeinander. Ein junger Mann sprang, das Gesicht weiß vor Entsetzen und Wut, aus dem Lieferwagen und kam auf den Golf zu. Rosa kurbelte das Fenster hinunter.

»Ich . . . es tut mir schrecklich leid . . . ich wollte nicht . . . es tut mir leid . . .«

»Leute wie Sie gehören eingesperrt. Sie sind nicht einmal in der Lage, einen verdammten Rollstuhl zu fahren, von einem Auto ganz zu schweigen.« Sein hübsches, junges Gesicht, das jetzt vor Wut verzerrt war, drängte sich durch das Fenster. »Sie sind verdammt besoffen, oder?«

Rosa schüttelte den Kopf und begann zu weinen. »Nein . . . nein . . .«

»Und Kinder auf dem Rücksitz.« Wieder sagte er: »Man sollte Sie einsperren, bevor Sie jemanden totfahren. Ich hätte nicht übel Lust, Sie für Verkehrsgefährdung einbuchten zu lassen.«

Rosa legte den Kopf auf das Lenkrad. Ihre Schultern bebten. Er schien noch etwas sagen zu wollen, aber anscheinend änderte er seine Meinung angesichts des erbärmlichen Anblicks, den sie bot. Er kletterte wieder in seinen Lieferwagen, reihte sich in den Verkehr und fuhr davon.

Auf dem Bürgersteig hatten sich einige Leute versammelt. Bevor sie das Fenster hochkurbelte, hörte Rosa eine Frau sagen: »Arme Würmer.« Jemand anderes meinte: »Und es ist nicht einmal Teezeit.« Sie blieb einen Augenblick im Halteverbot stehen, sah dann einen Verkehrspolizisten auf sich zukommen und fuhr, durch den Schock wieder nüchtern geworden, vorsichtig nach Hause. Dann hatte sie die Kinder gebeten, Leo nichts von dem Vorfall zu erzählen.

»Wenn Dad wüßte, daß ich . . . unpäßlich war, würde er sich schreckliche Sorgen machen. Und er wäre sehr traurig.« Voller Selbstverachtung setzte sie hinzu: »Ich bin mir sicher, daß ihr das nicht wollt.«

Kathy hatte sofort zugestimmt und war auf ihren Schoß geklettert; Guy hatte sich erst nach einer langen Pause einverstanden erklärt, ohne sie anzusehen. Aber Erwachsene spüren immer, wenn Kinder ein Geheimnis haben. Kathy und Guy hatten den Vorfall so offenkundig verschwiegen, daß sie sich allein durch die Intensität ihres Schweigens verrieten. Doch Leo hatte nichts gesagt, und sagte auch jetzt noch nichts, obwohl sie allein waren. Das Warten darauf, daß er zu reden begann, machte Rosa nervös. Er räusperte sich. Sie nahm die Pfanne vom Herd.

»Liebling, das riecht einfach fantastisch.«

»Karbonade. Und ich habe Nudeln gekocht. Es gibt kein Gemüse dazu. Ich habe einfach keine Lust, Gemüse zu kochen, wenn ich den ganzen Tag zu tun habe.«

»Warum bittest du Greg nicht, etwas zu kochen? Ich dachte immer, sie hätten ein Talent dafür.«

»Das haben sie tatsächlich. Sei nicht so prüde, Leo. Er kommt ohnehin nicht mehr. Ich habe die Jobvermittlung angerufen und sie gebeten, mir eine andere Putzhilfe zu schicken.«

»Wieso? Was ist passiert?«

»Wir hatten eine Auseinandersetzung.«

»Aber ich hab' gedacht, du würdest ihn mögen. Und er scheint tüchtig zu sein.«

Beides stimmte. Rosa fiel es schwer, zu erklären, wie es plötzlich zu dem Streit gekommen war. Wie am vorangegangenen Morgen hatten sie zunächst in freundlichem Einvernehmen eine Tasse Kaffee getrunken. Greg hatte ihr erzählt, er habe in der nächsten Woche im Barbican eine Vorsprechprobe für die Royal Shakespeare Company.

»Was werden Sie spielen?«

»Ich glaube, ich werde ihnen eine Kostprobe von meinem Tamburlaine geben. Und dann etwas in der komischen Richtung spielen.«

»Wie wär's mit Lady Bracknell?«

Er stieß einen übertriebenen Schrei aus. »Nie im Leben, meine Liebe. Nein – ich hatte an Malvolio gedacht. Aber jeder spielt ihn. Vielleicht versuch ich's mit Garry Essendine.«

»Und was werden Sie anziehen?«

»Also.« Er schob seinen Stuhl nahe an ihren heran und sagte, als vertraute er einer Freundin ein Geheimnis an: »Ich hab' ein entzückendes kleines *cache-sex* mit der Flagge von Nelson auf einem Fahnenmast drauf. Eine kleegrüne Strumpfhose und ein zitronengelbes Wams mit entzückend weiten Ärmeln.«

Rosa lachte. »Was werden Sie wirklich tragen?«

»Jeans und ein T-Shirt vom National Theatre. Ich will nicht, daß sie meinen, ich würde ihnen in den Arsch kriechen.«

Nur wenige Minuten später, als er den Frühstückstisch abräumte, war Rosa auf die Katze zu sprechen gekommen. Innerhalb kürzester Zeit hatte sich die Atmosphäre verdichtet, war angespannt.

»Aber Sie müssen ihn hinausgelassen haben, Greg. Es tut mir leid. Ich weiß, das ist alles sehr unangenehm für Sie, aber versuchen Sie einfach zu verstehen, daß er unser Haustier ist und wir ihn sehr vermissen.«

»Das brauchen Sie mir nicht zu sagen. Ich bin ebenfalls Mitglied der Fangemeinde, wissen Sie. Aber ich hab' die Tür nur einmal geöffnet, als irgendein Kerl vorbeikam, um sich nach dem Weg zu erkundigen. Und als ich wieder nach unten gekommen bin, war Madgers noch immer in seinem Körbchen.«

Die Verniedlichung ärgerte Rosa ebensosehr wie die Lüge. »Nennen Sie ihn bitte nicht Madgers. Sein Name ist Madgewick.«

»Okay, dann eben Madgewick. Und als ich aus dem Haus gegangen bin, war er immer noch in der Küche.«

»Greg, wie können Sie solche Lügen erzählen? Er hätte keine Möglichkeit gehabt, das Haus zu verlassen, wenn Sie ihn in der Küche eingeschlossen hätten.«

»Ich muß schon sehr bitten. Ich hab' bestimmt 'ne Menge kleiner Fehler, aber ich erzähle keine Lügen.«

Rosa konnte nicht aufhören: »Ich nehme an, Sie trinken auch nicht.«

»Ich verstehe zwar nicht ganz, was diese ziemlich verächtliche Bemerkung in diesem Moment soll, aber nein, um ehrlich zu sein, ich trinke nicht.«

»Dann war es wohl Madgewick, der sich den Whisky in einem dermaßen rasanten Tempo hinter die Binde gekippt hat.«

»Ich hab' keine Ahnung, wer es gewesen ist, aber ich war's bestimmt nicht. Vielleicht haben Sie selbst sich ja einen hinter die Binde gekippt, wie Sie so dezent sagen.«

»Frecher Kerl!«

Greg blähte seine Schaukelpferdnüstern auf, zog sich mit großem Geschick die Gummihandschuhe über und begann, das Frühstücksgeschirr in die Spüle zu stellen. »Ich werde die Jobvermittlung bitten, Ihnen morgen eine andere Hilfe zu schicken, Madame.«

»Tun Sie das bitte.« Mit zitternden Händen nahm Rosa die Kaffeetasse vom Tisch und verließ den Raum. »Vorzugsweise einen Abstinenzler.«

Als sie die Tür hinter sich schloß, hörte sie ihn murmeln: »Hochnäsige Kuh.«

Die nächsten zwei Stunden hatte sie in ihrem Arbeitszimmer gesessen und vorgegeben zu arbeiten, bis sie hörte, wie die Haustür zugeschlagen wurde. Dann war sie nach unten gegangen und hatte eine Flasche Gewürztraminer geöffnet.

Leo hörte sich ihre sorgfältig gekürzte Version dieses Schlagabtauschs an. »Ich weiß, das Ganze ist ein bißchen mysteriös, aber ich glaube, es war ein bißchen voreilig, ihn zu entlassen. Man kann nie wissen, wen wir als nächstes bekommen werden. Selbst wenn er sich den Alkohol unter den Nagel gerissen hat, war er freundlich und tüchtig.«

Obwohl Rosa ihm innerlich zustimmte, schwieg sie beharrlich. Während sie die Karbonade aßen, wechselten sie kaum ein Wort. Das Fleisch war in einer Fertigsauce angerichtet. Rosa hatte jegliches Interesse am Essen verloren. Es war, als wäre sie schwanger. Die ganze Zeit verspürte sie eine leichte Übelkeit, die jedoch nicht von keimendem Leben, sondern von ihren dunklen Befürchtungen herrührte. Sie bemerkte, daß Leo zu seinem Essen keinen Wein trank, was höchst ungewöhnlich war. Wahrscheinlich versuchte er sie zu ermuntern, weniger zu trinken. Eine stichelnde Bemerkung lag ihr auf den Lippen. Sie preßte den Mund zusammen und biß sich auf die Unterlippe. Ein endloser Strom beleidigender Phrasen ging ihr durch den Kopf. Sie wählte die harmlosesten aus und begann zu reden.

»Du kommst dir wohl vor wie Hiob, was?« Sie lachte gekünstelt, wie feige Leute es tun, wenn sie beleidigend werden; sie gab vor, es nicht wirklich ernst zu meinen. »Sitzt einfach unerschütterlich da. Deiner Frau wird mit Mord oder Schlimmerem gedroht. Deine Umwelt bricht zusammen. Die Kinder sind unglücklich und haben Angst. Ihr Lieblingstier ist verschwunden. Was muß denn noch alles passieren, bevor du dich rührst, Leo? Hungersnöte? Die Pest? Die Atombombe? Ich seh' dich schon vor mir, wenn sie losgeht – deinen verfluchten Kopf in eine Papiertüte gesteckt.«

»Hör auf, Rosa.« Leo reichte zu ihr hinüber und packte sie an den Handgelenken. »*Sofort.*«

»Ich weiß, warum dich das nicht schert. Du würdest mich gern von hinten seh'n, was? Hast wohl 'ne gutgebaute kleine Schwester aus dem Krankenhaus gefickt, was? Es dauert nicht mehr lang, dann bin ich vierzig. Es wird Zeit, mich gegen ein neueres Modell einzutauschen.«

Leo schob seinen Stuhl zurück. Er knirschte über den Steinfußboden. »Ich hab' die Nase voll. Ich bin müde. Ich habe heute ein paar äußerst kniffelige Operationen gehabt. Ich weiß, daß eine meiner Patientinnen sterben wird, trotzdem ich alles getan hab', was in meinen Kräften lag. Sie ist jünger als du. Du entwickelst dich zu einer Xanthippe, die sich in Selbstmitleid suhlt. Und jetzt halt um Gottes willen den Mund.«

»O ja, deine Arbeit – deine aufopfernde Arbeit. Ich hatte vergessen, wie wichtig sie dir ist.« Rosa hörte entgeistert zu, wie ihre Stimme, schrill vor Sarkasmus, fortfuhr. »Natürlich läßt du deine ganze Wut dort ab, oder? Kein Wunder, daß du zuhause so ruhig bleibst. Wie fühlt man sich, wenn man in der Lage ist, wehrlose Menschen aufzuschnippeln? Sie zu zerstückeln? Ich wette, du genießt das, oder? Komm schon, sei ehrlich. Du bist kein Stück besser als dieser verdammte Irre, der mich bedroht. Nur daß du es offiziell machen kannst.«

Wie eben, als es ihr vorgekommen war, als würde ihre Stimme zu einer anderen Person gehören, schien Rosa jetzt außerhalb der Szene zu stehen und sich selbst zuzuschauen, als spiele sich alles auf einer Leinwand ab. Alles geschah in Zeitlupe und in Schwarz und Weiß. Groß und bedrohlich stand der Mann über ihr. Im Hintergrund konnte sie keine Einzelheiten erkennen. Er war einfach aus dem Nichts aufgetaucht und hatte plötzlich resolut und unnachgiebig dagestanden. Langsam holte er mit dem Arm aus, als bereite er sich darauf vor, sie zu schlagen. Seine Kleidung war vollkommen grau, aus seinem Gesicht stachen kohlrabenschwarze Augen hervor, unter denen dicke Ringe lagen. Der Kontrast war grob und spannungsvoll zugleich. Er sah aus wie ein Schauspieler in einem Stummfilm. Die Frau hatte sich ebenfalls erhoben. Sie wirkte auch grau, und eine Fülle von Schlangenköpfen schien ihr wie das Medusenhaar über die Schultern zu fallen. Sie öffnete zweimal den Mund und schrie: »Schlächter!« Rosa hörte sie sehr genau und dachte: Jetzt dreht sie durch. Dann begann sich der Arm des Mannes langsam auf den Kopf der Frau zu zu bewegen. Weit davon entfernt auszuweichen, schien sie ihm ihr Gesicht begierig entgegenzuhalten, als wolle sie den Schlag herausfordern. Rosa schrie: »Nein. Nein.« Sie versuchte sich zwischen die beiden Gestalten zu drängen. Dann klingelte das Telefon. Sofort ließ das Gefühl einer doppelten Wirklichkeit nach. Das Bild wurde wieder farbig. Leo ließ seinen Arm sinken. Rosa legte den Kopf auf die Brust. Ihr Ärger war verflogen, und sie fühlte sich erbärmlich. Leo verließ den Raum, und sie rannte hinter ihm her. Sie stand an der Wohnzimmertür und hörte ihm zu.

»Ja, aber sie fühlt sich nicht wohl. Ich bin Mr. Gilmour.« Einen Augenblick später fragte er: »Wo ist das genau?« und schrieb etwas auf. Dann: »Ja, aber ich bin nicht sicher, wann das möglich sein wird. Ich werde zurückrufen.« Er schrieb noch etwas auf und legte den Hörer auf die Gabel zurück.

»Wer war das? Was ist passiert?«

»Das war die Polizei.« Er ging zur Chesterfieldcouch hinüber. »Es scheint, als hätten sie ihn gefaßt.«

»Ihn?« Rosa runzelte die Stirn. »Wen?«

»Herrgott noch mal – wen wohl? Den Mann, der dies alles getan hat.«

»Oh.« Sie zog den nächstbesten Stuhl zu sich heran und setzte sich. Sie wartete darauf, etwas wie Erleichterung, Glück oder Freude zu verspüren. »Bist du dir sicher?«

»Natürlich bin ich mir sicher. Er hat ein Geständnis abgelegt. Er ist in der Wapping Police Station.«

»Das ist wirklich eine bedrohliche Gegend.«

Rosa hielt Leos gleichgültige Hand, als sie über das glänzende Kopfsteinpflaster gingen. Zum Fluß hin stapelten sich riesige Steinhaufen und Berge modrigen Holzes. Alte Lagerhäuser mit Türen, die sechs Meter über dem Erdboden begannen, und ausgebrannten Höhlen, wo einmal Fenster gewesen waren. Gelegentlich kamen sie an einem vorbei, das in ein Wohnhaus umgewandelt worden war und durch dessen vornehme Fenster man bunte Tiffanylampen sah. Über ihnen erstreckte sich ein metallener Fußsteg mit der Aufschrift ›ODDBINS‹, und aus einem senfgelb und hellblau gestrichenen Gebäude drang das leichte Dröhnen von Maschinen. Auf einem davor angebrachten Schild stand *Metropolitan Police Boat Yard.*

»Man muß sich wirklich fragen, wie es auf der Wapping Low Street aussieht, wenn das hier die Wapping High Street ist.«

Schweigen.

Dann war zwischen den Gebäuden eine Lücke, und sie konnte den Fluß sehen, auf dem sich die silbernen Bahnen des Mondlichts kräuselten. Das Wasser schlug gegen halbversunkene Stapel modrigen Holzes und gegen Steinmauern. Drei unbewegliche Kräne hoben sich wie die Skelette prähistorischer Riesenvögel gegen den Himmel ab. Im nächsten Gebäude war ein Pub namens *The Town of Ramsgate* untergebracht.

»Vielleicht können wir hinterher etwas trinken gehen, Leo.«

»Um ehrlich zu sein, möchte ich gleich nichts als schlafen. Und ich hoffe, unser Leben wird dann wieder in normale Bahnen kommen.«

Ein weiterer Versuch, dieser Gegend ein anderes Gesicht zu geben. Ein kleines Rasenstück war auf beiden Seiten von vornehmen und guterhaltenen Häusern aus der Zeit Edwards II. umgeben. Vor dem einen stand gleich neben einem aufgemotzten und frisierten Cortina ein Porsche. In der Dunkelheit wirkten die Gartenhecken mitternachtsblau. Ein Schiff fuhr vorüber, dessen Lichterketten sich auf dem Wasser spiegelten und dessen Kielwasser den Widerschein des Mondlichts zerschnitt. Am anderen Ende des Rasens standen gleich oberhalb des Flusses einige Steinbänke.

»Könnten wir einen Augenblick stehenbleiben?«

»Wozu? Es ist verdammt kalt.«

»Nur einen Moment.«

Leo machte ein Geräusch, das zwischen einem Seufzen und einem verständnislosen Schnalzen angesiedelt war und mit dem er es fertigbrachte, sowohl seine Resignation über die verrückten Einfälle von Frauen im allgemeinen als auch seine Verärgerung über seine Frau im besonderen zum Ausdruck zu bringen. Doch er blieb stehen.

Sie sahen aufs Wasser. Aus der Nähe und im künstlichen Licht der Straßenlaternen sah es schmutzig aus. Plastikflaschen, alte Blechdosen und aufgeweichte Holzstücke schwammen vorbei. Eine Boje torkelte wie betrunken auf der Wasseroberfläche.

»Du mußt das nicht machen, hörst du?«

»Du hast gehört, was sie gesagt haben, Leo. Er verweigert die Aussage, bis er mich gesprochen hat.«

»Er hat bereits gestanden. Das reicht, um ihn unter Anklage zu stellen.«

Aber sie wollte ihn sehen. Als der erste Schock vorüber war, hatte sie so viele verschiedene Emotionen durchlebt, daß sie jetzt nicht mehr wußte, was sie tatsächlich fühlte. In ihrem Kopf schien ein bißchen von allem herumzuschwirren: Erleichterung, Wut, Aufregung, Spannung, Angst. Diese Gefühle waren abwechselnd auf sie eingestürzt und verbanden sich jetzt zu einem Schutzwall gegen ihr Herz. Tatsächlich saß in ihrer Brust ein tiefer Schmerz, der ihr das Atmen erschwerte. Doch überlagert wurde all dies von einer unendlichen Neugierde, die selbst stärker war als ihre Angst. Sie mußte ihn sehen. Diesen Mann, der ihr Leben auf so atemberaubende, kalte und böswillige Weise beeinflußt hatte.

Auf dem Weg hierher hatte sie sich ihn tausendmal auf tausendfach verschiedene Weise vorgestellt: jung, mittleren Alters, alt, fett, dünn, glatzköpfig, stark behaart, groß, klein. Und wie würde sie reagieren? Sie hatte sich (unter großen Mühen) vorgestellt, daß sie verständnisvoll wäre, und (unter bedeutend weniger Mühen), daß man sie zurückhalten müßte, damit sie ihn nicht körperlich angriff. Leo hatte versucht, sie zu überreden, bis zum nächsten Tag zu warten, da er annahm, daß sie mit der Situation gelassener umgehen würde, wenn sie eine Nacht darüber geschlafen hätte. Doch diese Vorstellung hatte sie fast wahnsinnig gemacht, und sie hatte versucht, sich allein auf den Weg zur Polizeistation zu machen. Da hatte er einen Nachbarn gebeten, auf die Kinder aufzupassen.

Rosa versuchte langsamer und ruhiger zu atmen. Sich zu beruhigen. Nach kurzer Zeit stand sie auf. Die plötzliche Bewegung schreckte eine Möwe auf, die ihr mit einem grellen Kreischen fast ins Gesicht geflogen wäre.

Der Eingang der Polizeistation lag an einer Seite des Gebäudes oberhalb einiger Steinstufen. Im Gebäude war es warm, fast dunstig. Ein an einem Tisch sitzender Sergeant wußte gleich, wer sie waren.

»Wo . . . wo ist er?«

»Im Verhörzimmer, Mrs. Gilmour. Möchten Sie eine Tasse Tee, bevor Sie hineingehen? Es ist eine kalte Nacht.«

»Nein, danke.«

»Dann vielleicht hinterher?«

»Das wäre sehr nett. Wie heißt er?«

»Das will er nicht sagen. Auf jeden Fall ist er ein seltsamer Vogel.«

Rosa meinte, daß sie seinen Namen wissen müsse. Wie sollte sie ihn sonst anreden können? Dann fiel ihr plötzlich auf, wie unangemessen ihre Sorge um eine Frage der Etikette war, und sie lächelte. Ein junger Constable mit einem Notizbuch in der Hand hielt ihr die Tür auf. Das Verhörzimmer war am anderen Ende eines kurzen Flurs. Der Constable trat beiseite und öffnete ihr die Tür, so daß sie den Raum als erste betreten konnte.

Sogleich ließ ihre Angst nach und machte einem Erstaunen Platz. Ein kleiner Mann, der hinter einem Plastiktisch saß, erhob sich mit einer höflichen Verbeugung. Ihr erster Eindruck war, daß er von Kopf bis Fuß mit Federn bedeckt war. Beim zweiten Hinsehen differenzierte sie diesen Eindruck. Er trug eine Fliegerkappe, die er auf solche Weise mit einer Vielzahl von Federn beklebt hatte, daß sie sich nach innen bogen und sich wie Farnwedel um sein Gesicht legten; dazu trug er eine Lederjacke, die ihm viel zu groß war und äußerst gekonnt mit weiten Federn in strahlenden Farben bemalt war. Seine Hose war aus einem gelben, ungleichmäßig gemusterten Plastikmaterial und sehr eng und vermittelte so den Eindruck, daß er auf dünnen, hornartigen Beinen stand. Die kleinen schwarzen Schuhe waren mit einem Klauenmuster verziert. Selbst seine Gesichtshaut wirkte wie von einer Gänsehaut überzogen und erinnerte mit ihrer leicht bläulichen Farbe an ein soeben gerupftes Huhn, das auf einer Platte serviert wird. Seine großen runden Knopfaugen funkelten. Er strahlte sie an und kam auf sie zu.

»Mrs. Gilmour. Endlich treffen wir uns.«

Schnell trat der Constable zwischen sie.

Rosa sagte: »Ist schon in Ordnung. Er ist harmlos.« Eine Welle der Enttäuschung brach über sie herein, spülte alle anderen Emotionen hinweg und ließ eine große und tödliche Leere zurück. Ihre Stimme klang schleppend. »Er ist einer meiner Stammhörer. Ich erkenne seine Stimme wieder. Sie ähnelt der auf dem Band keineswegs. Er ist nicht der Mann, den Sie suchen.«

Als sie aus dem Verhörzimmer zurückkamen, war Leo in heller Aufregung. Er beschimpfte die Polizeibeamten, weil sie sich nicht das Band von der Polizeistation in Southampton besorgt und die Stimme mit der des Festgenommenen verglichen hatten. Die Polizisten blieben gelassen und sagten, für sie habe ein Geständnis den Vorrang. Auf der Fahrt nach Hause unterdrückte er seine Wut; sie zeigte sich nur in seiner beherrschten Fahrweise, doch als sie sich schlafenlegten, spürte Rosa sie in jeder Bewegung seiner Hände und seines Körpers. Zum ersten Mal konnte sie es kaum abwarten, daß sie aufhörten, Liebe zu machen.

Danach war sie aufgestanden, hatte sich einen Bademantel übergezogen und war zu den Kindern hinübergegangen. Kathy schlief tief und fest, hatte ihr erhitztes Gesicht ins Kopfkissen gedrückt und den Daumen noch immer auf ihrer Unterlippe liegen. Guys Federbett war auf den Boden gerutscht, und er lag, einen gestreiften Arm unter die Brust geschoben, in einer unbequemen Haltung da. Am Morgen würde er ein Kribbeln im Arm spüren. Behutsam hob sie ihn hoch, zog seinen Arm unter seiner Brust hervor und deckte ihn zu. Er murmelte schläfrig vor sich hin, wachte aber nicht auf. In dem Moment spürte sie, daß ihre Liebe zu ihren Kindern felsenfest und unerschütterlich war. Das würde sich zumindest nicht ändern. Das war etwas, auf das sie zählen konnte. Alles andere schien in Auflösung begriffen zu sein, sich auf beunruhigende Weise von ihr weg und auf sie zu zu bewegen.

Dinge, die sie für unveränderlich gehalten hatte, wandelten sich, während sie hilflos zusah. Sie versuchte, Leos Gereiztheit und mangelndes Mitgefühl zu verstehen; versuchte sich einzureden, daß seine scheinbare Gleichgültigkeit lediglich aus dem Glauben herrührte, sie wäre nicht in Gefahr. Daß er einfach müde war.

Sie mußte immer öfter an Duffy denken. Vor einer Stunde hatte sie sogar anstelle von Leos Gesicht seines über sich zu sehen geglaubt. Sie versuchte, ihre Gefühle zu rationalisieren. Er war freundlich und einfühlsam gewesen, während Leo fast gleichgültig reagiert hatte. Das war alles. Sie empfand nichts anderes als Dankbarkeit: dankbare Zuneigung. Doch während sie zu diesem Ergebnis kam, kehrte die Erinnerung an ihr gemeinsames Mittagessen im Gay Hussar frisch und lebhaft zurück. Sie meinte, das Licht zu sehen; das goldene Haar auf seinem Handrücken; sah, wie sich seine Augen veränderten und dunkler wurden, als er ihr in der Tür das Gesicht zuwandte, und wurde sich eines gefährlichen und verwirrenden Gefühls bewußt. Es war nicht nur Dankbarkeit.

Sie wünschte, es wäre bereits Morgen und die Kinder wären wach. Sie wollte sie hochheben, an sich drücken und einen Wall gegen die Außenwelt aufbauen. Oder vielleicht ein Schutzschild.

Fenn hatte sich überlegt, wie er nicht nur in aller Öffentlichkeit zu Rosas Haustür gelangen könnte, sondern mit offenen Armen empfangen würde. Er würde eine Polizeiuniform tragen. Als ihm der Gedanke zum ersten Mal gekommen war, hatte ihn seine Einfachheit beeindruckt. Er hatte geglaubt, es würde weder schwer noch umständlich sein, sich eine Polizeiuniform auszuleihen. Aber wie sich herausstellte, war es beides.

Er hatte sich die Telefonnummern der Kostümverleihe aus den Gelben Seiten herausgeschrieben und eine Liste gemacht. Zuerst war er zu Morris Angel auf der Shaftesbury Avenue gegangen. Dort hatte man ihm gesagt, daß er sich als einfacher Bürger bestimmt keine Polizeiuniform ausleihen könne. Er müsse einem Bona-fide-Ensemble angehören, jede Bestellung werde telefonisch beim Schauspielhaus überprüft, und beim Abholen der Uniform müsse er nachweisen können, daß er bei besagtem Theater engagiert sei. Durch einen Brief mit vorgedrucktem Absender oder ein ähnliches Dokument.

Auf der Rückfahrt nach Islington hatte er hin und her überlegt. Er zögerte, diese Idee zu verwerfen. Er würde mit Rosa ungestört allein sein müssen, wenn der Zeitpunkt gekommen war. Er würde nicht auf verstohlene, amateurhafte Weise vorgehen und sich auf dunklen, nassen Straßen herumdrücken. Er wollte ihr nicht im Park auflauern, sie sich packen und dann weglaufen. Wo bliebe da das Vergnügen? Alles wäre vorbei, bevor sie überhaupt gemerkt hätte, was gespielt wurde. Und wenn er an ihr herumfummeln müßte, während sie bekleidet war, würde er den Job vielleicht nicht zu Ende bringen können. Da sie jetzt auf der Hut war, schien es keine andere Möglichkeit zu geben, bereitwillig von ihr empfangen zu werden. Es blieb ihm nichts anderes übrig, als sich eine Uniform zu leihen. Wäre er kein Einzelgänger und hätte manchmal mit den richtigen Leuten herumgehangen, wäre das Ganze wahrscheinlich kein Problem. Wenn man korrupt war, konnte man sich alles besorgen. Doch er war immer mehr als ehrlich gewesen. Er dachte an die Fernsehstationen und Filmgesellschaften und fragte sich, wie sie sich ihre Kostüme besorgten. Ein Sender wie die BBC mußte zum Beispiel eine eigene große Abteilung für so etwas haben. Aber das half ihm auch nicht weiter. Sie würden ihm ebensowenig wie die Kostümverleihe eine Uniform zur Verfügung stellen. Der Zug fuhr in die U-Bahn-Station Angel ein.

Er lief die Essex Street entlang, als er am *The Sun and Seventeen Cantons* vorbeikam. Wie alle anderen Gebäude auf der Straße hatte er es täglich passiert, ohne es wirklich wahrzunehmen. Draußen war meist eine große Tafel angebracht, auf der mit Kreide eine Jazzgruppe, eine Dichterlesung oder eine Matineevorstellung angekündigt waren. Letztere stand heute auf dem Programm, und das in großen Kreidebuchstaben geschriebene Wort THEATER erregte seine Aufmerksamkeit. Er ging in das Gebäude, bestellte ein Halbes und erhielt ein Glas mit einer warmen, goldgelben Flüssigkeit, die nach Seifenlauge schmeckte.

Jetzt, da er im Pub war, wußte er nicht, was er tun sollte. Am anderen Ende der Theke war ein schäbiger Vorhang angebracht, vor dem ein Mädchen mit langen dunklen Haaren an einem wackeligen Spieltisch saß. Fenn ging auf sie zu und wies mit dem Kopf auf den Vorhang. »Ist da das Theater?«

»Es fängt in fünf Minuten an. Ein Pfund, wenn Sie nichts verzehren.«

Das werd' ich wohl investieren müssen, dachte er, und ging zurück in den Schankraum, um sich einen großen Teller mit Hackfleischauflauf und sehr weichen Pommes frites zu holen. Er balancierte ihn in der einen Hand, während er in der anderen Plastikmesser und -gabel und sein Halbes hielt. Das Mädchen hob den Vorhang, um ihn passieren zu lassen. Im Raum dahinter standen ein langer Tisch mit einer entsprechend langen Bank und drei alte runde Holztische auf einem gußeisernen Gestell. Etwa ein halbes Dutzend Leute saßen herum. Der Lärm und die Lachsalven aus der Schänke ließen den Raum noch trostloser erscheinen, als seine Einrichtung ohnehin schon bewirkte. Hinter einer Tribüne hingen noch mehr schmuddelige Vorhänge. Fenn begann zu essen.

Er kannte sich im Theater nicht aus und hatte noch nie eine Vorstellung besucht. Hätte man ihn gefragt, was er sich unter einem Theaterbesuch vorstellte, hätte er wahrscheinlich eine Parade stattlicher Limousinen mit berühmten Persönlichkeiten, einen mit rotem Plüsch und Gold ausgestatteten Zuschauerraum und auffällig gekleidete Stars im Rampenlicht beschrieben. Oder eine Bildauswahl aus Premierenfotos und Ausstellungen von Standfotos vor dem Palladium. Den Begriff Theatermachen verband er mit dem gänzlich übertriebenen Verhalten eines Mannes, der seinen Parkplatz verteidigt. Deshalb wußte er nichts damit anzufangen, als plötzlich einer der Leute an den Tischen – ein Kerl in T-Shirt und Jeans – aufstand und begann, ein Feuer im Haus seines Großvaters zu beschreiben. Er war verunsichert (der Kerl stand nur einen Meter entfernt) und wußte nicht, wohin er gucken sollte. Dann kam ein Mädchen hinter dem Vorhang hervor, das eine mit roten Bändern verzierte Schärpe mit der Aufschrift DAS FEUER IM HAUS DES SIGNOR FERNANZE trug. Innerhalb der nächsten halben Stunde, während der Kerl weiter vor sich hin palaverte, verschwand sie regelmäßig hinter dem Vorhang, um mit verschiedenen Schärpen wieder aufzutauchen.

Er fragte sich, ob und wie er aus dieser Situation einen Nutzen ziehen könne. Konnte man diesen Scheißhaufen als ein Theaterensemble bezeichnen? Waren sie eine Gruppe, die, wie sich das Mädchen bei Morris Angel ausgedrückt hatte, »rechtmäßig anerkannt« war? Wie könnte er das herausfinden? Er wünschte, er könne sich an irgend etwas aus seiner Unterhaltung mit dem Schauspieler erinnern, der ihm mit seinen Fotos weitergeholfen hatte. Man sparte eine Menge Zeit, wenn man den Leuten nur zuhörte, bis man die gewünschte Information hatte; aber jetzt erkannte er, daß es von Vorteil sein konnte, weiter zuzuhören, um sich das Gehörte für den späteren Gebrauch zu merken. Man wußte nie, wann es von Nutzen sein konnte.

Jetzt waren beide zusammen auf der Bühne. Das Mädchen sang irgend etwas über einen ausgetrockneten Boden und die geschrumpfte Frucht im Schoß des Olivenbaums. Plötzlich hörte sie mitten im Satz oder, wie es Fenn vorkam, zwischen zwei Noten auf, und beide machten zur gleichen Zeit eine tiefe Verbeugung. So wie das Publikum nun mal war, klatschte es natürlich, und die beiden Schauspieler sprangen mit falscher Bescheidenheit und einem Es-sind-doch-nur-wir-Lächeln von der Bühne und mischten sich unter die Zuschauer.

Fenn kratzte den Rest seines Hackfleischauflaufs zusammen und lief neben ihnen her. Beide Schauspieler riefen ihm ein gleichgültiges »Hi« zu. Sie waren mit den meisten der Zuschauer befreundet. Sie sprachen über die Olivenbauern in der Toskana in den frühen zwanziger Jahren und lamentierten darüber, wie sehr sie von Dichtern und Dramatikern gleichermaßen vernachlässigt worden wären. Fenn versuchte, die Aufmerksamkeit eines Mädchens am Rande der Gruppe auf sich zu ziehen.

»Irgendwelche Aussichten auf . . . ähem . . . einen Job bei dieser Theatergruppe. Ich mache –«, ein vergessen geglaubter Ausdruck fiel ihm wieder ein, » – im Moment eine künstlerische Ruhepause.«

»Machen wir das nicht alle, mein Süßer? Da mußt du Garsteen fragen.«

»Garsteen?«

Mit dem Kopf wies sie auf die Vorhänge. »Er ist mit der Beleuchtung zugange. Oder im Büro. Das bleibt sich gleich. Weißt du, daß es kein Geld gibt? Es geht nur darum, sich bekannt zu machen.«

»Ach ja . . . natürlich . . . sicher . . .«

Er sprang auf die Tribüne und schob den Vorhang beiseite. An einer Seite der Bühne war ein abgetrennter Platz von zwei Meter Durchmesser. Dort standen ein Stuhl, ein Tisch und ein Lichtpult. Und ein riesiger Mann in einem Schottenhemd und einer Jeans in der Größe eines Zelts, dessen schwarzer Bart über seine Brust kringelte.

»Garsteen?«

»Der bin ich.«

»Ich hab' gerade die . . . ähem . . . Vorführung gesehen. Ich frag' mich, ob da etwas für mich drin wäre.« Neben dem Telefon hatte er einen Stapel Briefbögen liegen sehen. Darauf waren eine glänzende schwarze Sonne mit geraden, kurzen Strahlen und die Aufschrift »The Sun Theatre Company« abgedruckt.

»Na ja.« Er hatte einen starken amerikanischen Akzent. Wie war es möglich, daß solche Kerle hier zurechtkamen, dachte Fenn. Bestimmt lebten sie auf Kosten der Steuerzahler. »Wir stellen die Truppe bei jedem Stück neu zusammen. Das nächste ist ein Zwei-Personen-Stück von Tennessee Williams. Beides weibliche Rollen. Dann ein Sam Shepherd, aber da hab' ich mir schon alle Bewerber angesehen.«

Fenn erhob sich. »Macht's dir etwas aus, wenn ich in Verbindung bleibe?«

»Tu das.« Er betätigte mehrere Schalter.«

»Ich hab' eure Telefonnummer nicht. Darf ich –?« Er streckte seine Hand aus. Garsteen hielt ihn zurück.

»Hey, paß auf ... diese Dinger kosten uns 'n Vermögen. Sind echt nur für Briefe an Intendanten und Agenturen da ...« Er kritzelte etwas auf die Rückseite eines Briefumschlags. »Hier.«

Fenn nahm den Briefumschlag. »Wirst du heute abend hier sein?«

»Keine Vorführung. Wir machen nur Matineevorstellungen. Gegen acht sind allerdings Proben.«

»Gut.« Er knüllte das Papier zusammen, ging zurück in die Bar und kaufte sich einen Tomatensaft. Er stand mit dem Rücken zum Vorhang, beobachtete ihn aber durch den Spiegel. Nach und nach verließen alle Gäste den Raum. Seine einzige Sorge war, daß einige Leute von der Theatergruppe dableiben könnten, bis der Pub geschlossen hatte. Wie zu erwarten, fielen Käpt'n Seebart und ein Mädchen über den Wein und die Sandwiches her, doch nach einer halben Stunde verließen sie die Bar, wobei sie ihren Arm zur Hälfte um seine riesige Hüfte geschlungen hatte. Jetzt waren nur noch wenige Leute übrig; der Barkeeper flitzte nach hinten und verschwand durch einen Trennvorhang zur Toilette.

Fenn wartete einen günstigen Zeitpunkt ab, um hinter den Vorhang und auf die Bühne zu schlüpfen. Hastig nahm er einige Briefbögen an sich und faltete sie zusammen. Dann holte er seine Liste der Kostümverleiher aus der Tasche und setzte sich auf den harten Stuhl. Er zog das Telefon zu sich heran. Er strich Morris Angel durch und wählte die nächste Nummer, eine Firma in Chiswick, und dann eine in Covent Garden. Beide konnten ihm nicht weiterhelfen. Beim dritten Verleih, einem Betrieb in Holland Park, fragte man ihn nach seiner Kleidergröße, bat ihn zu warten, kam dann wieder ans Telefon und sagte ihm, man glaube, ihn mit der richtigen Uniform ausstatten zu können. Wie war der Name des Theaters? Er gab ihnen die Adresse. Sie fragten, ob er sich ausweisen könne, doch als er antworten wollte, hörte er, wie irgend jemand auf die Bühne sprang und der Vorhang zur Seite gerissen wurde. Es war der Barkeeper.

»Ich dachte, ihr wärt alle gegangen.«

»Tut mir leid – ich hatte für Garsteen noch ein paar Anrufe zu erledigen.«

»Wir schließen jetzt.« Er ging nicht weg, sondern blieb, den Vorhang zur Seite schlagend, wartend stehen.

»Ich fürchte, der Pub macht jetzt zu«, sagte Fenn. »Ist es in Ordnung, wenn ich gleich vorbeikomme?«

»Ja. Wir haben bis fünf Uhr geöffnet. Biegen Sie am Holland Park rechts auf die Clarendon Road ab. Fairly Court ist eine Sackgasse, die fünf Minuten später links abbiegt.«

Sie nahmen die Maße für die Uniform und fanden tatsächlich eine, die ihm paßte. Das Mädchen warf einen Blick auf seinen sauber ausgefüllten Bestellschein und sagte dann:

»Wir müssen uns beim Theater vergewissern, wissen Sie?«

»Natürlich. Ich kenne die Prozedur. Sollte es allmählich gelernt haben. Aber ich fürchte, wir haben nur über Mittag geöffnet. Die Proben sind heute abend um acht. Die Telefonnummer steht auf dem Brief. Deshalb brauch' ich das Kostüm.«

»Um acht Uhr wird keiner mehr hier sein. Wir werden morgen um die Mittagszeit anrufen.« Sie packte die Uniform und die Polizeimütze in eine Tasche, zögerte dann aber. »Wenn die erste Kleiderprobe heute abend ist, sind Sie dann nicht ein bißchen spät dran? Ich meine, um ein Kostüm zu leihen?«

Einer plötzlichen Eingebung folgend erwiderte er: »Morris Angel hat uns hängengelassen.«

Es war, als gebe allein die Erwähnung des berühmten Namens seinem Auftrag Glaubwürdigkeit. Ihr Gesicht hellte sich auf, und sie lächelte. »Da sieht man mal wieder. Die Größten sind nicht immer die Besten.« Sie reichte ihm die Tasche. »Viel Glück.«

»Wie bitte?«

»Für die Generalprobe.«

Auf der Fahrt nach Islington umklammerte er die Tasche im Hochgefühl des Triumphs. Seine früheren Ängste erschienen ihm jetzt schimärenhaft, seiner Person vollkommen unwürdig. Er hatte sich wie ein verängstigter kleiner Junge verhalten, der in diesem oder jenem Vorfall Omen zu sehen glaubte und meinte, eine Macht von außerhalb könnte sein Schicksal beeinflussen. Er schämte sich dieses Rückfalls und schwor sich, sich selbst treu zu bleiben. Es war nicht so, als habe er noch lange zu warten.

Sonia sagte: »Ich möchte jemanden anzeigen. Wegen einer Morddrohung.«

»Dies ist nur der Notruf. Haben Sie sich mit der nächsten Polizeidienststelle in Verbindung gesetzt?«

»Nein. Ich ...« Sie zögerte. Es war, als habe die unpersönliche

Stimme ihre Emotionen und Gedanken aufgerüttelt, sie durcheinandergeworfen, so daß sie jetzt ein neues Muster bildeten. Kein Grund, vorschnell zu handeln. Sie legte den Hörer auf die Gabel. Dann setzte sie einen Kessel auf und brühte sich einen Kaffee. Sie stellte den gasgespeisten künstlichen Kamin an, wusch sich Gesicht und Hände und goß das Wasser durch einen Filter. Der Kaffee war sehr stark. Sie gab Milch und ein wenig braunen Zucker hinzu und setzte sich, die Hände an der Tasse wärmend, vor das Kaminfeuer.

Fast zehn Minuten tat sie nichts anderes, als ihre neue Position zu genießen. Zum ersten Mal in ihrem Leben hatte sie die Trümpfe in der Hand. Und wie nah hatte sie davorgestanden, das Handtuch hinzuwerfen. Welchen Vorteil hätte sie daraus ziehen können? Er würde nicht einmal wissen, daß sie ihn verpfiffen hatte. Und sie würde noch einmal von vorn anfangen müssen. Nein. Das Schicksal hatte dafür gesorgt, daß sie die Oberhand gewonnen hatten und nun lag es an ihr, diese Situation zu ihrem Vorteil zu nutzen. Sie war nicht mehr »verliebt«, was immer dieser dumme Ausdruck auch heißen sollte, und zusammen mit dem kürzlich erst erworbenen Wissen machte das ihre Position unangreifbar. Sie hatte ihn da, wo sie ihn immer schon haben wollte. Sie wußte nicht genau, wie sie ihn immer schon haben wollte. Sie wußte nicht genau, wie sie ihre Macht nutzen würde. Vielleicht würde sie ihn trotz allem dazu zwingen, sie zu heiraten. Hätte sie erst einmal ein Haus und ein Kind, könnte er tun und lassen, was er wollte. Jetzt wußte sie, was für ein Mensch er war; sie würde sich offenen Auges und vollkommen illusionslos in die Situation begeben. Keine schlechte Basis für eine Partnerschaft. Der Gedankenaufruhr begann sich zu legen.

Sie stand hastig auf. Jetzt war sie sich der Richtung, die sie einschlagen würde, so gewiß, daß sie meinte, sie würde von einer fremden Macht vorangetrieben. Sie wollte nicht warten, bis er sie anrief, sondern holte ihr Adreßbuch hervor und blätterte es durch. Obwohl sie ihn oft genug darum gebeten hatte, hatte er ihr nie seine Adresse gegeben. Egal. Er würde sie ihr geben, wenn er hörte, was sie ihm zu sagen hatte. Als sie seine Nummer wählte, stellte sie sich lebhaft vor, wie er den Hörer abnahm, und für einen Moment stellte sich der alte Zauber wieder ein.

Ja. Sie würde ihn heiraten können. Es würde keine Ehe im alten Stil sein, aber schließlich mußte sich alles einmal verändern. Eine fremde Stimme kam ans Telefon.

»Ist Fenn da?«

»Weiß nich'. Ich ruf' mal.«

»Nein, warten Sie. Ich denke, ich komme statt dessen vorbei. Allerdings rufe ich nicht von zuhause aus an und habe deshalb mein Adreßbuch nicht bei mir. Könnten Sie ...?«

»Lucy Place 14 – geht von der Packington Street ab. Möchten Sie, daß ich nachsehe, ob er da ist?«

»Nein, vielen Dank. Ich würde ihn gern überraschen.«

»Ganz wie Sie meinen.«

Sonia legte den Hörer auf und zog den Stadtplan zu sich heran. Die nächste U-Bahn-Station schien Angel zu sein. Ihre Kleidung war zerknittert und schmutzig, ihr Gesicht ungeschminkt und ihr Haar zerzaust. In ihrem Kleiderschrank wühlte sie nach einem hübschen Kleid, das sie anziehen könnte, bis ihr auffiel, daß schicke Kleidung und Make-up keine Rolle mehr spielten. Sie ging nicht zu ihm, um ihn für sich zu gewinnen. Sie hatte ihm den Krieg erklärt.

Das Zusammentreffen mit dem Vogelmann stürzte Rosa in eine tiefe Verzweiflung, die sie nicht verdrängen konnte. Obwohl sie mit allen möglichen Tricks versuchte, sich in bessere Stimmung zu bringen, hielt die Wirkung jeweils nur kurze Zeit vor.

Doch es gelang ihr noch, mit den alltäglichen Dingen zurechtzukommen. Am nächsten Tag meldete sich eine Frau mittleren Alters auf ihre Anzeige für eine Putzhilfe und wurde eingestellt. Rosa beantwortete ihre Post mit Hilfe einer Sekretärin aus der Schreibzentrale. Der Vogelmann nahm an ihrer Dienstagssendung nicht teil und ließ nie wieder von sich hören.

Leo, der zweifellos annahm, daß jetzt alles wieder seinen normalen Gang nahm, war zu dem zurückgekehrt, was Rosa für sein früheres Ich hielt. Sie beobachtete, wie er mit der *Times* raschelte, sein Abendessen zu sich nahm, mit den Kindern spielte – doch immer aus der Perspektive einer verhältnismäßig distanzierten Fremden. Er schien mit ihrem Leben kaum etwas zu tun zu haben. Sie fragte sich, ob das bedeutete, daß sie aufgehört hatte, ihn zu lieben, und, wenn das tatsächlich der Fall war, wie armselig ihre Liebe doch gewesen sein mußte, wenn sie bereits an der ersten großen Hürde ihres Lebens gescheitert war. Sie hatte versucht, diesen merkwürdigen Mangel an Gefühl mit Leo zu besprechen, ohne allzusehr in die Einzelheiten zu gehen. Er hatte sie auf beiläufige Weise beruhigt und ihr gesagt, dies sei ein kurzzeitiger Abwehrmechanismus, den der Körper nach Zeiten der Anstrengung und des Schocks zu seinem eigenen Schutz aufbaue. Diese Erklärung klang durchaus plausibel, und sie betete, daß er recht hatte.

Sie versuchte, Duffy aus dem Weg zu gehen, und stellte sicher, daß eine dritte Person anwesend war, sobald ein Zusammentreffen unvermeidbar war. Wenn er den Grund für dieses Verhalten ahnte, ließ er es sich nicht anmerken, doch einmal, in Tobys Büro, ertappte sie ihn dabei, wie er sie nachdenklich ansah. Er hatte sie strahlend angelächelt, und wieder hatte sie dieses seltsame Ziehen in ihrem Magen verspürt. Am Tag nach dem Vorfall in der Wapping Street saßen sie beide zusammen mit Louise in der Kantine.

»Sonia läßt sich Zeit mit dem Zurückkommen.«

Rosa schob die kalten Bohnen auf ihrem Teller umher. »Ich habe heute morgen bei ihr angerufen. Es war niemand zuhause.«

»Das sieht ihr gar nicht ähnlich.« Mit hochgezogenen Augenbrauen um Erlaubnis bittend, reichte Louise hinüber und nahm Rosas Bohnen. Sie begann sie in sich hineinzulöffeln. »Sie ist eine von denjenigen, die noch zur Arbeit kommen, wenn sie schon halbtot sind.«

»Diesen Ton verbitte ich mir.«

»Entschuldige.« Louise hörte einen Moment auf zu lächeln und blickte sie verschämt an. »Ich hab' nicht nachgedacht.«

Warum sollte sie auch nachdenken? Rosa glaubte zwar, daß Louise sie mochte, doch so wie das Mädchen über die Drohungen sprach, hätte es sich um eine spannende Serie im Nachtprogramm des Fernsehens handeln können. Rosa fragte sich, ob sie zu wenig Verständnis zeigte. Schließlich war jeder Mensch in der Lage, mehrere Emotionen auf einmal zu haben. Warum sollte sich Louise nicht um ihr Wohlergehen sorgen und gleichzeitig das Drama genießen?

Duffy sagte: »An deiner Stelle würde ich noch mal bei ihr anrufen, wenn wir ins Büro zurückgehen.«

Rosa erhob sich, ohne ihn anzusehen: »Ich werd's gleich jetzt tun. Neben dem Aufzug ist ein Münzfernsprecher.«

»Das kostet dreißig Pfennig.« Louise klang entsetzt. »Ich bin gleich fertig mit dem Essen. In einer halben Minute sind wir unten in deinem Büro.«

»Ich möchte lieber nicht warten.« Rosa nahm das Adreßbuch aus ihrer Tasche. Louise hatte recht. Wenn Sonia sich so gut fühlte, daß sie das Haus verlassen konnte, wäre sie zur Arbeit gekommen. Als sie den Hörer in die Hand nahm, wuchs ihr Unbehagen. Sie erhielt keine Antwort. Eine Viertelstunde später ging sie in ihr Büro zurück, machte sich einen Kaffee und probierte es noch einmal. Mit dem gleichen Ergebnis.

»Kein Glück?«

Sie hatte ihn nicht kommen hören. Er schlenderte zu ihrem Schreibtisch und hockte sich auf die Tischkante, wie es seine Gewohnheit war. Jetzt hatte es allerdings eine andere Wirkung auf sie. Rosa nahm die nächstbesten Blätter zur Hand und ging zum Aktenschrank.

»Mir scheint, das sind Briefe, die darauf warten, unterschrieben zu werden.«

»Wie bitte?« Sie sah auf die Blätter. »Oh.«

»Was zum Teufel ist mit dir los?«

»Nichts.«

»Jedesmal, wenn ich in deine Nähe komme, zuckst du wie vom Blitz getroffen zusammen.«

Sie holte tief Atem, wandte ihm ihr Gesicht zu und log mutig drauflos. »Ich glaube, die Sache mit dem Vogelmann hat mich umgehauen. Du weißt schon – man denkt, alles wäre vorbei, und dann stellt sich heraus, daß es nicht stimmt.«

»War er wirklich so merkwürdig?«

»Übergeschnappt. Er hatte gelbe Plastikbeine.«

»Wie göttlich.« Duffy lachte und zeigte ein weißes Gebiß, das sich von seiner gebräunten Haut abhob. »Ich wünschte, ich wäre dabeigewesen.«

Das hätte ich mir auch gewünscht, dachte Rosa, die an die trostlose Hin- und Rückfahrt und die traurige Vereinigung danach dachte. Das hätte ich mir auch gewünscht.

Plötzlich wirkte sie so bekümmert, daß ihm das Lachen verging. »Diesen verdammten Hund würd' ich gern in die Finger bekommen. Er würde sich wünschen, nie geboren zu sein.« In der Hoffnung, ein Themenwechsel könne ihr helfen, fügte er hinzu: »Die Sache mit Sonia ist wirklich sehr verwirrend. Entweder ist sie zu krank, um ans Telefon zu gehen, oder sie hat sich erholt und benimmt sich äußerst seltsam.«

»Ich weiß. Ich kann es einfach nicht verstehen.«

»Sollten wir nicht etwas unternehmen?«

»Na ja . . . an was denkst du?«

»Ich hab' mir gedacht, wir könnten ein paar Nachforschungen anstellen. Wo wohnt sie?«

»Barons Court.«

»Um welche Zeit holst du deine Kinder ab?«

»Viertel vor vier. Aber –«

»Tonnenweise Zeit.« Er griff nach dem hausinternen Telefon und wählte eine Nummer. »Sollte jemand nach mir suchen, sagen Sie ihm, ich wäre im Fulham-Stadion und würde mit Harry Fielding ein Interview machen.« Er legte auf. »Wir werden zu ihrer Wohnung fahren und dann bring' ich dich zur . . .«

»Primrose Hill.«

»Dann komm mit . . .« Auf dem halben Weg zur Tür hielt er inne. »Was ist los?«

»Ich . . . ich glaub' daß das keine gute Idee ist.«

»Hast du einen besseren Vorschlag?«

Sie schüttelte den Kopf. Ihr schwindelte bei dem Gedanken, einige Zentimeter entfernt von ihm in einem Wagen eingeschlossen zu sein.

»Es könnte etwas Ernstes sein, Rosa.«

»Ich weiß.« Und ihren Widerstand konnte sie nicht anders als mit ihren wahren Vorbehalten begründen. Wenn ich die Wahrheit sage, kann ich für nichts mehr garantieren, dachte sie. Sie schlug sein Angebot ab, ihr in den Mantel zu helfen, und holte ihre Tasche.

»Wir dürfen uns wegen der Kinder nicht verspäten.« Sie redete bestimmt wie eine Lehrerin, die sich an eine besonders schwierige Klasse wendet.

»Nein, Madame.« Er berührte sein blondes Stirnhaar. »Ganz wie Sie sagen, Madame.«

Im Wagen fühlte sie sich trotz seiner Nähe erheblich besser. Es tat gut, tatsächlich etwas zu unternehmen. Sie richtete ihren Blick auf die Straße, während sie mit ihm redete. Obwohl Duffy häufig und geschickt die Spur wechselte, kam ihr die Fahrt endlos vor. Schließlich verließen sie die Cromwell Road mit ihren Hupkonzerten und unerträglichen Abgasschwaden.

»Eine ziemlich trostlose Gegend«, murmelte Duffy, als er in die Edith Road einbog.

»Dort drüben ist das Haus. Das mit den abgeblätterten Säulen.«

»Die Säulen sind hier alle abgeblättert, meine Liebe.« Das stimmte nicht ganz. Ein oder zwei Häuser waren ziemlich gut erhalten. »Meinst du das eine, das die Farbe von verfaulender Leber hat?« Als Rosa nickte, parkte er den Wagen so nah wie möglich am Haus. »Es dürfte nicht lange dauern. Willst du im Wagen bleiben und dich mit eventuellen wütenden Anwohnern auseinandersetzen?«

»Nein.« Rosa hatte bereits die Wagentür geöffnet. »Sie könnte krank sein und würde dann bestimmt nicht wollen, daß du in ihr Zimmer geplatzt kommst.«

»Ich bin sicher, sie wäre entzückt. Schön, so begehrt zu sein.« Sie gingen die Treppe hinauf. »O mein Gott – es ist eins von diesen.« Neben der Tür waren ungefähr ein Dutzend verschiedener Klingeln und angrenzender Namensschildchen in Druck- und Schreibbuchstaben jeglichen Typs und jeglicher Farbe angebracht. »Das heißt, daß wir nur hereinkommen, wenn uns jemand die Haustür öffnet.«

»Das glaube ich nicht. Ich habe gesehen, daß sie beim Hineingehen einfach die Tür aufgedrückt hat.«

Ein sauber getipptes Schild neben der Klingel für das Apartment Nummer sieben trug den Namen »Sonia Marshall«. Duffy lehnte sich gegen die ehemals weiße, Blasen werfende Tür, und sie betraten eine Eingangshalle. Der Boden und die Treppe waren mit fleckigen Strohmatten ausgelegt. Es roch nach einer Mischung aus den verschiedensten Gerüchen. Am frischesten schien ein Currygeruch zu sein, doch mit ihm vermengten sich eine Reihe anderer Geruchsrückstände: abgestandener Kohl, Fisch, verbranntes Grillfleisch, feuchte Wäsche und verschimmelter Käse. Die traurigen Spuren Hunderter in möblierten Zimmern verbrachter Existenzen. Es war sehr dunkel. Duffy drückte auf einen Lichtschalter; es war einer von denen, die sich automatisch abschalten.

»Mein lieber Gott. Stell dir vor, du müßtest jeden Abend in eines dieser Zimmer zurückkommen.«

»Und die Wochenenden. Wie werden die Wochenenden wohl aussehen?«

Von schwachen Reggae-Klängen abgesehen, war das Haus ruhig. Sie kamen an zwei mit Linoleum ausgelegten Badezimmern vorbei, in denen Badewannen auf klauenartig geschwungenen Füßen und riesige, verrostete Gasboiler zu sehen waren. In einem der Badezimmer standen zudem eine Toilette und ein Gaskocher.

»Nicht zu glauben«, sagte Duffy, »das nenne ich zeitsparend. Man kann sich sein Hähnchen braten, während man sich die Füße wäscht und der Befriedigung seiner natürlichen Bedürfnisse nachgeht.«

»Wer immer der Besitzer auch sein mag, muß pro Woche um die fünfhundert Pfund einkassieren. Man könnte erwarten, daß er ein kleines bißchen davon in einen Eimer Farbe investiert.«

»Sie nicht so blauäugig, Rosa. Die Spielregeln sind hier anders.«

Die Tür des Apartments mit der Nummer sieben war ebenso schäbig und anonym wie die anderen. Duffy klopfte und Rosa rief: »Sonia? Ich bin's, Rosa. Ist alles in Ordnung?« Sie drückte gegen die Tür. Doch sie gab nicht nach. »Was nun?«

»Wir könnten ja nachsehen, ob irgendeiner der Nachbarn etwas

Genaueres weiß.« Duffy überquerte den Flur und klopfte an die vier übrigen Türen, erhielt jedoch keine Reaktion. Er rannte ins obere Stockwerk und wiederholte das Ganze. Rosa klopfte, allerdings wieder ohne Erfolg, an Sonias Tür, dann gingen sie ins untere Stockwerk. Sie folgten der Reggae-Musik, bis sie an das Apartment Nummer drei kamen.

Ein Afrikaner öffnete die Tür. Er hatte Dreadlocks, trug ein wehendes rotes Gewand und um Hals eine Kette aus geflochtenem Haar, an der eine kleine Trommel hing. Er verbreitete einen starken süßlichen Geruch, als er mit wiegendem Gang auf den Flur kam. Rosa fragte ihn, ob er etwas über Sonias Verbleib wisse. Er starrte sie an.

»Sie wohnt über mir. Ich weiß, sie is' nich' da, weil wenn sie da is' – Mann –, da wackelt die Decke.«

»Was wollen Sie damit sagen?« Rosa konnte sich nicht vorstellen, daß Sonia im Zimmer herumhüpfte oder sich einer anderen Form der Ruhestörung schuldig machte.

»Ein Bacchanal, Mann. Was glaubste wohl, was ich sonst mein'?« Dann, als sie ihn immer noch verständnislos ansah: »S-E-X.«

»Oh.« Rosa konnte sich Sonia inmitten orgiastischer Szenen noch weniger vorstellen. Sie spürte, daß sie wie ein Schulmädchen errötete. »Wann haben Sie sie zuletzt gesehen . . . ich meine, gehört?«

»Letzte Nacht, letzte Woche, letztes Jahr . . . was is'n Zeit, Mann? Häng's wohl anner Zeitnadel, was, Baby?«

»Bitte, . . . es ist sehr wichtig – «

»Rosa.« Duffy unterbrach sie und führte sie weg. Die Tür fiel ins Schloß. »Er ist völlig zugekifft. Von ihm wirst du nichts erfahren.«

»Aber es ist sonst keiner zuhause.« Rosa entfernte sich nur zögernd von der Tür. »Vielleicht sollte ich heute abend wiederkommen. Wenn die Leute wieder von der Arbeit zuhause sind.«

»Ich weiß nicht.« Duffy klang nicht sehr ermutigend. »Diese Häuser sind verflucht anonym. In diesen Hühnerkäfigen wechseln die Leute auf der einen Seite des Hauses mit denen von der anderen kein einziges Wort. Aber ich schätze, es wäre einen Versuch wert.«

Als sie die Treppe hinuntergingen, fügte er hinzu: »Wenn ich dich zuhause abgesetzt hab', werde ich ins Studio zurückfahren und mit dem Personalbüro reden. Sie haben die nächsten Anverwandten in ihren Akten aufgeführt – wahrscheinlich ihre Eltern. Vielleicht ist sie zur Erholung nach Hause gefahren. Ich werde das nachprüfen und dich später anrufen.«

»Das ist eine gute Idee. Du scheinst alles für mich zu tun. Ich stehe nur untätig dabei und sehe zu.«

»Das würde ich nicht sagen. Schließlich – hoppla.«

Rosa war mit ihrem Absatz in der zerrissenen Fußmatte hängengeblieben. Als sie nach vorne stolperte, fing Duffy sie in seinen Armen auf. In dem Moment machte der Lichtschalter ein klickendes Geräusch, und das Licht ging aus. Er hielt sie einen Moment fest und stieß dann einen langen Seufzer aus. Er barg sein Gesicht in ihrem Haar.

»Oh, mein Gott . . . davon habe ich schon so lange geträumt . . . du kannst dir gar nicht vorstellen, wie oft.« Er umschloß sie fester. »Stoß mich nicht zurück, Rosa. *Bitte*, stoß mich nicht zurück.«

Es war schlimmer, schöner, wunderbarer, schrecklicher, als sie es sich je vorgestellt hatte. Ihre Angst war berechtigt gewesen. Als sie reagierte, ihre Lippen auf seinen Mund preßte, fuhr er mit der Hand unter ihren Mantel, streichelte sie und drückte sie fester an sich. Sie legte ihre Arme um seinen Hals. Sie fühlte sich leicht und schwerelos, ihr Körper schmiegte sich vollkommen an den seinen, als wären sie miteinander verschmolzen. Der Kuß dauerte eine Ewigkeit. Sie wollte nicht, daß er je zu Ende ging. Dann bediente jemand im unteren Stockwerk den Lichtschalter. Sie fuhren auseinander. Duffy glücklich und erregt; Rosa wie betäubt.

»Ich muß schon bitten.« Eine korpulente Frau kam, beladen mit einer schweren Einkaufstüte, die Treppe hinauf. Sie traten auseinander, um sie passieren zu lassen, und die Spannung ließ unvermittelt nach. Rosa fühlte, wie sich der innere Aufruhr legte und ihr Blut wieder ruhig zu kreisen begann. Als Duffy auf sie zutrat, hielt sie die Hand hoch, um ihn abzuwehren.

»Nicht, Duffy . . . Ich . . . ich komme nicht damit zurecht. Nicht im Moment. Nicht mit all den anderen Dingen, die ich im Kopf habe.«

Er drängte sich nicht weiter auf, doch das glänzende Leuchten seiner blauen Augen ließ nicht nach. Sie spürte sein neues Selbstvertrauen und bemerkte, daß es sie gleichermaßen abstieß und erregte.

Aber wie echt waren ihre Gefühle? Es war eine so extreme Situation. Die Morddrohung schien alles soviel intensiver werden zu lassen. Sie fühlte sich wie die Hauptperson in einem Melodrama. Sämtliche Zwischentöne hatten sich in ein Nichts aufgelöst. Ihre Reaktion auf Duffys Kuß war heftig gewesen, ihre Enttäuschung über Leo bitter. Sie schien von einem Gefühlszustand in den nächsten zu taumeln, ohne sich eine Atempause zu gönnen.

Plötzlich erinnerte sie sich an einen Moment, der Jahre zurückzuliegen schien, als sie rundum zufrieden in ihrem Arbeitszimmer gesessen und sich zu der harmonischen Ordnung ihres Lebens beglückwünscht hatte. Die Wehmut, die in dieser Erinnerung lag, rührte sie fast zu Tränen. Sie wandte ihr Gesicht von ihm ab.

»Wir sollten jetzt lieber die Kinder abholen.«

Die neue Putzhilfe hatte etwas Essen aus dem Kühlschrank geholt und es zum Auftauen in der Küche liegenlassen. Seezunge und Garnelen in einer Sahnesauce, umgeben von Blätterteig. Einige Brokkoliköpfe, italienische Speisekartoffeln. Apfelsinencreme. Rosa legte ein Stück Gloucester dazu. Da es Freitag war, würden die Kinder länger aufbleiben und mit ihnen zu Abend essen.

Wie im Traum deckte sie den Tisch. Die Gefühle, die Duffys Umarmung hervorgerufen hatten, waren verblaßt und ließen sie in einem Zustand der Trägheit zurück. Sie stellte zwei Weingläser und für die Kinder zwei Bechergläser auf den Tisch, die sie mit einem giftrot gefärbten Erdbeersaft füllte. Leo kam ein wenig früher als sonst nach Hause, gab ihr einen leichten Kuß und öffnete eine Flasche Meursault.

»Fühlst du dich heute besser, mein Schatz?«

»Ja. Mir geht's gut.«

»Wie ist die Sendung gelaufen?«

»Wie soll sie schon gelaufen sein? Wie immer hat's alle zwei Minuten einen Lacher gegeben.«

»Tut mir leid.« Erstaunt über den Gleichmut in ihrer Stimme, warf er ihr einen kurzen Blick zu. »Hier. Trink etwas von diesem himmlischen Gesöff.«

Der Wein schmeckte tatsächlich hervorragend. Erfrischend, zunächst ein wenig bitter, doch mit einem vollen, goldenen Nachgeschmack. Sie sah Leo an und bemerkte, daß er müde aussah. Das berührte sie nicht im geringsten. Sie fragte sich, wie er reagieren würde, wenn sie ihr Glas absetzen und ihm sagen würde: »Mir liegt nichts mehr an dir.« Oder: »Vor ein paar Stunden habe ich einen Mann geküßt. Wären wir in einem abgeschlossenen Zimmer gewesen, hätte ich mit ihm geschlafen.«

Leo klang jetzt immer so sachlich, wenn er mit ihr redete. Vielleicht würde er einfach nur antworten: »Na na. Ist schon gut« – und dann ihre Temperatur messen. Sie bemerkte, daß sie sich an dieser Haltung nicht im geringsten störte und mit der Rolle der Patientin überaus gut zurechtkam. Es war die Rolle der Ehefrau, mit der sie Schwierigkeiten hatte.

Während der Mahlzeit klingelte das Telefon. Rosa schob ihren Stuhl zurück.

»Ich werde drangehen. Wahrscheinlich geht es um Sonia. Ein Kollege hat sich für mich mit dem Personalbüro in Verbindung gesetzt.«

»Nein.« Leo schob seinen Stuhl ebenfalls zurück. »Kinder, ihr bleibt sitzen. Laß mich ans Telefon gehen, Rosa.«

Sie folgte ihm ins Wohnzimmer. »Es ist schon in Ordnung ... die Nummer ist geändert worden.«

»Trotzdem würde ich lieber drangehen.«

Obwohl sie einige Meter entfernt stand, konnte Rosa das Zeitzeichen eines Münzfernsprechers hören. Leo sagte nichts. Wer immer es auch sein mochte, begann sofort zu reden. Leo hörte einen Moment zu und legte dann den Hörer auf die Gabel. Rosa beobachtete sein Gesicht.

»Was hat er gesagt?«

»Es war eine falsche Verbindung.«

»Um Himmels willen, Leo! Hör auf, mich wie ein Kind zu behandeln. Das tut verdammt weh.«

»Ich versuche nur, dich zu beschützen.«

»Es ist zu spät, um mich zu beschützen.«

Leo zuckte mit den Schultern. Auf dem Weg zur Küche sagte er: »Es war der übliche Mist. Du willst sicher nicht all die abscheulichen Einzelheiten hören.« Als sie wieder am Tisch saßen, fügte er hinzu: »Wenn wir es noch oft genug hören, wird das Ganze für uns wahrscheinlich bedeutungslos werden. Das passiert manchmal.«

Rosa stocherte in ihrer Apfelsinencreme und fragte sich, ob er recht hatte. Aber wie oft müßte sie sich ihn noch anhören? Würde sie es ertragen, das Band immer wieder abzuspielen, bis sein Gerede ihr nichts mehr bedeutete? Und würde das die bedrohliche Entschlossenheit, die hinter jedem seiner Worte lag, bannen oder sogar wegzaubern können?

Natürlich hatte der Mann ihre neue Nummer herausgefunden. Ihr fiel auf, daß sie das nicht einmal erstaunte, aber dann befahl sie sich, vernünftig zu bleiben. Sie war an den Punkt gekommen, an dem sie ihm den Status eines allwissenden und allmächtigen Zauberers einräumte. Er kannte ganz einfach jemanden, der bei der Post arbeitete, oder, was noch wahrscheinlicher war, arbeitete selbst dort. Sicher war er ein pickliger, blutarmer kleiner Angestellter mit Zugang zu den Nummern, die aus Sicherheitsgründen nicht im Telefonbuch aufgelistet waren. Soweit sie wußte, tat er das ständig, rief er alle möglichen

Leute an. Davon ging die Polizei zumindest aus. Man hatte sie gefragt, ob sie sich mit anderen berühmten Persönlichkeiten in Verbindung gesetzt hätte. Soweit sie wußten, gab es eine ganze Flut solcher Anrufe. Sie stellte sich vor, bei Esther oder Parky oder Anna Ford anzurufen und zur Antwort zu bekommen: »Oh, *er*. Der treibt schon seit Wilhelm dem Eroberer sein Unwesen. Wir sind alle schon mal an der Reihe gewesen.« Doch falls sie das nicht sagten, würde sich die Sache nur verschlimmern.

Guy diskutierte gerade die neuesten Finanzpläne des Vaters seines Freundes Mervyn:

». . . wenn der BMX-Fimmel also nachläßt, was jede Minute zu erwarten ist, werden Skateboards die nächste große Sache sein. Mervyn sagt, ich könnte von ihm eins zum Großhandelspreis bekommen, aber ich müßte mich sofort entscheiden.«

Leo meinte: »Iß deine Apfelsinencreme auf, Rosa. Laß dir von einem kleinen Scheißer wie ihm nicht den Appetit verderben.«

Kathy zog selbstgefällig und entzückt die Luft ein: »In der Schule hat man uns verboten, Scheiße zu sagen, Dad.«

»Natürlich hat man euch das verboten. Darum geht es ja schließlich bei der ganzen Erziehung.«

»Was meinst du damit?« fragte Guy. »Worum geht es bei der ganzen Erziehung?«

»Um das rechte Wort zur rechten Zeit am rechten Platz.«

»Ich sehe nicht ganz, wie Logarithmen in deine Theorie passen sollen, Dad.«

»Das wirst du schon noch lernen, mein Junge.«

Leo antwortete automatisch. In Gedanken verweilte er bei der Schilderung, die er soeben gehört hatte. Angesichts seines Berufs fiel es ihm schwer zu verstehen, wieso ihm so übel war, nachdem ihm in allen Einzelheiten mitgeteilt worden war, wie Madgewick während seines langsamen, immer wieder hinausgezögerten Todes reagiert hatte.

7

Als am nächsten Morgen das Telefon klingelte, war Rosa allein im Haus. Sie stand einfach da und ließ es klingeln. Antworte mir. Antworte mir. Sie sagte sich, daß wer immer es sein mochte, noch einmal anrufen würde, wenn es wichtig wäre, und dann Mrs. Phillips ans Telefon gehen und eine Nachricht entgegennehmen könnte. Rosa hatte Leo versprochen – und dieses Versprechen war ihr nicht schwergefallen –, unter keinen Umständen ans Telefon zu gehen. Nie war sie sich der Tyrannei der Gegenstände so bewußt gewesen. Sie berührte das Telefon. Es bebte leicht unter ihrer Hand. Sie kannte die Stimme bereits so gut. Eine Silbe, und sie könnte auflegen. Sie würde ihm nicht zuhören müssen. Sie nahm den Hörer ab.

»Hallo, Liebling. Wie geht's dir heute?«

»Oh.« In ihre Erleichterung mischte sich eine nervöse Erregtheit. »Du bist es.«

»Natürlich. Ich muß dich sehen, Rosa.«

»Hör zu, Duffy. Was ich gestern gesagt habe . . . als es darum ging, daß ich im Moment nicht damit umgehen kann. Das habe ich ernst gemeint. Ich will damit nicht kokettieren.«

»Das ist nicht der Grund, weshalb ich dich sehen will. Na ja – im Grunde genommen schon, aber es geht noch um etwas anderes. Es ist ungeheuer wichtig. Ich glaube, ich bin deinem Verrückten auf der Spur.«

»Wie? Oh – und hast du etwas über Sonia herausgefunden?«

»Ja . . . nein . . . ich erzähl's dir, wenn wir uns treffen.«

»Wo? Du meinst doch nicht etwa, daß du *hierhin* kommen willst?«

Er konnte nicht umhin, sich von der Panik in ihrer Stimme geschmeichelt zu fühlen. »Warum nicht? Wir werden eine Anstandsdame haben, oder? Kommt dein Putzteufel heute etwa nicht?«

Rosa sah auf die Standuhr. Sie erwartete Mrs. Phillips in einer Viertelstunde, lange bevor Duffy eintreffen würde. »In Ordnung. Hast du schon gefrühstückt?«

»Nur einen Toast.«

»Ich werd' einen Kaffee aufsetzen.«

Als ihre Putzhilfe eintraf, rannte Rosa in die Bäckerei und holte einige frische Brötchen. Sie deckte den Tisch im Eßzimmer: Butter, schwarze Kirschmarmelade und Obst – und ließ die Kaffeemaschine laufen. Dann stellte sie sich ans Fenster und wartete.

Sie erwartete, seine gelbe Diane zu sehen, bis ihr einfiel, daß es unmöglich sein würde, gleich vor dem Haus einen Parkplatz zu finden. Es war ein eiskalter, aber sonniger Tag. Die mit purpurroten Früchten beladenen Zweige der Steinmistel schlugen, getrieben vom Wind, gegen die Scheibe. Duffy kam um genau fünf nach zehn die Treppe hinaufgerannt. Er trug die für Außenaufnahmen übliche Kleidung: einen grünen Parka, khakifarbene Cordhosen, eine Fellmütze mit Ohrenklappen und Handschuhe aus Schafwolle. Er nahm ihre Hand, sah sie einen Augenblick intensiv an und ließ sie dann los.

»Wo bleibt dein berühmter Kaffee?«

»Ich hab' den Tisch im Eßzimmer gedeckt.«

»Fantastisch. Zeig mir, wo's langgeht.« Anerkennend sah er sich in dem langen, geschmackvoll eingerichteten Raum um, dann folgte er ihr an den Tisch. »Ich hoffe, du hast etwas Heißes in der Röhre, wie diese Steh-auf-Komödianten immer sagen.«

»Zwei Freudsche Fehlleistungen in einem Satz. Für zehn Uhr bist du wirklich nicht schlecht.«

Wir scheinen beide denselben Ton anzuschlagen, dachte Rosa. Freundlich, witzig, aber nicht zu intim. Sie war dankbar für sein Verständnis, doch nichts konnte den Kuß rückgängig machen, und als sie am Tisch Platz nahmen, rückte sie ein wenig von ihm ab und sah, daß er es bemerkt hatte. Für die Geräusche aus der Küche, das Klappern der Töpfe und Pfannen, war sie dankbar. Als sie einen Stuhl zu sich heranzog, streifte sie seinen Fuß, doch sie zwang sich, ihn nicht wegzuziehen und so zu tun, als hätte sie nichts bemerkt.

»Was hat das Personalbüro gesagt?«

»Eine gute Frage. Ich habe Doris gesagt, wir hätten uns Sorgen gemacht und bei ihr angerufen, und hab' sie gefragt, was wir als nächstes tun könnten. Sie hat in Sonias Personalakte nachgesehen – ihre Eltern wohnen übrigens in Rugby – und bei ihren Eltern angerufen. Sie hatten seit einer Woche nichts mehr von ihr gehört, aber beim letzten Anruf war sie wohl guter Laune und hat davon gesprochen zu heiraten.«

»Zu heiraten?«

»Genau. Ich habe Doris gebeten, im Büro nichts davon verlauten zu lassen und sich nichts daraus zu machen, wenn's keine Einladungen gäbe und sie den Hut nicht herumgehen lassen könnte, um für eine silberne Wärmeflasche zu sammeln. Ich hab' sie gefragt, was sie von einem Anruf bei der Polizei und der üblichen Vermißtenmeldung halten würde, aber sie fand das zu diesem Zeitpunkt ein wenig übertrieben. Sie glaubt, daß Sonia sich einfach für ein paar Tage mit ihrem Kerl verzogen hat. Ich hab' gesagt, das wäre untypisch für sie, aber Doris meinte, kein Mensch würde je untypisch handeln. Und wenn er es doch täte, würde er uns lediglich einen Teil seines Wesens zeigen, den wir vorher nicht gekannt hätten.«

»Das klingt vernünftig.«

»Unsinn. Das hat sie aus dem Psychologiekurs im *Reader's Digest*, den das Personalbüro abonniert hat.«

»Ich meine, es klingt vernünftig, noch ein wenig zu warten, bevor wir die Polizei einschalten.«

»Warte. Ich hab' dir noch nicht den Rest erzählt. Gestern abend hatte ich Spätschicht. Nach den Elf-Uhr-Nachrichten hab' ich ohnehin untätig in der Redaktion herumgesessen, um auf die Zwölf-Uhr-Nachrichten zu warten. Da hab' ich mir gedacht, Duffield, setz dich hin und stell' eine Liste zusammen, wie sie das immer in den gelben Krimiklassikern tun. Schreib alles hin, was wir über diesen Fenn wissen, alles, was relevant ist, alles, was wir über Sonia wissen –«

»Aber Sonia hat mit der ganzen Sache nichts zu tun . . .«

»Laß mich bitte ausreden, mein Schatz. Sonia hat erst in den letzten Wochen davon geredet, daß sie einen Freund hat, oder?«

»Ja. Ich bin immer davon ausgegangen, daß sie keinen hat.« Rosa fiel auf, wie herablassend das klingen mußte. »Aber natürlich könnte sie vorher auch schon einen gehabt haben.«

Duffy schüttelte den Kopf. »Ich denke nicht. Sie ist kein Mensch, der so etwas für sich behalten könnte.«

»Aber sie hat ihre Heiratspläne für sich behalten.«

»Vielleicht war die Sache ja noch nicht abgemacht. Sie hat ihn ja kaum fünf Minuten gekannt. Jetzt denk mal nach. Hast du Sonia deine neue Telefonnummer gegeben?«

Rosa brauchte nicht lange zu überlegen. »Ja.« Sie saß regungslos da; langsam begannen sich die Vorfälle zusammenzufügen, formte sich ein Muster. »Das kann nicht wahr sein. Ich weiß, daß sie mich nicht mochte, aber ich glaube nicht, daß sie mir so etwas antun würde.«

»Aber sie hat ja gar nichts gewußt. Verstehst du denn nicht? Eben weil sie nichts wußte, ist sie im Büro in Ohnmacht gefallen, als sie auf dem Band seine Stimme gehört hat. Er hat wahrscheinlich einfach ihre Tasche durchsucht, wenn sie nicht hingesehen hat. Hat ihr Adreßbuch gefunden.«

»Wenn er Sonia gekannt hat, wäre es verständlich, daß er sich im Gebäude auskannte. Wußte, wo mein Büro und alles andere war. Sie muß ihn irgendwann herumgeführt haben.«

»Sie hätte ihn an der Rezeption eintragen lassen müssen. Auf der Empfangsliste wird irgendwo sein Name stehen. So *muß* es gewesen sein, Rosa. Es gibt keine andere Erklärung.«

Rosa fühlte den Boden fest unter ihren Füßen. Die leere Kaffeetasse fühlte sich immer noch warm an, ein Stückchen Butter zerschmolz auf einem warmen Brioche. Wirklichkeit. Und Fenn war ebenso an die

Wirklichkeit gebunden wie all diese banalen Dinge. Kein Zauber, keine okkulte Macht, kein allwissendes Auge. Nur eine ahnungslose Komplizin: die arme, leichtgläubige Sonia.

»Du verstehtst, was ich meine, oder, Rosa?«

»Ja.« Sie nickte. »Ich glaube, du hast recht.« Es war, als hätte Fenns Verbindung zu Sonia ihn weniger bedrohlich gemacht. Sie war so bemitleidenswert, daß einiges davon sich auf ihn zu übertragen schien.

»Aber was machen wir jetzt? Ich meine, wir werden Fenn nicht finden, bevor wir Sonia nicht gefunden haben. Und immerhin ist es möglich, daß sie ihn jetzt, wo sie das Band gehört hat und weiß, daß sie mißbraucht worden ist, verpfiffen hat. Sie war unglaublich aufgeregt.«

»Sie wird immer noch wissen, wo er zu finden ist. Wo er wohnt. Sobald sie zurückkommt, werden wir mit ihr reden.«

»Was ist, wenn sie nicht mit uns reden will?«

»Dann werden wir die Polizei bitten, mit ihr zu reden.«

Rosa fragte: »Meinst du nicht, daß wir sie sofort benachrichtigen sollten?«

Duffy schüttelte den Kopf. »Das hat keinen Zweck. Nicht, bevor Sonia nicht wieder auftaucht. Sie können auch nicht mehr unternehmen als wir.«

»Du hast wahrscheinlich recht.« Rosa wischte ihre Kaffeepfütze mit dem Brioche auf, nahm sich einen Apfel und sah Duffy an. »Ich mag diesen Gesichtsausdruck nicht.«

»Komisch. Deinen Gesichtsausdruck mag ich.«

»Hör schon auf, Duffy.«

»Entschuldige. Was wolltest du gerade sagen?«

»Du könntest ebensogut ein Vergrößerungsglas in der Hand halten, eine karierte Ballonmütze tragen und Geige spielen.«

»Du überschätzt meine Fingerfertigkeit, meine Liebe.«

»Ich meine es ernst. Spiel hier nicht den Detektiv auf der Suche nach dem absoluten Knüller. Dieser Mann ist offensichtlich geistesgestört. Du weißt nicht, wozu er fähig ist.«

»Hört, hört. Sie macht sich tatsächlich Sorgen.« Dann, als er ihren Gesichtsausdruck sah: »Welche Neuigkeiten hast du zu vermelden?«

»Nicht viel. Gestern abend hat er wieder hier angerufen. Leo hat den Anruf entgegengenommen. Er hat gemeint, es wäre der übliche Mist gewesen.«

»Siehst du denn nicht, welchen Unterschied das macht? Wir haben etwas über ihn herausgefunden. Du bist jetzt in einer ganz anderen Position. Fast schon in der Offensive.«

»Wahrscheinlich hast du recht.« Es war alles sehr neu für Rosa, doch sie begann schon, sich besser zu fühlen. Nicht gerade sicher – bis er gestellt würde, wäre das nicht möglich –, aber ein wenig zuversichtlicher. Jetzt konnte sie etwas unternehmen, konnte versuchen, mit der Sache klarzukommen. »Ich glaube, es wäre besser, wenn keiner von uns beiden mit Sonia reden würde, wenn sie zurückkommt. Wenn wir es Toby oder jemandem von der –«

Sie unterbrach sich. Die Farbe war aus ihrem Gesicht gewichen. Sie vermutete eine weitere, schreckliche Verbindung. Irgend etwas, das sie auf keinen Fall zulassen durfte. »O nein ...«

Duffy reichte über den Tisch und griff sie am Handgelenk. »Was in Teufels Namen ist mit dir los?« Sie antwortete nicht. »Rosa ...« Er stand auf und ging um den Tisch herum. »Sag schon, was ist los?«

»Ich muß jemanden anrufen. Ich habe recht. Ich muß recht haben – es kann kein Zufall sein.« Er sah zu, wie sie mit zitternden Händen eine Telefonnummer wählte. »Es ist nicht Gregs Schuld gewesen.« Sie begann zu weinen. »O Gott, Duffy ... was soll ich bloß machen ...?«

»Liebling, bitte, wein nicht. Erzähl mir, was los ist, vielleicht kann ich dir helfen.«

»Sie sind ein bißchen eigen, wenn's darum geht, die Telefonnummer ihrer Mitarbeiter herauszurücken. Sie meinen immer, man würde sie stillschweigend anstellen, ohne die Vermittlungsgebühren zu zahlen, aber wenn ich's ihnen erkläre, werden sie sicherlich ... Hallo?«

Duffy beobachtete ihr angespanntes, aschfahles Gesicht. Hörte die Wörter nur so hervorsprudeln und sah, wie sie sich schließlich eine Nummer notierte und auflegte, ohne sich zu bedanken. Sie wählte eine andere Nummer.

»... Er war Schauspieler ... die Jobvermittlung hat ihn mir geschickt, als ich übergangsweise eine Putzfrau brauchte ... ich habe ihm vorgeworfen, er hätte sich vollaufen lassen und Madgewick nach draußen gelassen ... wir haben uns gestritten, und da hat er sich davongemacht. Ich muß mich ... Hallo, Greg? Hier Rosa Gilmour. Hören Sie – ich habe Sie zu Unrecht beschuldigt. Wegen der Katze. Ich wollte mich nur –«

»Es ist zwecklos, mich zu bitten, zurückzukommen, meine Liebe. Morgen bin ich bereits auf dem Weg zum Theater von Liverpool. Schwertträger in *Die Herzogin von Amalfi.*«

»Deshalb ruf ich nicht ...«

»Die Vorsprechprobe im Barbican war ein absoluter Reinfall. Ich bin vollkommen zusammengebrochen. Wahrscheinlich hab' ich das

Bewußtsein für die Größe dieser Literatur nicht ausgehalten. Stellen Sie sich vor . . .«

»Greg. *Bitte*, es ist wirklich wichtig.«

»Oh. Dann schießen Sie mal los.«

»Dieser Mann, der mich bedroht hat. Er . . . er hat unsere Katze.« Duffy ging zu ihr hinüber und stellte sich neben sie.

»Abscheulich. Aber ich sehe nicht ganz, was ich damit zu tun haben soll. Es ist zu gemein, um wahr zu sein.«

»Der Tag, an dem er verschwunden ist. Sie haben mir gesagt, er wäre noch in seinem Körbchen gewesen, als Sie aus dem Haus gegangen sind.«

»Und das stimmt, meine Liebe. Da gibt's keinen Zweifel.«

»Ja, ich weiß. Haben Sie mir nicht gesagt, es wäre jemand an der Tür gewesen, um sich nach dem Weg zu erkundigen?«

»Das ist richtig.«

»Was ist da eigentlich passiert? Hat er einfach gefragt und ist dann weggegangen?«

»Es war nicht ganz so, Rosa.« Eine Pause, dann fuhr er mit veränderter Stimme fort: »Das kommt davon, wenn man jemandem behilflich sein will.«

»Schon in Ordnung. Erzählen Sie mir einfach, was passiert ist.«

»Er hat sich erkundigt, wie er nach Chalk Farm kommt. Ich hab' ihm gesagt, ich würde mich in dieser Gegend nicht auskennen, könnte mich aber daran erinnern, einen Stadtplan auf der Anrichte gesehen zu haben und würde rasch hinunterlaufen, um ihn zu holen. Das habe ich getan.«

»Und die Haustür haben Sie offengelassen?«

»Ich fürchte schon.« Eine noch längere Pause. »Mein Gott! Sie nehmen doch wohl nicht an, daß er die ganze Zeit im Haus gewesen ist, während ich gearbeitet habe?«

»Es muß so gewesen sein. Es hat keine Anzeichen für einen Einbruch gegeben. Und als ich nach Hause kam, war die Katze verschwunden. Dazu noch eine ganze Menge Whisky.«

»Ohhh.« Seine Stimme klang genüßlich und erregt. »Mir wird ganz kalt.«

»Machen Sie sich keine Vorwürfe.« Rosa wußte, daß sie unwirsch klang. Er hatte um die Drohungen gewußt und hätte ihrer Ansicht nach sehr viel vorsichtiger sein sollen. »Bitte sagen Sie mir alles, was Sie über sein Aussehen wissen, Greg. Jede Einzelheit. Es ist sehr wichtig.«

Duffy beobachtete, wie ihr Stift über das Blatt Papier flog. Der junge Kerl schien sich an schrecklich viel erinnern zu können. Dann sah er, daß ihre Schultern bebten. Als sie den Hörer auflegte und sich ihm zuwandte, war ihr Gesicht tränenüberströmt.

»... die Leute waren zu Madgewick so grausam, Duffy ... bevor wir ihn gefunden haben. Er hat in einer Mülltonne gelegen ... war schon halbtot. O mein Gott – ich könnte es nicht ertragen, wenn ihm etwas zugestoßen wäre ... ich könnt's einfach nicht ... wir müssen etwas unternehmen ...«

Er eilte auf sie zu und nahm sie instinktiv in seine Arme. »Wein doch nicht, mein Schatz.« Er log, um sie zu beruhigen. »Er wird schon in Ordnung sein. Katzen – die kennen eine Menge Tricks. Wahrscheinlich ist er gerade in diesem Augenblick auf dem Weg nach Hause.«

»Meinst du wirklich?« Ihr Gesichtsausdruck war bemitleidenswert.

Er konnte nicht anders, als sich über sie zu beugen und ihr die Tränen wegzuküssen.

»Kann ich jetzt gehen, Mrs. Gilmour?«

Sie fuhren auseinander. Rosa sagte: »Ja ... vielen Dank.« Als Mrs. Phillips gegangen war, führte Duffy sie zum Tisch.

»Komm, setz dich, meine Liebe. Gib mir deine Notizen. Komm schon ... dir wird es besser gehen, wenn wir etwas zu tun haben.« Sie setzte sich neben ihn und versuchte, weitere Tränen zurückzuhalten. »Ich muß schon sagen, dein Greg scheint sich an ziemlich viel zu erinnern.«

»Ja. Er ist schwul, weißt du, und dieser Mann war anscheinend –,« ihr Mund zuckte, als sie weitersprach, »– ziemlich schön. Selbst wenn man ein gewisses Maß an romantischer Übertreibung berücksichtigt, denke ich, daß wir eine ziemlich genaue Beschreibung haben.«

»Dann sollten wir mal einen Blick darauf werfen. Inwiefern ähnelt er Louises Klempner? Er hat keinen Schnurrbart.«

»Der könnte falsch gewesen sein.« Sie holte tief Luft und schniefte. Er reichte ihr ein großes, hellbraunes Taschentuch, das zerknittert, aber sauber war. Sie wischte sich das Gesicht ab und putzte ihre Nase.

»Körperbau und Größe?«

»Schlank, ziemlich groß.« Rosa sah auf ihren Notizblock. »Sehr schlank, fast zwei Meter groß. Haar kupferrot, aber mit goldenen Strähnen durchsetzt.«

»Der Klempner hat eine Schlägermütze getragen. Wahrscheinlich, weil sein Haar so auffällig war.«

Rosa fuhr fort: »Sehr gerade Nase, blasse Hautfarbe, stechende Augen. Fast so goldbraun wie die eines Löwen.«

»O, mein Gott. Bestimmt hatte er dazu noch einen hypnotischen Blick. Rosa, die Schwierigkeit besteht darin, daß wir nicht wissen, wieviel davon den Tatsachen entspricht und was Greg dazuerfunden hat, nachdem er wußte, um wen es sich handelt.«

»Ich denke, wenn wir die dramatischeren Adjektive streichen, werden wir immer noch eine Menge Informationen über ihn bekommen. Und eine detaillierte Beschreibung seiner Kleidung, die übrigens ziemlich teuer und elegant war, was mich erstaunt, ohne sagen zu können, warum.«

»Was soll das heißen?« Duffy versuchte, ihre Schrift zu entziffern. »Erfreulich viel was . . .?«

»Erfreulich viel Fülle im Schritt.«

»Um Himmels willen. Trotzdem sollten wir das im Auge behalten.« Er schwieg erwartungsvoll. »Tut mir leid.«

»Verstehst du denn nicht, welchen Unterschied das macht? Jetzt wissen wir fast genau, wie die Person aussieht, hinter der wir her sind.«

»Offensichtlich werden diese Informationen der Polizei weiterhelfen, aber was uns angeht . . . Rosa, in dieser Stadt wohnen über vier Millionen Menschen. Wir wüßten nicht, wo wir anfangen sollten.«

»Aber natürlich wissen wir das.« Rosa drückte seine Hand so sehr, daß er zusammenzuckte. Ihre innere Spannung schien sich wie ein Stromstoß auf seine Haut zu übertragen. »Hör zu, ich kann mich sehr genau daran erinnern, weil mir damals das absolute Mißverhältnis aufgefallen ist. Neulich, als Sonia mir dieses unglaublich teure Parfum zum Ausprobieren gegeben hat, hab' ich zu ihr gesagt, ihr Freund müßte wohl ein Ölscheich oder etwas ähnliches sein, und sie hat daraufhin gemeint« (Duffy meinte, seine Hand würde zerquetscht): »O nein, tatsächlich wohnt er über einem Schnellimbiß in Islington.«

Einen Moment sahen sie sich wortlos an, dann sagte Duffy: »Ich glaube, du zerquetschst mir die Knochen.«

»Oh.« Rosa ließ seine Hand los. »Entschuldige! Können wir jetzt gehen?«

»Einen Moment –«

»Ich *kann* nicht mehr warten. Wir müssen . . .«

»Planen, das ist alles. Islington ist ziemlich groß. Er könnte Kings Cross, den Angel oder Highbury Road gemeint haben. Einige Leute glauben sogar, die Ball's Pond Road gehöre zu Islington. Vor allem die Schickeria, die vor kurzem dorthingezogen ist. Wir müssen mit System vorgehen. Es in einzelne Abschnitte aufteilen, ansonsten werden wir irgendwann alles zweimal machen.«

»Jeder von uns könnte sich um eine Hälfte kümmern.«

»Nein.«

»Aber denk daran, wieviel Zeit wir damit sparen könnten. Wir werden doppelt so lange brauchen, wenn wir die Runde gemeinsam machen.« Als er nichts sagte, fuhr sie widerspenstig fort: »Du kannst mich nicht davon abhalten.« Dann schämte sie sich. Er hatte sich sofort bereit erklärt, ihr zu helfen, doch es wäre durchaus verständlich gewesen, wenn er das nicht getan hätte. Der aufreibende Verkehr, die Lauferei, die Parkplatzsuche, das unangenehme, kalte Wetter. Dann wurde ihr klar, warum er nicht wollte, daß sie auf eigene Faust losging, und sie war ihm dankbar. »Ich hol die Karte.«

Als sie gemeinsam über dem Stadtplan hockten, sagte er: »Ich denke, wir sollten mit dem Teil beginnen, der im allgemeinen für Islington gehalten wird, und erst dann zu den Randbezirken übergehen, wenn sich das als nutzlos erweist.«

Sie nickte. »Einverstanden.«

»Hast du die Gelben Seiten hier? Vielleicht sind darin einige Schnellimbisse verzeichnet.«

»Nicht für Islington!«

Duffy zog mit seinem Finger eine Linie. »Hier gibt es etliche Einbahnstraßen, was uns gewisse Probleme bereiten dürfte. Es ist nur ein kurzer Weg dahin. Mornington Crescent runter, links ab auf die Saint Pancras Road und am Kings Cross abbiegen. Du wirst die Straße zu beiden Seiten des Autos gleichzeitig im Auge behalten müssen. Ich werde mich umsehen, sobald wir in einen Stau geraten. Sobald wir einen Imbiß sehen, werde ich anhalten und in nächster Nähe parken. Einverstanden?«

»Mehr als einverstanden. Und danke, Duffy.« Sie sah ihn ernst an. »Du bist ein wundervoller Mann.«

»Bin ich gar nicht.« Er grinste. »Ich bin nur hinter einem Knüller her. Stell dir vor, wie Toby vor Neid grün anlaufen wird. Allein das wird die Lauferei schon wert sein.«

Als sie aus dem Haus gingen, sagte Rosa: »Ich habe das Gefühl, daß sie bei ihm sein wird. Du weißt schon, Sonia.«

»Das wird sich zeigen.« Der Beifahrersitz seines Citroën lag voller Gerümpel. Alte Ausgaben der *Sporting Time*, ein paar Romane von Dick Francis, ein Taschenbuch mit Aphorismen, eine Bonbontüte und ein halber Riegel Traubennußschokolade. Duffy schob alles zusammen und warf es auf eine schmuddelige Reisedecke im hinteren Teil des Wagens und auf die Ablage.

»Reinhold ist mein Mittelname.«

»Es ist bestimmt nicht dein Rufname.«

Sie bogen auf die Camden High Street ab und blieben schon bald hinter einem blau-weiß gestrichenen Interrent-Bus hängen. Sie brauchten eine Viertelstunde, um zur Morning Crescent zu kommen.

»Wir werden dort niemals ankommen.« Als sie im Eßzimmer geredet, sich die Route angesehen und die Fahrtstrecke geplant hatten, war Rosa zu beschäftigt gewesen, doch jetzt, als sie im dichten Verkehr festsaßen, konnte sie die schrecklichen Bilder, die sich in ihrem Kopf zu formen begannen, nicht mehr zurückhalten. Madgewick, der grausam behandelt wurde, Madgewick tot. Sie starrte auf die Schaufenster von Marks und Spencer's: »Neunundneunzig Prozent unserer Waren werden in England hergestellt« – was die Erwartungen an eine gute Mahlzeit zunichte machte. Dann dachte sie an das Abendessen des vorangegangenen Tages und ging jeden einzelnen Handgriff während der Vorbereitungen durch. Sie verteilte gerade geröstete Nüsse auf dem kalten Zitronensoufflé, als Duffy sagte:

»Okay. Jetzt mußt du aufpassen.«

Sie passierten den großartigen, in grellem Rosarot gehaltenen Prachtbau von St. Pancras. Einen Augenblick später schrie Rosa: »Da! Da!«

»Um Himmels willen!« Duffy lugte in Richtung ihres ausgestreckten Arms, der über den unteren Teil seines Gesichts geschossen war. »Wenn du das innerhalb der nächsten Stunde ein paarmal wiederholst, bin ich das reinste Nervenbündel.«

»Tut mir leid. Wo kannst du parken?«

»Nirgendwo.« Wieder sah er aus dem Fenster. »Meinst du ›Alfs Fisch, Pommes frites, Aal, Püree – Alles heiß serviert‹? Darüber sind nur Anwaltspraxen.«

»Oh.« Sie sank in ihren Sitz zurück.

Innerhalb der nächsten halben Stunde, in der sie zehn Straßen, eine davon versehentlich sogar zweimal, entlanggefahren waren, entdeckten sie fünf Imbißstuben. Eine lag unter einer Spielhölle, eine andere unter einer Anwaltspraxis und eine dritte unter einem Kredithai, der taktvoll in Goldbuchstaben für sich warb: »Ledbury Finanzierungshilfe«. Die beiden anderen kamen für sie in Frage. Eine davon war in der Donelly Street, einer Seitenstraße der Caledonian Road. Sie parkten gleich davor im Halteverbot, stiegen aus und sahen sich nach einem Verkehrspolizisten um. Keiner in Sicht.

»Komm«, sagte Duffy. »Es wird nicht länger als fünf Minuten dauern.«

In den Fenstern oberhalb des Imbisses hingen schneeweiße Gardinen, und in einem davon stand ein Farn in einem blanken Messingtopf. Neben dem Ladeneingang war eine offene Holztür, die auf eine Treppe ohne Läufer führte. Es gab weder Klingeln noch Namensschilder. Sie gingen die Treppe hinauf, kamen an eine zweite Tür und klopften an. Sie warteten, was Rosa als eine halbe Ewigkeit empfand. Im Raum waren Geräusche zu hören. Wieder klopfte Duffy.

»Ich komm' ja schon.« Schlurfende Schritte näherten sich der Tür, und ein sehr alter Mann öffnete ihnen. Das Zimmer hinter ihm bot einen erstaunlich ordentlichen und sauberen Anblick, was auch für den alten Mann selbst galt. »Was wollen 'Se denn?«

»Ähem . . . wir suchen nach einem jungen Mann.«

»Junge Männer gibt's hier nich'. Und junge Frauen auch nicht, is' eigentlich 'ne Schande.« Ein im Keim erstickter Laut zwischen einem Keuchen und einem Pfeifen hätte als ein Lachen gelten können. Mit einer Unbekümmertheit, die vor allem Kindern und älteren Menschen zu eigen ist, fügte er hinzu: »An meinem nächsten Geburtstag werd' ich vierundachtzig.«

»Alles, was wir über ihn wissen«, sagte Rosa, »ist, daß er über einem Imbiß in Islington wohnt.«

»Ich wohne über einem Imbiß in Islington.«

»Na ja – jedenfalls vielen Dank.« Rosa begann, sich abzuwenden.

»Ich versorg mich allein. Alles blitzblank. Wollen Sie sich mal umsehen?« Er öffnete die Tür ein wenig weiter.

Duffy meinte: »Das ist sehr freundlich von Ihnen, aber ich fürchte, wir können nicht bleiben. Ich stehe im Halteverbot.«

»Sie wollen mich in ein Altersheim stecken, da muß man auf Sauberkeit achten. Sobald man nur ein bißchen Unordnung einreißen läßt, hat man sie gleich am Hals.«

Rosa sagte beschwichtigend: »Bei Ihnen sieht's wirklich hübsch aus.«

»Sind Sie von der Fürsorge?«

»Nein.«

»Nun, ganz wie Sie meinen.« Und er schloß die Tür.

Als sie die Treppe hinuntergingen, sagte Rosa: »Armer alter Kerl.«

»Nicht im geringsten. Ich hoffe, ich bin noch so fit wie er, oder überhaupt noch fit, wenn ich vierundachtzig bin. Schnell!«

Der Verkehrspolizist hatte noch vier Wagen vor sich. Sie stiegen ein und fuhren gerade noch rechtzeitig los. Das zweite Gebäude, das in Frage zu kommen schien, wurde, obwohl es vom Auto aus wie ein Privathaus ausgesehen hatte, tatsächlich von einem nahegelegenen Schreibwarengeschäft als Lagerraum benutzt. Duffy strich auf seiner Karte säuberlich eine Sektion durch.

»Na dann los. Sektion zwei. Wir fangen am Angel an – dann die Essex Road hoch bis zur St. Peter's Street, richtig?« Als sie nicht antwortete, setzte er hinzu: »Mach nicht so ein Gesicht, Liebling. Wir haben gerade erst angefangen.«

Rosa starrte auf die Karte. »Es ist so viel. All diese Straßen . . .«

»Ach, komm. Wir haben bereits ein Viertel geschafft, und es ist nicht einmal zwölf. Siehst du – wir sind schon da. Nummer eins. Täglich frischer Fisch.«

»Das ist ein Fischhändler.« Doch einen Moment später sah sie die Aufschrift »Fisch & Pizza«. Die Jagd ging weiter.

Gegen zwei Uhr standen sie mit schmerzenden Waden unter einem Ladenschild, das ihnen »Nur die besten Meeresfrüchte und Pommes frites« versprach.

Die Gesichter, die sie innerhalb der letzten zwei Stunden an den verschiedensten Türen gesehen hatten, begannen in Rosas Erinnerung ineinander zu verschwimmen. Sie hatten ein halbes Dutzend junger Männer von unterschiedlichster Größe und Statur getroffen, die in nichts dem nahe kamen, was ihre eigenen Mütter als gutaussehend bezeichnet hätten. Ein ältliches Damenpaar, die eine gepflegt, die andere so ungepflegt, daß man sie sich sauber gar nicht mehr vorstellen konnte. Eine Frau mittleren Alters namens Lana, die eine schwarze Netzbluse und einen kurzen Lederrock trug und Duffy (der einen Augenblick vor Rosa an der Tür angelangt war) Nachhilfestunden in Französisch angeboten hatte. Ein ältliches Paar, das stocksteif an der Tür gestanden hatte und sich augenscheinlich gegenseitig abstützen mußte. Sie hatten noch immer stocksteif und mit vor Unruhe und Mißtrauen verzerrten Gesichtern an der Tür gestanden, als Rosa und Duffy gegangen waren.

Sie hatten in der Nähe einen auf eine Stunde begrenzten Parkplatz gefunden, und jetzt sah Duffy auf die Uhr. »Wir haben noch fast zwanzig Minuten. Bist du hungrig?«

»Ich komme um vor Hunger.«

»Nun, auf der anderen Straßenseite ist The Sun an Seventeen Cantons, und sonst gibt es noch diesen Imbiß mit den besten Meeresfrüchten und Pommes frites.«

»Oh, bitte Pommes frites. Ich mag dieses Kneipenessen nicht besonders. All diese Hackfleischaufläufe.«

Da die Mittagszeit bereits vorbei war, fanden sie einen freien, sauberen Tisch am Fenster. Duffy ging zur Theke und kam mit einer goldbraun gebackenen Seeforelle, knusprigen Pommes frites, locker gebakkenem Weißbrot, Butter und einer Kanne frischaufgebrühten, dunkelbraunen Tees wieder. Rosa aß alles, was auf ihrem Teller lag. Auf dem Tisch standen kleine Plastikbehälter mit Steaksauce, die mit einer silbernen Alufolie zum Abziehen verschlossen waren. Die Seeforelle roch und schmeckte, als sei sie noch vor einer halben Stunde im Meer herumgeschwommen. Doch sobald sie ihre zweite Tasse Tee getrunken hatte, spürte Rosa das durch die Mahlzeit hervorgerufene Wohlbehagen schwinden.

Sie fragte: »Wieso hat Sonia mich angelogen? Darüber, wo er wohnt?«

»Warum in Gottes Namen sollte sie lügen, sobald es um die nördlichen Bezirke geht? Wenn sie den Belgrave Square genannt hätte, wäre es noch verständlich gewesen.«

»Du hast wahrscheinlich recht. Andererseits – Hey, es ist Viertel nach zwei.« Rosa schnappte sich ihre Tasche. Sie standen auf, liefen die Straße hinunter und knöpften erst im Laufen ihre Mäntel zu. Sie kamen fünf Minuten zu spät. An der Windschutzscheibe hing bereits ein Strafzettel.

»Verdammter Mist. Die scheinen Islington zu ihrem Jagdgebiet gemacht zu haben.«

»Du mußt mich das bezahlen lassen, Duffy. Schließlich tust du alles nur für mich. Und dann noch das Mittagessen und so weiter.«

»Das Mittagessen geht auf meine Spesenrechnung. Und du wirst den Strafzettel auf keinen Fall bezahlen.«

»Dann die Hälfte.«

»Oh, jetzt spiel hier bitte nicht die Emanze, Rosa.« Plötzlich klang er mißmutig und mürrisch.

»Sei nicht so gemein. Ich versuche nur, fair zu sein.«

Er nahm den Strafzettel aus der Plastikhülle, zerriß ihn und gab ihr eine Hälfte. »Na gut, dann die Hälfte.«

Unentschlossen nahm sie ihn an sich, und sie stiegen in den Wagen. Mit einem Frösteln, dem ersten Anzeichen aufkommender Verzweiflung, entschied sie, daß er ihre Suche ebenfalls für fruchtlos hielt. Doch seine nächsten Worte straften ihre Vermutung Lügen.

»Wir Idioten. Wir hätten zuerst zum Städtebauamt fahren sollen.

Sie müssen ein Verzeichnis der Geschäftsräume haben. Und der Imbisse und der Restaurants. Wir hätten uns die Hälfte der Zeit sparen können.« Er klang immer noch schlechtgelaunt, aber auf zuversichtliche, leicht aggressive Weise.

»Sollen wir das jetzt tun?«

»Wir haben nicht mehr so viel Zeit, wenn du um Viertel vor vier an der Schule sein mußt. Laß uns diesen Abschnitt noch zu Ende machen, dann können wir morgen früh mit frischer Kraft weitermachen.«

»Morgen habe ich eine Sendung.«

»Dann eben direkt danach. Können deine Kinder nicht irgendwo Kaffee trinken gehen oder sonstwas machen?«

Es klang, als seien sie für ihn nichts als eine störende Plage, dachte Rosa. Das machte sie wiederum ärgerlich, und sie erwiderte scharf: »Ich werd's versuchen. Es kommt ziemlich plötzlich.«

»Guck, da ist ein griechischer Imbiß. Sie machen auch Kebabs. Wenn man dem Neonschild glauben darf, kommen die Fische frisch aus dem Meer.«

Offensichtlich bemühte er sich, das enge, freundschaftliche Gefühl wiederherzustellen, das vorher zwischen ihnen bestanden hatte. Rosa lächelte und las ihm das Ladenschild des Nachbargeschäfts vor. »Dorocee. So-gut-wie-neu.«

»Ich wette, das ist sie tatsächlich«, murmelte Duffy, als sie aus dem Wagen stiegen. Eine außerhalb des Gebäudes angebrachte Eisentreppe führte zu einer darüberliegenden Wohnung und endete vor einer schäbigen, kastanienbraunen Tür. Sie hörten das gedämpfte Rattern von Maschinen. Als sie gerade klopfen wollten, sahen sie, daß die Tür offen war und drückten sie auf. Sie kamen auf einen kleinen Flur, von dem eine zweite Tür abging. Daran hing ein Filmplakat mit einem griechischen Titel, auf dem ein Autorennen und eine vollbusige hellenische Schönheit mit Blumen im Haar und einem trägen Schmollmund abgebildet war. Duffy klopfte.

Eine gedrungene, schwarzgekleidete Frau öffnete weit die Tür, um sie sofort darauf bis auf einen Spalt zu schließen. In dem Augenblick hatte Rosa drei oder vier Mädchen gesehen, die sich über Nähmaschinen gebeugt hatten. Der kleine Raum quoll über von Stoffen in leuchtenden Farben; er war bis zur Decke vollgestopft.

»Was wollen Sie? Ich nähe nur ein Kleid für meine Freundin. Das hier ist kein Geschäft.« Als Duffy die übliche Frage stellte, sagte sie nur: »Ich vermiete keine Zimmer.« Dann war nur noch ein unverständlicher Schwall griechischer Wörter zu hören, die sie teilweise in den Raum hinter sich rief, als die Maschinen wieder zu rattern begannen. Sie schlug die Tür zu.

»Der heutige Tag ist für mich in vielerlei Hinsicht lehrreich gewesen«, murmelte Rosa, als sie wieder in den Citroën stiegen. »Ich habe noch nie einen illegalen Kleinbetrieb gesehen.«

Duffy fuhr einige Minuten weiter und bog dann in die letzte Straße ihrer markierten Zone ein. Packington Street. Er fuhr langsam und sah immer wieder aus dem Fenster.

»Nichts . . . nun, Rosa . . . ich glaube, das war's für heute. Wenn du möchtest, mache ich morgen früh allein weiter. Ich werde mir beim Bauamt eine Liste besorgen.«

»Warte mal! Am anderen Ende der Straße ist ein Wendehammer.«

Duffy wies mit dem Kopf auf ein Straßenschild. »Es ist eine Sackgasse. Kaum wahrscheinlich, daß dort ein Imbiß ist.«

Sie sah, wie er sich entschloß, ihr ihren Willen zu lassen. »Einverstanden, Rosamunda. Wenn du die Sackgasse überprüfen willst, sollst du die Sackgasse überprüfen.«

Er lenkte den Wagen nach rechts und bog in den Lucy Place ab. Sie kamen auf einen geschlossenen, gepflasterten Hof, der auf beiden Seiten von den Hintergängen einer dreistöckigen Textilfabrik umgeben war, deren teilweise zerbrochenen oder mit Pappe bedeckten Fenster rußverschmiert waren. Im Vergleich dazu sahen die vier kleinen Geschäfte auf der gegenüberliegenden Straßenseite schmuck aus. Da war ein hellrot und weiß gestrichener Druck- und Kopierladen, durch dessen große Schaufensterfront man die Maschinen bei der Arbeit sehen konnte. Ein Fensterputzer fuhr mit einem T-förmigen Schieber über die Scheiben, wobei er kleine Rinnsale von einer Seite zur anderen schob. Sein Wagen und seine Leiter standen in der Nähe des Eingangs.

Neben der Druckerei war Lamb's untergebracht: »Alles für Baby und Kleinkind«. Das Gebäude war grün und butterblumengelb gestrichen, und im Schaufenster lagen kostspielige Kinderkleidung und etliche Plastikspielzeuge aus. Daran schloß sich eine bescheidene Kunsthandlung an, die gerahmte Landkarten, Ölgemälde und Pinsel zum Verkauf anbot. Im letzten Gebäude war unter einem Firmenschild mit Palmen und silbernen Fischen die *Oasis Fish Bar* untergebracht.

Nach einem kurzen Augenblick des Schweigens meinte Duffy: »Gütiger Himmel. Wieder einmal hat die weibliche Intuition über den männlichen Mangel an Zuversicht gesiegt.« Er sah nach oben. »Über dem Geschäft sind zudem noch Wohnungen. Glückwunsch.« Er öffnete die Wagentür. »Na los . . . was ist mit dir?«

Rosa starrte durch die Windschutzscheibe auf ein mit ordentlichen Vorhängen ausgestattetes Schiebefenster oberhalb des Fischimbisses. Es wirkte fast wie das Fenster einer Kinderzeichnung oder eines Puppenhauses. Die Vorhänge waren so symmetrisch drapiert, daß es ihr vorkam, als seien sie auf das Glas gemalt. Die Gardine, weder weiß noch grau oder beige, sondern eine unangenehme Mischung aus allen drei Farben, ging genau bis zur Mitte des Fensters und bewegte sich ebenfalls nicht. Es herrschte Totenstille. Totenstille in einer Sackgasse. Sie konnte nicht aufhören, es anzusehen. Sie hörte, wie Duffy etwas sagte, dann erschien eine Hand vor ihren Augen, verschwand, kam wieder. Sie hätte alles gegeben, um die Zeit zurückdrehen zu können. So wie vor fünf Minuten zu leben, als sie noch nicht gewußt hatte, daß es dieses Fenster gab. Sie schloß ihre Augen. Es machte keinen Unterschied. Das Fenster drängte sich ihren Gedankenbildern auf. Sie wandte den Kopf und sah Duffy an.

»Was in Gottes Namen ist mit dir los?«

Ihr fiel nichts Sinnvolles ein, was sie hätte sagen können. »Prickeln im Finger . . .« Er mußte sie für dumm und sentimental halten. Sie wollte den Wagen nicht verlassen. Was immer auch geschehen mochte, sie würde nicht näher an das Fenster gehen als jetzt. »Geh du, Duffy. Ich fühl' mich nicht wohl. Wahrscheinlich liegt das an dem Fisch und den Pommes frites.«

»Unsinn. Ehrlich, Rosa, du bist durchschaubar wie ein Kind.« Seine schlechte Laune war verflogen. Er streckte den Arm aus und nahm ihre Hand. »Dir ist nicht übel, sondern du hast Angst. Wieso meinst du, daß dies die Wohnung ist, die wir suchen?«

Sie schüttelte den Kopf. Sie war unfähig, auch nur ein Wort zu sagen. Es war, als würden die Wörter – sobald sie ausgesprochen wären, vernehmbare Manifestationen dessen, was schließlich nur eine Vermutung war – ihre Befürchtungen auf schreckliche Weise wahrmachen. Wenn sie nichts sagte, würden sie sich vielleicht als grundlos erweisen.

»Hör zu, Liebling. Wir haben den ganzen Tag damit verbracht, nach diesem Ort zu suchen.«

»Ja, ich weiß. Mir ist nur nicht klar gewesen . . . wie es wirklich sein würde . . .«

»Ist es in Ordnung, wenn du im Wagen sitzenbleibst?«

»Ja.«

Sie sah ihm nach, als er den Platz überquerte und in den Imbiß ging. Sie versuchte, ruhiger zu atmen. Gleichmäßig und gelassen durchzuatmen. Kaum zu glauben, daß es draußen kalt war, so stickig war die Luft im Wagen. So drückend. Sie löste den Sicherheitsgurt, verriegelte die Tür, reichte zur Fahrerseite hinüber und tat dort dasselbe. Es war unsinnig, sich auch nur im geringsten zu fürchten. Sie saß sicher in einem abgeschlossenen Wagen auf einem offenen Platz, der von Gebäuden voller hart arbeitender Menschen umgeben war, die ihr nichts Böses wollten.

Duffy brauchte lange. Sie sah auf die Digitaluhr an seinem Armaturenbrett. Sie würden es gerade noch schaffen, die Kinder abzuholen. Sie schloß die Augen und konzentrierte sich auf ihren Atem. Sie begann zu zählen. Eins ... zwei ... drei ... Offensichtlich hatte das Zählen einen beruhigenden Effekt. Das Herzklopfen ließ ein wenig nach. Sie atmete gerade bei sieben aus, als jemand an der Fahrerseite an die Scheibe klopfte. Die Luft blieb ihr im Hals stecken und sie starrte mit weitaufgerissenen Augen in ein junges männliches Gesicht, das nur wenige Meter von ihr entfernt war. Er trug eine Kappe, so daß sie seine Haarfarbe nicht erkennen konnte. Wie der Klempner. Genau wie der Klempner.

Während sie ihn anstarrte, kam er näher und drückte sein Gesicht gegen die Scheibe: seine Nase wirkte breit und platt wie die eines Negers, seine wulstigen Lippen verzerrten sich zu einem Clownslächeln. Lautlos formte sie die Wörter: »Geh weg!« Sie bekam keinen Laut heraus. Er zuckte übertrieben mit den Achseln und ging in die Mitte des Platzes. Dort breitete er seine Arme aus und adressierte die Wand: »Geh weg? Sie will, daß ich abhau'!«

Sie nutzte seine Abwesenheit, um die Wagentür aufzureißen und über den Hof zu rennen. Seine Stimme verfolgte sie.

»Verflucht noch mal, du blockierst die verdammte Ausfahrt, Süße. Wie zum Teufel soll ich meinen Wagen durch so'n Nadelöhr kriegen?«

Sie hatte sich in dem Imbiß in Sicherheit gebracht. Obwohl Duffy sich darüber wunderte, mit welcher Geschwindigkeit sie durch die Tür geschossen kam, sagte er kein Wort. Der Imbiß war leer, und zwar nicht, als wäre in den Räumen noch vor kurzem ein reges Treiben gewesen, sondern wirklich leer. Die Geräte waren ordentlich geputzt, und leuchtende Fantaflaschen standen in säuberlichen Dreiergruppen unberührt auf den Regalen. Ein weiteres griechisches Plakat, diesmal von einem Bazuki-Konzert, und ein Videospiel. Hinter der Bar hing ein Vorhang aus regungslos herabhängenden, bunten Plastikstreifen.

»Ich hab' ohne Erfolg auf die Theke gehämmert.«

»Offensichtlich haben sie noch nicht geöffnet. Ich frage mich allerdings, wieso die Tür dann nicht abgeschlossen ist.«

Duffy klopfte mit den Fingerknöcheln laut auf die Theke. Von oben kam ein schepperndes Geräusch. Rosa faßte ihn am Arm.

»Das kommt aus dem Zimmer! Aus dem Zimmer, das wir von außen gesehen haben.«

»Nicht unbedingt. Es ist nicht immer einfach, Geräusche zu lokalisieren. Übrigens – was wäre, wenn du recht hättest?« Darauf konnte sie nicht antworten. Darauf wagte sie nicht zu antworten. »Wahrscheinlich ist es Mr. . . .«, er sah auf das Namensschild oberhalb der Plastikpalmen, »Mr. Christoforou.«

Christoforou. Der Name erinnerte sie an etwas. An einen Film. Sie saß in einem Kino – es war das Hampstead Everyman gewesen – auf der Leinwand war der verlängerte Schatten eines gebückten Mannes zu sehen; eine vernarbte weiße Glatze, Schlangenaugen und bleiche Finger, die schleichende Bewegungen machten und mit langen, gekrümmten Krallen ausgestattet waren, die bereit waren, zuzuschlagen. Der Vampir Nosferatu.

»Ich hab' von diesem Ort genug. Laß uns gehen. Jetzt weiß ich, daß es hier ist. Wir können morgen wiederkommen.«

Doch in dem Moment teilte sich der Plastikvorhang mit einem schnellen, raschelnden Geräusch, und der Grieche, Mr. Christoforou, betrat den Raum. Er wirkte verschlafen (er stopfte sich gerade das Hemd in die Hose) und mißmutig.

»Was zum Teufel wollen Sie von mir?«

»Es tut mir leid, aber die Tür war offen.«

»Das ist für den Videospielmann. Kommt reparieren. Sie sehen doch, daß der Laden geschlossen ist.«

»Es ist sehr wichtig. Wir suchen nach einem jungen –«

Rosa unterbrach ihn mit einer Entschlossenheit, die bewies, daß ihre Vermutung in Gewißheit umgeschlagen war. »Ist Fenn hier?«

Sie bemerkte Duffys Erstaunen. Mr. Christoforou erwiderte: »Nein. Hab' ihn seit Tagen nich' mehr gesehen.«

Das war's also. Rosa und Duffy faßten sich an den Händen. Sie fühlten sich wie Schwimmer, die jetzt, nachdem sie sich stundenlang in einem ihnen unbekannten Meer abgequält hatten, festen Boden unter den Füßen spürten.

Für einen Moment wußte keiner von beiden, was er sagen sollte. Dann fing Rosa an zu reden. Ihre neugewonnene Sicherheit hatte ihr völlig die Angst genommen.

»Würde es Ihnen etwas ausmachen, wenn wir nach oben gingen und nachsehen würden?«

Mr. Christoforou zögerte einen Moment, als rührten ihn die Intensität ihrer Bitte und ihre unterdrückte Erregung, zuckte dann aber mit den Schultern und ließ sie hinter die Theke kommen. »Sie vergeuden Ihre Zeit. Ha'm mich für nix und wieder nix aus'm Bett geholt.« Er verschwand durch eine Tür in die Eingangshalle und rief ihnen über die Schulter zu. »Rechte Tür oben an Treppe.«

Sie gingen die Treppe hinauf und standen vor der Tür. Rosa hielt Duffy zurück, als er an die Tür klopfen wollte. »Nein. Laß mich das machen.« Sie wartete einen Moment. Mit dem Vergehen der Angst hatte sich ein Gefühl freudiger Erwartung eingestellt, das an Triumph grenzte. Lächerliche und kindische Phrasen schossen ihr durch den Kopf; sie hätte schreien mögen: »Ich hab' dich!« Das Kräfteverhältnis hatte sich zu ihren Gunsten verschoben. Sie klopfte gebieterisch. Hinter der Tür rührte sich nichts.

»Wir stehen wirklich unter Zeitdruck, meine Liebe. Wenn du deine Kinder um Viertel vor vier von der Schule abholen willst, müssen wir jetzt gehen. Wir haben erreicht, was wir wollten. Alles, was wir jetzt noch tun müssen, ist, das Ganze der Polizei zu melden. Bevor wir gehen, sollten wir noch mal mit Sorbas reden, ansonsten könnte er etwas verraten. Wir wollen doch nicht, daß der kleine Mistkerl zurückkommt und dann verduftet, bevor wir ihn erwischen.«

Sie hörten entrüstete Schreie auf der Straße. Rosa sagte: »Da drinnen ist jemand. Ich weiß es einfach.«

»Nun, da keiner antwortet, wüßte ich nicht, was wir sonst noch tun könnten, mein Schatz.« Er rüttelte am Türknauf. Die Tür war verschlossen. »Was in Gottes Namen ist da unten los?«

»Ich glaube, es ist der Fensterputzer. Wegen des Wagens kann er sein Zeug nicht wegfahren.«

»Na, dann komm. Noch ein Grund, es für heute gut sein zu lassen.«

Zögernd folgte sie ihm die Treppe hinunter, wobei sie sich immer wieder umsah, als fürchte sie, die Tür würde plötzlich verschwinden. Die einzige Verbindung zu ihrem Verfolger. Nein. So brauchte sie es nicht mehr zu formulieren. Jetzt war sie die Verfolgerin. Sobald sie auf den Hof kamen, rannte der Fensterputzer auf sie zu. Es war schon merkwürdig, daß sie jetzt, als er wutschnaubend mit hochrotem Gesicht vor ihr stand, keine Angst mehr hatte.

»Ist das da drüben etwa Ihr verfluchter Wagen?«

»Ja. Tut mir leid –«

»Verdammt noch mal, ich hab' auf der Packington Street drei Jobs zu erledigen. Ich bin sowieso schon 'ne Viertelstunde zu spät dran. Vielleicht müssen Sie ja nicht für Ihren Lebensunterhalt arbeiten.«

»Warten Sie einen Moment.« Rosa öffnete ihre Handtasche. »Bitte . . .« Sie holte ihr Portemonnaie hervor. Der Fensterputzer fiel in sich zusammen, als habe man mit einer Nadel in einen Luftballon gestochen. Man meinte, die Wut förmlich aus Mund und Nase entweichen zu sehen.

»Nee, nee. Is' schon in Ordnung. Seh'n Se nur zu, daß Se wegkommen, meine Dame. Is' wirklich nich' nötig.«

Sie hielt ihm die Fünfpfundnote entgegen. »Könnte ich bitte Ihre Leiter leihen? Nur für fünf Minuten.«

»Aha, das is' was anderes.« Er nahm den Schein an sich. »Wenn's um 'n Geschäft geht.« Er ging davon und kam mit der Leiter zurück. »Sie is' ausziehbar. Wenn man nich' dran gewöhnt is', klemmt man sich leicht die Finger ein.« Und mit einem neugierigen Blick fuhr er fort: »Sie sagen, wo Se se hinhaben wollen, und ich stell' sie für Se auf.«

Sie hörte, wie Duffy mit erneut aufkommender Ungeduld aufseufzte. »Du gibst wohl nie auf, was?«

Der Fuß der Leiter fuhr mit einem ohrenbetäubenden metallischen Knirschen über das Pflaster, als der Fensterputzer sie aufstellte. Zwei Mädchen erschienen im Schaufenster der Kopierstube und sahen neugierig zu.

»Worum geht's eigentlich, hä? Sind wohl Detektive und woll'n ihn auf frischer Tat ertappen, was? Genau wie in *The Sweeney*. Ähem –« er faßte Rosa am Arm »– mit den Absätzen woll'n Se doch wohl nich' da rauf, oder? Wenn Se sich die Knochen brechen, kommt meine Versicherung nich' dafür auf.«

»Er hat recht. Sei nicht verrückt, Rosa.« Ihre tabakfarbenen Wildlederstiefel hatten zehn Zentimeter hohe Absätze. »Laß mich gehen.« Duffy trat auf die unterste Stufe der Leiter. »Und sobald wir von hier wegkommen, sollten wir uns nach einem Telefon umsehen, denn wir schaffen's auf keinen Fall, rechtzeitig zur Primrose Hill zu kommen.« Er begann die Leiter hinaufzuklettern.

Rosa stand am Fuß der Leiter und sah ihm zu. Er kletterte vorsichtig und langsam weiter, wobei seine behandschuhte Hand das glänzende Aluminium umfaßte. Zunächst sah sie die abgewetzten Fersen seiner Schuhe, dann die Sohlen, die ein so tiefes Profil hatten, daß es schien, als wären sie mit Stückchen von Blockschokolade übersät. In den Einkerbungen steckten Schotter und größere Steine und Gras. Plötzlich blähte sich sein Parka im Wind auf. Er war auf halber Höhe angelangt.

Rosa war vollkommen überzeugt, daß sich Fenn in dem Zimmer versteckt hielt. Sie stellte sich vor, daß er hinter einem Stuhl hockte oder sich unter seinem Bett verkrochen hatte. Durch klamme Lippen sagte sie laut: »Mal sehen, wie dir das bekommt!« Mit einigem Erstaunen bemerkte sie das fast sadistische Vergnügen in ihrer Stimme. Aber wieso nicht? Nach allem, was sie seinetwegen durchgemacht hatte, müßte sie eine Heilige sein, um sich nicht darüber zu freuen, daß er jetzt die gleiche bittere Medizin zu schlucken bekam. Er mußte gehört haben, daß sie wieder die Treppe hinuntergegangen waren, und würde wahrscheinlich glauben, sie hätten aufgegeben und wären davongefahren. Nun – er würde sich schon etwas anderes einfallen lassen müssen. Duffys Gesicht war jetzt auf der Höhe des Fensterbretts. Sie wartete darauf, daß er ihre Vermutung mit einem Schrei bestätigen würde.

Doch irgend etwas stimmte nicht. Duffy stieß keinen Schrei aus. Kein Laut war zu hören. Sie sah, wie sich das kastanienbraune Leder seiner Handschuhe über seinen Knöcheln straffte und spannte, als er mit beiden Händen nach der Leiter griff. Dann, ebenso plötzlich, lockerte sich sein Griff. Sein Körper schien sich von der Leiter zu lösen und gleichzeitig in der Luft eine halbe Drehung zu machen, so daß sie von unten sein auf den Kopf gestelltes Gesicht sah: der Mund war ein kleiner, schwarzer Kreis in einem größeren käsebleichen, grünlich-weißen Kreis, dem Gesicht einer Ausschneidepuppe.

Rosa stieß einen Schrei aus. Der Mann neben ihr rief: »Um Himmels willen!« Dann: »Halt dich fest, Mann.« Er begann, die Leiter hinaufzuklettern. Rosa hielt sich am Fuß der Leiter fest. Als sie oben Duffys gräßlich verzerrtes Gesicht sah, wußte sie, was er gesehen hatte. Nur der Anblick eines Todes, eines grausamen Todes zudem, konnte das Gesicht eines Menschen derart verändern. Innerlich frohlockte sie über die Zerstörung ihres Feindes.

»Er ist tot«, schien ihr Herz zu singen. »*Er ist tot*!«

Rosa streckte die Arme aus, um dem Fensterputzer zu helfen, der Duffy mit einer Hand abstützte und versuchte, ihn näher an die Leiter zu drücken, um einen besseren Halt zu haben. Einige Sekunden lang hingen die drei wie ein Trio ungeschickter Akrobaten an der Leiter. Sie hörte Duffy mit der Stimme eines alten Mannes sagen: »Ist schon in Ordnung ... ich komm' schon zurecht.« Dann stürzten alle drei gleichzeitig zu Boden. Rosa hielt Duffy am Arm. Er sah in ihr strahlendes Gesicht und spürte die übermäßige Kraft ihres Körpers. Sie wirkte wie eine siegreiche Gladiatorin.

»O Rosa ...« Er schüttelte den Kopf, konnte aber nicht weiterreden.

»Du siehst ganz schön fertig aus, Mann. Geh in die Pommesbude und ruh dich 'n bißchen aus. Wenn de nich' schwindelfrei bis', sollteste nich' auf 'ne Leiter steigen.«

»In der Eingangshalle hab' ich einen Münzfernsprecher gesehen. Hat einer von euch Kleingeld?« Duffy klang, als habe er gerade sprechen gelernt. Er brachte die Wörter erst nach einer kurzen Denkpause hervor und betonte jedes einzelne gleich schwer.

»Ja. Ich hab' Kleingeld. Kommst du allein zurecht?« Rosa entfernte sich.

»Ich bin ja bei ihm, meine Süße.« Die fünf Pfund hatten sein ungestümes Temperament offensichtlich besänftigt. »Hat keine Eile.«

»Ruf bitte die Polizei, nachdem du die Schule angerufen hast.«

»Die Polizei? Soll ich nicht lieber einen Krankenwagen rufen? Ich meine, wenn er sich umgebracht hat?«

»Er hat sich nicht umgebracht.«

»Aber –«

»Bitte, ich kann's dir nicht –« Er schüttelte den Kopf und wandte sich von ihr ab, als wolle sie ihn schlagen. »... tu einfach, was ich dir sage, Rosa.«

Von dem karibischen Mädchen mit einem wohlwollenden Lächeln bedacht, wählte sie die Nummer der Vermittlung und bat darum, mit der Polizei verbunden zu werden. In der kurzen Zeit, bevor die Polizei antwortete, fiel ihr ein, daß sie nicht wußte, was sie erwidern sollte, wenn man sie nach Einzelheiten fragte. Duffy hätte diese Aufgabe übernehmen sollen. Jetzt sah sie ihn durch den immer noch schwingenden Plastikvorhang neben der offenen Tür mit aufgestützen Ellbogen, das Gesicht in die Hände vergraben, am Tisch sitzen. Der Fensterputzer verhielt sich bereits wie die unwichtige Nebenfigur einer schlechten Fernsehserie, stellte sich in die Tür, um jedem, der es wissen wollte, zu zeigen, daß er in dem ganzen Drama eine wichtige Rolle spielte, um gleich darauf Duffy mit einem gequälten, aber mannhaften Gesichtsausdruck auf die Schulter zu klopfen.

Als sich am anderen Ende der Leitung eine Stimme meldete, sagte Rosa: »Ich möchte einen Unfall melden. Es hat einen Toten gegeben.« Sie fragten nicht nach Einzelheiten, sondern baten nur um die Adresse. Rosa gab sie ihnen und fügte hinzu, daß es sich um eine Sackgasse handelte, die von der Packington Street abging. Sie fand noch zwei Groschen und rief die Schule an. Die letzte Stunde war bereits seit zehn Minuten zu Ende. Sie sprach mit Kathys Klassenlehrerin. Guy war noch nicht aufgetaucht. Die Lehrerin hatte vollstes Verständnis und erklärte sich bereit, die beiden mit zu sich nach Hause, nach Fortune Green, mitzunehmen.

Rosa bedankte sich bei ihr und wollte gerade auflegen, als Mr. Christoforou in die Eingangshalle kam. Er trug jetzt eine ziemlich schmuddelige weiße Nylonjacke und hatte sich offensichtlich wachgemacht, indem er seinen Kopf in Wasser getaucht hatte. Sein feistes braunes Gesicht war immer noch feucht, und sein dicker Schnurrbart und seine dunklen Locken glänzten.

»Was zum Teufel Sie suchen an meine Telefon? Los, weg hier.« Sein Englisch mochte nicht ganz einwandfrei sein, doch der wütende Blick, den er auf sie richtete, war unmißverständlich. Die legendäre Gastfreundschaft der Griechen war hier offensichtlich nicht gefragt. Rosa setzte an, ihm die Situation zu erklären, als ein Polizeiwagen auf den Platz fuhr und direkt vor der *Oasis-Fish-Bar* hielt. Zwei Polizisten sprangen aus dem Wagen und kamen in den Imbiß. Der eine, ein Sergeant, schien Ende Dreißig zu sein, und der andere sah aus wie ein Schuljunge. Gefolgt von Mr. Christoforou, ging Rosa durch den Plastikvorhang in das Innere des Ladens. Der ältere Polizeibeamte musterte sie kurz und sagte dann zu Duffy:

»Wenn ich recht verstehe, hat es hier einen Unfall gegeben.«

»In dem Zimmer links oberhalb der Treppe.«

»Haben Sie irgend etwas berührt?«

»Der Raum ist abgeschlossen. Ich habe ihn nur durch das Fenster gesehen.«

Der Sergeant wandte sich an Mr. Christoforou: »Sind Sie der Besitzer dieses Hauses?« Dann, als der Grieche nickte: »Haben Sie einen Schlüssel zu diesem Zimmer?«

»Nein. Der Mistkerl hat seinen verloren, da ich ihm meinen gegeben, bis er sich neuen macht. Natürlich hat er nie getan.«

Der Sergeant verschloß die Ladentür und schob den Riegel vor. »Ich muß Sie alle bitten, einen Moment hierzubleiben.« Er zwängte sich vorsichtig zwischen den Tischen hindurch, verließ den Ladenraum und rannte dann angesichts seines Körpergewichts mit erstaunlicher Behendigkeit die Treppe hinauf. Der junge Constable folgte ihm. Die im Imbiß Zurückgebliebenen hörten, wie er an dem Türknopf rüttelte, und dann, nach einer kurzen Unterbrechung, ein lautes Krachen.

Mr. Christoforou rannte aus dem Laden die Treppen hinauf. Er schrie auf die Polizisten ein. Er begann mit einem hysterischen Kreischen, das sich dann steigerte; das beschwichtigende Knurren des Sergeants unterstrich dieses Tremolo noch, und das Duett wurde nur vom zunehmend lauten Krachen einer Schulter gegen Holz unterbrochen. Dann gab die Tür nach, und in dem Moment hörte das Streitgespräch abrupt auf.

Später erinnerte sich Rosa daran, wie schnell das Schweigen der am Tatort Anwesenden – schwer vor ungläubigem Staunen – sich mit dem der Zuhörenden – voller Angst und Neugierde – vermischte, als komme das Entsetzen wie in dichten Rauchschwaden die Treppe hinunter in den Raum und drohe sie zu ersticken. Das dauerte nur einen kurzen Moment, dann hörten sie, wie sich jemand übergab.

Schritte auf der Treppe. Mr. Christoforou kam durch den Vorhang gewankt und ließ sich in den nächstbesten Stuhl fallen. Im oberen Stockwerk war immer noch das Würgen zu hören; dann wurde eine Toilettenspülung betätigt. Rosa nahm an, daß es der junge Constable war. Noch nie hatte sie jemanden mit einer dunklen Hautfarbe erblassen sehen. Der Grieche sah aus wie eine schimmelige Apfelsine. Er sagte:

»Er verrückt sein . . . Mutter Gottes . . . er muß wahnsinnig sein.«

Die Gegenwartsform beunruhigte Rosa. Sie beugte sich vor und zupfte Duffy am Ärmel. Er reihte den Gewürzständer, eine Flasche Essig und eine rote Plastiktomate ordentlich in einer Linie auf. Gleichgültig, wie behutsam er dabei vorging, standen sie nie richtig. Die Wölbung der roten Tomate schob sich vor die Rundung der Essigflasche, und sobald sie von vorn eine gerade Linie bildeten, bot sich von hinten die gleiche unregelmäßige Sicht. Er rückte die Essigflasche einige Millimeter vor, runzelte die Stirn und schob Rosas Hand beiseite. Er wollte sie nicht ansehen. In der Eingangshalle hörten sie ein Geräusch, dann nahm jemand den Telefonhörer ab. Der Sergeant sprach ein paar Sätze, dann wurde der Hörer aufgelegt. Er kam in den Geschäftsraum.

»Bald wird ein Police Officer hier sein und mit Ihnen reden wollen.« Er wandte sich an Mr. Christoforou. »Haben Sie ein Zimmer, das wir benutzen könnten?«

»Mit all dem hab' ich nix zu tun, Mister«, schaltete sich der Fensterputzer ein. »Ich hab' denen nur meine verflixte Leiter ausgelieh'n. Ich hab' noch drei Jobs auf der Packington Street zu erledigen. Die ganze Zeit, die ich hier sitz' und Däumchen dreh', kostet mich Cash.« Aber die Entrüstung in seiner Stimme war nur gespielt. Seine Augen verrieten, daß er diese Situation um nichts in der Welt verpassen wollte.

»Kann nur Wohnzimmer anbieten. Is' sehr sauber.«

»Hat es nur eine Tür?«

»Sicher. Sehr privat.«

»Zeigen Sie's mir.«

Die beiden Männer verließen den Raum. Rosa dachte an den Polizisten im oberen Stockwerk, der, nur einige Jahre älter als Guy, die Leiche bewachte. Armer Kerl. Immerhin mußte er nicht hinsehen. Er könnte die Tür hinter sich zuziehen und sich auf den Flur stellen. Der Tote würde ihm nicht davonlaufen. Sie wünschte, Duffy würde etwas sagen. Dann überlegte sie sich, daß ihr triumphierendes Verhalten ihn vielleicht erschütterte. Vielleicht sogar beschämte. Auf jeden Fall konnte es nicht falsch sein, ihren Triumph ein wenig zu dämpfen, bevor sie mit der Polizei sprach. Nicht, daß sie irgend etwas mit seinem Tod zu tun hätte, aber dennoch . . .

Sie saßen da wie Schauspieler, die auf ihr Stichwort warten. Der körperlichen Anwesenheit der anderen Leute bewußt, doch vollkommen in ihre eigenen Gedanken versunken, in Erwartung dessen, was noch auf sie zukommen würde. Rosa fragte sich, ob sich die für diesen Fall verantwortlichen Beamten mit der Polizei in Camden Town in Verbindung setzen würden, bei der sie die telefonischen Morddrohungen gemeldet hatte. Wahrscheinlich würde das per Computer geregelt. Sie kostete das Gefühl aus, in Sicherheit zu sein. Ein Gefühl, das sie ihr ganzes Leben für selbstverständlich gehalten hatte, das sie aber nie wieder für selbstverständlich halten würde. Es war so eindringlich, daß es sie in Hochstimmung versetzte. Sie fühlte sich, als wäre sie high. Zwei weitere Wagen fuhren vor, von denen nur einer als Polizeiauto gekennzeichnet war.

Einige Männer und eine Politesse stiegen aus. Nur zwei der Männer waren uniformiert. Zusammen mit der Politesse blieben sie draußen stehen, während die anderen Männer auf den Imbiß zukamen. Der Sergeant kam von hinten in den Raum gerannt und entriegelte die Tür.

»Guten Tag, Sir.«

Die kleine Gruppe von Polizisten löste sich auf. Ein großer, grauhaariger Mann mit eingefallenen Wangen und einem breiten, schmallippigen Mund trat hervor. Er trug einen schwarz-weiß-karierten Mantel und einen weichen, dunklen Hut, den er jetzt absetzte.

»Sergeant. Worum geht's?«

Sie folgten dem Sergeant durch den Vorhang. Rosa konnte nur seine Antwort hören: »Ein Klingenkünstler, Sir«, bevor sie die Treppe hinaufgingen.

Police Constable Farley hörte sie kommen. Stampfende, autoritäre Schritte. Er richtete sich auf und baute sich in offensichtlicher Wachhaltung vor der Tür auf. Er hoffte, sein Gesicht wäre nicht schweißnaß. Erst vor einigen Minuten hatte er es abgetrocknet, doch sobald er sich die Szene in dem Zimmer vorstellte (und er hatte nichts anderes im Kopf), brach ihm erneut der Schweiß aus. Vielleicht würde er vor der Tür stehenbleiben können. Er betete, daß er nicht wieder hineingehen mußte. Wenn das der Fall wäre, würde er einfach nicht auf das Bett gucken. Zum Glück würde er die Leiche nicht berühren müssen. Es sei denn, er müßte helfen, sie fortzutragen. Sein Magen geriet in Aufruhr, und er versuchte den Brechreiz zu unterdrücken. Während seiner Ausbildung hatte er Fotos gesehen. War mit Attrappen umgegangen. Er wußte, was ihn bei der Polizei erwartete. Er hatte sich darauf eingestellt, nicht ein ganzes Leben lang alten Damen über die Straße zu helfen. Aber in der Wirklichkeit war alles anders als auf den Fotos. Eine Leiche hatte einen seltsamen Geruch und eine gräßliche Farbe. Sie lag nicht einfach da, um sich untersuchen zu lassen, sondern hob sich von der Umgebung ab, grub sich in die Augenhöhlen, brannte sich ins Gedächtnis ein.

Sein Sergeant, der als erster das Zimmer betreten hatte, sagte: »Verdammte Scheiße.« Hätte er den wahren Sachverhalt beschreiben wollen, hätte er es nicht besser ausdrücken können.

Chief Inspector Pharaoh sah zu, wie der junge Polizist die aufgebrochene Tür anhob und zur Seite stellte. Er bemerkte, daß sein junger Kollege blaß um die Nase war und seine Augen auf den Boden gerichtet hielt, und fragte sich, ob er vor fünfunddreißig Jahren genauso ausgesehen hatte. Er betrat den Raum. Gegen das, was sich seinem Blick bot, war eine Metzgerei harmlos. Der Pathologe schob sich an ihm vorbei und ging auf das Bett zu. Er ging mit dem Mädchen so vorsichtig um, als könne es noch etwas spüren.

Pharaoh ging im Raum umher. Er machte, gelinde gesagt, einen kargen Eindruck. Nicht auf erholsame Weise, als habe der Bewohner aus emotionalen oder ästhetischen Gründen auf jegliche Dekoration und ansprechende Gegenstände verzichtet, sondern er wirkte einfach schäbig: ein Raum, den ein geiziger Vermieter nur unzureichend möbliert hatte. Neben der Tür war ein Regal mit unglaublich schmutzigen Büchern angebracht. Das Zimmer war aufgeräumt, nur das Bett, das Zentrum des Sturms, war zerwühlt. Eine Wand war mit Fotografien bedeckt. Viele der Gesichter waren mit rostbraunen Flecken bespritzt, als seien die Dargestellten aus unerfindlichen Gründen von der Pest heimgesucht worden. Die Wand hinter dem Bett war an einigen Stellen so sehr mit rostroten Flecken übersät, daß man die Tapete nicht mehr erkennen konnte.

Pharaoh sah auf seine Uhr. Die Beamten von der Spurensicherung (eigentlich eine unzutreffende Bezeichnung, da die meisten in Zivil waren) müßten bald hier sein. Vom Fenster aus sah er seine Männer die Ladenfassade und den Bürgersteig absperren. Aus der Fabrik gegenüber kamen bereits die Schaulustigen. Er wandte seine Aufmerksamkeit dem Bett zu.

Schwer zu sagen, wie alt sie war, oder ob sie hübsch gewesen war. Ihre Nase war in der Mitte aufgeschlitzt, und die Nasenflügel waren so zur Seite gedrückt worden, daß elastische Sehnen und blutiges Fleisch zu sehen waren. Sie war nackt und lag mit leicht gespreizten Beinen auf dem Rücken. Das blutbespritzte Bettzeug war zerwühlt und ineinander verknotet. Sie sah aus wie eine Märtyrerin auf einem italienischen Heiligenbild des sechzehnten Jahrhunderts, die ihren Tod durch Tausende von Schnitten widerspruchslos hingenommen hatte. Der Pathologe schob einen ihrer Oberschenkel leicht zur Seite und wies Pharaoh auf ein herabhängendes silbernes Gewebteilchen hin.

»Sieh dir das an, Alan. Hier hat's mehr Lust gegeben als sonstwas. Am besten konzentrierst du dich darauf.«

»Gar nicht angenehm.« Obwohl sich Chief Inspector Pharaoh über die indirekte Kritik ärgerte, ließ er sich nichts davon anmerken. »Seit wann ist sie tot?«

»Das ist schwer zu sagen. Der Autopsiebericht wird einen genaueren Zeitpunkt ergeben. Jetzt ist das Zimmer abgekühlt, und es scheint keine Heizung zu geben. Andererseits liegt es über dem Geschäft, und wenn dort Betrieb ist, wird sich die Wärme sicherlich auf die Temperatur in diesem Zimmer auswirken. Ich schätze, der Tod liegt an die achtundvierzig Stunden zurück.«

Pharaoh nickte. Die Männer von der Spurensicherung waren gerade eingetroffen, zogen sich Handschuhe an und gingen an die Arbeit;

sie nahmen Proben, beschrifteten und katalogisierten sie: eine gründliche Untersuchung des Zimmers. Als er hinausging, schälten sie gerade mit einem scharfen Instrument einige Streifen der rostbraunen Tapete ab.

Im Erdgeschoß kam der Sergeant auf ihn zu: »Mr. Christoforou hat uns sein Wohnzimmer angeboten, Sir.«

»Ist er der Besitzer?«

»So ist es, Sir.«

»Mit ihm werde ich zuerst sprechen. Und würden Sie Police Constable Bazely bitten, zu mir zu kommen?« Als er Mr. Christoforous Wohnzimmer betrat, zuckte er leicht zusammen, denn der Kontrast zwischen dessen vulgärem, üppigem Prunk und der kargen Leichenhalle darüber war zu groß. Er zog einen mit goldenen Fransen behangenen Sessel zu sich heran, schob ihn vor das Sofa und stellte einen niedrigen Couchtisch aus Onyx dazwischen. Als Police Constable Bazely hereinkam, deutete er auf einen Barhocker an der Cocktailbar. Der Constable nahm Platz und legte sein Notizbuch auf die Bar. Chief Inspector Pharaoh nickte dem Sergeant zu, der wartend an der Tür stand. Er ging hinaus und kehrte mit Mr. Christoforou zurück, der sein eigenes Wohnzimmer so unsicher betrat, als sei es ein Minenfeld. Er hockte sich auf die Sofalehne. Chief Inspector Pharaoh nahm in dem Sessel Platz. Nach einigen grundsätzlichen Eingangsfragen zur Feststellung von Mr. Christoforous Personalien und seinem Status als Besitzer des Hauses fragte er:

»Seit wann haben Sie das Zimmer im ersten Stock vermietet?«

»Seit drei Jahren oder so.« Und zu seiner Verteidigung fügte er hinzu: »Hat keinen Zweck, gemütlich einzurichten. Leute benehmen sich wie Schweine. Wissen Sie?«

»Und der letzte Mieter?«

»Wohnt dort seit . . . drei Monate oder so.«

»Hat er Arbeit?«

»Keine Ahnung. Er bezahlt Miete. Das andere geht mich nix an.«

»Wann haben Sie ihn das letzte Mal gesehen?«

»Vorgestern. Abend. Gewöhnlich weiß ich nich', wann kommt oder geht. Es gibt Feuertreppe. Die Tür im Flur führt auf Eisentreppe an Rückseite des Gebäudes und eine weitere von Hof auf Straße. Aber ich geh' in die Eingangshalle, um Pommes zu holen.«

Ein glücklicher Zufall. Pharaoh hatte gesehen, daß die Pommes frites in großen blauen Plastiksäcken an der Wand neben dem Münzfernsprecher aufbewahrt wurden.

»Wann war das?«

Der Grieche zuckte mit den Schultern. »Wir vielleicht seit einer Stunde geöffnet. Gegen acht . . . halb neun . . . Gleich müssen wieder aufmachen. Soll'n meine Kunden eigentlich über ganze Absperrung klettern?«

»Ich fürchte, Sie werden Ihren Imbiß heute abend nicht öffnen können.«

»Nicht öffnen? Is' nich' mein Fehler, wenn oben Mädchen umgebracht wird. Was wird aus meinem Geschäft? Kommt Polizei dafür auf?«

»Ihre Einnahmen werden wahrscheinlich um ein Hundertfaches steigen, sobald diese Sache in die Zeitung kommt. So ist die menschliche Natur nun einmal.«

Mr. Christoforou war sichtlich beruhigt. »Um Hundertfaches, hä?« Er nickte. »Wenn wir ihnen das Zimmer oben zeigen, wir vielleicht mehr verdienen.«

Pharaoh fragte: »Haben Sie das ermordete Mädchen ankommen sehen?«

»Ja. Zuerst hat angerufen. Gesagt, sie will ihn überraschen. Dann ist gekommen.«

»Einen Moment. Erzählen Sie mir alles, an das Sie sich aus dem Telefongespräch erinnern können.« Er hörte zu und sagte dann: »Sie hatte also nicht seine Adresse.«

»Sie hat gesagt, sie hat in ihrem Adreßbuch.«

»Hat sie Ihnen nicht gesagt, von wo sie losfährt?«

»Nein.«

»Haben Sie sie hereingelassen?«

»Ja. Sie ist in Geschäft gekommen. Wir gerade geöffnet. Die Leute kennen Hintereingang nich', nur, wenn man ihnen erklärt.«

»Und Sie wußten, daß Ihr Mieter . . .«

»Fenn.«

». . . zu dem Zeitpunkt zuhause war?«

»Sicher. Ich hab' gehört, wie er Tür zu Flur geöffnet hat . . .«

»Das Zimmer liegt gleich über dem Ladenraum. Haben Sie nichts gehört? Etwa die Anzeichen eines Kampfes?«

»Eigentlich nich'. Die Leute im Laden unterhalten sich. Geschirrgeklapper. Radio läuft. Ziemlich laut. Paar Bumpser hab' ich schon gehört –«, er zwinkerte Pharaoh bedeutsam zu und legte den Finger an die Nase »– Se wissen schon, was ich meine.«

Nun, der Autopsiebericht würde zeigen, ob er sie vorher vergewaltigt hatte. Die ganze Angelegenheit erwies sich als äußerst unangenehm. »Würden Sie ihn bitte so genau wie möglich beschreiben?«

Als Mr. Christoforou seine Beschreibung abgeschlossen hatte, bedankte sich Pharaoh bei ihm. Sobald der Grieche hinausgegangen war, kam der Sergeant wieder an die Tür. Der Chief Inspector bat ihn, den Mann hereinzuführen, der die Leiche entdeckt hatte.

Duffy sah blaß und wie unter Schock aus. Er gab Namen, Adresse und Beruf an und beschrieb dann die Vorgänge, die zur Entdeckung der Leiche geführt hatten.

»Und Sie meinen, das Mädchen sei Mrs. Gilmours Sekretärin?«

»Das ist mehr als wahrscheinlich. Sobald er wußte, daß sie entdeckt hatte, was er tat . . . Mir kommt's ein bißchen verrückt vor – ich meine, das Schlimmste, was ihm hätte passieren können, wäre gewesen, sich für die Morddrohungen verantworten zu müssen –, aber vielleicht ist er's ja. Verrückt, meine ich.« Pharaoh nickte. »Sie müssen Mrs. Gilmour vor ihm schützen«, fügte Duffy flehentlich hinzu. »Wir haben alle gedacht, er wäre ein harmloser Irrer, der unerfreuliche, aber leere Drohungen macht. Aber das hier . . .« Er verstummte hilflos.

»Wären Sie in der Lage, die Leiche zu identifizieren, Mr. Duffield?«

Duffy wurde noch blasser und wirkte verängstigt. Der Anblick, der sich ihm durch das Schlafzimmerfenster geboten hatte, würde ihn den Rest seines Lebens nicht mehr loslassen. Bei der Vorstellung, das Zimmer tatsächlich betreten und sich die Leiche genau ansehen zu müssen, wurde ihm übel.

»Natürlich können wir Sie nicht dazu zwingen. Ihre Eltern –«

»Wenden Sie sich um Gottes willen nicht an ihre Eltern!« Die Vorstellung von einem ältlichen Ehepaar, das sich gegenseitig abstützte, während es auf die Überreste seiner Tochter hinabsah, war mehr, als Duffy ertragen konnte. Er erhob sich. »Einverstanden. Ist sie . . . die Leiche . . . immer noch hier?«

»Ja.« Pharaoh wies ihm den Weg nach oben. Vor dem Zimmer stand ein junger Constable; die Tür hatte man an die Flurwand gelehnt. Der Raum war voller Männer, die ruhig und gewissenhaft ihrer Arbeit nachgingen. Obwohl es ein kalter Tag war, lag ein warmer, metallischer Geruch in der Luft, den Duffy als Blutgeruch identifizierte. Der Pathologe sah zu ihnen herüber.

»Ich bin hier sofort fertig.« Er trat vom Bett zurück. Alan Pharaoh trat zur Seite.

Duffy ging quer durch den Raum, wandte dann unter großen Mühen, als werde er gegen seinen Willen dazu gezwungen, den Kopf, um sich das anzusehen, was dort lag. Pharaoh beobachtete sein aschfahles, von ungläubigem Staunen und Entsetzen erfülltes Gesicht. Jetzt, als er einmal hingesehen hatte, meinte er, den Blick nicht mehr abwenden zu können. Immer wieder starrte er auf die Leiche, während ihm Schweißperlen über das Gesicht rannen. Er flüsterte:

»... Ich weiß nicht ... man kann es nicht genau erkennen ... ja ... ich glaube schon ... oh, mein Gott ...« Er drehte sich um und rannte, den jungen Constable rücksichtslos zur Seite stoßend, aus dem Raum. Unten im Wohnzimmer bestätigte er, daß die Leiche, die er gesehen hatte, Sonia Marshall war.

Danach redete Chief Inspector Pharaoh mit dem Fensterputzer. Die anfängliche Begeisterung, in einen Mordfall verwickelt zu sein, hatte nachgelassen, und er war zu seinen ursprünglichen Klagen zurückgekehrt. Nachdem er bestätigt hatte, nur durch Zufall in die Angelegenheit verwickelt worden zu sein, bat ihn der Inspektor, seine Aussage zu unterschreiben, und ließ ihn dann gehen.

Der Sergeant kam in den Raum. »Mr. Christoforou macht einen Kaffee, Sir.«

»Schön. Das wird mir guttun. Ich möchte jetzt mit Mrs. Gilmour sprechen.«

»Dreißig Pence schwarz und vierzig mit Milch und Zucker.«

»Wie bitte? Oh – schwarz.« Der Kaffee, der dann gebracht wurde, sah aus wie Schlammbrühe. Der Löffel blieb im Bodensatz stecken.

Der Sergeant nickte. »Ich glaube, er ist nicht englisch, Sir.«

Der Inspektor sah zu Mrs. Gilmour hinüber und war überrascht. Obwohl sie sich offensichtlich bemühte, ihren Gesichtsausdruck zu beherrschen, hatte er den Eindruck, daß sie vor Freude überströmte, fast in Hochstimmung war. Wenn Duffield ihn richtig informiert hatte, schien sie nicht nur keinen Anlaß zur Freude zu haben, sondern hätte das Gegenteil der Fall sein müssen. Ein Mann, der ihr Leben bedrohte, hatte jemanden umgebracht, war verschwunden und lief wahrscheinlich irgendwo in London frei herum. Er ging davon aus, daß sie die Situation richtig erfaßt hatte, wollte aber sichergehen und eröffnete deshalb die Unterredung mit dem Satz:

»Mr. Duffield hat das tote Mädchen als Ihre Sekretärin, Sonia Marshall, identifiziert.«

Ein langes Schweigen, dann: »... Mädchen ...?« Es war nur ein leises Piepsen. Er beobachtete ihr Gesicht genau. Sah, wie es sich veränderte. Nein. Sie hatte nicht gewußt, was geschehen war. »Ich verstehe nicht recht.«

»Sie wissen doch sicher, daß hier ein Mord stattgefunden hat.«

»Natürlich . . . nein . . . Das heißt . . ., ich wußte, daß oben eine Leiche liegt. Ich dachte, er hätte sich umgebracht.«

»Ich fürchte, das ist nicht der Fall. Wäre es eindeutig ein Selbstmord, würden wir all dies nicht machen.« Mit einer Handbewegung umfaßte er den Polizisten mit dem Notizblock, den Sergeant, den Raum im oberen Stockwerk.

»Natürlich nicht. Es tut mir leid. Sie müssen mich für sehr dumm halten.«

»Keineswegs. Wir alle suchen nach Möglichkeit das zu glauben, was wir nur zu gern glauben wollen. Mr. Duffield ist es zweifellos schwergefallen, Ihnen Ihre Illusionen zu nehmen.«

»Aber das hätte er tun sollen.«

»Sie haben recht.« Sie wirkte sehr erschüttert. Er fühlte sich, als hätte er einen Schmetterling mit den Füßen zertreten. »Ich möchte, daß Sie mir möglichst alles erzählen, was Sie über diesen Mann wissen, und zwar, seitdem er das erste Mal mit Ihnen in Verbindung getreten ist.« Sie starrte ihn an. »Lassen Sie sich ruhig Zeit.«

Schließlich sagte sie mit vor Erschöpfung undeutlicher Stimme: »Aber das alles hab' ich doch schon einmal gemacht. In Camden Town.«

»Ich weiß. Ich werde mir von dort und von Southampton Row alle Unterlagen und Aussagen schicken lassen, aber trotzdem möchte ich, daß Sie mir alles noch einmal erzählen.«

Also erzählte sie ihm alles noch einmal. Wie sie seine Verbindung zu Sonia herausgefunden hatten. Wie sie ihn ausfindig gemacht hatten. Sie schien stundenlang zu reden. Es wurde mehr Kaffee gebracht, der, soweit das möglich war, noch schlammiger und widerlicher war als der vorige und mit einer Rechnung in der Untertasse präsentiert wurde. In der ganzen Welt schien es kein anderes Geräusch als den Singsang ihrer Stimme und das leichte Rascheln der Seiten zu geben, die der Polizist in seinem Notizbuch umblätterte. Schließlich hatte sie alles gesagt.

Der Inspektor meinte: »Ich muß Sie und Mr. Duffield bitten, mit zum Revier zu kommen, um sich Ihre Aussagen durchzulesen und sie zu unterschreiben.«

»Ich bin müde‹

»Tut mir leid.« Er klang nicht, als würde es ihm leid tun. »Es wird nicht lange dauern. Jemand wird Sie nach Hause bringen. Ist Ihr Mann zuhause?«

»Das nehme ich an.« Seitdem sie zum Oasis-Imbiß gekommen war, hatte sie nicht einmal an Leo gedacht. Sie sah auf ihre Uhr. Es war kurz nach sieben. Bei seiner Rückkehr hatte er wahrscheinlich ein leeres Haus vorgefunden. Keine Kinder. Keine Nachricht. Er würde sicherlich Kathys Lehrerin anrufen, um sich zu erkundigen, ob sie die Kinder mit zu sich nach Hause genommen hatte. Sie fragte sich, ob er daran denken würde, denn seit Mrs. Holland im Schulausschuß den Vorsitz übernommen hatte, stand ihre Privatnummer in ihrem gemeinsamen Adreßbuch.

»Wann geht Ihr Mann morgens zur Arbeit?«

»Halb neun ... Viertel vor neun ...«

»Bis dahin werden wir einen bewaffneten Mann zur Bewachung des Hauses abgestellt haben. Und eine Polizistin.«

»... Oh ... wenn Sie meinen, das wäre nötig.« Sie starrte ihn mit einem leeren Gesichtsausdruck an, wirkte fast ein wenig verwirrt. Einen Augenblick lang hatte er den grausamen Wunsch, sie nach oben zu schleifen und zu zwingen, sich die Leiche anzusehen. Dann erkannte er, daß ihre scheinbare Gleichgültigkeit lediglich der Ausdruck ihrer Unfähigkeit war, dies alles in sich aufzunehmen. Und wer konnte ihr das verdenken?

»Mrs. Gilmour, bis wir diesen Mann gefaßt haben, sollten Sie nicht allein bleiben. Weder im Haus noch auf dem Weg zur Arbeit.« Weniger eindringlich fuhr er fort: »Ich glaube, Sie erkennen das Gefährliche der Situation nicht. Ich bezweifle, daß der Mann bei Verstand ist. Zweifellos ist er von Ihnen besessen. Und er wird nicht aufgeben.«

»Ja, das hab' ich schon immer gewußt, wirklich. Gleich von Anfang an, als alle anderen geglaubt haben, er wäre ein harmloser Irrer. Das habe ich nie glauben können.«

Steif stand sie auf. Er begleitete sie zur Tür. Der Sergeant kam auf sie zu und sagte: »Ihr Mann ist hier, Mrs. Gilmour.«

Sie blieb an der Tür stehen. Duffy saß an einem der Tische und war mit einem sehr viel älteren Mann in ein Gespräch vertieft. Ein Mann mittleren Alters mit einem leichenblassen Gesicht und eingefallenen Schultern. Als er sie sah, erhob er sich schwerfällig.

»Leo?« Sie lief, rannte fast zum Tisch. Er legte seine Arme um sie und drückte sie fest an sich. Er starrte auf ihr Gesicht und berührte ihr Haar. Lange standen sie regungslos da. Hinter ihnen bewegte sich etwas, und Rosa sah nicht, sondern spürte nur, wie sich Duffy erhob und davonging. Er sah nicht zurück, sondern redete an der

Tür mit dem Sergeant, verließ dann den Imbiß und stieg in einen der Polizeiwagen, die in die Nacht davonfuhren.

»Du mußt von hier weg ... Liebling, du mußt von hier weg. Ich werde dich zu meiner Mutter bringen. Noch heute abend ... jetzt ...«

»Einen Moment, Leo. Ist mit den Kindern alles in Ordnung?«

»Wie bitte?« Er wirkte zutiefst verwirrt, als hätte sie in einer fremden Sprache zu ihm gesprochen.

»Die Kinder.«

»Oh ... ja ... Mrs. Holland behält sie bis morgen früh bei sich. Sie hat mir gesagt, wo du bist.« Zum dritten Mal sagte er: »Du mußt von hier weg.«

Über seine Schulter erspähte sie im Licht der Hoflaterne etliche Wagen, die hinter der Absperrung vor der Ladenfront geparkt hatten. Vor dem Absperrseil waren Leute zusammengelaufen, die in den hell erleuchteten Raum guckten. Sie fühlte sich wie auf der Leinwand. Chief Inspector Pharaoh kam auf sie zu.

»Mr. Gilmour?« Als Leo nickte, fuhr er fort: »Ihre Frau muß mit zum Polizeirevier kommen, um ihre Aussage zu unterschreiben. Für den Heimweg werden Sie eine Begleitung haben. Bevor Sie Ihr Haus betreten, wird ein Beamter hineingehen und nachsehen, ob jemand da ist. Ist Ihr Haus sicher?«

»Ich denke schon. Alle Fenster haben Verriegelungen. An der Haustür sind ein Steckschloß und eine Kette angebracht. Zwei Schlösser am rückwärtigen Eingang.«

Rosa hörte zu und hatte den Eindruck, daß Leo wie ein Schlafwandler redete.

»Haben Sie eine Waffe irgendeiner Art?«

Leo sah ihn verdutzt an. »Natürlich nicht.«

Der Inspektor redete rasch weiter: »Morgen früh wird ein Officer in Begleitung einer Polizistin zu Ihnen kommen. Er wird bewaffnet sein. Vor seinem Eintreffen sollten Sie das Haus nicht verlassen.«

»Machen Sie sich darüber keine Gedanken. Ich bringe meine Frau von hier weg. Die Kinder auch. Sie werden nicht nach London zurückkommen, bevor dieser Irre gefaßt ist.« Jetzt nahm Leos Stimme einen entschlossenen Ausdruck an. Er hielt sie weniger fest an sich gedrückt, und Rosa wand sich aus seinen Armen, um erst den Inspektor, dann ihren Mann anzusehen. Trotz Leos aggressivem Tonfall und der Anspannung in seinen Armen spürte sie die Angst, die in Wellen durch seinen Körper lief. Das löste in ihr eine große

Zärtlichkeit für ihn aus. Sie, die in Gefahr war, würde ihn trösten müssen. Sie spürte eine ungeheure Kraft, als sie in sein aufgebrachtes Gesicht starrte.

»Ich verstehe.« Die Stimme des Inspektors klang durchaus nicht abweisend. »Ich kann gut verstehen, daß Sie zunächst so reagieren, hoffe aber, Sie werden Ihre Meinung ändern, wenn Sie mit Ihrer Frau darüber gesprochen haben.«

»Sie wird nicht wie ein Opferlamm darauf warten, daß er einen weiteren Versuch unternimmt und Ihre Männer ihn vielleicht rechtzeitig fassen.«

Leo hatte jetzt begonnen zu schreien, und Rosa fühlte neben dem Gefühl der Zärtlichkeit Ärger aufkommen. Sie spürte, daß sie etwas unternehmen oder sagen mußte, da sich ansonsten ihr Selbstwertgefühl, das in den letzten zwei Wochen ohnehin untergraben worden war, in ein Nichts auflösen würde.

Sie wußte, daß Leos Motive durchaus ehrenhaft waren: Er handelte aus Liebe und aus Sorge um ihr Wohlergehen. Eigentlich sollte sie das glücklich machen.

Schließlich gab es Menschen auf der Welt, bei denen sich niemand darum kümmerte, ob sie lebten oder starben. Sie sollte dankbar dafür sein, geliebt zu werden. Aber warum sollte das dem Liebenden das Recht geben, über sie zu verfügen? Das Recht, sie als unmündiges Wesen zu behandeln? Entschlossen schaltete sie sich in das Gespräch ein:

»Ich möchte mich hier nicht streiten. Ich fühle mich wie in einem Aquarium.« Ohne den Inspektor um Erlaubnis zu fragen, ging sie zurück ins Wohnzimmer. Sie sagte: »Wir haben keine Ahnung, wo dieser Mann sein könnte, oder? Er wird irgendwo da draußen sein.«

»Das stimmt. Aber wir haben von Mr. Christoforou eine sehr genaue Beschreibung bekommen und hoffen, ein Phantombild machen und es ihm zeigen zu können. Dann wird es in Umlauf gebracht. Die Polizei wird wegen Mordverdachts nach ihm fahnden.«

Leo sagte: »Er könnte jetzt schon kilometerweit weg sein.«

Pharaoh erwiderte: »Das glaube ich nicht.« Er blickte zu Rosa hinüber, zögerte und fuhr fort: »Sie müssen sich mit der unangenehmen Tatsache vertraut machen, daß er, wo immer Ihre Frau ist, in Ihrer Nähe sein wird.«

»In dem Punkt haben Sie unrecht. Selbst Ihnen werde ich nicht sagen, wohin ich sie bringe.«

Es war wieder die alte Situation: Die Männer steckten unter einer

Decke. Selbst wenn sie sich stritten, handelten sie in heimlichem Einverständnis.

Sie sagte: »Ich werde nirgendwo hingehen.«

»Du wirst tun ...« Leo unterbrach sich. Die anderen sahen ihn an. Er wußte, daß sie den Satz innerlich zu Ende geführt hatten. Hilflos blickte er zu Rosa hinüber. Wie konnte er es wagen, einer intelligenten und fähigen Frau, mit der er seit fünfzehn Jahren zusammenlebte, die Entscheidungen getroffen hatte, die sein eigenes Leben und das seiner Kinder beeinflußt hatten, ohne ihn um Rat zu fragen, weil das der Art ihrer Beziehung entsprach – wie konnte er es wagen, einer solchen Frau zu sagen, sie hätte zu tun, was er ihr sagte? Weder Instinkt noch Tücke bewegten ihn, die nächsten Sätze zu sagen. Er sprach aus der Tiefe seines Herzens, als sei lediglich seine Frau anwesend: »Rosa – wenn dir irgend etwas zustieße, könnte ich nicht weiterleben.«

Sie kam sofort auf ihn zu. Sie faßte ihn an den Händen: »Hör zu, Leo. Wenn ich jetzt weglaufe, werden wir nie wieder in Ruhe leben können. Ja – ich denke, du solltest die Kinder wegbringen. Durch sie kann er mich mehr treffen als auf irgendeine andere Art. Vielleicht wird ihm diese Möglichkeit nie einfallen, aber wir können das Risiko nicht eingehen. Doch ich werde hierbleiben.« Er wollte etwas erwidern, aber sie fuhr unbeirrbar fort. »Selbst wenn ich jetzt weggehe, kann ich nicht für immer fortbleiben. Was soll geschehen, wenn er nicht innerhalb eines Monats gefaßt wird? Innerhalb eines halben Jahres? Eines ganzen Jahres? Einige Mörder werden nie gefaßt. Kannst du dir vorstellen, daß wir für den Rest unseres Lebens getrennt sind – während ich mich wie ein Tier versteckt halte? Und traust du ihm nicht zu, daß er das Haus beobachtet und dir folgt, wenn du uns besuchen kommst? Liebling, ich weiß, wie du dich fühlst. Wäre die Situation umgekehrt, ginge es mir ähnlich.«

Sie lockerte ihren Griff. Ihr wurde bewußt, daß sie die Wahrheit gesagt hatte. Der Anblick seiner Verzweiflung, seines angespannten, alternden Gesichts, das von Liebe und Angst gezeichnet war, hatte mit einem Schlag ihre Gefühle für ihn ins Leben zurückgerufen. Sie merkte, daß ihr diese Gewißheit Auftrieb gab: die Liebe für ihn, ihre Kinder, ihr gemeinsames Leben. Wie teuer ihr all das war! Jetzt kam ihr die Beziehung zu Duffy trivial vor, schien sie nichts anderes als ein übertrieben romantisches Zwischenspiel gewesen zu sein.

Sie fuhr fort: »Ich will dich nicht bitten, es gelassen hinzunehmen

– das wäre albern –, aber die Polizei hat mir Schutz garantiert, und wenn er es wieder versucht« – instinktiv drückte sie seine Hand – »werden sie ihn fassen.«

»Mein Gott, du kannst dich nicht darauf verlassen, Rosa.« Leo wandte sich an den Chief Inspector. »Können Sie das garantieren?«

»Wir können nur garantieren, daß Ihre Frau unter Schutz stehen wird, Mr. Gilmour. Offensichtlich können wir nicht ständig für Ihre Sicherheit garantieren.«

»Siehst du?« Leo wandte sich wieder Rosa zu. »Du bedeutest ihnen nichts. Für sie bist du nur ein weiteres, beliebiges Opfer. Ein Name in ihrer Statistik. Wir könnten das Haus verkaufen. Umziehen in –«

»Leo. Überleg dir, was du da sagst. Du würdest das Leben der Kinder zerstören, sie von ihren Freunden trennen, ihre Ausbildung unterbrechen. Deine eigene Arbeit würde darunter leiden. Denk an deine Forschungsarbeiten. Du gehörst zum Ärzteteam von St. Thomas. Jetzt beginnst du mit Veröffentlichungen. Du kannst nicht irgendwo anders von vorn anfangen. Ich werde nicht zulassen, daß ein Verrückter, den ich nicht einmal kenne, unser Familienleben zerstört. *Das werde ich nicht zulassen, Leo*!« Rosa hielt außer Atem inne: Mit unerbittlicher Klarheit wurde ihr bewußt, daß sie diesen plötzlichen Energieausbruch ihren grausamen Vorstellungen von Fenns Vernichtung verdankte. Woher kamen diese Bilder, daß sie sich den Vorstellungen einer Frau aufdrängen konnten, die bislang nur Ruhe, Liebe und Friedfertigkeit gekannt hatte? Sie dachte, wir sind alle dazu fähig; ich bin dazu fähig, jemanden umzubringen.

Sie spürte, daß dieses Wissen sie auf eine nicht näher bestimmbare, subtile Weise veränderte. Etwas ruhiger fuhr sie fort: »Ich will ihn sehen. Ich will wissen, wie er aussieht. Will dem dreckigen Kerl Gesicht und Namen geben, der sich in mein Leben eingeschlichen, unser Glück zerstört und meine Kinder verängstigt hat.« Sie wandte sich an Pharaoh. »Ich komme jetzt mit Ihnen, um die Aussage zu unterschreiben.«

Als sie hinausgingen, sagte Leo: »Morgen wird die Presse die Informationen haben. Sobald die Öffentlichkeit weiß, wie er aussieht –«

Der Chief Inspector unterbrach ihn: »Ganz im Gegenteil. Ich werde die Medien um ihre Mitarbeit bitten, damit das Ganze nicht an die Öffentlichkeit kommt. Wenn er hört, daß die Leiche entdeckt wurde, taucht er möglicherweise für einige Monate unter, und wir werden nicht herausfinden können, wo er sich aufhält.«

»Ein klar denkender Mensch würde vielleicht auf so eine Idee kommen, aber ein Verrückter . . .«

»Sie müssen mich schon tun lassen, was ich für richtig halte, Mr. Gilmour.«

Rosa fühlte die Spannung zwischen den beiden Männern wachsen. Noch eine Minute, und sie würden wie die Wölfe aufeinander losgehen. Der Ladenraum war fast leer. Draußen versuchten einige Polizisten, die Leute, die sich nicht vom Fleck rühren wollten, zum Weitergehen zu bewegen. Als Rosa und Leo auf den hell erleuchteten Bürgersteig traten, erhob sich ein gedämpftes Stimmengemurmel, und die Leute drängten nach vorn.

»Gibt es keinen Hinterausgang?« fragte Leo.

Mr. Christoforou zuckte mit den Schultern. Er zerriß einen kleinen Stapel unbezahlter Rechnungen. Die Papierfetzen warf er in die Luft. »Sicher – bedienen Sie sich. Haben alle anderen auch schon getan.«

Sie gingen in die Eingangshalle zurück und fanden den Hintereingang, der auf einen schmutzigen, nach abgestandenem Bratenfett und Fisch stinkenden Hinterhof führte. Dort waren alte Holzkisten aufgestapelt, standen ein Ölfaß und ein kleiner Schuppen, der noch unangenehmer roch als der Fisch. Eine altmodische Straßenlaterne auf der dahinterliegenden Straße warf ein schwefelgelbes Scheinwerferlicht auf die Szenerie. Sie begannen, sich einen Weg zu der Tür zu bahnen, die auf die Straße hinausführte. Gleich daneben standen zwei überquellende Mülltonnen. Auf der einen bewegte sich etwas. Rosa blieb stehen.

»Leo . . .« Sie ging näher heran. Was sie dann sah, ließ sie schwach werden. Der Zorn war verflogen. Ihre Energie war verpufft. Vor Erleichterung, Schwäche oder was es sonst war, begann sie hemmungslos zu weinen. ». . . O Leo . . . sieh doch mal . . .«

Auf einem Haufen verfaulter Fischköpfe und -innereien hockte eine große, seltsam geformte und noch seltsamer gefleckte Katze, aus deren Maul zu beiden Seiten eine glänzend weiße Gräte ragte.

Fenn saß auf dem Rand seines Betts und hörte dem Mann zu, der hinter der Sperrholzabtrennung hustete und Gott weiß wohin spuckte, denn in keiner der Kabinen stand ein Spucknapf oder ein Topf. Die Adresse dieses elenden Drecklochs hatte er auf der Tür einer Herrentoilette an der Dalston Junction gefunden. Junge Leute, die gerade nach London gekommen waren, wurden dort aufgefordert, sich an diese Organisation zu wenden, wenn sie nicht wußten, wo sie bleiben sollten. Angeblich ging es darum, sie von schlechter Gesellschaft fernzuhalten. Darüber konnte man nur lachen.

Seitdem er den Oasis-Imbiß verlassen hatte, war er aus dem Lachen nicht mehr herausgekommen. Einmal, als er sich Sonias Gesicht in dem Augenblick vorgestellt hatte, in dem sie erkannte, daß er es ihr zeigen würde, hatte er sich vor Lachen kaum noch halten können und sich in den Rinnstein gesetzt, bis das Zucken seines Körpers nachgelassen hatte. Zum Glück war er in London, wo die Passanten einem Menschen, der sich ein wenig seltsam benahm, kaum Beachtung schenkten. Denn er mußte vorsichtig sein. Er mußte seine Mission zu Ende bringen; sobald das getan war, würde er lachen können, soviel er wollte. Soviel und solange er wollte. Dann hätte er tatsächlich etwas zu feiern.

Hinter der Trennwand zu seiner Rechten hörte er ein volles, gurgelndes Schnarchen; regelmäßig, doch nicht im Einklang mit dem Husten und Spucken zur Linken. Nicht, daß ihn das störte. Bald würde es hell werden. Er hatte ohnehin nicht schlafen können. Er fühlte sich wie ein Sprengsatz mit einer langen Zündschnur. Er spürte den Haß in seinen Adern. Einen Haß, der im Schmelztiegel seiner ehrgeizigen Gefühle zu einer einzigartigen Kraft zusammengeschmolzen war. Er hatte seinen Kopf von der Trennung zwischen Gut und Böse gereinigt. Er konnte sich nicht daran erinnern, wann diese Vorstellungen für ihn je von Belang gewesen waren. Die Energie, die seinen Kopf zum Pochen brachte, zwang ihn auf die Beine, doch die kleine Kabine bot ihm keine Bewegungsmöglichkeit. Er setzte sich wieder. Es störte ihn keineswegs, daß er nicht geschlafen hatte; schließlich war er nicht zum Ausruhen hierhingekommen, sondern um die Straßen zu meiden. Bis alles vorüber war, würde er ohnehin keine Ruhe finden. Unter dem Bett tastete er nach der Polizeiuniform in der Plastiktüte. Er wußte, daß sie dort lag, konnte aber nicht umhin, sich immer wieder zu vergewissern. Bis jetzt war Sonia noch nicht gefunden worden, sonst hätte es in allen Zeitungen gestanden oder wäre vielleicht sogar in den Nachrichten gekommen. Ihre Vernichtung war spektakulär genug gewesen.

Sobald sie die Tür geöffnet hatte, wußte er, warum sie gekommen war. Nur für einen Moment waren ihre üblichen Rollen verkehrt gewesen. Sie hatten einander angesehen: sie im vollen Genuß ihres Wissens, ihren winzigen Triumph wie eine Schlachtfahne vor sich hertragend; er aus dem Gleichgewicht geworfen, beunruhigt. Doch dann hatte sie gelächelt, die Tür weit geöffnet, und in dem Moment, in dem er sie hinter ihr schloß, hatte er sein Gleichgewicht wiedergefunden.

Nicht, daß er sie das hätte wissen lassen. Nach ihren ziemlich blumigen Anschuldigungen, bei denen sie von einer Menge frömmlerischer Phrasen Gebrauch machte, hatte er bis zur Vollendung den geknickten Liebhaber gespielt. Ein wenig verschämt (eigentlich habe ich nicht gewollt, daß es soweit kommt), ausgesprochen loyal (ich hab' nicht mehr mit ansehen können, wie sie dich behandelt) und schließlich lustvoll. Er hatte gesagt:

»Ich frage mich, Liebling, ob ich dich je ansehen kann (geschicktes Abstreifen der Bluse), ohne dich gleich in den Arm nehmen (Rock dito) und mit Küssen bedecken zu wollen.«

Sie hatte nicht einmal versucht, subtil zu sein.

»Das heißt einfach, wir müssen ein bißchen früher heiraten, als wir uns es vorgestellt haben. Eine Ehefrau kann vor Gericht nicht aussagen, weißt du . . .«

Mit einem neckischen Blick besiegelte sie ihr Schicksal.

»Du kannst gar nicht ahnen, wie oft ich mir vorgestellt hab', daß du so hier liegst.« Er berührte ihre Oberschenkel und drückte sie leicht auseinander.

»Dummer Junge.« Wie zärtlich er sie küßte. Noch nie zuvor hatte er sie so geküßt. »Du hättest mich nur einzuladen brauchen.«

»Das konnte ich nicht, mein Engel. Es ist so schrecklich. Ich wollte, daß du denkst, ich wäre . . .« Wehmütig ließ er seine Hoffnungen im Raum verklingen.

Sonia blühte auf und öffnete sich ihm. Auf die zärtliche Umarmung folgte eine erste aufschlußreiche, verletzende Bemerkung: »Als ob mich das kümmern würde. Ich liebe dich einfach.«

Ein langes, glückliches Schweigen. Fenn versuchte sich auf sie zu konzentrieren. Für ihn war es ein ungewohntes Gefühl, einem anderen Menschen Vergnügen zu bereiten. Dasselbe galt für Sonia. Diese Gleichzeitigkeit empfand er als köstlich. Je größer ihr Vergnügen war, desto größer würde schließlich ihre Angst sein, wenn die Welle der Erkenntnis über ihr zusammenbrach.

Nun, genauso hatte er es sich immer vorgestellt. Und er kam gut voran. Er drang immer tiefer in sie ein, beschleunigte sein Tempo langsam, aber gleichmäßig. Er dachte an den letzten Stoß, den er ihr – mitten ins Herz – versetzen würde. Der Gedanke daran, und an die Kraft, die er dafür benötigen würde, war unglaublich erregend. Er nahm sich vor, in dem Augenblick zuzustechen, in dem sie kam.

Hinterher, als alles schiefgelaufen war, hatte er an eine Phrase denken müssen, die er schon so oft in der Zeitung gelesen hatte: »Ich weiß nicht, was plötzlich über mich gekommen ist.« Diesen Spruch hatte er immer für eine ausgesprochene Lüge gehalten, oder, wenn er ernst gemeint war, als ein Zeichen widerlicher Schwäche beurteilt. Er hatte immer genau gewußt, was er tat, und konnte sich nichts anderes vorstellen. Er verachtete Menschen, die sich nicht völlig unter Kontrolle hatten. Und dann war ihm das passiert.

Er hatte das Messer in bequemer Reichweite auf das wackelige Bambustischchen neben dem Bett gelegt; hatte es blitzschnell aus dem Hosenbund gezogen, als sich Sonia, ihm den Rücken zuwendend, den Slip abgestreift hatte. Es lag also in seinem Blickfeld. Jedesmal, wenn er sich zurückzog, erregte es seine Aufmerksamkeit, und in seiner Vorstellung drang er zusammen mit dem Messer in Sonia ein. Es kam ihm vor, als wären an dem Geschlechtsakt jetzt statt zwei gleich drei Komponenten beteiligt. Dann, kurz bevor er kam, hatte er, ohne es zu wollen, plötzlich sein ganzes Gewicht auf den rechten Arm verlagert, das Messer an sich gerissen und ihr die Nase aufgeschlitzt. Es war so schnell gegangen, daß ihr Schock und Entsetzen ihm einen Augenblick Zeit ließen. Er rammte ihr die Faust in den Mund und kam.

Er wollte nicht mehr daran denken, was als nächstes geschehen war. An all die Dinge, die sein Messer getan hatte. So dumm von ihm, seine Flucht hinauszuzögern. Wenn er sich gleich danach umgezogen hätte,und hinausgegangen wäre, hätte ihn der schmierige Grieche unten nicht gesehen. Nicht, daß er Verdacht geschöpft hätte oder das Mädchen gefunden worden wäre. Er bemühte sich sehr, seine Gedanken in eine andere Richtung zu lenken. Es hatte keinen Zweck, über Dinge nachzudenken, die vorbei und erledigt waren. Er hörte das Scheppern der Milchkisten vor dem Gebäude. Obwohl es noch dunkel war, schätzte er die Zeit auf sieben Uhr. Jetzt könnte er sich unten eine Schale mit diesem schmutzigen, grauen Schleim holen, den sie als Porridge bezeichneten. Er hoffte, daß außer dem Küchenpersonal niemand anwesend sei. Auf den Unsinn, den die für diese Organisation verantwortlichen Leute Beratung nannten, konnte er heute morgen durchaus verzichten. Am Abend seiner Ankunft hatte ein bärtiger Freak mit zugekifftem Lächeln und festem Händedruck versucht, etwas über seinen Hintergrund herauszufinden. Ob er wegen eines Streits von zu Hause weggelaufen sei, ob sich seine Eltern Sorgen machen würden, ob er in London Freunde habe. Als ob er ohne diese Weltverbesserer nicht schon genug am Hals hätte.

Doch er hatte Glück. Abgesehen von einem indischen Mädchen, das das klebrige Zeug in irgendwelche Steinschalen löffelte, war die

Küche leer. Er nahm eine Schale und setzte sich in die hinterste Ecke, wo er gegen seinen Willen in Gedanken zu seinem Zimmer am Lucy Place zurückkehrte. Sobald Sonia entdeckt worden wäre, würden sogar die beschränkten Cops zwei und zwei zusammenzählen können. Natürlich würden sie für die Identifikation einige Zeit brauchen (er hatte ihre Handtasche in der U-Bahn liegen lassen), doch er konnte nicht abstreiten, daß die Entdeckung von Sonias Leiche mit jeder Minute wahrscheinlicher wurde. Er würde sich beeilen müssen.

Er ließ den Rest der Brühe stehen und ging einen Stock höher in den sogenannten Aufenthaltsraum. Er war in einem abscheulichen Grünton gehalten, und an den Wänden hingen kindische Zeichnungen und Briefe von dankbaren Insassen. Das Radio war mit einer Kette am Tisch befestigt. So sah also das gegenseitige Vertrauen aus, von dem der bärtige Kerl gesprochen hatte. Fenn stellte Capital ein und wartete auf die Kurznachrichten, die um diese Tageszeit nicht lange auf sich warten ließen. Nichts über Sonia. Er beschloß, nach draußen zu gehen und sich sicherheitshalber eine Zeitung zu kaufen. Er hob seine Tragetasche auf und verließ das Gebäude.

Das nächste Kiosk war gleich vor der Kings Cross Station. Er kaufte eine *Sun* und setzte sich zum Aufwärmen in den Erfrischungsraum der U-Bahn-Station. Es war angenehm, ins Land der Lebenden zurückzukehren, mit den Pennern nichts mehr zu tun zu haben. Er kaufte sich einen Tee und ein klebriges Stück Gebäck. Das würde den Geschmack der Porridge-Brühe schon vertreiben. Aus der Kaffeemaschine kam ein fröhliches Zischen, und der Raum füllte sich mit den ersten Reisenden. Er begann mit der Titelseite der Zeitung und ging sorgfältig jeden einzelnen Absatz durch. Nichts.

Das Überraschungsmoment war also noch auf seiner Seite. Rosa konnte immer noch nicht wissen, ob er seine Drohungen ernst meinte. Sie würde nicht mehr auf der Hut sein als gewöhnlich. Wahrscheinlich hatte ihre Aufmerksamkeit sogar ein wenig nachgelassen, da er sich seit ein oder zwei Tagen nicht mehr gemeldet hatte. Und heute wurde das *Karussell* nicht ausgestrahlt. Heute würden sie zuhause bleiben. Durch Beobachten des Hauses hatte er herausgefunden, daß ihr Mann (der zukünftige Witwer) und seine rotznäsigen Kinder gegen halb neun losgingen und die Putzfrau erst eine Stunde später kam.

Im letzten Moment würde er seine Uniform anziehen. Es bestand kein Grund, unnötige Risiken einzugehen. Vielleicht in der Herrentoilette in Camden Town. Er würde nur darauf warten müssen, daß alle, die bei seinem Eintreten anwesend waren, die Toilette verlassen hatten. Dann wäre alles in Ordnung. Ein Polizist, der aus einer öffentlichen Bedürfnisanstalt kommt, ist nichts Ungewöhnliches. Selbst die Cops mußten sich ab und zu erleichtern. Er würde seine Tragetasche in der Toilette zurücklassen.

Er hatte keine Ahnung, was nach dem eigentlichen Tod geschehen würde. Keine Pläne. Obwohl er sich ihre letzten Qualen auf hunderterlei Weise vorgestellt hatte, war es ihm unmöglich, irgendeine Szene heraufzubeschwören, die danach stattfinden würde. Sie war so sehr mit seinem Leben verknüpft, daß es ihm fast vorkam, als würde er nach ihrem Tod ebenfalls nicht mehr existieren können.

Er sah auf seine Uhr. Halb acht. Noch zehn Minuten, und er würde losgehen. Camden Town war eine Station der nördlichen U-Bahn-Linie. Er würde nicht einmal umsteigen müssen.

Obwohl sie die ganze Nacht nicht geschlafen hatte, war sie nicht müde. An Leos Rücken geschmiegt, hatte sie in einem Zustand der Leblosigkeit dagelegen. Sie hatte kaum Gefühle, war weder ängstlich noch wütend gewesen; es war ihr vorgekommen, als würde es nie wieder Tag werden. Leo war gegen drei Uhr aufgewacht und hatte sie zu überreden versucht, eine Tablette zu nehmen, doch sie hatte abgelehnt. Jetzt saßen sie über ihren Kaffeetassen und sahen die *Times* und den *Guardian* durch.

»Es scheint, als hätte sich die Presse zur Mitarbeit bereit erklärt. In keiner von beiden ist irgend etwas zu finden.«

»Und in den Acht-Uhr-Nachrichten ist auch nichts gekommen.« Rosa streichelte Madgewick, der sich ausgiebig räkelte, seine Beine in ihrem Schoß steif ausstreckte, sie wieder anzog und unter seinem Bauch kreuzte. Ihre Freudenschreie und Umarmungen hatte er am vorangegangenen Abend heiter entgegengenommen, war aber eindeutig verärgert gewesen, als sie versucht hatte, ihm den großen Fischkopf aus dem Maul zu ziehen, bevor sie ihn zum Wagen brachte. Jetzt spielte er den Eingeschnappten und weigerte sich zu schnurren, obwohl sie natürlich nicht wissen konnte, ob er ihr den plötzlichen Angriff auf sein eisernes Füllhorn übelnahm oder ihr die Achtlosigkeit vorwarf, die dazu geführt hatte, daß er überhaupt entführt werden konnte.

»Die Kinder werden sich freuen, daß er wieder da ist. Hast du Mrs. Holland gesagt, wann du sie abholen wirst?«

»Ich hab' ihr gesagt, die Polizei würde gegen neun Uhr hier sein. Sie nimmt die beiden mit zur Schule, und da hol' ich sie dann ab.

Sie hat mit dem Direktor von St. Christopher's geredet, so daß er weiß, wieso Guy nicht zur Schule kommt.«

»Du wirst doch sicher bei meiner Mutter zu Mittag essen, oder, Leo? Die Fahrt nach Kent ist schrecklich lang – zumal, wenn du zwischen Hin- und Rückfahrt keine Pause einlegst.«

»Du bist wohl verrückt, Rosa. Natürlich werde ich nicht zum Mittagessen bleiben. Ich will so schnell wie möglich zu dir zurückkommen. Ich denke immer noch, daß sie im Zug in Sicherheit wären. Sie könnten mit einem Sicherheitsbeamten fahren. Schließlich ist Guy schon fast dreizehn. Und ihre Großmutter könnte sie am Bahnhof abholen.«

»Nein. Darüber haben wir gestern abend schon geredet. Ich will, daß du sie nicht aus den Augen läßt, bis du sie sicher bei ihr abgeliefert hast. Da sie die letzte Nacht bereits nicht zuhause verbracht haben, werden sie ohnehin schon verängstigt sein, ohne mit einem Fremden in ein Zugabteil eingesperrt zu sein.«

Er wußte, daß sie recht hatte. Es war nicht so, als würde er seine Kinder nicht lieben; er hatte jetzt einfach nur erkannt, daß ihm seine Frau über alles andere ging. Nie zuvor hatte er versucht, seine Zuneigung zu den verschiedenen Familienmitgliedern voneinander zu trennen und gegeneinander abzuwägen. Dazu hatte er keinen Grund gehabt. In seinem Kopf waren diese drei Menschen fast zu einer Einheit verschmolzen: zu einer häuslichen Dreieinigkeit. Sie war die Grundlage für alles andere. Er war nicht ängstlich und quälte sich eigentlich nicht mit Vorstellungen darüber, wie sein Leben aussehen würde, wenn einem von ihnen etwas zustieße, doch jetzt, nach der Entdekkung von Sonias Leiche und dem anschließenden schrecklichen Gespräch mit Duffield, mußte er sich mit dieser Möglichkeit vertraut machen.

Rosas Argumente erschienen ihm durchaus einsichtig. Erst wenn der Mann gefaßt war, würden sie in Sicherheit sein, und wenn sie dazu beitragen konnte, indem sie in erreichbarer Nähe blieb, war das offensichtlich das Vernünftigste, was sie tun konnte. Doch Angst kennt keine Vernunft. Die ganze Zeit kämpfte er gegen eine schreckliche Vorahnung an. Er wollte sich wie der Held eines Trivialromans verhalten. Sie an sich reißen, forttragen und mit ihr in einem der legendären Sonnenuntergänge verschwinden. Er hatte den atavistischen Wunsch, sich zu bewaffnen: eine Keule oder eine Waffe zu haben und sich zwischen sie und die Gefahr zu stellen. Er war entsetzt, wie nah an der Oberfläche diese Gefühle waren; sie schienen sich gleichsam unter der

Schutzhülle der alltäglichen Abläufe zu bilden, während er die *Times* las, mit seinen Kollegen kultiviert zu Mittag aß oder sich am Ende des Tages zusammen mit Rosa entspannte.

Er wußte, daß die Polizei in der Nähe sein würde, doch sie würden sich nicht bis auf Sichtweite heranwagen können, da das ganze Unternehmen dann keinen Zweck hätte. Wenn er schnell war, könnte sie tot sein, bevor sie ihn schnappten. Und die Tatsache, daß er sich um das Risiko einer Festnahme nicht bekümmerte (bei Verrückten war das selten der Fall), brachte ihn in eine günstige Position. Zudem war nicht sicher, welche Waffe er benutzen würde. Vielleicht würde er diesmal kein Messer wählen. Er könnte scharfe Munition benutzen, sich irgendwo verstecken und darauf warten, sie abzuknallen. Er würde sich vielleicht monatelang verstecken, und dann, wenn sie ihn fast schon vergessen hatten, eine Sprengladung in ihrem Wagen deponieren. Er könnte – es klingelte an der Haustür.

»Ich geh schon.« Er tupfte seinen Mund mit einer Serviette ab und stand auf. »Es wird die Polizei sein.«

Rosa sah ihm hinterher, schubste Madgewick auf den Boden, stand auf und begann ein Gedeck auf den Tisch zu stellen. Wer immer es auch sein mochte, würde vielleicht einen Kaffee trinken wollen oder war es nicht erlaubt, im Dienst zu trinken? Diese Regel galt bestimmt nur für Alkohol. Sie hörte, wie Leo die Haustür öffnete und holte aus dem Brotkasten ein Croissant. Einen Moment später kam Leo in seinem Mantel zurück. Er stand abwartend in der Tür, wußte, was sie vereinbart hatten, wollte aber nicht gehen.

»Ich laß dich nicht gern allein.«

»Liebling, ich werde mich viel besser fühlen, sobald ich weiß, daß du die Kinder abgeholt und dich auf den Weg gemacht hast. Außerdem habe ich ja die Blüte der Polizei zum Schutz da.«

»Eher eine Knospe als eine Blüte. Was hat es zu bedeuten, daß die Polizisten immer jünger werden?«

»Daß wir immer älter werden. Sieh dich doch an« – sie ging auf ihn zu und berührte leicht seinen Backenbart, als er sie in die Arme nahm – »grau wie ein alter Mann.«

Einen Augenblick blieben sie regungslos stehen. Trotz der körperlichen Nähe war ihre Umarmung seltsamerweise kaum erotisch. Leo kam es vor, als halte er ein verlassenes Kind in den Armen, hätte aber nicht sagen können, ob er das Kind oder sich selbst trösten sollte. Schließlich lösten sie sich voneinander, hielten sich aber noch an den Händen.

»Ich hab' die Kaffeemaschine angestellt. Falls sie einen Kaffee wollen.«

»Es ist nur ein männlicher Beamter.«

»Oh. Ich hab' gedacht, es würde auch eine Polizistin kommen.«

»Ich nehme an, sie wird bald eintreffen. Na dann . . .« Er rührte sich nicht von der Stelle.

»Hör zu. Ich werde jetzt gehen und eine saubere Kaffeetasse und eine Untertasse aus dem Eckschrank holen, und wenn ich mich umdrehe, möchte ich, daß du verschwunden bist. Einverstanden?«

Er wußte nicht, wie er es schaffte, die Küche zu verlassen, die Diele zu durchqueren und auf die Straße zu gehen.

Rosa hörte, wie die Haustür ins Schloß fiel und spürte sofort die ersten Anzeichen von Zweifel in sich aufkommen. War es denn wirklich nötig, daß Leo die Kinder nach Kent brachte? Hätten sie nicht bei Freunden in der Nähe untergebracht werden können? Selbst wenn er nicht zum Mittagessen blieb, würde er wahrscheinlich nicht vor vier Uhr zurück sein. Das kam ihr wie eine Ewigkeit vor. Warum war sie so beharrlich gewesen? Das kam ihr nun wie der Gipfel der Dummheit vor. Was konnte ein Polizist schon gegen einen wirklich entschlossenen Mörder ausrichten? Aber vor dem Haus würden sicherlich mehr Männer postiert sein. Scharfschützen, die sich auf der Straße versteckt hielten. Sie hoffte, sie würden ihr eine Polizistin schicken. Die Gesellschaft einer Frau wäre ihr jetzt sehr angenehm.

In ihrem Körper spürte sie ein angespanntes Pochen, als hätte ihr Nervenapparat über Nacht stillgelegen und würde jetzt wieder schwerfällig in Gang kommen. Ja. Jede Gesellschaft wäre ihr recht. Sie rief die Treppe hinauf: »Hallo?« Sie erhielt keine Antwort. Sie ging ein paar Stufen hoch. »Möchten Sie einen Kaffee?« Immer noch nichts. Der Nervenapparat entwickelte ein wenig mehr Kraft; nahm an Geschwindigkeit zu. Sie fühlte sich, als sei tief in ihrem Rachen ein kleiner Vogel gefangen und flatterte dort wild herum. Unsinnig, Angst zu haben. Sie holte tief Luft, schluckte den Vogel hinunter und ging die restlichen Stufen in die Diele hinauf.

Leo entfernte sich sehr langsam vom Haus. Immer wieder drehte er sich nach den großen, vornehmen Fenstern um und hoffte, daß Rosa ins Eßzimmer gerannt war, als er das Haus verlassen hatte, um ihm zuzuwinken. Aber natürlich war der heutige Abschied anders als sonst. Da es ihr ohnehin schwergefallen war, ihn zu überreden, das Haus zu verlassen, würde sie nichts unternehmen, um jetzt seine Aufmerksamkeit auf sich zu ziehen. Er überquerte die Straße, um das Haus noch ein wenig länger im Auge behalten zu können. Er fühlte sich verdammt unwohl. Hatte ihn das jugendliche Aussehen des Polizisten gestört? Wenn er es sich recht überlegte, war der Mann zudem nicht offensichtlich bewaffnet gewesen. Er erinnerte sich, wie Rosa gesagt hatte: »Ich hab' gedacht, es würde auch eine Polizistin kommen?« War es nicht seltsam, daß sie nicht zusammen zu ihnen gekommen waren?

Er verlangsamte seinen Gang. Als er an die Kreuzung von Gloucester Crescent und Inverness Street kam, blieb er ganz stehen. Er stand am Rand des Bürgersteigs neben einem Lieferwagen von Fleurop auf der Längsseite. Im Fahrersitz saß ein hübsches Mädchen in einem Nylonoverall und daneben ein großer Mann, der eindringlich auf sie einredete. Sie nickte und hörte ihm, die Augen auf sein Gesicht gerichtet, zu.

Es hat keinen Zweck, dachte Leo. Er konnte sie einfach nicht allein zurücklassen. Was immer ihn auch zum Haus zurückzog, war zu stark, um einfach mißachtet zu werden. Er würde Rosa mit nach Kent nehmen, sie wieder nach Hause bringen und selbst bei ihr bleiben, was immer die Polizei dagegen einzuwenden haben mochte. Und wenn er die Möglichkeit, auch nur die geringste Möglichkeit hätte, diesen mörderischen Mistkerl in die Finger zu kriegen – »Mr. Gilmour!«

Der bärtige Mann kletterte aus dem Lieferwagen und starrte ihn an. Leo runzelte die Stirn. Er hatte den Mann erst kürzlich gesehen. Dann fiel es ihm wieder ein. Es war der Sergeant, der gestern Chief Inspector Pharaoh begleitet hatte. Da er gestern eine Uniform getragen hatte, dauerte es einen Moment, bis Leo ihn erkannte. Zweifellos war das hübsche Mädchen eine Polizistin. Jetzt, da er die Verstärkung gesehen hatte, fühlte er sich besser. Aber irgend etwas war nicht in Ordnung. Der Sergeant packte ihn am Arm.

»Was machen Sie hier, Mr. Gilmour? Wir haben verabredet, daß Sie Ihre Frau nicht allein lassen.«

»Sie ist nicht allein. Einer Ihrer Männer –«

Obwohl Leos Einsicht in die tatsächliche Situation und sein Satz zurück in Richtung des Hauses fast eins waren, warf sich der Sergeant auf ihn und klammerte sich wie ein großer Bär an seinen Rücken und seine Schultern. Das Mädchen klopfte gegen die Trennwand hinter ihrem Sitz und redete dann erregt in die Gegensprechanlage. Die hintere Tür des Lieferwagens sprang auf. Ein Mann mit einem dunklen Rollkragenpullover, einer Wollmütze und einer Seemannsjacke sprang heraus und ließ die gesamte Längsseite des Wagens mit einem einzigen Satz hinter sich. Er und der Sergeant klammerten sich an Leo. Fast zwei Minuten lang schwankte der monströse Haufen vor und zurück und beugte sich vor, bis Leo, wie ein Pferd nach dem Zureiten keuchend, mit gesenktem Kopf, den Blick auf den Bürgersteig gerichtet, stehenblieb. Während der Sergeant ihn losließ, hielt der andere Mann ihn immer noch fest. Einige Menschen liefen auf der Straße zusammen und blockierten den Verkehr.

»Hören Sie, Mr. Gilmour. Wenn wir zugelassen hätten, daß Sie ins Haus laufen, hätte sie keine Chance mehr gehabt. Beim ersten Geräusch wäre er durchgedreht. Wie die Sache jetzt steht – «

»Er hat sie umgebracht. Er hat sie ermordet.« Leo sackte in den Armen des Polizisten zusammen wie eine leblose Puppe.

»Nein, das hat er nicht. Ich kenne diese Schweine. Ich habe gestern abend das Mädchen gesehen. Sie machen ein Spiel daraus. Katz und Maus.« Leo stöhnte auf. »Wenn er sich in Sicherheit glaubt, wird er das Vergnügen hinauszögern.«

»O mein Gott.« Er weinte. »Rosa . . . oh, Rosa . . .«

»Kommen Sie und setzen Sie sich.« Sie packten ihn auf den Sitz neben der Polizistin. Zwei Landrover kamen an und parkten hinter ihnen. Einige Männer sprangen heraus. Durch den Außenspiegel beobachtete Leo, wie sie auf den Sergeanten zugingen. Sie standen zusammen, berieten sich und schienen keineswegs in Eile zu sein. Der Scharfschütze steckte seinen Kopf gleich neben Leo durch das Fenster. Er war unrasiert und hatte ein bitteres, pockennarbiges Gesicht. Sein Atem roch nach abgestandenem Bier und Zigaretten. Leo sah ihn an: Sein eigenes Glück und das seiner Kinder hing von der Geschicklichkeit eines Mannes ab, den er nie zuvor gesehen hatte. Er meinte, etwas sagen, den Mann anflehen zu müssen. Wollte ihm alles bieten, was er besaß, sein Leben . . .

»Wie ist der Hintereingang zu Ihrem Haus beschaffen, Sir?«

»Hoffnungslos. Ein offener Garten, es gibt keine Deckung, und Sie würden vom angrenzenden Garten über eine Mauer hineinklettern müssen.«

Warum war es nicht Abend? Dann hätte der Mann mit Leichtigkeit direkt auf das Haus zugehen können. Oh, warum hatte er sie alleingelassen?

»Stehen irgendwelche Fenster offen?«

»Ich glaube nicht.« Er sah Rosa mit einer Klinge am Hals gegen eine Wand stehen. «Worauf warten Sie noch?«

»Jetzt auf nichts mehr. Sie haben die Straße an beiden Enden abgesperrt. Die Leute vom Haus vertrieben. Eine Menschenmenge ist sehr verräterisch. Könnte ich bitte Ihre Schlüssel haben, Mr. Gilmour?«

»Ich hab' ihn reingelassen, wissen Sie?« sagte Leo, als er sie ihm reichte. »Ich habe die Tür geöffnet und ihn hereingebeten. Ich habe so nah vor ihm gestanden wie jetzt vor Ihnen. Ich hab' ihn mit ihr allein gelassen. Ich habe meine Frau mit einem verdammten Verrückten mit einem Messer allein gelassen. Haben Sie das gewußt?« Der Scharfschütze ging davon. Er wandte sich an die Polizistin und packte sie am Arm. »Haben *Sie* das gewußt?« Sein Gesicht war eine Maske der Angst, mit der er sie bat, ihn zu beruhigen, ihn nicht zu verurteilen.

»Barrett ist einer der Besten, Mr. Gilmour. Der Mann wird ihm nicht entwischen.«

»Das wird er bestimmt nicht.« Leo lehnte sich zurück und schloß die Augen.

Er stand mit dem Rücken zu ihr, als sie in die Diele kam, wandte sich aber um, als er ihre Schritte hörte, nahm seine Polizeimütze ab und trat auf sie zu.

»Ich frage mich, ob Sie einen Kaffee . . .« Der Rest des Satzes blieb ihr im Hals stecken. Das Winterlicht fiel durch das bunte Glas, warf blasse karminrote und indigoblaue Flecken auf sein Gesicht, schien die bronzefarbene Aureole seines Haars in Brand zu setzen, so daß er wie irgendeine gräßliche, mittelalterliche Symbolfigur aussah, die Seuchen, Pest und Tod brachte.

»Hallo, Rosa.« Er triumphierte. Das meinte sie förmlich riechen zu können. »Wie du siehst, bin ich jetzt hier. Wie ich es versprochen habe.«

Sie standen da und fixierten sich aus einem Abstand von knapp zwei Metern. Zunächst konnte sie nichts sagen, stand einfach da und starrte ihn an. Die ganze Nacht hatte sie Bilder von ihm und ihrem Zusammentreffen vor Augen gehabt. Sie hatte sich ihn immer ein wenig abgerissen, in der schwarzen Lederbekleidung der Punks und mit einem käsigen, bösartigen Gesicht vorgestellt: ein mickriger Mann, der von einer gefährlichen, hochexplosiven Mischung aus Neid, Haß und Dummheit angetrieben wurde. Doch er war groß und schlank, und die Schultern unter seiner Uniformjacke waren breit. Er konzentrierte sich vollkommen auf ihre Person. Er hatte sich herangeschlichen, und jetzt, da sie in der Falle saß, wartete er im ruhigen Vertrauen auf seine Belohnung. Seine Ruhe war bemerkenswert. Er schien ewig Zeit zu haben.

So stark war die Autorität, die er ausstrahlte, daß sie fast selbst an die Rechtmäßigkeit seines Anspruchs zu glauben begann. Sie spürte, daß sie anstelle von Wut und Angst eine heimtückische, an Verzweiflung grenzende Trägheit überfiel. In ihrer Haltung drückte sich vollkommene Ergebenheit aus. Seine Nähe wirkte wie Novocain, betäubte jeglichen Widerstand. Fast war sie erleichtert, daß alles bald vorbei sein würde. Sie fragte sich, wer sie eigentlich war, daß ein solcher Aufruhr um sie gemacht wurde. Nichts als ein vergängliches Bündel von Atomen. Eine Frau mit einer trivialen Radiosendung, die das Buch, das sie schreiben wollte, niemals zu Ende gebracht hatte. Jetzt schien es ihr, als würde ihr Tod kaum Aufregung verursachen. Die Kinder würden eine Weile traurig sein, sich aber wieder erholen. Sie hatten einen Vater, Großeltern und Freunde. Leo würde wieder heiraten. Irgendeine junge Frau. Vielleicht würden sie eine neue Familie gründen. Sie würde aus der Welt verschwinden, und die Welt würde sich hinter ihr schließen, und innerhalb kürzester Zeit wäre es so, als hätte sie nie existiert. Sie suchte nach einem Grund, sich nicht ihrer eigenen Zerstörung zu übergeben, doch ihr fiel keiner ein.

Es war ein schlechter Moment gewesen, als ihr Mann ihm die Tür geöffnet hatte. Zu dem Zeitpunkt hätte er schon längst mit seinen albernen kleinen Kindern in seinem albernen Wagen sitzen und davongefahren sein müssen. Aber er hatte nur gesagt: »Ah – da sind Sie ja. Kommen Sie herein.« Dann hatte er sich davongemacht und ihn mit ihr allein gelassen. Dieser Genuß. Was er hinterher durchmachen würde. Er hätte ihr ebensogut einen Apfel ins Maul stecken und sie fesseln können, wenn er schon einmal dabei war. In den wenigen Minuten, die er gebraucht hatte, um sich unten zu verabschieden, hatte Fenn die Ironie des Ganzen ausgekostet. Es wunderte ihn ein wenig, daß sie die Polizei offensichtlich erwartet hatten, sagte sich dann aber, daß dies nach seinen lustigen Bandaufnahmen und Telefonanrufen nicht verwunderlich war. Vielleicht hatte sie irgendeine Aussage gemacht. Vielleicht sogar um Polizeischutz gebeten. Darüber konnte er sich totlachen. Von den Kindern war nichts zu sehen.

Ihm fiel auf, daß er ihr auf seltsame Weise dankbar war. Ohne sie hätte er nie gewußt, wie clever er sein konnte. Bevor er sie kennengelernt hatte, war sein Leben, wie er jetzt erkannte, ein einziges Durcheinander gewesen. Ein Wirrwarr zielloser Lüste und neidvoller Regungen; sobald ihm seine Aufgabe klargeworden war, war Klarheit und Ordnung in sein Leben eingekehrt, hatte es einen Sinn bekommen. Jetzt waren sie einander gleich. Reich und berühmt; die Worte, die ihm früher wie Galle aufgestoßen waren, erwiesen sich jetzt in ihrem wahren Gehalt. Sie war reich und berühmt, und es hatte ihr nichts gebracht. Jetzt war sie ihm nicht einmal ebenbürtig; sie war sein Opfer.

Mit dem offenen Haar, das ihr über die gebeugten Schultern fiel, sah sie sehr schön aus. Sie trug ein Kleid aus einem weichen, aprikosenfarbenen Material, das sich an ihren wundervollen Körper anschmiegte. Erst würde er sie nehmen, und, mein Gott, das würde aufregend sein, nicht wie bei Sonia, die sich ihm, dumm wie sie war, bereitwillig hingegeben hatte. Aber die hier würde er auch dazu bringen, daß sie ihn wollte, und wenn ihm das nicht gelang, nun ja . . . er spürte, wie sehr ihn diese Aussicht erregte . . . das wäre vielleicht sogar noch besser. Er begann zu sprechen. Sein Tonfall war zwar sanft, das, was er sagte, hingegen um so weniger. Er beschrieb sich selbst, erzählte ihr, was mit seinem Körper vorging, und dann beschrieb er ihren Körper. Zunächst, wie er ihn sich in seinem Zimmer vorgestellt hatte, dann, wie er ihn jetzt sah und was er damit machen würde. An einem Punkt seiner Schilderung (er beschrieb gerade einen seiner komplizierten kleinen Tricks), richtete sie sich auf und hielt sich die Hände an die Ohren, und durch diese Bewegung preßten sich ihre Brüste gegen ihr enges Kleid. Dieser bewußte Versuch, ihn zu verführen, enttäuschte Fenn ein wenig. Sobald er nur einen kleinen Vorstoß machte (wirklich geistreich), war sie wie alle anderen, konnte es kaum erwarten.

Und dann passierten zwei Dinge. Er trat nach vorn, was ein Fehler war. Er erkannte sofort, daß er damit den Bann gebrochen hatte. Dann bewegte sich hinter ihm der Briefkasten.

Rosa, die jetzt über seine Schulter blickte, sah das und konnte nicht verhindern, daß sich auf ihrem Gesicht eine Reaktion zeigte. Aufregung, Hoffnung und dann Wut über ihre eigene Dummheit. Durch ihre Unfähigkeit, ihre Gefühle zu verbergen, hatte sie den einzigen Vorteil vertan, den der, wer immer da draußen sein mochte, gehabt hatte. Der Überraschungsmoment. Doch sie hatte nicht mit Fenns überwältigender Selbstgefälligkeit gerechnet.

»Für wen hältst du mich eigentlich, Rosa? Das ist der älteste Trick der Welt. Du siehst über meine Schulter, gibst Erstaunen vor, ich dreh mich um, du rennst los oder stürzst dich auf mich. Meinst du, ich würde nie ins Kino gehen?« Er spürte, daß er mit diesen Worten seine Überlegenheit halbwegs wiederhergestellt hatte. Keiner durfte es wagen, ihn zum Besten zu halten.

Rosa blieb regungslos stehen, doch das Maß ihrer Aufmerksamkeit entsprach jetzt dem der Benommenheit, die sie wenige Sekunden zuvor überwältigt hatte. Das Wissen, daß Hilfe in der Nähe war, hatte gereicht, um wieder eine leidenschaftliche Sehnsucht nach dem Leben in ihr zu wecken. Und zusammen mit diesem Wissen kam Angst auf. Sie hatte soviel zu verlieren. Jetzt, wo er von der bunten Scheibe weggetreten war, hatte er die ungewöhnliche Ausstrahlung verloren, die die blasse Beleuchtung ihm verliehen hatte. Jetzt sah er ebenso gewöhnlich wie gefährlich aus. Als sie ihm in die Augen blickte, in diese gelblichen, ziegenähnlichen, verrückten Augen, verdoppelte, verdreifachte sich ihre Angst, machte ihr Herz einen Satz.

Dann schrie er plötzlich »Hoppla!« und warf seine Hand mit einer messianischen Geste in die Höhe. Sie verfolgte diese Bewegung mit den Augen, sah ein Licht, einen silbernen Strahl aufblitzen. Wieder sah sie hinter ihn. In der Mitte des Briefkastenschlitzes war jetzt das runde metallene O einer Gewehrmündung zu sehen. Er leckte sich die Lippen, und die Spucke glänzte wie die Schleimspur einer Schnecke.

»Was hältst du davon?« Er hielt ihr das Messer entgegen, damit sie es bewundern konnte. »Schneidet alles wie Butter. Wirklich.« Das letzte Wort betonte er, als hätte sie Einspruch erhoben. Als sei er ein Vertreter, der ihr ein Küchengerät verkaufen wolle, und sie hätte sich ein wenig unentschieden gezeigt.

»Ist es das, mit dem du Sonia umgebracht hast?« Diese Frage war ihr unwillkürlich entschlüpft. Sie fühlte, wie sich die Atmosphäre veränderte, verdichtete. Er runzelte die Stirn und sah sie dann verschlagen an. Jetzt war von seinem guten Aussehen keine Spur mehr übrig. Die Spucke, die ihm aus dem Mund lief, war flockig und hatte eine schaumige Konsistenz.

»Du weißt nicht, was mit Sonia passiert ist.«

»Nein. Du hast recht.« Sie trat einen Schritt zurück, und als sei dies das Signal gewesen, auf das er die ganze Zeit gewartet hatte, sprang er auf sie zu. Rosa schrie und schrie. Sein Atem brannte wie Feuer auf ihrem Gesicht. Er preßte seinen Mund auf ihren, aber nicht wie bei einem Kuß, sondern wie bei einem Angriff, bei dem Knochen auf Knochen kracht. Sie kämpften, und ihre Laute ähnelten denen eines schrecklichen, düsteren Paarungsrituals. Das Geräusch von keuchend hervorgestoßenem Atem, Grunzen und Schreien. Sie erkannte, daß sie keine Chance hatte, es sei denn, sie könnte etwas Raum zwischen sich und ihn bringen. Sie hatte von Waffen keine Ahnung, dachte aber, daß die Nähe ihres Angreifers den Scharfschützen davon abhalten mußte abzudrücken. Sicherlich bestand die Möglichkeit, daß sich die Kugel durch seinen Körper bohrte und sie ebenfalls traf. Sie standen in direkter Schußlinie der Tür. Wenn sie ihn nur dazu bringen könnte, dort zu bleiben, wo er war, während sie zur Seite trat.

Der abscheuliche Druck seines Körpers machte ihr bewußt, daß er sie wollte, dann erkannte sie mit einem Schrei des Entsetzens, daß er mit dem Messer ihren Hals berührte. Langsam führte er es durch den aprikosenfarbenen Wollstoff nach unten, trennte ihn auf wie Seidenpapier. Sie spürte, daß die Messerspitze sanft ihren Nabel berührte. Sie hörte auf, sich zu wehren, und blieb stocksteif stehen. Bei der geringsten Bewegung würde sie sich in ihren Nabel bohren. Er sah auf das hinunter, was die Öffnung ihres Kleides enthüllte.

»Wirklich nett.«

»Bitte.« Sie mußte sich irgend etwas einfallen lassen, es *mußte* etwas geben. »Du bist so nah ...«

»Nicht so nah, wie ich dir gleich sein werde.«

»Ich meine ... ich kann dich gar nicht richtig sehen. Du bist ...« Sie würgte an den Worten. »Du bist so schön. Wenn du dich nur ein wenig weiter wegstellen würdest ... nur für einen Moment ... dann kann ich dich besser sehen.«

Es klappte nicht. Sie hatte ihm geschmeichelt, und er grinste fast, aber das war alles.

»Ich hab' dich ausgezogen, meine Süße ...« Zärtlich stieß er das Messer in ihr weiches Fleisch. »Willst du für mich nicht dasselbe tun?«

Vor Entsetzen war ihr bereits übel, doch jetzt meinte sie, in Ohnmacht fallen zu müssen. Lieber Gott, betete sie, mach, daß ich jetzt nicht ohnmächtig werde. Wieder drückte er mit dem Messer in ihr Fleisch. Mit zitternden Händen griff sie nach den Knöpfen seiner Jakke.

»Nur den Reißverschluß, meine Süße ... nur den Reißverschluß ...«

Bemüht, einen Brechreiz zu unterdrücken, berührte sie ihn und sagte: »Ich hätte nie gedacht, daß du dich mit einem so leichten Sieg zufriedengeben würdest. Ich hab' schon immer deine Klugheit bewundert ... die Art und Weise, wie du ins Haus gelangt bist ... all deine Nachrichten übermittelt hast.« Jetzt, als sie an der Grenze des Erträglichen angelangt war, hatte sie einen Weg gefunden, zu ihm durchzudringen. Die Lust in seinen Augen vermischte sich mit Mißfallen.

»Was soll das heißen – ein leichter Sieg?«

»Na ja ... du hast mir nicht einmal die Chance gegeben fortzulaufen. Wo kann ich schließlich schon hinlaufen. Ich werd's nie bis an die

Tür schaffen . . . oder zum Telefon. Selbst dem Fuchs gibt man eine Chance. Abgesehen davon . . . würde dir das nicht gefallen, Fenn? Sei ehrlich . . . eine Jagd . . . von oben . . . nach unten?«

»Und in das Schlafzimmer der verehrten Dame? Ja . . . das würd' mir gefallen. Das Schlafzimmer meiner verehrten Dame. Vielleicht werd' ich dich da einholen. Vielleicht könnt' ich's ja auf dem Bett erledigen . . . oder im Bett?«

Er hatte sie losgelassen. Sie zwang sich, sich nicht zu rühren, als ihr Kleid auseinanderfiel. Er beobachtete sie.

»Gibst du mir einen Vorsprung?«

»Ich weiß nicht.« Er sah sie an, parodierte auf makabre Weise das Lächeln eines Verliebten. »Nicht zuviel auf einmal. Wir wollen doch nicht, daß du ein Fenster öffnest und rausspringst, oder? Schummeln gilt nicht, Baby.« Er legte das Messer auf seine Lippen.

»Wirst du . . . wirst du bis zehn zählen?«

»Fünf, meine Süße . . . ich werd' bis fünf zählen . . .«

Mit dem Absatz tastete sie nach der ersten Treppenstufe und trat zurück.

»Eins.«

Sie mußte ihn dazu bringen, sich ganz auf sie zu konzentrieren. Was immer auch geschehen mochte, er durfte sich nicht umsehen. Sie wollte sich umdrehen und losrennen, wagte es aber nicht.

»Zwei.«

Er konnte nicht aufhören, sie anzustarren. Noch nie zuvor, weder in all seinen Büchern und Zeitschriften noch in seinen aufregendsten Fantasien, hatte er so göttliche Brüste gesehen. So voll und schwer und golden; ihre Haut hatte die warme Farbe ihres Kleides. Jetzt wünschte er, er hätte den Schnitt ein wenig tiefer gezogen. Aber er hatte noch viel Zeit. Er hatte nie zuvor eine Frau wie sie gehabt. Und natürlich galt das umgekehrt ebenso. Sie hatte wahrscheinlich keine Ahnung, wie es wirklich sein konnte. Sobald sie das herausfinden würde, wäre sie vielleicht ebenso aufdringlich wie Sonia. Unfähig, ihn in Ruhe zu lassen. Aber natürlich gab es nur dieses eine Mal. Oder nicht? Er war verwirrt.

»Drei. Du wirst mir nicht entwischen, kleiner Fuchs. In einer Minute werd' ich mich auf dich stürzen.«

An ihren Fußsohlen spürte sie jede einzelne Rille des Teppichs auf der Treppe, auf dem polierten Geländer sah sie jeden Abdruck ihrer Hände. Die Welt war darauf zusammengeschrumpft. Sie fühlte sich ungeheuer lebendig, war sich ihres Herzschlags, ihres Nervensystems und der Zirkulation ihres Bluts bewußt. Wenn sie beim nächsten

Schritt diagonal nach hinten trat, wäre sie nicht mehr in der Schußlinie.

»Vier.«

Eine Explosion erschütterte die Diele. Das Geräusch war beängstigend. Wie eine Bombe. Der Lärm lief die Wände entlang, wurde zurückgeworfen, schallte wider, bis Rosa meinte, ihr würde der Kopf platzen. Ein lautes Splittern, und das Glas der Dielentür zerbarst.

Fenn kam über die Treppe auf sie zu. Auf seiner Brust blühte eine Rose auf. Er schrie ihr schmutzige, abscheuliche Dinge zu. Sie wich zurück. Sein Gesicht war leer, seine Augen ausdruckslos, doch er kam auf sie zu. Ein zweiter Schuß fiel, und unterhalb der ersten entstand eine zweite Rose, deren Blüten sich üppig und langsam entfalteten, bis sich die beiden Rosen trafen. Er ließ das Messer fallen und breitete seine Arme aus.

Er flüsterte: »Fünf«, doch seine Stimme war tonlos, hatte nur noch eine Ahnung von Leben in sich. Dann fiel er würdevoll und sorglos in die Diele zurück.